因为近在咫尺
所以更难开口

七叔/著

团结出版社

图书在版编目（CIP）数据

因为近在咫尺，所以更难开口 / 七叔著 . -- 北京：团结
出版社，2018.3

　　ISBN 978-7-5126-6212-4

　　Ⅰ．①因…　Ⅱ．①七…　Ⅲ．①长篇小说－中国－当代
Ⅳ．① I247.5

中国版本图书馆 CIP 数据核字（2018）第 056634 号

出　　版	团结出版社
	（北京市东城区东皇城根南街84号　邮编：100006）
电　　话	（010）65228880　65244790
网　　址	http://www.tjpress.com
E－mail	65244790@163.com
经　　销	全国新华书店
印　　刷	成都新千年印制有限公司
开　　本	170mm×240mm　　1/16
印　　张	22
字　　数	299千字
版　　次	2018年3月　第1版
印　　次	2020年1月　第2次印刷
书　　号	978-7-5126-6212-4
定　　价	77.00元

目录
Contents

第一章
从猫说起的

假如我只有 24 小时可活，我说的是假如。我会在这一天做什么？我想我还是会早早起来做好早饭，吃完后去玄武湖散会儿步，顺便去那家经常去的店里吃一份小丸子，每次那漂亮的女老板都会多给我一个。接着再围着玄武湖上的几个小岛走一圈应该是下午两三点了，再回到家中把照顾如此久的小松树和其他花草全部移到楼下那块原本想要种些花菜的空地里，让它们能好好生长，我想要是它们能开口说话的话，一定会感谢我，或者骂我。

接下来呢？回到房子里打开电脑看会新闻。然后关掉电脑，翻翻那本已经被我翻过很多遍的书吧，却也是在最后一次翻阅中，似要找到生的希望。

最后准备晚餐，一个人的晚餐，标准的三菜一汤。如此一番下来，也该夜幕降临了。听听喜欢的电台吧，那个电台是一个浓烟下的诗歌电台，大约从九点到十一点，主播温柔地阅读着有意思的文章，有失恋的，有回忆的，有悔恨的。她说人生真的有一百种可能，但大致相同，不同的是在这孤独时候产生的愿望。但最后都会在结尾说上一句"愿漂泊的人都有酒喝，愿孤独的人都会唱歌"，每次听到这句话时都会心头一暖。

最后还剩下一个小时怎么过呢？对了，我一直忘了提我收养了一只猫咪，它叫"五元"是"吾缘"的意思，是说和我有缘的意思。第一次见到它时是在一个还算寒冷的夜里，由于白天刚下了一场不小的雨，浑身湿淋淋的它蹲在那里直发抖。那时我和扣子刚要出门，然后扣子告诉它说："要是在我回来的时候你还在这里，我就收养你，给你食物，给你家的温暖。"然后它好像是真的听懂了扣子的话一样，在我们出去几个小时回来后它依然蹲在那里，哆嗦着望着我们。

现在我准备放了它，也该是离开的时候了。曾经想要的，终将是手中的流沙，绕过指头的罗烟，时间不前，往生不觉。

人生，大抵不过如此吧！

有人说人死后天上会降落一颗星辰，全部都消失了。也有人说人死后并非是和我们隔绝了，他们只是以另一种方式生活。我更偏向于后一种可能，总是期待着奇迹能发生，就像期待着……

一阵风刮过来，带着水仙和木棉花的味道，那风应该是玄武湖湖面上生出来的，它吹过来往的人流，穿过汽车滚动的车轮，也吹过湖面上的游船和城市里簇拥的楼群，它来时还带着女人身上的香。

这一片的房子都在等着拆迁，住在附近的人也很少。从上元门出来沿着燕江路一直往前走，在看到几个小路口后再绕进去拐上几个弯，最后就能看到一处院子里长着一棵槐树的小院。房子外的皮已经掉得所剩无几，露出里面的水泥来，在房子一旁不起眼的地方才是上楼用的楼梯，如果不仔细去找，是不会发现的。

在我和江离出没网吧时还认识了安安，是我们来南京半年后的时间，记得当时正直周末放假，我同江离在游戏里相互杀得正起劲，完全没有注意到还有人加入了我们的房间。和对方闲聊知道了对方也是在我们所在的城市，同时也彼此惊呼居然相离得并不远，从我们网吧到对方网吧，相距大概 300 米的样子。

在玩到后半夜时候我们都饿了，原本我是打算叫个网吧的泡面就好了，而江离非要吃外面夜宵。对方得知后也说想吃，我并没理对方。后来江离说："我们去找他吧，反正也不远。"

说实话，我被江离这句话吓得不轻，从没想过要去见网友。拗不过江离后还是决定去看看，其实自己虽然有些担心，但也却是觉得刺激。我问江离说我是应该准备刀还是应该准备套，江离说你准备刀，我准备套。我骂着江离不仗义，却还是拎着夜宵去了那家网吧，那家处在离正街较远的黑巷子里的网吧。

在钻进巷子后黑暗渐渐地吞噬着我们，背后路灯散发出来的灯光越来越照不清脚下的路，天空没有星星，丝丝爽朗的风吹过来打在脸上使整个人有了精神。

巷子里唯一的一个广告牌就是那家网吧的，很容易就被找到。我已经不记得当时我是怎么进去的，在对方精准地分辨出来我们谁是谁的时候我才开始注意眼前这个人，准确地说是个姑娘，姑娘从座位上蹦起来后大叫着。在昏暗的灯光下依旧能看到那双大而明亮的双眼，姑娘的那颗小虎牙在姑娘笑起来显得特别可爱，不高的个儿却留着长长的头发，硕大的耳机将姑娘整个脸蛋显得更小了。

姑娘站起来指着我手中的夜宵问有没有她的，江离一把抢过夜宵全丢在姑娘桌上说这全都是你的，随后姑娘抱了抱江离说了句感谢。

"不错吧，你带套没？"

"刀倒是有一把！"

游戏时，姑娘和江离好像是长久未见的朋友一样显得亲密无间无话不谈，也是在闲聊中知道了姑娘叫陆安安，好像是因为什么事从家里跑出来了，在这边也是独自一人。

早晨的天空显得格外的蓝，白白的云朵的边缘被最早的阳光照得像是在外镶上了一层金边，不远处还唱着生日歌的洒水车在干燥的路面留下长长的印子，这都显得特别安逸，使人忘却心中的烦恼。

"我们去吃早点吧，我知道一家特别好吃，我请你们。"安安像小孩子一样跳到我们前面说，"就当感谢昨晚的夜宵。"江离打着哈欠说着没问题。

在吃完后突然发现更加精神了，然后我们沿着龙番路一直走到玄武湖，安安说自己是私自从家里跑出来的，由于不满家里工作的安排，想让安安跟在他们身边学点东西，等到时机成熟了便将一切交给安安打理。安安是学文的，更喜欢田野与乡村，白云和厚土。

在独自逃到这边后家里为了使安安乖乖回去断绝了安安的资金链，但安安怎么说也好不容易都逃出来了，怎么能说回去就回去，于是就在这边找了份工作，是一家 24 小时店的服务员，就在中央路上。

安安是个明媚的女子，笑起来有着月牙一样漂亮的眼睛，却也在看着天空时眼眸里显得深不见底。偶尔像是一个活了几十年的小老头，偶尔像是刚从乡下来的小丫头，安安显得特别古灵精怪。

安安在平时不上班的时间里会宅在家里看喜欢的动漫，或者去网吧打会游戏，却极少同朋友一起出门，也是后来才知道，安安在这边并没有交到什么朋友，更多的时候都是独来独往。

有一次安安对我们说，她在那里好像并不怎么受欢迎，具体原因她也不知道，好像大家都在挤对她，很多脏活累活都丢给安安做，安安也不抱怨，只是闷头做事。

但有一次安安哭了，找到我和江离后在网吧玩了一整天的游戏。后来安安依旧不解气，江离为了安慰安安带着安安去吃海鲜，去喝酒，去唱歌，去看电影，直到安安再无可宣泄的委屈为止。

过后我问江离现在对安安什么感觉，是要用套还是要用刀。江离笑着说："都不用，安安就像是个小妹妹一样可爱，不会再有其他了。"

那么多的不顺终将让我们成长起来，那些有着不愉快的过往也终将在记忆里渐渐变得模糊起来。等到我们到了一定的年龄时，我们就会发现我们终将是要感谢那些发生在以往的任何事，开心的、悲伤的，是他们将我们变成那个自己喜欢的自己。

安安找我们的次数越来越多，好在我们住的地方同安安住的地方相距并不算远，坐公交车只要半小时就到了。安安会在我们下班后跑来约我们一起去看电影，偶尔也会收拾被我和江离弄乱的屋子。安安说习惯了，反正自己也爱干净，想着这是自己待的地方，还是要弄得干干净净整整齐齐的才住着舒服呢。安安就是这么可爱，又很温柔。在安安收拾屋子的时候我也会做上几个菜来犒劳安安，而在安安夸我厨艺不错的时候我却丝毫没有察觉到危险。自几番过后便发现再也不能带安安出去吃了，这让江离叫苦不迭。

总归是要改变的，又何必去在意改变产生的痛苦。时间推着我们前进，那些美好始终被人们记在心里。江离说感觉安安变了，我问江离哪里变了，江离又说不出来，江离只说，当初认识的那个可爱又古怪的安安变得温柔起来了，变得更有女人味了。我说这样不好吗？江离挠着头笑着不说话。

你提着灯，我便借光前行，脚下不知跨出多少步，那小碎的石子却依旧还被你踢在脚下。来路不远，那被油灯照不到的地方有人翩翩起舞，伴着那缕来的最晚的风，我停留不前，等你回头。

早秋的风吹散了湖面上聚集的雾气，露出原本被遮挡的山水。草地上留下人们的脚印，一直沿向远方。微风刚刚吹过，树上最后一片叶子也掉落在地上，在此之前，那在空中摇曳的身姿就像一位舞女一样。光影渐离，从边缘射过来的光线终于到了我的眼里，带着丝丝的寂寞感。

和江离相识是在上大学的时候，那会我还在校园杂志社担任没有一分钱却十分喜欢的编辑工作。有一次社团正在为新杂志的策划方案感到头昏脑涨时，有人提出以"爱情"为主题。

被选作第一名的有着 1000 元的奖金，而对于我们来说每月的生活费也就 1000 元。后来江离找到我说是想要参加，我说好啊。

一段时间后江离带着写好的稿子让我看看，对于我来讲，那些爱情好像一直离我很远，在林可以后从未想过诸如此类的事，偶尔想过也会在下个瞬间抛掷九霄。记得以前遇到过一位小作者，那时候那小作者还是一位小初中生，当时她在写网文，我就问她我说："你那么小，还什么都不懂，怎么能写出那些爱情之事呢？"

她回："对于我这个年龄来讲那些情爱是还早，但也不妨碍我对那些羞羞瑟瑟的爱情充满向往，正是因为我没经历过那些，所以我才会写出我心中的那份爱情。"

那个小作者的话我一直记在心里，在后面很长的一段时间里都影响着我。后来在帮着江离修改几次后，江离的稿子成功入围，最终也获得了第一。后来江离在拿到 1000 元奖金后跑到我面前数给我 300，我连忙摆手不要，说要是被人知道了非说我们里外联合起来骗钱。在我的坚持下江离收回了钱但我依旧还是被江离的那顿饭收买了，没办法，在小龙虾面前我真的是什么都不管不顾。

也是在那之后和江离慢慢地熟起来的，也自此成了心照彼此的朋友。那个时候江离有个女朋友，是在同一城市的另一所学校。江离和那姑娘原本就是初中相处过的同学，后来江离在初中毕业前向姑娘表白，然后再考到同一所高中，却在高考后由于分差只能选择了女生同一座城市却不能上同一所学校。江离往返两地需要花上 4 个小时，但江离每次却乐在其中。

后来江离就不再去了，因为江离失恋了。江离找到我在小饭馆里喝了很久的酒，喝多了就哭，哭累了就开始吐，然后又接着喝。江离说着六年，说着爱意难消。

愿我心不死，化作那比翼之鸟，将天南地北的风送到你面前。

我不知道那六年对于江离来讲算什么，只知道在江离沉默一段时间后开始变得没心没肺起来。我们喜欢一个人往往需要花上几年甚至更长的时间，而分手仅需几秒。我想过那种突然离开而产生的愧疚感，也十分明白那种从侃侃而谈变成无话可说，面对面交流也似隔着千山万水的失落感。

终究是要失去的，何必又去在乎什么时候。于江离讲，那六年仿佛就像一个轮回。而于我讲，那几年就如同那个无法跨越的梗，更像是隔了一个彼岸。

在和江离认识时我也刚和我之前的对象分手，而在更之前的时间里，那个在我最孤独最无助时候出现的人在冥冥之中改变了我一生。小时候那片小竹林开始，我便再也不能将她从我生活里分开了，在分手后，我和江离不断抱团取暖时就更加显得惺惺相惜。

无事时我是喜欢散步的，那次突然想要从中山北路穿过狮子桥走到中央路，而又在一条巷子里遇到了一个闯了祸的小姑娘，小姑娘骑着自行车急着去上班，就抄小道走，等刚出巷子时没想到正好有辆车过来，急急忙忙的小姑娘只好把自行车方向掰向一旁的水果摊，顿时几个硕大的西瓜滚到路中央被车压得粉碎，小贩找姑娘赔100，结果姑娘掏便全身也就找到几块钱，显得慌乱无比。

人们都说好人是有好报的，在姑娘向我投来求助的目光时我感觉到了我和姑娘一定会发生点什么。

是啊，我直接损失了100，而姑娘高高兴兴地说着后面给我，还问我要了联系方式，然后摆摆手说了再见。

鸡鸣寺附近有条小路是用木头铺的，在夏天的时候可以直接躺在地上，或者直接躺在一旁的斜坡上，而现在我和江离就悠闲地躺在那斜坡上抽着烟。

我发现随着时间的流逝我更加的想念你，我深知这苍天早已不是原来的苍天，这大地也早已不是原来的大地，然，想念却如此真切。

"这辈子啊，就像那首歌唱的一样：一弹指，一刹那，一辈子不翼而飞。"江离怪怪地说着，也不知道江离最近怎么老是发出这样的感慨，沉默一阵后江离淡淡说，"总觉得最近身体有点问题，好似身体被掏空了一样，你说我是不是得了什么病啊，全身无力，做什么都不能打起精神来，感觉就像要死了一样。

"还有，记得上高中的时候一同学急性阑尾炎，不过还好及时送到了医院，真不敢想象那么小的一个病就会要人命。我没记错的话我小时候也是动过刀的，当然不是割包皮，是因为胳肢窝长了一个囊，应该是囊吧，已经不清楚了。开始没在意，后来一直疼，我以为过段时间就好了，结果疼得整个手臂都抬不起的时候给我妈讲了，我妈直接带我去我们乡上的医院里看，结果发现里面已经化脓了。

"当即打了麻药割开把里面脓弄出来，记得那个时候还小，还在村上的学校上学。每次妈带我去换药时候总会给我买上一些糖，从医院到学校还有几公里的距离，在路上糖就被我吃完了，我记得我当时赖在地上死活还要吃，不给就不去学校。我妈也拿我没办法，就又跑回去买了。

"那个时候自己还真是调皮啊，现在真想抽自己几个大嘴巴。明明是我妈在为我担心而我却在无理取闹。后来看到那同学回来我就想起这件事，然后就一直不能忘记了。

"你说，要是那个同学再晚点去就成了肠穿孔了，记得当时老师说可能会死，那个时候起我就特害怕自己也有阑尾炎，也特别害怕动手术，我是真害怕要是哪天就突然死了，真的。"

我从草地上坐起来点上一支烟，然后再扔给旁边的江离，放眼望去从这里可以看到玄武湖那高筑城墙，几百年里依旧站在那里，长长出了一口气后喃喃道："是吧，要是突然死了会怎样？"

"不过现在已经没有空去想那些事了。"

安安下班后已经快天黑了，知道了我们在玄武湖后便让我们等她，只是安安不知道我们在鸡鸣寺这边，要去玄武门那边还需要花上很长时间。结果等到安安打电话说到了后知道我们还在鸡鸣寺时气的安安在电话那头大骂我们讲话不清，安安让我们赶紧过去，说是那家小丸子店要关门了，还说她请客。江离说你要是唱歌我立马就跑过来，结果安安在电话里真的就唱了。

在安安唱歌后江离立马跑在前面吆喝我快点，嚷着晚了就没丸子吃了。在到达那边时安安独自坐在门前的那棵树下，等江离出现在身前时又立马跳起来一把抓着江离的胳膊，咋咋呼呼地就开始和江离打闹。

在玄武湖散步的人越来越多，有些同步向前，有的孤单一人。但那些孤单的人并不寂寞，他们如同那些在这纷纷扰扰的尘杂间孤独漂浮的云朵，终究会被最后的太阳洒上一层轻薄的衣纱，然后发出短暂而耀眼的光芒，但他们是孤独的。

也许是冥冥之中我和江离相遇，然后又在注定里遇到安安。对了，我还遇到那个欠我 100 块钱的姑娘，就在我们散步的时候。

在路过那家丸子店时正好关门，安安指着说就是这家店，让我们记住，以后等她想吃了就来给她买，当然安安主要是说给江离听的。

"是你！"

"是我！"

"你好。"

"还钱！"

我和对方几乎同时惊呼出来，站在一旁的安安和江离不明所以地看着我们，仿佛就像见了鬼一样。

姑娘说着就从包里拿出 100 块递给我，然后就开始开起来玩笑。姑娘其实是个耿直的人，并没有想赖掉的意思。只是最近一直忙忘了，因为姑娘打着两份工所以难以挤出时间来找我。姑娘说今天就这一份工作本来准备今天给我的所以带在身上，没想到刚好遇上了。

"没事一起逛逛吧，正好前面举办跑步比赛，可以去瞧瞧。"

"好啊，难得今天只打一份工。"姑娘想了想最后还是决定和我们一起闲逛，安安一路上拉着姑娘东拉西扯的还说着以后买丸子一定要打折，江离也在旁对我挤眉弄眼的。

闲聊中得知姑娘打两份工只是因为无聊，姑娘并不像我和江离还有伴，和安安一样也是一个人在这边，姑娘先是找到一个杂货店帮忙看店的，由于老板比较懒散，加上那条路也没什么人，姑娘就有独自在家更多的时间。后来觉得在家待着太无聊了就找到现在这份工作，那天遇到姑娘正好是这边交班的时间。

姑娘话不是很多，倒是对江离和安安比较感兴趣，还问我他们是不是情侣，我说不是或者不知道。姑娘就纳闷了，说我这是什么回答，完全就是敷衍她。

看着走在前面的江离和安安一阵无奈，在大概向姑娘解释了他们关系后不知为何引得姑娘看着安安和江离的背影一阵感叹"多好的姑娘啊"。

"是啊，多好的姑娘啊！"我居然也跟着不由得感叹起来，"还不知道你叫什么名字呢。"

那靠在路灯下的姑娘认真地看着手里的书，头时不时抬起来看着坐在前面树下的那对小情侣。圆月散发温柔的月光，灯下的姑娘散发着寂寞的味道。

"郑萌萌。"

萌萌走时拿着我手机将电话存到我手机里，那漂亮的双手在屏幕上轻轻地点，我何曾想过我手机会在别人的触击下发出美妙的声音。随后姑娘就消失了，随着从我身边经过的人流，我再也不能将她从人群里分辨出来。

　　终归是要离去的，那些被岁月冲散的美好愿望就像湖岛聚集的薄雾一样随着时间的推移，逐渐变淡直至消失不见。回到小院里独自思考，深夜窗外又开始飘起小雨，而我还在想着白天晾晒的衣服和那株被我遗忘的小松树。

　　很多事，都是在经历过后才明白的，那些只是听来的道理终不会成为你人生的助力。

　　那次我独自在家，后来闲着没事想着去楼下转转，刚下楼就被一阵动静吸引了。竟然是从那堆积在一旁的杂物里蹿出来的两只猫，两只猫好像是被什么惊吓了一样，出来后就回头对这那堆杂物发出"呼呼"的声音。我有趣地打量着那两只猫，应该是在附近流浪的猫，我停下来想看着这两小家伙到底被什么吓着了。

　　不一会儿一只白猫从那堆杂物里钻出来，嘴里还叼着一条小蛇。小蛇已经不动了，但身子还缠在那只白猫的脖子上。正在我还在为那条死去的蛇感到惋惜的时候，我突然想到要是我是那条蛇，可能最后也是要死死地勒死那只猫吧，我突然感到不公平，为什么你要杀死我。我虽知道我天性如此，但我还是想要挣扎一下。

　　一瞬间我想杀死这只猫！

　　我不能容忍这只猫在我面前的存在，我要为那条蛇报仇，身体里从来没有流露过如此强烈的愿望。放下手中的烟想着如何才能杀死那只该死的猫，我想到了至少三种办法。去买食物勾引，然后掐死它，不，我现在就想它死，一刻都不想等待。快速地跑过去抓住，然后装到袋子里扔进附近河里，不，看得出那只猫身手敏捷，还没等我跑去只怕那只猫早就跑了。

对了，捡起身边的砖块砸死它。是的，这是个好办法，只要我动作稍微放得轻松一点，那只猫一定不会察觉。

手里的烟正好燃到最后，我最后吸了一口平复内心的激动，现在我就要杀死它。我捡起身边的砖块缓慢地向猫靠近，一步一步地，像是一个无声的刺客一样。

最后那只猫还是察觉到危险的味道，转身对我叫了一声跑了老远，而我也在那只猫逃跑后内心那个强大的愿望也瞬间遁入黑暗，腐烂着。

我怎么会想要杀死那只猫呢？

溜达也是溜达不成了，回去就躺在床上。

晚间置于月光下的小巷，散发着恐怖的味道，往往我不敢独自一人走，我感到害怕。我开始想那只在我刚才还想着要杀死的猫，是否在某天也有人想要杀死我？越想越害怕，天上的星辰、地上的繁花都化成刚才那个我，使我身体像浮萍一样任水浪高高叠起。

一段时间后我打算养只猫，但一直没有寻到喜欢的花色也就不去想了，秋意正浓，屋前那片原本是楼下老太种的花，自老太走后只剩一片狼藉，我想着等到来年春天的时候在那片土地上种上一些花，在遇到心爱的人时摘上一枝亲手种的花送给她，在江离知道我的想法后大骂我变态后也不再去想。

深夜窗外又开始漂起了小雨，瑟瑟的秋风终于吹到屋内，夹杂着细雨，将我晾在阳台的衣物打湿。我喜欢平静的生活，到死如此。

第二章
贼的三不偷

　　从天目湖回来后几天哪里也不想去，接着几天下班就闲在家里帮朋友写一些稿件，在朋友的通稿最后修改几次使对方满意后，我便看电视或者听听音乐。

　　我是喜欢听音乐的，但对于音乐也没有什么特别的乐趣。有段时间迷上古风音乐，会对歌词里描绘的场景心动不已。有时候听上一首影视原声，也很向往电影中的那种仗剑天涯，江湖侠肝和儿女情长。甚至有段时间对《说唱脸谱》里那段京剧听着特别有感觉以至于那段时间找来很多京剧来听，后来也就换了口味了，从电子乐到ACG，又从摇滚乐到民谣。口味如此不讲究，也从没认真地喜欢过一首歌甚至一个明星。

　　我住的地方位于鼓楼较为安静的地方，靠近派出所不远，附近有条河，虽然河里已经被污染得再也想象不出还是清水时候的样子，但旁边的小山却是我最爱去的地方。小山坡上有条用木条架起的路，不知道是因为知道的人很少还是别的什么原因，总是去时候极少碰到人。我是喜欢傍晚去的，那会儿天还没完全黑，太阳的余温在那片树林里也变得柔和起来，置身在丛林里好像处在世外桃源一般。在靠近派出所这边有一处房子我一直想要租下来，可是去了很多次也没碰到房子的主人也便不再去想了。

那天在论坛闲逛时候，看到一篇有争议的帖子，帖子大致是讲一小孩的成长史。小孩从小就是那种任性嚣张跋扈那种，后来等小孩逐渐长大成人，慢慢地变成几十岁的中年人也是如初。在大部分网友眼里都认为一直都没长大，他做的每一件事都透露出孩子气，看起来丝毫不像一个成年人。

我虽不对人评头论足，但也觉得不管在你眼里他是怎样的，你都是只看到他的一部分。什么时候我们被固定的思维所局限，不再用新的眼光去看待新的事物，也不再去思考。他不是没成长，他只是没有按照你的想法成长。

我见过看似清纯如水的女生出没各大会所，也见过抽烟喝酒的姑娘坚守爱情，人都是由很多面构成的，你所见的都只是其中一面，如此轻易，怎么能否定一个人。

最近一闲下来就会想到这篇帖子，所以对于江离的话也自然不会上心。但因天目湖我晕车导致最终没能到达这事后，江离口里说的那顿豪华大餐是怎么也逃不了，我放出豪语来让江离随便选。

在吃饭时，安安紧张兮兮地看着我，随后把手伸进包里。"我倒是知道有人养狗养猫什么的，更或者养个蜥蜴什么的还能接受，但你养个知了算什么事。"在安安拿出后我完全不能想象一个那么漂亮的姑娘背着那么漂亮的包，原本是拿出个什么化妆品啊什么的，但拿出个虫子简直让人匪夷所思。

安安看着我的样子冷哼一声，我不由纳闷起来。那天去往天目湖由于我半道晕车的缘故我们只能下车，当时安安抓了只知了，我以为安安只是心血来潮抓来玩，不出多久就扔掉，结果安安一直养着，不，是一直带在身边，更让人惊奇的是居然过了这么久还没死。江离一脸淡定地看着这一切，我分明从他眼里看出了轻微的嘲笑，就算隐藏得再好。

随后江离"哈"的一声把手往安安面前一摊说："陆安安，给钱。"我还没明白发生什么的时候江离接着说："她啊，一直随身带着的呢。说是要养，怎么都劝不住，你说养什么不好，非要养这种短命的。"安安一脸不爽地看着我，我就郁闷了。

安安盯着我，我打算盯回去，但被安安那委屈的小眼神瞬间打败。在安安掏出 500 给江离后我终于知道为什么安安会不爽了，这赌注也忒大。

"呐，愿赌服输，这可是你说的，不能反悔哟。"江离笑嘻嘻地数着手上的钱，随后又抬起头来对我说："其实在最开始我知道的时候完全和你一样的反应，开始也是以为只是她玩上几天就放了。可后来就不同了，我倒是想知道最后这知了怎么被她弄死的，哈哈。"安安对着江离的胳膊毫不留情的用力地揪了一下，大嚷着还钱。

我虽不知道安安到底怎么和这只知了结缘的，也不知道安安在什么情况下有了想要养它的念头。我只是觉得有趣极了，自认识安安后给我平淡的生活添加了不少乐趣，安安那些奇怪的念头让人完全摸不着边。

后来才知道原来江离和安安拿我打赌，江离说要是我被吓一大跳就是他赢了，而安安则看我平时对万事不关心的样子认为不可能被吓一大跳，而赌注为 500 块，我在一旁听得暗自擦汗。

原本我是一直不知道会叫的知了是雌的，我以为只要是只知了都会叫。在江离介绍了关于很多知了的知识后，我突然对眼前这位小伙伴有着浓厚的兴趣。然后江离说："知了的壳是味中药，小时候专门捡过拿去卖钱，10个一毛，几天下来也够一周的零花钱了。原本我也是以为只要是知了都会叫的，也是后来才知道只有雌的才会叫。这玩意儿还能吃呢，听说油炸过是脆的，但是没吃过。"

"吃吃吃，一天就知道吃，你看你长一身肉，脸上的肉都要扑出来，还吃。"安安听到江离要吃掉知了一下就急了，又是在江离脖子上掐上一把。江离是胖的，是对于安安来讲。江离高高的个子有着 1.8 米，笑容也很

第二章 贼的三不偷

清爽，是一个标准的大帅哥。而我就不行了，跳起来可能有 1.8 米，也不爱笑。

秋渐渐地从远方飞来，带着些雾气，穿过丛林，跃过枝头，最后落到安安的碗里。天空渐渐地变得阴沉起来，不会儿就下起了大雨，也就在饭后顺便去万达逛上一圈。

安安满心欢喜地蹦蹦跳跳地就去了，我也只好跟在后。安安看上了一件不错的裙子，但因为刚才的赌注，自己腰包里所剩无几，气愤地看着江离，江离也是瞬间明白过来付了款。

江离一直后面捣鼓我说别想着 200 块就完了，你可是大老板，有钱人，于是游戏厅、电影也被我答应了后江离也跑去玩了。从游戏厅出来直接奔向紫峰，由于在游戏厅玩得忘乎所以，导致错过了电影的时间，等急急忙忙赶去后也只看了半小时就散场了。不知道是电影院阴暗的原因，还是天气的原因，整场下来我都感觉心情很糟，莫名奇妙的糟糕。

在将安安送回去后，我与江离想着现在回去也没事做，不如就去喝酒。天空依旧还飘着细雨，虽不大，但路上的行人也是行色匆匆。

在湖南路一家清吧门口我遇上了一件让人愤怒的事，都说人之不顺接踵而至。我遇到小偷了，在清吧门口时我被小偷顺走手机，自己还毫无察觉，还好江离眼快手疾一把擒住小偷。

好在江离及时抓住小贼，要回了手机。我也才清晰地见到小贼的容貌，清秀可爱的脸庞丝毫无法将她和贼这种词联系起来，双马尾甚至显得还非常可爱。江离死拽着小贼不放，非要报警。小贼见难缠，几个转身从江离手下溜走，但小贼哪里是江离的对手，没几步路就被江离追上。

小贼看着我抛出同情的目光，我才懒得管你，被偷的是我好吗。本来心情就比较糟，在被这小贼扰上一通更是气不打一处来，加上江离本来就是那种路不平他来铲的性格，所以更是抓着不放非要逼着小贼问出个

123 来。

江离一只手抓着一只手拿着电话要报警，我不知道江离是威胁小贼还是怎么，弄的小贼蹲在地上抱着江离的腿一副哭天抢地受了极大委屈似的，最后小贼见江离真报警后又立马和江离翻了脸。

"喂，我说你这个人有没有一点怜香惜玉啊，没看到本小姐这么漂亮吗，这么漂亮的人会偷吗？这是借，懂吗？"一直被江离抓住的小贼想要逃离江离的魔爪，但都是无用的，我和江离是掰过手腕的，江离的力气大如牛。

"哼！就你还玉？偷就是偷，还借。想跑？没门！奇文兄去找个绳子来，先绑了再说。"小贼见江离要绑了她，瞬间就蔫了，不过不久又变成战士一样拼死反抗。找绳子当然只是说着玩的，我也并没有去真的找绳子。

"你这贼，偷了东西还狡辩，今天非要把你送到派出所不可，我看你还要上天不成。"相比之下，好像被偷了东西的是江离一样一直抓着小贼不依不饶。

行人渐渐地聚集起来，将我们三人围了个三层又三层。我甚至听到人群里有人开始起哄起来，有人大叫打死，也有人高呼扒光衣服看看这小贼到底哪里多长了一只手。我开始觉得恶心，对这些路人。而被江离死抓住的小贼听人群里那些恶心的声音后也变得战战兢兢的，最后接受了命运一般缩在角落里，显得十分可怜。

我开始思考起小贼为什么要去偷东西起来，好笑吧，我居然在同情一个贼，一个偷我东西的贼。好在警察来得及时，将聚集的人群驱散开。在问了部分情况后将我们三人一起带走，小贼依旧缩在墙脚下不动，显得瘦小的身躯隐隐约约地颤抖起来，江离也不管那么多，一把拎着小贼上了警车。

"这要怎么判，关她几年？"江离在车上就开始询问起警察来了。好像片刻都等不及，我想着这要不是和谐社会，要是放在古时候，恐怕江离早就将这小贼就地正法了。

"回所里再说。"坐在小贼旁边的一个警察丢下这么一句话后就一直看着那小贼。那警察看小贼的眼神里透露出丝丝的怜爱，又好像是关怀。我很纳闷，难道这警察和这小贼认识？还是熟人？

下车后那警察将我单独叫到一旁说是有话对我说，小贼和江离被带到屋内，只剩下我和那个警察。警察拿出一支烟问我抽不抽，一下心里疑问重重，难道这警察真和那小贼认识？他们什么关系？这烟我接还是不接？接了会不会让我答应什么奇怪的约定？

"抽！"

想象中的谈话或者约定并没有，甚至一支烟结束我们都没说一个字。雨后毒辣的太阳照在我们身上也全然不为所然，警察一直紧皱着眉头，丝丝的汗水从那沟壑般的眉间顺流到脸上也是不顾。

"走吧，我们也进去！"我以为会对我提出什么奇怪的问题或要我达成什么约定，但到最后都没有，我就郁闷了，早就在内心准备好的对白一句也用不上。要是真提出什么要求我还想着站在正义的立场大骂一番，但完全没有。我又好奇起来，对于小贼和这警察，想着他们到底什么关系。

在我进去后江离被叫了出来，接着那个警察扔给我一沓纸让我看。

"这全都是她的资料？"我看着手中那厚厚一沓文件，几乎都是有关于那小贼的。那么多我当然也不会全都看，只是看了大概，知道了小贼名字叫作扣子，知道了小贼有很多案底，但每次所偷的也不值什么钱。

"是的，你所说的小贼名字叫扣子，你想听听她的事吗？"之前那个警察走了进来。

"她什么事？"

"先从哪里说起呢，这样吧，先从扣子，小贼小时候说吧。扣子是孤儿从小在福利院长大，由于不满收养她的家庭几次跑了回去，后来又有几对夫妇收养她，但结果都是一样。后来她就不回福利院了，一直在社会上逛。之前也偷东西被送过来我们也将送回福利院或者帮她找事做，但没几天又会逃走。"

"你说扣子是孤儿？"

"是啊，父母死于车祸，家里也没其他人了，我和妻子没有小孩，原来我也想着收养扣子，但她来了几次后也就不再来了。其实这孩子也蛮可怜的，好好培养一下也是个可造之才。但就不怎么听话，有时候我说的还听一下。有几次碰到被其他区的同志抓了，我也是大老远地跑去说情。我也不知道怎么对扣子这么上心，看着她就像看着自己的孩子一样，啊，说不上来。"

"可能你会觉得我是在帮她说情，其实我并没有，我只是告诉你你该知道的。扣子做错了事就该受到惩罚，在法律面前人人平等，你说对吧。"

"……但是并没有见你培养成可塑之才啊。"

"哎呀，小伙子可不要这么说，你只是看到她这一面，但是其他方面她做的还是蛮不错的。"警察尴尬一笑。

"我算是明白了，刚才在外面就想对我说这个事吧，但是被偷的可是我。"明白了眼前这个警察是在说情后心里也是一阵无奈，虽然对此类事没什么感觉，但作为警察当着面提到这些事心里还是有些奇怪。

"小兄弟，我看你也是个通情达理的人。扣子的事我给你赔不是，要是以后有什么帮忙的，只要是在职责范围之外，你尽管提。"

其实自己有多怨扣子或者这警察倒也没有，要不是当时江离当时抓着不放，要是我自己的话可能要回手机也就没事了，打架斗嘴这些事我可不擅长。

"我想单独和扣子聊聊。"

"行。"在我提出条件后，这警察一口就答应了，还将我带到其他地方。

虽说这是人生第一次进派出所，但也全然不感到害怕。说来也奇怪，外面那么大的太阳，在这房间里也显得昏暗，就算是把窗帘都打开也是一样。空气里的粉尘在阳光下清晰可见，那些微小的灰尘最终也被扣子带来的风吹到了黑暗里，在那些看不到的地方不知道还隐藏着什么。

扣子站在窗户投射地阳光下，我丝毫也不能看清她的脸，不知道是扣子是故意还是无意的。

"说吧，啥事？"

"为什么偷我的东西？"被扣子突然而来的声音愣住了，随便就开了个头。

"你这人还真好笑，为什么偷你？喜欢呗！我还是第一次见到你这样有趣的人呢，以前被别人抓住了，不是打就是骂的。还是第一次有人问我为什么偷他，你说好不好笑。"说着说着就笑了，我也被逗笑了，我居然质问一个贼为什么偷我？

"不不不，我是想说的是，你为什么去偷？"自己也是不知道说些什么，怎么会去问一个贼为什么去偷如此愚蠢的问题。

"没其他本事呗，又没人教，不过好在偷不用人教。哎，你这人，最讨厌了，装出一副圣人的模样来教训我，就像嫖客总是在嫖完后想着拉人上岸一样，实则是不想给钱。"

"嫖客？"

"对啊，说的就是你们这群人，怎样？不服啊？"

我简直乐了，居然被别人比喻成嫖客。被偷的是我，现在还被小贼骂，这叫什么事啊。

"服，但我不是嫖客，也不嫖。找你来就想告诉你，今天这事就这样吧，反正我也没损失什么。本来今天心情还蛮遭的，结果被你这么一折腾，现在开朗了不少。我们，握手言和吧。以后见了我可不能再偷我，也不准偷江离，要是没钱吃饭了，就好好告诉我，不准偷。"

"呲，你还乐了啊，行啊，我现在肚子就饿了，走吧！下馆子。"我感觉这小贼不简单啊，要是换作是我偷东西被抓，还和失主当面对峙是完全做不到像扣子一样心平气和的。

在和扣子谈了一会后便一同走了出去，那警察见状后也是一脸笑呵呵地向我们走来，而跟在后面的江离却是显得有些呆滞，完全不明白现在唱的是哪出戏。

"怎么样，聊得还好吧。"警察拉着我的手紧紧地握着，手里的汗水也顺着流到我手里。

"还好，还请了某大小姐下馆子呢。"从那警察手里夺回属于自己的手后回头朝着扣子挥了挥手。江离走过来一脸疑问地问我怎么回事，我对江离说过后再讲，江离见实在也问不出也只好放弃了。

"扣子，去吧。多跟人家学学，好好相处……"片警一脸严肃地数落着扣子，像一位长辈在指责犯了错的晚辈一样，等数落完扣子又一脸笑意地对我说："那个，小兄弟，对不住了啊。我这还是上班时间，不能和你们一起去了。我嘱咐了扣子，不会乱来的，放心吧。"

扣子原本以为我说请吃饭只是说着玩的，没想到我还来真的，"像我这种人，不屑撒谎，再说你一个小姑娘能吃多少。"

"别小看我，我可是饿了好几天了。既然你那么想请我吃饭，那我就勉为其难地带你去一个好地方吧，保证你吃了就上瘾，保证让你大出血。"扣子将包从肩上取下来拿在手里晃悠着，像一个调皮的小孩一样，好像丝毫并没有因为刚才的事而和我产生隔阂。

"喂，我说小贼，你说你一个大好姑娘为什么去偷东西啊，干什么不好。谈朋友了吗？你这样以后怎么嫁人啊。你爸妈知道你偷东西吗？"江离在后面显得十分悠哉，我赶紧制止江离。我不及时告诉江离扣子的事是因为我知道就算是等江离知道了扣子的一切也改变不了扣子在江离心里的样子，江离会认为偷就是偷，都是自己造成的。我不告诉江离还有一个原因，因为在这次后，天地这么大，谁还能见到谁，谁还会把谁放在心上。说不定过不了几天我们都会忘掉这事，至少我是这样想的。

"我告诉你，我超凶的，别以为你个子高我就打不过你！"扣子回过头在对江离做出一个很恐怖的面容，却惹得我一阵好笑。

在被扣子带到三牌楼附近的一条小路里后，我们终于见到了扣子口中所说的美食了。扣子看着我们冷哼一声便钻了进去，我同江离紧跟着也进了去。

后来我和扣子留了联系方式，扣子说以后丢了东西找她，这片她熟，我就当玩笑，也不往心里去。离开后江离在一旁不断地对着我数落扣子，江离说还想再戏弄一下那小贼的，这时我将扣子的事说给江离后果然如我想的一样，江离依旧不依不饶，后悔没能好好教育小贼，教她做人。

有些人，遇见了就忘了；有些人，遇见了就是一辈子。在和小贼分开几天后我就接到江离打来的电话，说是家里进贼了，我连忙问江离丢了什么，江离到时说没什么贵重的东西，好像也没有丢什么东西，就是把家里翻了个底朝天，还说一定是扣子干的，让我小心。

那个小贼自那天过后也没再想起过了，就像某些人一样，终会在时间的长河里被人淡忘。我打给扣子，扣子也早就猜到我会打给她。原本扣子以为我会在打电话把她骂一顿，我说不是，是喝酒，就我们两人。最后扣子将信将疑地同意了某天一起喝酒，还在电话里放言要是我带上江离下一次非要光顾光顾我家。

越是靠近秋末，气候越反常，早上的时候还是艳阳高照，中午时候就变成了倾盆大雨，下午又瞬间变得凉爽无比。再过上几天就是深秋了，北方的雁也该往南飞了。记得有一年独自去昆明，当时是 3 月份，那时候滇池的大雁还没往北，那是我第一次见到大雁。湖边有人投食，成群的大雁纷纷飞来，然后再被什么惊走。虽不足以"用落霞与孤雁齐飞，秋水共长天一色来"形容，但也觉得那画面美妙无比。在昆明时候还认识了一位在崂山观测站工作的人，也是带我开了不少眼见，学到了不少关于鸟类的知识。

在和扣子见面后就如许久未见的老友一样亲切，不知道为什么会有这样的感觉。我们买上了些零食和啤酒一路溜达到玄武湖，在找了一块不错的草地就席地而坐，丝毫并没有因为地上的湿气而影响心情。从湖面吹来的风撩动着我的心神，吹乱了我的思绪。

"哎，你说我们是不是特别有缘分啊，从最开始的相遇到现在把酒言欢。"扣子也被这风儿吹的迷了心。

扣子今天和之前格外的不一样，我能看出扣子的忧愁，从那荡漾着秋的眼眸里，从那被轻风抚过的发梢间。"是啊，是很有缘分。""你怎么想到要去捣鼓江离的家？"

"还能想啥，你看他那天那样讲话，我可是女孩子呢。这么漂亮的一个小姑娘被他那样说，换作是你你会不会生气啊。我可告诉你，以后可别在我背后讲我坏话，我可是长着顺风耳的。我看你小伙子不错，才答应出来的。要是你想什么歪主意，我劝你还是趁早打消掉。"

"那天你们走后我可还跟着你们的，你们不知道吧。哈哈，那个江离真是太坏了，一路上都在讲我的坏话，还很大声，我越听越生气，于是就想着捉弄他一番，直到那天才等到机会。大早就看到他和一个漂亮的姑娘出去了，然后我就，你懂的，最后我还特意留了字条，哈哈哈。对了，没想到他那么坏的人还能找到那么漂亮的女朋友，真是气死人了，那个女的你知道吧？"

第二章　贼的三不偷

023

我突然感到扣子的可怕，没想到那天居然还一直跟着我们。我点上一支烟，望向那满湖的秋水，粼粼的湖水散发着刺眼的光芒，不由得使人心也跟着荡漾起来。

"你说的那个女的可能是安安，陆安安。要是外人真会以为他们是情侣，其实不是。"

"难道是兄妹，也不对啊，两人长的明显不像。"扣子一下把话抢了过去，转过头来皱着眉看着我说。

"他们的关系呢，可以说友情已满，爱情差半吧……"我把我们三人的关系同扣子大致讲述了一番后扣子就沉默了，也不知道在想什么，在喝上几口酒后也点上烟来抽，结果被呛到差点掉下眼泪来。

"哎，命里有时终须有，命里无时莫强求。你谈过恋爱吗？"扣子放下手里酒，那根差点呛到她流泪的烟早就不知道被丢到哪里去了。

"有过吧，好多年了，也懒得去回忆了。"

"来，说给我听听，谈恋爱是个什么感觉，我可是还没谈过呢。"怎么就突然被扣子带到这个问题上了，我想不明白。

"那你说说为什么去偷呢？"

"偷？看你也不像坏人。"

"这怎么又和我是不是坏人扯上关系了？"

"我啊，自懂事后就一直住在福利院，听说父母是在出车祸时候死的。你要是问我对他们有没有感情，我告诉你，完全没有，我可不会对一个见都没见过的人有什么感情的。后来也有人陆陆续续地想要收养我，但在那些家庭待不习惯就又跑出来了。有的家庭对我还是很好的，就像那个警察他们夫妻俩对我就不错。但我这人啊，懒散惯了，不喜欢被管着。后来也不想回福利院，因为我知道我回去了只要有他们觉得合适的又会把我送出去。后来呢肚子饿就去偷了，就是这么回事。"

"我可告诉你，我可是和别的小偷是不一样的哟。"扣子大口地将易拉罐里的酒全部喝完，再将空瓶子抛到垃圾桶里，紧接着又开了一瓶，一套动作下来简直行云如流水，干净利落，让人赞叹不已。

"还不一样？哪里不一样了，因为你是美女？美女小偷？"我试着扣子刚才的动作最终还是放弃了，只好将空易拉罐捡起来扔进去。

"不不不，你说我是美女我承认。但我还是有其他的，我可有着三不偷的。"我被扣子逗乐了，脸皮厚的果然让人汗颜，难怪会在派出所那会表现的如此气定神闲。

"还有三不偷？真是奇怪的贼啊。"

"不准说我是贼！"扣子脸色微微一变，瞪大了眼睛看着我，然后淡了淡转接着说，"我的三不偷呢，就是老人不偷，小孩不偷，学生不偷。你想啊，那老人一是挣钱多不容易，都留给自己的子女，二是那些老人本来就抠得要死，平常买菜都要计较，所以啊，懒得偷。小孩呢，你想啊，能有什么钱。你说就算是有钱的小孩也是拼死要来的，我可记得我小时候为了几块钱的零花钱差点和别人打起来呢，在拿到后一直藏着舍不得花，你说要是把一个小孩子钱偷了，不，拿了，他们该多伤心。最后学生不偷，我虽没念过什么书，这辈子就没什么指望了，但看到别人有书念还是蛮高兴的。毕竟等他们学好了知识在社会上有用，挣更多的钱让我去偷，你说对吧！"

我算是领教了扣子的厉害，眼前这个有着三不偷的小贼居然还能想到这些，这已经算是颠覆了贼在我心里的模样，这到底是个什么样的贼啊？

"对，只有他们挣了更多的钱你才能偷更多的钱，这简直是真理啊，相比其他小偷你的目标已经突破天际了。"

"不不不，你又说错了，我可不是为了钱才去偷的哟。我都是顺手拿一些便宜的不怎么值钱的东西，那些值钱的拿了可是要判刑的。我这样大美女怎么会去坐牢啊，我还是明智的。"扣子得意洋洋地说着，满脸的笑容，略显得稚气的脸颊可爱极了。

我终于想明白了，这个有着三不偷的小贼只是为了避免不必要的麻烦而已。扣子无法应付那些不讲道理的老人和小孩，无法从被学生包围的堡垒里面独自冲出来，所谓不拿值钱的，只是为了避免坐牢而已。我不由得佩服起来，这简直是小偷界的楷模，简直就是小偷界的耻辱。我是这样想到。

"有道理！佩服！简直从内心深处佩服！"

"哈哈，我牛吧。在告诉你，我偷可不是全为了我自己，偶尔也会帮助一下我原来那个福利院的小孩的，买点糖啊什么的。"

"义贼！"

"什么？"

我开始明白长久的孤独总会在心里生出什么疾病来，或者一段时间会把生活过得十分糟糕，像是想要避开世俗将自己囚禁。再过上几天又到了穿羽绒服的季节，天空降落下来的凉意使人们不再外出，江离最近也很少找我，在结束一天工作后，只想着找个舒服的姿势倒在床上，日日如此。

生活终归是在别处的，那熟悉的电台放着怀旧的歌，唱着童年岁月。那次江离说等到天冷请我们吃火锅，结果到现在也不再提起。

在这 20 多年里，面对着人生的惨淡，却也一直并没有发现支撑我走到如今的乐趣，自那年染上抽烟的恶习后便一发不可收拾，对于我这种不爱玩，也不嗜酒的人来讲，抽烟好像是唯一的乐趣。

那次和扣子在玄武湖喝酒时，扣子问我有什么爱好，我想了好久也没想出来，突然发现这么多年连一个自己喜欢的事物都没有。后来扣子问我有没有喜欢的人，我说以前有过。

"那人现在怎样了？"扣子问我。我没有回答扣子，我们在一个月黑风高的黑夜里相遇，再在一个风和日丽的日子里说了分手。再被提起时却也不知该从何处说起，可能是想念太过斑杂，一时间也找不到头绪来。

"谈恋爱是什么感觉？"扣子并没有停止追问，我只好笑骂扣子多事。

我居住的地方附近有所学校，往往我也会在周末或者闲逛的时候去的。从福建路一条巷子里进去，要是不进到里面，还真不会发觉里面还有所学校。在拐上几个弯就能到达门口了，后来才发现这只是侧门后也对藏在巷子里的学校顿时失去了大部分兴趣，要是是正门，你想啊，一个藏在小巷子里的大学该是一所什么大学啊。

学校有着几条林荫小道，在去过几次后也渐渐摸索出哪条道上走的人多人少，我想找个人少的地方走走。在休息日是很好找的，其他时间却是不好找。一对对年轻的情侣从我身边走过，又消失在树林和花丛间。我并没有感到奇怪，想起以前自己上学那会也是有着同样的光景。要是没有这些事，反倒觉得不正常了。

在一个还算是偏僻的地方坐下，满怀喜悦地看着路上或者躺在草地上那些比我小些好几岁的年轻面孔，还有那些怀着春的少女，也会想着自己要是其中一对多好。

其实对于200多度的近视且不戴眼镜的我来讲，看那些也是看不清的，可就是忍不住地想要看，也并非有什么病症。其实在街上的时候我也是一样，平日里要是看到牵手的情侣，我总会要多看上两眼，哪怕一眼就能看出是早恋的中学生我也是不会放过的。

我也是有过女朋友的，在几年前的时候。那次中途回四川还遇到过，在我借住朋友家的楼下不远处一家商店里还遇到。一家三口，显得很是甜蜜。在她老公离开后我乘机寒暄几句，我们像是两个偷情的人害怕被发现一样。

记得《谣唱》里面有一段话特别中意，"半晚夕的月光，半晚夕照；满巷道跑的是我，跟抓贼的一样。"讲的是一小伙子在见不到心上人时，急得在姑娘门前跑了一整夜，别人问他在干吗，小伙说我在抓贼。

我们被降临在这里，却一直想着如何逃离，想要躲避这满是荆棘的世界，找一方土地埋葬自己。

大概几个月后我再回到成都，在从朋友家喝酒出来后独自一人站在九眼桥旁边吐，最后一点力气也用不上了，像一个乞丐一样蜷曲在地上。凌晨三点，成都的夜生活才开始不久，而九眼桥这带又属于晚上很热闹的地区。街上灯火通明，从身边经过的行人都纷纷远离浑身酒气的我。

突然想起她，就是突然很想她，可能是酒喝昏过了头，可能是烟迷了心。在一根烟后，我居然在酒精的作用下自己开始怂恿起自己起来，手里的电话不知什么时候拨出了她的电话，电话里她听到我的声音突然就哭起来了，刚上来的酒意瞬间也消失得无影无踪了。

"怎么了，你先别哭，发生了什么事。"

"我离婚了，你过来！你立马给我过来！"最后电话里的声音几乎是用吼的方式讲出来，声音在哽咽中显得更加撕心裂肺。

我挂了电话就去想要去拦车，可是身边的出租车见我浑身酒气没一个愿意载我。我像一个疯子一样在街上奔跑，既然没有车愿意载我那我就跑过去。从川大一路跑到省体育馆，跑过芳草街，跑过肖家河，跑过红牌楼，最后在靠近双楠一所中学的地方停了下来。这在坐车只用 10 多分钟的路程里，对于我来讲却就如同十万八千里那么远。

在几次累倒在地后短暂的休息接着又跑，我想到了很多，但都是她的笑。最后我还想到了一件可怕的事，我在干吗？我要做什么？我为什么要去？在突然一想到这些后自己也害怕起来，我这是在干吗？

那次和扣子约会回来后我一直想问扣子这些年是怎么过来的，却一直没找到机会开口，渐渐也忘了这事。对于扣子来说，我可能只是被她光顾过的其中一个福主而已，然对我来讲却是十分想要了解那些在我不知道的时候她一个人是怎样的生活，想要知道扣子在那些见不到光的夜里是否有人为她点上一盏明灯，照亮脚下的路。

我突然发现自己对扣子如此上心，这是从来没有过的情况，我自己都不知道怎么回事。脑海里那个有着长长头发，用带白色花瓣的绳子系在后面的姑娘的脸上总是能扬起微笑。扣子有着同安安一样漂亮的眼睛，笑起来也是如月牙状的。那次在玄武湖前见看到后就不自觉地陷入了进去，就像那无边的大海，使人再也找不到出路。

我问过扣子，我说："要是让你重来一回，你还会选择这样吗？"

扣子的回答让我吃惊："当然呐，这多有意思，你是不知道，每天和那些人斗智斗勇简直太有意思了，被抓住了就和他们打，打不过就跑。"

在那些数不尽看不到头的日子里我很多次问着自己，对于生活我早已不抱太大想法，对于情爱我也无意多想。以前在遇到此类事后也是会懊恼自己，但自扣子告诉我现在是如此的有意思后，我更是不愿意再去想那些了。

是啊，现在多有意思。遇到真心待我的江离，遇到事少钱多的工作，遇到精灵古怪的安安，遇到内心阳光的扣子，以及遇到了那么多形形色色的人，都是因为他们我才能在当下活得自在。

记得之前江离说过这样一句话："时间能杀死一切能杀死的，包括温柔，包括记忆。"

那株被我悉心照顾了好长一段时间的竹子突然死掉了，是在今年深秋要入冬的时间里，我为此彻夜不能入眠。又要到冬季了，时间如白驹过隙，天波易谢，寸暑难留。安安说那只是秋天叶子掉完了而已，等来年春天又会重新长出来，但我知道，它不会再长出来了。

我同江离商量着今年要不要回家，江离给出了不回家的理由，没在外

第二章　贼的三不偷

面过过年，想看一看这里风俗是怎样的，所以在江离说出来后我还真是找不到理由来拒绝。

在南方我也是见过雪的，但都是小雪，每次下雪也就山顶有少量积雪，等雪花落到半山腰时早以化成水，而山脚下更是不能见到。也突然发现这些年出来后，不管是在北方还是在其他地方，每年过年总是要回家的，所以在江离提到这个想法时，瞬间就击溃了我内心的防线。

虽然南京处于不南不北，但在咨询过几个本地人后，还是得到了南京每年冬天会下雪的答案。

再过不久又要过年了，江离也越来越频繁地出现在我家，有时候安安也会过来，商量着过年需要准备的东西，每次见到安安都是穿得极少，安安的解释是习惯了，也不喜欢将自己裹成熊的样子，所以每次江离也会额外给安安准备外套。

"你是习惯了啊，你家地处中原地带，到了冬天也是比较冷的吧，要是去了我们那边这样穿还好，真不知道你到底是懒还是怎么的。"江离有一句没一句地和安安打趣。

"要你管，反正出门你也要给我准备外套，我穿那么多怎么放呢。"

"得，感情我就变成你的小弟了，等你生病了可别想着我鞍前马后的给你喂汤递药。"

我一直觉得在大雪天穿上大红色的是极为显眼的，也在这几天就开始在购买，由于江离过年也是不回家，所以也特意为江离准备了一份。

其实红马褂红围巾并不是单单为了大雪天准备的，还是小时候，每年过年时，大人总是给我们准备好新衣服，大多都带着红，乘着过年的时候红红火火显得喜庆，也慢慢地在我的印象里变成一种传统。

临近过年，天气越来越寒冷了，安安在父母的要求下也要明天回家准备迎接着最后的时刻，所以现在就顺便在我这边准备了火锅，也是由于四川人的原因，从调理到选材到制作都是我一手把控。用安安的话讲那就是，你人是四川的我知道，不知道你做的饭是不是正宗四川口味我就不知道了，为了证明你做的饭也是正宗川味，你就做成你家的味道来，不然你就是个假四川人。

俗话都说人争一口气，佛争一炷香，我也自然拿出了本事把辣椒和花椒不要钱一样的往锅里放，做出来到底是不是正宗的川味我就不知道了。

江离早就被安安拉到房间里打游戏了，只有江离还时不时地出来看一眼，而安安完全就懒得出来。

"安安什么时候走？"

"原本是明天晚上的，后来她小表弟过来了，就改成明早上了。"

"也好，反正也不远，三四小时就到了，今天这顿就当是给安安送行吧。要再见到安安就要等明年了，想想认识安安也好几个月了。"

"你们在说什么呢？"安安突然出现在我们面前着实将我和江离吓了一大跳，我的心陡然一跳，怒瞪江离。

"没什么，奇文兄不老实，藏了一瓶好酒，今天非要他拿出来给你送行，这小子还不愿意。"

"刚才天气预报说今晚上可能会下雪，现在下着小雨，说不定还真有，就是来告诉你们一下，能吃了叫我啊。"

江离把我藏在柜子里的酒拿出来，尝了口后大骂我不老实，这么好的酒还藏着，我只好笑着解释这是为过年准备的。结果安安也嘀咕起来说都要走了，还不拿出来明摆着就是不给她喝。我无语，千金难买你高兴，随便喝吧。

由于刚才安安说晚上可能会下雪，所以在整个吃饭的时间里，我们都在讨论怎么玩。安安看我们就像小孩子一样开心也显得很激动，举着杯子非要也要满上酒。

　　桂花酒带着花香在几杯后安安就跟没事的人一样，要不是我拿着命保证真的是 50 多度让安安少喝点外，丝毫没感觉到好几杯下肚有任何反应。最后可能酒慢慢地发挥了作用，安安的脸上开始浮现了淡淡的红晕，就像刚熟了的苹果一样，显得很好看，不知觉地多看了几眼。

　　在安排明天的活动的时安安看到我们热情地讨论着也显得很激动，安安说虽然在湖北也能经常见到雪，但都被关在家里不让出去玩。后来安安决定也不回去了，决定和我们一起留下来玩雪，还当即退了回家的票，虽然我和江离阻止了，但并没有改变安安的决心。

　　天空一片昏暗，丝丝的风吹动着还站在屋外的树木。那些摇曳在夜里的黑影就像魔鬼一样张牙舞爪显得可怕极了，而那跟最长的树枝正轻敲打着阳台的玻璃，发出"哒哒……"的声音。而那些不知来路，不知归去的行人依旧在寂寞的寒夜里瑟瑟发抖。

　　等我醒来已经半夜了，江离趴在桌上丝毫没有醒来的意思，安安倒在床上被子被踢到一边。打开玻璃门发现好多树叶都飘落在窗台上，自己也是被冷风一吹，最后的酒意也完全消失了，丝丝的凉意从脖子处往身体里钻，不由得返回找到围巾绕在脖子上才重新去把阳台的窗户关上。

　　在将窗户关好返回房间，却被另一个问题缠绕着，看着他们心里无奈一笑再将江离弄到沙发上后找出毛毯给江离披上，又重新给安安盖好被子。

　　第二天一早就被叫去了外面玩，一整夜的积雪足已覆盖整只脚。此时也已经临近过年，城里突然空空荡荡，街上看不到几个行人，以往来回穿梭的车辆也突然少了好多，以至于安安横穿马路更是肆无忌惮起来。

　　从灵谷寺到中山陵，行走在参天大树和雪白的积雪之间，仿佛是在穿越着一个轮回，每踩下去一步仿佛都是心碎的声音。

　　除夕当天在早早地去江离家后发现江离并不在家，可能和安安出去买食材了，毕竟各大菜场和超市在这样的日子都会早早地关门回家过节，我没有穿上那件红马褂，那件红马褂在早上的时候已经被我的血迹弄乱七八糟的，不仅是那件马褂，整个屋子也都是我的血迹。

早上在洗漱完换好衣服准备出门时，突然感觉所有声音都停止了，外面喧闹和嘈杂的世界再也没有一丝声音传到我耳朵里。那时我站在阳台抽着烟，刚要给那株已经死了的竹子再浇点水，希望有什么奇迹能再活过来，突然眼前一黑，身体顿时向前倾去。

我是早就体验过这种感觉的，一直也都发生在我身上。以往每次蹲久了猛然站起来后眼睛都会形成短暂的失明，四肢无力。记得小时候有一次在池塘边玩水，在站起来后眼前一片黑暗，整个身体一下就栽到水里，池塘的水从我鼻子口腔使劲地往身体里钻，还好在我快速冷静下来后一个劲地调头往回游，直到最后游到岸边时眼睛才能看到光芒。

以前医生告诉我说是因为贫血，我也一直就不怎么在意。在大一新生体检时候，有一项体检是需要抽血的，抽了满满一针管。当时抽了后等我走到楼道时候眼睛也是完全失明，身体冷汗止不住地往下流，我吓坏了，站在原地丝毫不敢动，也不敢想象此时自己的样子。我想站在原地装着没事的样子，结果煞白的脸色还是被路过的同学发现了异样。我已经不记得当时是怎么走完那条楼道的，只是感觉要是就此失明了我该怎么办，也突然明白了那些失去光芒的人是多么渴望光明，好在同学将我搀扶到外面后眼睛渐渐恢复了光明。自那件事后我一直都不敢献血，每次去医院听到要抽血也是首先问抽多少然后再决定看不看病。

所以在这次失明后并没有惊慌，扶着阳台站在原地等待视线恢复。可过了许久视线依旧没能恢复，在等待时候突然感觉鼻子一热一股掺杂着铁腥味的暖流从鼻腔传来，一瞬间我就不知所措了，记得上一次鼻子流血还是在很小的时候，可以说在我长大后都不曾有过，所以在此时完全不知道该怎么办。我慌忙摸索到房间去在桌子上找到纸想要止住，但是鼻子丝毫不管这些，再鼻子被塞了纸团后，嘴里顿时冒出咸腥的味道，牙龈也猛然地发热。眼睛也看不到，血也流不止，心里最后的一丝防线也垮了，瞬间就虚弱起来，身体一点力气都没有。

我由惊慌变成恐惧，那种大限之期降临的感觉，我不知道任血这样流下去会发生什么，还好在这时眼睛恢复了视线。我才发现身前这片地板都是我的血迹，在视线恢复后那种恐惧感也慢慢地消失了。不就是流血吗，我到底要看看能流到什么时候。

等到那包纸即将用完时终于不再流了，立马爬起来跑到阳台用冷水淋着后脑勺，顿时也清醒了很多。用了最后一丝力气拖着整个身体回到房间，倒在床上，昏沉的光线并不能使我房间照亮，所以也干脆闭上眼睛，由于身体太虚弱了，很快就睡着了。

我做了个梦，一个奇怪的梦。我梦到我躺在医院和亲人做最后的告别，被医生下结论后我发疯似了从床上跳起来冲出医院，跑过医院前的花台，跑过小河上的拱桥，跑过形成巨大阴影的树木，跑过停放车辆的雨棚，最后跑到一片草坪时候终于用光了力气一头栽倒在地上。

我听到了一曲仙音，我突然庆幸起来，要是死了后能入仙界那也是不错的，我想到。江离打来的电话将我吵醒，好像说要和安安出去一趟，晚上直接过去的事。我嗯嗯啊啊地应着，江离也简单地说了几句就挂了。

后来感觉口里有异物猛然睁开眼睛，首先看到的是床单和被子上满是血迹，原来即使在我睡觉时候，我的身体也并没有停止流血。

在简单的处理后连门都没关就跑下楼去，内心像被什么揪了一把一样疼，眼睛情不自禁地想要闭上。我住的地方离市二院并不远，几分钟后我冲到医院。在告知医生情况后，帮忙止住了血，那医生又说，我这个情况最好要抽血化验一下，我想着都流了那么多了，也不在乎那么点了。

虽然今天是除夕，但医院依旧有不少的人，还有患者不停地往这里送来。神奇的是在医生抽血后鼻子也不再流了，由于等化验单要很久，我也懒得在这里等，所以也就回去了。

在收拾完屋子换好床单被套后隐隐约约的困意来了，身体在之前流那么多血也开始变得懒惰起来想要躺下，最终我如了身体的愿躺在床上，很快就睡着了。

这春去秋来的日子总在不经意间走过了，每次家里问起我的状况我都报喜不报忧，在他们面前我总是过得很好。我丝毫不敢对他们提起我内心的柔弱，和家里通完电话后长长出了一口气，我分明能从母亲的声音里感到丝丝的落寞。

也不知道江离回来没有，也管不了那么多了。相比刚才失血那么多，现在只想大吃一顿。在到江离家后发现江离并没有在家，可能是和安安出去购物还没回来吧。这大过年的，大冷天的还真不知道他们在街上逛个什么劲。

从医院拿回化验报告后心也宽了很多，医生说并没有什么事，报告上一切都很正常，对此我满腹狐疑。医院依旧不停地有人被送来，在重症监护室门外聚集了不少患者的家属，他们就那样随意地坐在地上，面无精神，显得十分悲伤。

一个护士说几乎都是车祸被送来的，在我离开时有一个刚送到医院就已经死了。顿时一直守护在患者旁边的女人就像是变成一团面一样再也不能直立起来，而一旁小女孩的哭泣声又像是对这天地咆哮般激荡着我心。

想到上午那会发生的事，心里不由的打着寒战。

在等不到江离后我沿着建林路一直走到中央门，在中央门逗留一会儿后天已经暗了，再从龙番路一直散步到火车站，接着沿着环湖路一直晃悠到玄武门，江离那小子也联系不上，为此在心里狠狠骂了江离多次。

夜晚的玄武湖显得十分安静，像是熟睡的孩童，在最后几个人离开后

　　我终于享受了长久的清净，从玄武湖大门进来向右拐走上一段路会看到一棵歪脖子树，我就在那棵树对面的长凳上坐着。

　　车站那边划破天空的烟花绽放出美丽的花朵，紧接着一声巨响打破了这宁静的夜。脑海里一直想着刚才那幕，医院里那一幕，我一停下来它就像挥之不去的梦魇一样缠绕着我，使我不能安宁片刻，想起那小女孩的哭声顿时心里生出一声长长的叹息来。

　　此时轻薄的雾气逐渐聚拢，它包裹着整个玄武湖，而对面的灯火通明的火车站像是在这漆黑的夜里的一盏明灯，照亮来往的灵魂。

　　就在我站起准备离开时，一个黑色的影子从我对面跑过，快若闪电，接着迅速地钻进身后的树林，消失在黑暗里。而此时在玄武湖门那边发生了争执，声音很大。一个肥胖的人着急地对另外几个人指指点点，然后几个人又向着不同的方向跑去，急急忙忙的样子。

　　随后一个点着烟的男人骂骂咧咧地跑过来问我有没有看到有人跑过，我指了指相反的方向。他迅速地招呼同伴向我指的方向跑去，完全不考虑我说的真实性。

　　终于在不久后，那影藏在黑暗里的鬼怪终于有所动静了，像是终于等到猎物一样。湖面吹来的风，穿过身后早已掉光叶子的树，树林发出一阵稀疏响声，但我知道那声音并非是被风吹的树发出来的，是那鬼怪穿梭林丛里弄出来的，我内心一阵慌乱，我甚至不敢转身去看。

　　随后眼睛余光分明能看到那之前闪躲进去的影子快速移动到湖边的歪脖子树后，然后再伸出半个身子来左右瞧瞧。我紧握双手，手心里早就布满了汗滴，现在我的战斗力可以说无限地接近零，我开始后悔放走那几个大汉，这大过年的要是遇到什么奇怪的人怎么办。

　　在黑暗里那棵歪脖子树变得更加的张牙舞爪，从小就听到有关歪脖子树的传说，以至于在整个童年里每次见到有歪脖子树都会选择绕道而过，要是实在绕不过也会选择快速跑过。

"喂，那几个人走了？"那棵歪脖子树后面发出声音来，略显得紧张。

"喂……"那个声音见我没有回答不由得显得焦急起来，此时我满脑子都是那些鬼怪，虽说不曾遇到过，可也是不想招惹眼前的麻烦。

就在我准备起身离开时，那个黑影快速地移动到我身后，速度堪称快，让我丝毫来不及反应，要真是什么怪人，难道注定我命丧于此？

"那几个人走了？"

"走了，应该吧。"我鼓起勇气想要扭头过去，结果还没等到我转过去那黑影就一下跑到我身前。

"是你？你怎么在这里。"

"扣子？你怎么在这里？"等我抬起头来看到那这鬼怪时不由得一惊。

"我啊！你又不知道我是干吗的，今天运气不好呗。"我还没从诧异中回过神来，她又淡淡说，"还说我，你大晚上的怎么在这里，今天过年耶，你不回家啊？"

"有点事就不回家过年了，倒是你啊，大过年的也去偷，怎么，过年都不给自己放个假？"看着扣子那可爱的脸蛋我不由得笑话起扣子来，仿佛只要和身边这个人在一起就感觉浑身轻松，心境豁然开朗起来。以前是，现在也是，扣子身上就像有某种魔力一样。

"嘿嘿，这不是乘着过年人少活动活动大展身手嘛，俗话都说了，要学以致用，片刻不能休息！"

"你这是哪里来的鬼俗话，你要是再偷，小心哪天被人打断了手脚，挑断了胫骨，我看你怎么办？"

"就你鬼话连篇，满口胡谈。都什么年代了还挑断了胫骨，我给你说，以前被抓住的时候我就给叔打电话，就是那个警察你知道的。结果叔来后人家也不敢打我了，被带到派出所后过会又放出来。你见过哪个贼主动报警的吗?"挑逗扣子后被扣子狠狠地掐上了一把,心里真是后悔不已。

"难道天变了?怎么还贼主动报警了。"哈哈大笑后想着有点意思,又问道,"你今天又偷的什么被追到这里?"我顺势灭掉手里的烟,想着再点上一根,看到身边的扣子也算了。

"哎,就一个破手机,真是的追我这么远。对了,那几个人走了没?"扣子伸着脖子左右张望起来,长长细细白白的脖子煞是好看,让人生忍不住想要多看几眼。

"给你,别冻着了。"我取下那条特意为过年准备的红色围巾递给扣子,看到围巾就想到江离他们,也不知道那小子现在在干吗,"过年好。"

"没想到你这个大老粗还懂得怜香惜玉哈。"扣子接过去后随便在脖子上绕了两圈,围巾很长,在扣子整理好后仍有大部分垂下来,"你也过年好啊。"

"那几个人应该走了,估计也不会回来了,刚才我看到他们出了玄武门。"

"你呢,大过年的怎么在这里,被人甩了?出来冷静冷静?"此时我就感到和扣子不能好好说话,这丫头能几句话就将人惹毛,这都什么跟什么啊。

"是啊,一个人呢,出来冷静冷静!"我没好气地看着扣子,却被扣子那一脸灿烂的笑容打败了,瞬间息鼓投降,她总是将调皮和可爱发挥到极致。

"我给你说,你们这些人别总是抱着异样的眼光看我们,我们本事大着呢,有什么风吹草动,新闻八卦都知道。我们道上的规矩,不,我的规矩你应该知道吧。告诉你,可别惹我。"

"还道上,惹你怎么的,三刀六洞啊?毛都没长齐装什么大尾巴狼。"我是被扣子逗乐了,真不知道这小姑娘哪来的那么大胆子。

"你……"后来我发现了，真的是不能惹扣子，因为一惹到扣子我胳膊上就会青上一片，用江离的话讲，那就是小龙虾变的。

"还真是个奇怪的人啊，大过年也去偷，真是片刻都不安静。还好是遇到我这么正义的人，要是遇到什么坏人，你就完了。"我打趣地说着，任由扣子在我手臂上用力。

扣子在听到我话后不由得身子一缩抱紧衣服，生害怕我做出什么异样的动作来，"你敢！偷怎么的，不偷你养我啊，真是奇怪了！"

我不语，真是个有趣的人，可能正是因为扣子的奇怪吸引着我，才会在那次见面后还一直想着她。夜在不知觉里慢慢变得深了，阴暗的天空看不到一丝星光，只有站在一旁的路灯还散发出月光般柔和的光亮。

第三章
被解救的姑娘

　　路边的街灯吸引着我，它能将我和扣子的影子拉得长长的，个头长高了不少。灯光不能全部照在扣子脸上，更多的光线是被我挡着。她就坐在我旁边靠着我，我们有一句没一句地闲聊着，任它天寒地冻，任它光阴如梭。

　　"你说活着有意思吗？"此时突然想起下午医院里的那个小女孩，不由得内心一抽，整支烟也被一口吸了大半。

　　"当然有意思啊，活着怎么没意思呢。活着太有意思了。没事做就去偷东西，碰到什么有趣的事就停下来看一看，你说是吧，活着多有意思！"扣子说得很激动，不由得伸出手来在空中比画着。

　　扣子将围巾分我一半后，我和她身体更加接近了，最后她干脆靠在我肩上。以往对人提起这类问题总会得到活着没意思云云之类的答案，却很少听到说活着有意思之类的答应。

　　以前江离说我活的像个诗人，我乐了，他说我能在这片广阔的天地中可以自由地行走，不缅怀过去，不担心将来，只活在当下。

　　我诧异，我是一个诗人我承认。但我也是不能在这广阔无边际的世上直立行走，我也缅怀过去，只是独自一人在承担之前所沾的因果。我更是担心将来，前面新修的楼盘 5 万一平方米像一头狮子一样随时向我扑过来。我更是懊恼当下，长久的努力并没有给我带来什么改变。肥胖的身体，卡里的余额好似一条盘滞心头的毒蛇随时就能将我带走，每想到这些心里就像扎了一把利剑一样疼痛。

"怎么，你要死了啊？"

"你才要死了呢，刚见面就咒我死。"我赶紧接过话去，想着白天的事想着不要被扣子发现什么。

"人家这不是担心你吗？哎，真是好人没好报啊，这都什么年头了啊，天理何在。哎……"扣子忍不住都高呼起来，最后像泄了气的皮球一样，身子一软又倒在我身上。

"你还好人！"淡淡看了扣子一眼心里无奈一笑，"下午在医院碰到有人死了，家属顿时就没了力气瘫痪在地上无语凝噎，小女孩一下就哭了起来，真是撕心裂肺。你说要是突然就死了那些关心他的人应该怎么办？"

"还能怎么办啊，凉拌呗。死都死了，难道还想着他活过来啊，但还活着的人应该要好好活着，你说是吧。"

我看过很多书，学到了很多道理，但无一不是讲的世界美好，社会大同。后来我发现书里讲的都错了，我看到的并非像书里写的那般美好。但后来遇到扣子，扣子的心里那份温柔和身体里炙热的血液告诉我我看到的又错了。扣子虽然出身贫寒，从小受了很多委屈，但对生活对生命充满了期待。

随后扣子对着天空哈着气淡淡说道："有些人活着本就是罪恶，嘿嘿，就像刚才追我的那些人。"接着重新坐好看着我说："对了，你还没告诉我你怎么大过年的一个人在这边呢。和你鬼扯这么久，一开始问你的话结果到现在都还没回答。你说你是不是成心的！"

"专门等你。"

"切，一天鬼话连篇，谁信啊。你要是不说我可又要掐了哈。"扣子不依不饶地在说完后就将手放到我腰上了，我一把握住，我明白要是被扣子这手下去这块瘀青可要一周都不能化开的。

"好吧，就告诉你吧。今天中午做梦，梦到一个白胡子老头，他给我说，小伙天将降大任于你，别啊，等我说完啊。那老头说大任我看你也担不起，那就给你个小任，晚上去玄武湖，送你一场奇遇。就这样，我就来看看到底是什么奇遇，世界没拯救到，却救了你。"扣子还没等我说玩就已经在腰上狠狠地揪上了一把，好在我及时止住才把话讲完。

"你小龙虾变的啊！钳子啊！这么疼！"在我掀开衣服后看到白了一大块，最表层的皮已经不知道跑哪里去了。

"哼！看你还老不老实。烟给我！"扣子也是对我毫不客气，小嘴一横就瞬间不高兴了。几番下来每每我都败北，"还想反抗，看我今天不收拾你。给你梯子你就敢上房，给点颜色就敢开染坊，拿命来。"

闲聊许久后扣子说手冷，然后冲我魅惑一笑后一把把我按倒在凳子上，一个翻身就坐在我双腿上，接着掀起衣服将那双冰冷的双手伸了进去。我感觉就像在大冷天里，赤裸身体还抱着个冰疙瘩一样绝望。扣子手还一直不老实，一直在里面乱摸。我是极其敏感的，也从小就怕痒，所以在扣子手伸进来一阵捣鼓后，最后一丝反抗的力气也沉在玄武湖里了。

最后我只好放弃抵抗，不再搭理扣子。扣子也顺势爬到我身上，扣子的手终于安静下来了。我想让扣子拿出来，但扣子让我别动。

"别乱动，让我暖会手。"我也不敢动，更甚至被扣子整个身体的重量压下来，真的是除了头能左右扭动外，也只有脚能稍微移动了。

扣子闭着眼睛，长长的睫毛微微地动着。此时在近处在看着扣子，也是有着精致的脸庞。扣子呼出来的热气扑在我脸上，一阵接着一阵。贴着我皮肉的那双手在一会儿后也不再感觉到寒冷，好像已经很熟悉了，成了身体的一部分一样。

"看什么看？没看过美女啊。"不知道什么时候扣子睁开了眼睛。

"没看过你这么美的。"心里一阵偷笑后接着说："扣子，知道我们这像什么吗？"

"像什么？"

"就像刚谈恋爱的情侣。"

扣子听到瞬间从我身上爬了起来，那双藏在我衣物里的手也被扣子收回了，安静地坐在一旁。从昏黄的灯光下依旧能看到那小脸蛋上露出淡淡的红，看到扣子十分可爱的样子后，我内心情不自禁地笑了起来。

"哈哈，原来你还会害羞啊。"我尽情的嘲笑着扣子，声音肆无忌惮的传到对岸，再从对岸的树上弹到湖面形成一圈又一圈的波纹。

"死走吧！再说不理你了。"扣子像个害羞的小姑娘一样双手紧握着衣裳的一角，小嘴巴向上撅着。

"好啦好啦，逗你玩的。看你大大咧咧的样子，没想到还是个小丫头啊。"

"你……"扣子见我不一样不饶，又是一记扭转乾坤钳使在我身上，吓得我不敢再乱说。"谁说我是小丫头了，我凶起来可是要上房揭瓦的。你去道上打听打听，看看扣子我是哪号人物……"

"得了吧，我只看到大过年的被人追的满街跑，还人物！"说是不要惹扣子，但和扣子没聊上几句就全然忘记了，也只有等到扣子使出绝招扭转乾坤钳我才安生几分。

"你这个人，真是不会聊天，嘴里就没一句好话，难怪找不到女朋友……"

我痛改前非，并非为了赎罪，只是为更好的自己来配得上你，只是你不知道，在见到你时我内心是无比绝望却又充满了希望。

湖面渐渐的升起了薄雾，轻盈的薄雾将整个湖面笼罩在内，我再也看不清对岸的情景，车站那边的灯光也在层层雾气里显得模糊起来。身前的雾气里不知道藏着多少往事，而那些被掩盖的秘密始终不被人们发掘。

环湖路上的灯光也终于在这一刻暗下来了，此时那长长的道路在雾沼里显得更加神秘，像是通往异世界的大门，那棵歪脖子树也在黑暗里似乎变成了守门人。

扣子的呼吸声渐渐平稳起来，我将外套褪下给扣子盖上，动作尽量显得微小，不去惊扰她的美梦。她将整个身体横在长凳上，将上半身放到我怀里。对于这个胆大的姑娘一直有着灼热的好奇心，算下来加上这次我们也只是见过三次面，而她就敢作出如此大胆的举动，真是让人惊讶，同时也不由地叹道扣子还真是放心我啊，当然我更愿意去相信扣子只是累了困了，突然睡着了。

以前我也有很多朋友，后来渐渐地不再去联系了。曾经我们称兄道弟，也曾把酒言欢，后来有的人结婚了，有的人出国了，有的人还在为梦想努力着。我们开始过着各种的生活，我们都长大了，酸甜苦辣都开始自己品尝，打碎了牙也混着血液吞到肚子里。前些年还参加聚会，在回忆了我们共同的回忆后再寒暄几番也变得无话可说，之后我就不再去了。我们不再有共同的目标，也不再有共同的追求，我们都在各自的天地里奔跑。

所以我更加明白扣子这种人，每天都在奔跑，也过着东躲西藏的日子，每天担心被抓被打，不敢有固定的住所，甚至是在人群里都不敢大声讲话害怕被认出。

扣子的睡相像个小孩一样，双手握着拳头放在脸庞边，像是做着自卫的举动，还喃喃地说着一些听不懂的呓语。

我一直在想，我的人生应该是什么样的。我想更多的可能是平凡的，虽有想过制定好计划通过努力来改变现状，几番下来后依旧喜欢那种未知的明天的期待心情。

夜已经很深了，只是该晚安的人们还没晚安，期间江离发来几条短信问我怎么回事，我说有点情况让他们先玩，其实思绪已经早贯穿云层，飞奔到九霄之外了。夹在两指之间的烟不知觉地已经燃烧到底了，再次掏出点上时扣子醒了。眯着双眼问我现在几点了，我说已经两点过了。扣子猛然从我身上蹦起来："这么晚了？我睡了这么久？"

"可不是吗？可冷死我了，你看我一包烟都抽完了，你说你睡得久不久。"我装着没好气的样子说着扣子，双腿早就已经麻木了，扣子在熟睡的可爱模样又舍不得叫醒。整个身体也在将外套给了扣子后瑟瑟发抖，幸好我血气方刚勉强能支持下来，要是换作旁人，可能早就死于非命了。

"对……对不起啦。"我想表现得不那么冷，但身体还是不受控制地轻微地抖起来，扣子将衣服还给我，才稍微好上一点。

"睡爽了？暖和了？"我头都不想转了，不想过多的消耗体力在这些不必要的事情上。

"嗯，暖和了。"

"那该我暖和了吧！"原本我是想一把按倒扣子躺在她怀里的，像刚才扣子一样。结果只是扭头带着期待的目光盯着扣子，却惹得扣子眉头紧皱不明所以。

"哎，也该回去了吧。这么冷的天也不知道你怎么还能睡着。"我穿好衣服，重新将自己包裹好，武装成一个战士就起身准备离开。

"喂——"正在我走到一旁的垃圾桶处，将那份化验报告撕碎，打算扔掉时扣子叫住了我。

"怎么了？"在一把扔掉化验单后突然感觉全身轻松了很多，像是刚得过一场大病现在又恢复了元气一样。

"我……那个……那个我没地方住了。""之前住的地方被人抄家了，你也知道我这种人，总会麻烦上身的。"

我心里想笑，果然犯了错会有人收拾的。我打着趣问扣子说："那怎么办？还有住处吗？"我甚至想笑，不知道为什么，想到之前被几个大汉追逃到这里的样子。

"没有。"扣子望着天考虑了一番后是这么回答的，好像很理直气壮的样子。

"那？那你住那啊？睡大街？对了，可以去那个警察那里。"

"不去。"还没等我说完，扣子立马把话抢了过去。"和他不是很熟，再说不怎么想去打扰他们，总觉得不好。那个……能不能现在你那里凑合？"

"你！不好意思打扰别人好意思打扰我？我们也不熟啊，我们才见过三次耶！再说我可是个坏人，以前骗小孩零花钱，现在还喂小姑娘吃棒棒糖……。"

"你不是，我知道。"

"你晓得个屁。"对于眼前的事显然让人匪夷所思，激动得连四川话都说了出来。

"做我们这行的呢，插言观色最为重要。我看过你的面像，你额头饱满，鼻梁提拔，眼睛满是柔情，你不是坏人，不然我刚才也不会那么肆无忌惮对吧。"

"你这心眼比莫高窟的洞子还多啊。"

"嘻嘻，怎么样？"扣子本来就离我很久，现在更是一步跑过来抱着我胳膊像个小孩一样撒娇。我像是中毒的一人一样，身体里最后一丝抵抗也在这猛烈的毒药里化为乌有。

"让我想想。"我重新坐到长凳上，点起烟来。扣子还一直在耳部叫嚣着说我这么大个美女，去你那里住是我的福分之类的话。

并非我有什么怪癖，也没有什么不良嗜好，只是单纯的习惯了一个人住。非要说不良嗜好的话，一个人在家时，天热了会裸奔我想勉强算一个吧。

最后心里无奈叹了一声后说："去可以，但是我们得约法三章，不然想都别想。"

"行啊，你出个章程来。"扣子一脸凑过来，我吓得赶紧向旁边挪了几个屁股的距离。

"好，一、不准乱翻我的东西。二、住我那里时候不准再去偷。三、一切行动听指挥，要听我的。不答应自己找地方住去吧。"

"其他没啥。但我又没有收入，不去偷你养我啊。"扣子饱含柔情的目光看着我，我不知道同意扣子过去住到底是对还是错的。

我上下打量着扣子，虽然现在扣子穿了蛮多衣服看不出来好身材，但一直还记得上一次天气很凉爽时扣子白衣飘飘，纤腰一握的好身材。"反正你那么瘦，也吃不了多少。我还不信你还能把我吃穷了不成？"

"你可别小看我哟，我饭量可大了，我还在长身体哟。"扣子在得到让她搬过去住后也瞬间活跃了不少，蹦蹦跳跳的很是高兴。

"还有，在找到住处后赶紧搬走。"看着蹦跶在凳子上去的扣子也是一阵头疼，要是在家里也这么闹腾可能我还真是受不了。

"别啊，我可以给你做家务，给你洗衣服啊，就当报酬了。"扣子听到我要赶她走，瞬间从凳子上跳下来，落地时还险些没站住脚。

一番嬉闹后扣子摆摆手也一把抱着我胳膊，朝着玄武湖大门那边走去。其实让扣子搬过来是觉得扣子说话很有意思，那么久一个人待着难免自己内心会出现点毛病，扣子的调皮捣蛋，很多时候说话也不着边，却在和扣子聊天时候有一种让人轻松的感觉。再加上扣子的"三不偷"所谓的义贼的缘故，这样一个有自己的原则的人来讲，是值得信任的。

身后玄武湖依旧笼罩着一层雾，和之前相比更加厚重了几分。今天还真是发生了不少事，想起一首歌里写的：一弹指，一刹那，一辈子不翼而飞。上午从鬼门关走了一圈，接着有遇到内心流淌着充满希望力量的人。

"饿吗？"扣子的脖子上绕上了高高的一层围巾，只露出两只眼睛来。

"饿。"

"我也饿！走，我带你去吃好吃的去。"

"又鬼扯，这么晚了，大过年的还，那个饭馆还开门啊。"扣子显然不相信我的话，将缠绕在脸上的围巾向下拉了拉。

"江离和安安也没回家，原本呢，今晚是要去江离那里烫火锅的。结果去了没人，就来玄武湖溜达。然后呢就碰到你了，一直到现在，江离可是催了我好几次了。再不去，好吃的都被他们吃完了。"

"他们也没回啊？还是不要去他们那边了，直接回去吧，你又不是不知道我和江离有过节。"扣子说着就拉着我往回走，我还真是忘了扣子也去过江离家捣乱这事。

"哈，人家都说一个好汉三个帮，你倒好，一个都没有，看你以后还偷，一个朋友都没有。"

"随你怎么说，反正不去江离那里，哪有贼自己送上门的啊。"扣子说着就站在原地不动了，怎么拉也拉不动，我只好放弃。

在给江离打了电话通知今晚不去了后，没想到引起江离的一阵牢骚。问我怎么回事，我说这是在你们俩留机会，随后就挂了电话不管江离了。

从黑龙江路某个巷子进去拐上几个弯就到了我住的地方，现在整栋楼灯火通明，从窗户内传来屋内热闹的声音。楼道里的灯坏了，我们只好摸索着上楼。隔壁那对老年人将电视声音开得很大，楼上还不停地传来狗叫声。一年又结束了啊，随着年龄增大，自己的笑声却并没有如那些房间里此起彼伏不停歇。

"忘了问了。"我打开房门先进去将灯打开，而扣子站在门外显得踌躇。

"你不是哪里的变态吧？"

"当然是变态狂了，你知道的，一个人住久了心里难免会滋生出变态的想法。"屋内的光线透过门一部分照在扣子的脸上，我发现了她神色骤然紧张起来，但随后我的凶恶的表情已经镇不住她了，也在我终于崩不住的脸上表情时她"切"了一声便钻进房间里来。

"要是打起来，还真不见得谁打得过谁呢。"

由于临近过年，所以在家屯了好几天的菜，各种食材和佐料也很健全。当我在厨房里忙碌的时候扣子开始还会跑过来看，顺道指指点点，后来便不来了。出了厨房发现扣子早以窝在沙发上睡着了，不知道这丫头怎么这么能睡，随便一个地就敢大胆地睡觉，要是我，我是完全不能的。扣子算不上倾国倾城，但也算得上是小家碧玉。在从房间里拿来毛毯给扣子盖上后又去厨房忙碌起来，想着这是过年了啊，怎么也要吃上一顿好的。

用压力锅炖好了排骨，蒸了条鱼，还炒了几个小菜，我何曾想到，那个曾经偷我东西的贼会有一天住到我家，吃上我亲手做的饭菜？我宁愿相信这个世界是有冷冰冰的物质构成的，在那些看不到的地方一定隐藏着某种惊人的力量，演算着世间的变化。尽管我们谁也不知道，但我相信一定会有，就像一次在某本佛经上看到的一样："我从某夜得最正觉，乃至某夜入般涅槃，于其中间乃至不说一字。"

"你这手艺和谁学的，你这个排骨汤是我喝过最好喝的。"扣子一口气将一大碗汤全装进肚子里，碗里只留下几块萝卜。

"嘿嘿，好喝吧。我可用出我看家本事了，我告诉你，这是祖传秘方，不外传的。"看到扣子吃的那么开心自己也高兴起来，第一次在外人面前显摆自己厨艺还得到赞扬，不由得沾沾自喜起来，果然和扣子吃饭比自己一个人吃香很多。

"切！不说拉倒，我还不想听呢。"扣子撅着嘴，扔下筷子拿起啤酒就喝。真不知道扣子那么小的一个人，怎么有那么大的肚子。

"我还懒得说呢。""我可是下了血本的，把香肠和腊肉也放里面煮了。汤能不香吗！"

"香肠？什么香肠？"扣子一脸狐疑地看着我，我立马意识到自己说漏了嘴。老家寄来的香肠我一直舍不得吃，江离要了好几次最后分了江离一段后，简直心痛得要死。

我只好去厨房将那段香肠切片放到桌上，扣子拿着快照插了几下后一副不敢吃的样子。看了好一会儿才终于夹起一块放到嘴里，一副等待命运的审判的样子，最后一束光将扣子笼罩在里面："这是香肠吗？怎么和我以前吃的不一样？这是你老家那边的吗？这太好吃了。这个怎么做的？这都是我的。"我是明白扣子此时的，四川的腊肉经过腌制和熏培后，洒在肉表面的调料最终融到肉里面，吃起来是十分爽口的。每次回家都会叫奶奶煮上一段来，一盘也几乎被我一个人扫光。

"是啊，我老家的。自己家做的。""我说你倒是慢点吃啊，就这一盘了，吃完就没了。"在扣子一片接着一片往嘴里塞后我忍不住大骂着，再好的脾气也会被扣子气得吐血。

"啊，那我慢点吃。不过真的很好吃啊。"扣子也是消停下来了，不再那么明显的狼吞虎咽了，但还是一直盯着那盘香肠。

"得得得，吃你的。要是你这去了我家里，不被骂死才怪。真没想到，你这样漂亮的一个美女，吃起饭来简直就跟野兽没区别。"看着扣子可怜的样子也是不忍的，谁叫自己之前都说了随她吃啊。

"嘿嘿，谁叫你手艺好呢，你说是吧。"扣子嬉皮笑脸一副人畜无害的模样还真是可爱极了，想起安安向江离撒娇也是这样，自己不由得摇了摇头。

"这话我爱听。"

第二天扣子偷偷跑回去将一些必要的东西搬过来，本来是要拉着我去的，对于这些苦力活我都是会找借口推脱的，结果在扣子回来后只是一个书包和行李箱，行李箱里被胡乱的塞满，还有一大包零食，扣子心痛般地扔给我几包说着这是她最爱吃的。

　　之后一段时间里我和扣子都待在家里，江离来找过我好几次，为了避免扣子和江离再发生争吵，我特意躲着江离和安安。扣子也不想让江离知道现在住在我这里，当然我也不能勉强，想到自己也变成武帝刘彻藏起娇美人来不由得好笑，虽然明白事情迟早会东窗事发，但能平安没烦恼地过上一天也是一天。

　　在外面的时间里自己不由得时常盯着手机傻笑起来，手机里时不时能收到扣子发来的段子和搞笑图片。自己也在和他们相处时更加显得心不在焉，心里想着家里那位美人。

　　白天会和扣子早早地去菜市场买好菜回到家里准备晚饭，在扣子尝到我做的饭菜好吃后自然的将做饭的事交给我，用她的话讲就是我长得已经算是没救了，做好一手菜说不定还有姑娘看得上我。晚饭后也会顺便出门溜达一小会再回到家里，我盯着电脑打游戏，扣子拿着平板看电影。扣子夸我做的一手好菜，其实只是扣子不知道的是我只会做那几道菜。

　　初四立春后的第一缕风从远处吹来，带动着扣子耳边的头发。刚洗过头的扣子头发里还散发着洗发水的香味，香味轻轻地飘来刺激着我的感官，使我全身打了个寒战。

　　江离准备在我这边弄火锅，吓得我赶紧带着电磁炉去了江离那边。扣子也让我去，虽然知道把扣子一个人丢在家不好，但毕竟这是目前最好的办法。吃饭时扣子发来信息问我能不能动沙发什么的，我一直没明白扣子所说的动是什么意思，于是就给扣子回消息，只要不弄坏了就好。

　　没过多久扣子再发来将沙发靠着墙的照片，客厅里一些杂乱的东西也被移开，整个客厅空出一大片出来。我满脑子疑问，这家伙不会要拆我家吧？要不是江离非要拉着我喝酒，我甚至会立马跑回去看看那丫头到底在干吗，后来扣子又发来短信说我家真脏啊，抱怨累死了后才放下心来。

"我说你激动什么啊？过年能有什么事，除夕晚上跑那去了？"江离向我扔来一瓶啤酒，虽然是大冬天的，但我和江离一样还是喜欢喝冰的。

啤酒握在手里触感冰冷，冒着丝丝的寒气。"我还能去哪里啊，在家呗。我这个电灯泡啊，真是不容易啊。"

"你小子，满嘴跑火车，什么跟什么啊。"江离大喝了一口啤酒，没好气地说着。

扣子将沙发紧靠着墙放，将客厅里的很多东西都移开，中间空出一大片空地出来。不知道从哪里弄来的一块淡黄色的地毯铺在地上，那个被我放在阳台放花的小桌子也被扣子清理干净放在了客厅那块地毯上。墙的一角还放着一堆乱七八糟的小玩意，仔细看才发现那是我以前买的一些乱七八糟的玩意扔在扣子房间的。

"你把这些拿出来干吗？"扣子抱着厚厚一叠棉絮从她的房间出来。

"让开。"扣子从我身边走过后将棉絮毛毯之类的全部扔到沙发上才转过头来说，"你，把鞋子脱了再进来啊，我废了好大劲收拾干净，你可别给我弄脏了啊，赶紧把鞋换了。"扣子说着就推我到门口，双手插着腰，随后又指着一旁说："呐，以后进门要换鞋，这是给你买的毛毛拖，我可不想天天拖地。"

随后又显得气鼓鼓地说："不是说了吗？我可不吃白饭的，你给我提供吃住，我帮你打扫屋子啊。还怎么的？赶紧换了。"

扣子的房间和我的房间仅一墙之隔，扣子的房间很小，放着一张不大的床和一个小柜子就没多少空间了。当时房东以一居室的价钱租便宜给我，我也爽快的签了合同。屋子内刚重新简单的装修过的，房东老两口常年在外地，所以这里除了江离他们几乎没人会过来。

进门到客厅会路过厨房，过道另一头是扣子房间的门，原来我是用来放东西的，扣子来后也就腾出来让扣子先住下。

"这个怎么弄？"扣子赤着脚蹲在地毯上捣鼓着我曾经视若珍宝的小投影仪。

"你还一天真是没事做啊，给我。"地上乱七八糟的线在整理后才稍微看得过去，将投影仪弄好后直接被扣子挤到一边去，又自己确认有用后才竖起大拇指。

"我说，你把这些东西拿出来就算了，把棉絮这些也拿出来干吗？"

扣子也不说话，一直在自己捣鼓，我也没办法，只好回到自己房间去，任由扣子在外面折腾，等她累了就消停了。在确定养的几株花还存活后顺势躺在床上，看着那天花板不由得想到那天的状况，满脑子的杂乱。

扣子在地上铺了厚厚一层棉絮，坐在棉絮上面用投影仪看着电影，见我过来让我赶紧过去。

"你这是要在这里看电影？"

"对啊，不仅要看电影，我还要躺着看电影。怎么样，你躺下试试，是不是很舒服？"扣子一把将我按到地上，地上被扣子弄得软软的，很舒服，丝毫感觉不到地板的硬。

"是蛮舒服的。"

"切，这块地现在可是我的了。窝在这里看电影多好的事，真是不会享受。"扣子也会享受起来了，真是不得了。"我去做饭，看你每天做饭不情愿的样子，今天换我来。"

"你？"不知道扣子怎么突然改变了性子，我情愿认为是我的酒还没醒。

"怎么，看不起人啊。我也是会做饭的，只是有你这个大厨在，懒得做而已。"

虽然不知道扣子今天哪根筋搭错了，但至少今天不用给扣子做饭，心里也小小地高兴了一下。扣子说着就起身钻进厨房里，随后就听到放水的声音。不得不说扣子真是有本事，原本我这里算是乱七八糟的，在扣子收拾一番后简直就想换了个地方一样。房间感觉突然变大了很多，整个房间的光线也亮了许多，甚至屋内的空气都感觉清爽了很多。

扣子将客厅腾出来后，每天没事时候就会坐在地上看着电影。偶尔会将整个身体放到被窝里，只露出头来。晚上也睡在那里，说过好几次，但扣子在那里生了根，发了芽，长成了参天的大树。

扣子说睡在地上才有安全感，我嘲笑扣子说你怎么不裸睡在地上呢，那样更紧贴着大地母亲，更有安全感。后来每天都是扣子做饭，我洗碗。我们更少出门，在我不用电脑的时候扣子会将电脑链接投影仪拉着我坐下一起看电影或者电视剧，从欧美到日韩，再到动漫，扣子就想杂食动物一样从不挑片源。

偶尔等扣子在厨房忙碌的时候，我会打开那许久未听的歌来放上几首，扣子也每在这时都会只让我听一首，然后迅速的换成她能听懂的歌后又返回厨房忙碌起来。

虽然现在已经立春，但气温并没有快速的回升，依旧是在肉体外裹上厚厚一层衣物。新年的气息渐渐地随着返城的人减少了很多，道路上的行人也多起来。我给扣子说玄武湖那边有一家小丸子很好吃，可在我们去过几次依旧还没开门后，去的欲望也就减少了很多。

和扣子相处还算是平静，我们没有闹矛盾，也并没有因为擦出什么火花来。扣子也老实起来，出门打报告，也没再去偷，算得上是风平浪静。

有一次我问扣子我说你的本名是什么，扣子说就叫扣子。扣子的声音里透露着淡淡的哀愁，扣子之前说过自己从来没见过自己的父母，自记事时候就在福利院里。扣子原来说父母是车祸遇难，她说她也是听别人说的。

后来扣子又说，父母什么的反正都不认识，想了也白想，算了。

我曾经在一些书本里看到过像扣子这样的人，无一不写的是他们可怜。是啊，我也觉得可怜。对于那些有父母陪伴，有兄弟姐妹的人是不会体念到那份孤独和内心的倔强。他们用力地活着，将自己变得更加强大，用光鲜的外表来掩盖深处的柔弱。

扣子的头发随意地垂下，将整张脸蛋包裹在里面。嘤嘤的声音从密集的树林里传来，带着几分颤抖，又带着几分坚强。扣子的阳光只表现在旁人面前，扣子的柔弱只留在深夜的被窝里。

曾有那么一瞬间有过想要照顾扣子的想法，我一直认为像扣子这样温柔善良的人应该得到上天的眷顾。我也相信那些深不见底的黑洞终将被光明所笼罩，我想那个时候的扣子一定能变得更美丽。正如"命运视我们如草芥，我们绽放出美丽"。

从春节的闲散中回到工作的忙碌中也渐渐地适应起来，相比之前现在每天都多了一件事，那就是想着还在家里待着的扣子。从除夕过后每天一直是扣子掌管着家里的各项生活标准和饮食，扣子会在我下班到家前做好饭菜，也会顺便将家里收拾得干干净净，以至于渐渐那个小贼的模样在心里越来越模糊，她变得更像是一位贤妻良母。

在扣子三令五申下，我只好把要换洗的衣服放在一起，干净的衣物归类放置，用过的东西要放回原位，保持家里的卫生。在一开始差点和扣子因为这个吵起来，后来在扣子委屈的表情下也渐渐习惯。我是那种很懒散的，一般会等到家里很乱了才会收拾，只要在眼睛能明眼看到脏乱的时候才会打扫整理。在扣子的教育下，我也会随时将我的桌子和阳台整理一番，床铺也不再那么凌乱。

这些都是扣子的功劳，扣子说虽然现在是借住在我家，但能帮我改掉坏毛病也算是没白住。

睡懒觉的机会也完全没有了，更别说其他的。扣子时常会因为我的懒惰将我骂得狗血淋头，她也会每天在我将要睡的时候为我准备一杯水放在床头，与其原先说要照顾扣子，不如说现在是被扣子照顾。

"我这都是为了你好，你看啊，要是你再这样懒惰下去，家里乱得一团糟，谁还会来你家啊。怎么会找到女朋友，你说是吧。"

"谁说没人会来啊，江离他们就会来的。再说家里这么整洁真是一点都不习惯，回到家就跟去宾馆一样，一点都没家的感觉。"

"你……你这个人怎么这么横，脑子怎么长的，家里乱糟糟的像什么话啊。你说，除了江离他们和我还有谁来过你家？"

"房东。"

"你……我感觉你这里不正常。"扣子看着我指着自己的头一脸嫌弃地说道。"你说你，长的又不帅，又没幽默感还懒得要死，整个一闷葫芦，谁会看上你啊。"

"我自己。"

"你还真是不要脸，非要说你的优点，我来这么久还是发现了点什么的。"

"哟，我还有优点啊，我怎么不知道，说来听听。"我一屁股就坐在地上，然后觉得坐着还是没有躺着好，于是就顺势倒在扣子的地盘上，舒服的长长伸了个懒腰。

"脸皮厚的比清凉山的城墙还厚，还有不要脸的本事简直也没谁了。"扣子也跑过来坐在我一旁，狠狠地在我身上掐上一把。

"我给你说，你这个习惯要改，不然你也是找不到朋友的，准备孤独终老吧。"和扣子的日常斗嘴都在扣子使出拿手绝活扭转乾坤钳后反败为胜，当然我也是不会有意和扣子计较的。

"我打不光棍无所谓，我还小着呢。都说男人三十一枝花，我这顶多还算花骨朵，你可别掐坏了，损伤了祖国的栋梁之材。"

"就你还支花，还花骨朵，真是不要脸。哪有你这么丑的花，起开。"扣子说着就将我一把推开一屁股坐在我睡的地方开始玩电脑，以至于差点撞上额头的我扣子也是不在意。

"得，我走，我走行了吧。"

"别跑，别跑好吗？"扣子突然从背后一把抱着正准备起身离开的我，扣子的声音里透着伤心，是的，是伤心，我曾经见过那种语气，还是在和前对象闹矛盾时候，我摔门而去时候她在我背后发出的声音。

我想转过身去，可任我再怎么努力我也做不到。扣子死死地抱着我，大概在半分钟后扣子终于不再那么用力了，我才扭过身去看扣子，但还没来得及看见扣子的脸，又被扣子一把搂在怀里。在那一恍惚间我看到扣子眼角旁挂着晶莹的泪珠，要是我没看错的话。

虽然不知道扣子怎么突然像电视换台一样转变了，但隐隐约约还是感到不安。"怎么了，这突然就？"

从扣子住进来也是有段时日了，回想起来发现时间过得还真是快啊。每天和扣子的打闹间就过去了，突然就觉得时间不够用了。以前还会想象扣子这么漂亮又温柔的人怎么会是小偷呢？后来每次想到这些都会快速地摇着头将这事忘掉，再然后也很久都没想起这些事了。以前的扣子仿佛被时间碾碎了一般丢到那不知道的角落里，再也找不到再也拼凑不起来了。

扣子是个怎样的人，曾经也一直想要知道的也渐渐的忘了这些事了，当下正好，我又何必再去将那些扣子丢掉的再捡起来呢，所以在扣子搬过来后我一直没再提起过偷这件事。扣子平时看着大大咧咧，也喜欢同人开玩笑，但我知道扣子内心柔弱。

"你是不是嫌弃我？"扣子的声音变得怪怪的，却又包含了太多的感情。

扣子的话让我一时间不知所措："怎么会呢，像你这样的大美人可不是街上随便都能捡到的。要不是你我这里还指不定乱成什么样呢，这都是你的功劳，又漂亮，又温柔，我干吗要跑。"虽然不知道扣子怎么了，但夸她因为是没问题的。

"就你贫。"扣子终于放开了我，也顺手在我后背狠狠地掐上一把。"那你喜欢我吗？"

"喜欢啊，当然喜欢了，要不然早就赶你走了！"我顺着扣子的话说，丝毫没过大脑。

"我……我说的不是这种喜欢，是……是那种。"扣子住进来已经有好久了，记得扣子在刚来的那天晚上一直折腾到很晚，以至于原定的和江离在大年初一去鸡鸣寺烧香也由于我睡得像死猪一样没能去成。扣子把里里外外先是简单地收拾了一番后，接着又把我的房间也整理了一番。虽然在老家有着过年前收拾房子迎接新年的习俗，在过年晚上整理的还是头一回见。

转眼已经过去了一个多月了，扣子渐渐地将这里当成自己的家，我也渐渐地习惯了家里有扣子的感觉。之前说要好好照顾扣子，虽然不知道怎样才算得上照顾，只要扣子需要的我也尽可能地满足她，其实自己也并没有怎么照顾扣子。

我渐渐地有了喜欢这种感觉了，从黑暗到光明，从孤独到欢乐，就像那些被阴暗笼罩着的巷子终于迎来了光明。人们都说只要是习惯了就很害怕去改变，改变意味着要去推翻之前的，而推翻是痛苦的，就像自己亲手推翻自己一手建立起来的王朝一样。

"那是哪种喜欢？"我问扣子。

"你……笨死了。"扣子起身离开，只剩下我独自坐在那里。在扣子走到房间门时转过来看了我一眼，然后又迅速地钻进去了。一声轻微的叹息声从扣子的背后传来，随后扣子关上了门，那个身影终于消失在我眼前了。

两天后在我下班回家时扣子并没有在家，以往扣子会在此时早早做好饭等着我回来的，可是今天不在了，心里突然有种失落感。房间被扣子收拾了一番，我看得出，因为桌子上我早上出门还凌乱的零食现在整整齐齐地躺在一个小盒子里。地上的棉被也被收到了房间里，现在就剩下一块地毯和那张小桌子还在客厅中央。原本我以为扣子只是出去买菜，不久就会回来的，但在我等到半夜扣子依旧还没回来时我就开始胡思乱想了，扣子是不是出什么事了，或者被人抓了。

　　扣子的电话一直是忙音，我怎么会如此担心扣子？转眼我就想通了，要是扣子现在真被什么人欺负了在等我来救，而我还在家等着算什么事。我更情愿我在外面瞎找，也不愿意待在家里。就在我准备关灯出门的时候，在一旁镜子的边缘看到一张露出一角的纸片，心里一阵奇怪后赶紧抽出来。小纸片上弯弯扭扭的一行字写道："谢谢你一直以来的照顾啊，再会！"

　　扣子走了，连到别和说再见的机会都没留给我。虽然不知道扣子为什么突然离开，却还是在心里有丝丝不舍的感觉。独自躺在地毯上看着天花板，房间里突然的静让我无法适应，已经习惯了扣子在身边的打闹的日子，突然现在的我有种失恋的感觉，是的，就是失恋那种感觉，我能确定。

　　"喂，江离，买些酒来我这边。还有，我没吃饭。"我并没有喝酒的习惯的，只是现在有点想喝而已。

　　半晌后一阵敲门声传来。

　　"我说你小子怎么打电话就没一点好事啊，刚才才给安安买了不少东西，接着你又让我破费，你是不是成心想让哥们破产啊，那死算命的还说跟着你能发财，要是现在在我面前我非得打死他，没败完家就不错了。"江离进门就被我赶了出去，并不是嫌江离话多，只是让江离把鞋换了再进来，我可不想今天扣子刚打扫干净的地方紧接着就被江离弄脏了，要是被扣子知道我身上不得再青上几块才怪。

"得，就你事多。""哟，干吗把家里收拾得这么干净，怎么？转性了？我可记得你这种人是不大情愿弄这些的，你说是吧，安安。"我才懒得理江离，江离一只手拎着一箱啤酒，一只手拎着菜。我从江离手里接过啤酒转过身去就给自己开了一瓶，安安将一大包零食放到桌上，在一堆里面挑选着。

"我这里还有好东西，你等下。"看着安安的举动突然想起那被扣子收拾到小盒子里的零食，起身便给安安拿去。先在心里给扣子道个无数个歉，这都是扣子在超市跑了好几遍才在一角落找到的，扣子说这是她最喜欢吃的，我对零食这类东西欲望也不大，就拿出来给安安。

"安安，我觉得这个事吧，不简单啊。一个大老爷们突然把家里收拾成这样，我可给你说，我认识这家伙好几年了，从来没见过他会把房间收拾成这样。还都用上地毯了，不简单啊。"江离虽然是坐在了地上，但脖子却一刻也没停止过，东张西望的，好像非要看出点什么来一样。

"生活可是自己的。"我看着江离的样子不由得好笑起来，我给江离也顺便开了一瓶。我是知道江离的，被安安管得严，一般不让江离饮酒，江离也不反抗，只是听着安安的。

"还能有什么事啊，金屋藏娇了呗。"安安看着我们不由得笑起来。我心里一紧，难道安安发现了什么端倪？转想又觉得不对，在看到扣子留下的字条后我特意在房间里看过，再三确认扣子将她所有的东西都带走后我才叫江离他们过来的。扣子东西本来就不多，原本以为只是扣子在和我开玩笑，没想到真的是什么也没留下。就像来往的行人一样，匆匆一瞥，留下记忆，然后再消失。

"哟，藏娇？难怪这好久都见不到你人，每次来说来找你也是被拒绝，原来是这么回事。快说说，是谁把我们谭奇文谭大少爷的魂勾走了？"江离放下手中的酒好像就要开始认真听我讲故事一样，而安安也撕开一包零食看着我。

"哪有什么娇美人，不过想要换一下状态而已。"看着自己像个说书的不由得好笑起来。我当然不会对江离他们说扣子搬过来事，至少是现在还不想。虽然不知道自己为什么要藏着，就觉得像自己的感情，只有自己才明白一样。虽然江离和安安不是外人，但也需要在自己度过那段酸甜苦辣的日子后，明白其中曲折与原为才能尽情地吐露。

在和江离喝酒时候我突然想到，要是让扣子知道了在她离开当天晚上就吃火锅，也不知道她会怎么想。扣子走了，不知道还能不能见到她。看到江离和安安不由得想到那天扣子问我喜不喜欢她的问题。其实自己心里早就有了答案了，只是一直羞于说出口。虽然过了那些羞羞瑟瑟的年纪，但依旧不敢直言心里的想法。

那个自第一次见面种下的缘，终会在温暖的土壤里茁壮成长。

江离不停地给安安夹菜，每一个江离都说着好吃，一会儿安安的碗里已经装了满满一碗，然后安安再倒在江离碗里。

春天里的风吹过一次又一次，吹走了散人的愁，吹走了诗人的怨，吹来了情侣们的爱。

扣子在风里用力地呼喊着我，我奋起身向扣子飞去。耳旁刮过的风变得更加急，我摇晃着身姿迎风摆动。巨大的阻力终不能停下脚下的步伐，它们变得更有力，更坚定了，每踏出一步都能在地上留下清晰可见的脚印。

最终我将扣子拥入怀里，扣子身上的温暖让那长在泥土里的树苗更快速的生长。扣子，我们终于在一起了！扣子，再会！

从公司回来的路上接到江离的电话，说一会一起去网吧，我一听就来劲了。渐渐的我又习惯了独来独往，扣子终像那漫长岁月里的一撇，扣子终于和我回到了自己的人群里。

和江离们约在三牌楼，三牌楼附近的财经大学和政治学院出来的学生也时常在这片走动，为三牌楼带来了不少的生气。从铁路北街一直到新民路有点像我大学的后街，在去过几次后发现不少的新鲜事和美食。有一家的川菜馆里的老板并不是四川人，但饭菜的口味却极其像四川那边，老板是位大胸的美女，还在附近开了一家花甲店，偶尔也会在吃完酸辣粉后再去她另一家店里来上一份锡纸花甲。

春天的树叶是长得很快的，一转眼就从嫩绿的小芽变成指头大的叶子了。此时花未开，你还未来。

安安在换了工作后也顺便搬了家，从厚载巷搬到黑龙江路上来，从安安家到我这里只需要花上 10 来分钟时间，到江离家也同样只需要 10 来分钟时间，倒是个极好的地方。安安也不再和别人合租，自己租了个一居的小房子，阳台朝北，正对着我经常去的那条藏在小树林里的小路。

我开始想念起扣子来，渐渐地发现自己对着扣子有着某种莫名的情绪，那种说不清的情绪隐藏在身体的各个角落里，浑身上下也都充满了劲一样。我尝试过联系扣子，但电话都是忙音。

我开始想着扣子依旧在家里，时时刻刻地唠叨着，对我指指点点的模样。仿佛整个灵魂都随着扣子去了，飘浮于天地间。

扣子说再会，没想到这么快就再次见面了。是啊，我天天念叨叨的扣子突然联系上了。缘分这种东西，就像是一缕青烟一样，明明有，却抓不住。

扣子在离开我这里后重新回到之前居住的地方，在消停几天后确定没有人来惹麻烦后就又去寻找新的福主。在几次得手后扣子渐渐地回到以往的日子中，只是这次不巧。在被追后慌乱里逃到某会所里，却在逃跑时不小心打碎了价值二十万的玉石。扣子在被堵下来后非要赔偿，扣子一时拿不出那么多钱来就问还有别的办法没有，老板早些年本来就是混混当然是不会同意。

老板见扣子长相清秀起了心思，想要包装一下并借此抵消玉石的 60% 的价钱，顺便帮扣子处理掉偷东西的事。

　　扣子当然是不愿意的，双方争执下怒气冲冲的老板打了扣子一巴掌，这一下就把扣子惹毛了，抓起旁边的凳子就打在老板的头上。

　　"你敢打我？给我往死里打，贱人。"老板捂着头就招呼几个保安对扣子进行强制教育。

　　虽然扣子身单力薄，可打起架来也是蛮力四出，在扣子毫无章法的拳头和不要命的狠劲下几个大汉也是叫苦不迭。可扣子哪里是几个大汉的对手啊，终于扣子在用光了身体里的最后一丝力量后就倒在了地上。扣子手臂上被打碎的玻璃划出一道长长的口子，腥红的鲜血顺着扣子的垂着的手像豆子一样砸向地面。

　　"先绑起来关到仓库了！"老板捂着头，对着扣子就是一口痰。扣子被几个大汉架起来直接往后走，老板独自转身去了一个方向。

　　"你算什么东西，给脸不要脸！"说着就是狠狠一脚踢在扣子身上，扣子抱着肚子蜷曲着身子隐藏在黑暗里。

　　"老子不是白打的，今天不拿出钱来砍你一只手，还要赔老子医药费。"老板准备再上去打的，刚走了两步不知怎么就停下了。

　　后来扣子向福利院求助，福利院虽然来人来，但也一下拿不出那么多钱来，扣子也不想为难福利院这边，福利院本来收入就很少，平时也都通过一些善举获得一些钱财，但毕竟也是有限的。本来扣子早就离开了福利院和那边没有关系，由于扣子时常还会回去，经常带些东西给院里的小孩们，他们得到不少的照顾，不然那边根本就不会来人的。

　　后来福利院这边要报警，老板见状瞬间就不高兴了。老板本来也不是什么好人，也做着些暗生意，自然不怎么待见警察。扣子让他们先回去，但由于不放心扣子，最终在走的时候偷偷报了警。

江离在接到电话后也是一阵纳闷，满脑子的疑问。江离让他滚然后就挂了电话，但转想也觉得不对就打电话联系我了。我一听大骂江离，问江离地址在哪里。江离说没问，只是原来见我和扣子相处的不错于是就告诉我。在收到江离发来扣子的位置后我立马出门打车去，江离在电话那边说着我要去，我没有阻止，想要打起来江离也能派上用场。

"人生啊本来是一场梦，做美梦醒来两手空空，爱情啊但愿能有结果，擦干泪明天还是要……"有一次在听到张震岳的这首歌后瞬间就被击中了内心，做美梦，醒来两手空空。

从中山北路一直到珠江路，在平时走路只需要花上半小时就能到的，这次打车可足足花了10多分钟。在我不停地催促司机开快点时，司机大哥用不耐烦的眼神看着我。在路过南京大学时师傅一路喇叭，原本在街上晃悠的人也很自觉地让到两边了。我开始出现幻觉，我看到扣子双手叉腰对着一旁俯首再地的我耀武扬威。

在思路放飞不久就给师傅叫回来，"到了。"

在会所门口时看到和平常一样，丝毫没有江离口中"好像发生了什么事"的感觉，扣子的电话是打不通的，我只好打给江离问到底怎么回事，一会江离再又打来电话说让我们等着。我哪里等得住啊，我跑去前去抓着一个保安已领就说："扣子嗬？"

我是知道的，扣子不会主动去联系江离的，江离也说是一个男的打来的。我现在更加相信扣子被绑架，我在怒火中焚烧，我在怒火中消亡。结果保安一个反手将我按在地上，虽然自己并没有练过什么武术和拳道，但被如此迅速的击倒让我颜面无存，想要反抗，却被接着赶来的保安按得不能挣扎分毫。

这时从一道门后走了一个穿着西装留着小胡子的人："你们在干吗，怎么回事？"

"一个捣乱的，这人上来怒气冲冲地抓着我说什么扣子什么的。"其中一个保安说。

"扣子？好了，我知道了，把他拖到后面去。"那穿着西装的小胡子走上前来看着我说。

在我被架起来后，一个保安对着我肚子就是一拳，叫我老实点。我狠狠地看着那个保安，记住那张脸。最后我终于见到了扣子，在一个堆着一些杂货的仓库里。扣子浑身都是伤，丝毫看不出原来的样子，手臂上的伤口被简单的包扎过，血终于不再流了。原本漂亮的脸蛋现在也是花里胡哨的，还残留着不少的血迹。

"扣子！喂，扣子？"我轻轻拍着扣子的脸，将扣子散在脸颊上的头发梳理到后面，露出原本可爱的脸蛋，我朝思暮想的人，我爱的人就在我面前，不知何时，扣子开始在我心里占据了一席之地。"这是怎么了啊你，怎么会搞成这样？"

"你怎么来了？"扣子醒来，在确认是我后一把抱着我脖子开始哭起来了，像是要将所有的委屈都哭出来。

在见到扣子醒来后心里稍微安稳了许多，轻轻地拍着扣子的后背，帮扣子顺着气，但依旧不能阻止扣子的哭泣。刹那间，我开始无比厌恶起自己来，在扣子哭时自己竟不知该怎么办，也不知道说什么，只好任由她哭，只要将心里的委屈哭出来就好了，只有哭出来才能再笑起来。

随后那个西装小胡子和另一个人走进房间扣子顿时就不哭了："你们想干吗，这事和他没关系，你们放了他。"

虽然不知道到底发生了什么，但还是被扣子这样说小小的感动了一下，随后皱着眉头看着两人。

"嘿，还搬救兵哟，我告诉你今天不给钱就别想走。小子，你女朋友啊？我告诉你，今天这个儿不把钱赔了就别想走，你也别想走，这地儿我说了算！"和那个西装小胡子一起进来的人很嚣张地说到，那人梳着大背头，两边被剪得整整齐齐，头发最后一段被染成黄色，一看就不是好人。

"我还没弄明白什么事呢，你就想着扣我？"我起身绕过挡在身前的扣子，看着那个嚣张跋扈称这地是他的那个人。

"嘿，还真有不怕死的。得，我就告诉你。她，把我价值二十万的玉石打碎了，赔！我这头上的伤也是她打的，赔！哥们外面还几个兄弟也被她打伤了，赔！就这事。"

"想要钱啊？"我盯着那人说。

"不是要钱，是赔钱！我的玉石和兄弟不是白打的！"那人也是瞪大了眼睛看着我，手指指着我鼻子。

"不赔！"那人用手指向下指着我鼻子让我很不爽，起身就是一脚踹到那人腰上，那人也瞬间飞到几米外。我本来也不是什么好人，在高中也是经常和学校里小混混玩，也是打了不少架。

在我踹飞那人后也顺便被冲过来的几人包围住，空气里飞舞的胡乱舞动的拳头，耳边是拳头划过带来的风，身上是拳头离开后残留的痛。我开始佩服起扣子来，能在几个大汉中走上几招还重创对手。

最后我也被放倒了，那个被我踹了一脚的人跑过来对我还补上一脚，我抓住脚就往前一拉，对方瞬间失去平衡栽倒在地上。我躺在地上放肆地笑，哈哈大笑，好像从来没有这么高兴一样，像是看小丑的表演一样。

"给我打。"在西装小胡子扶起他后在吆喝起来，瞬间几个人对我拳打脚踢，扣子见状立马扑到我身上替我挡着。

"好了！"那个西装小胡子终于讲话了，几人也都停了下来。那个被我踹飞的人哼了一声甩手离开。

"你们都出去。"西装小胡子看了看还趴在我身上的扣子，随后在几个保安都离开后又说："事就是这个事，你们看怎么解决。"西装小胡子说话不用一点表情，冷着个脸。

"扣子你先起开，你压着我都喘不过气了。"我拍了拍扣子，要是再不让扣子从我身上离开，我想我没被打死，到时先被扣子给压死了。扣子扶着我靠着墙，"我们被打成这样你说怎么算？还有，刚才那个人是谁，过了非要弄他。"我也是没好气地看着西装小胡子。扣子紧抓着我手，像是生怕我再冲上去和对方打起来一样。

"我们也被打了啊。你说的那个是我们老板的儿子，劝你别去惹他。"西装小胡子依旧面无表情，说话的语气就像别人欠他几百万一样。

"别惹他？行啊，让警察来处理吧。"虽然不知道警察来能帮上多大的忙，但还是比较期待。我感觉我胳膊没什么劲，好几次想要提起来但都没能成功。

"我们人不是白打的，东西也不是白砸的，叫警察来就叫。"和对方谈崩了后，对方一阵恼怒摔门而去。

在对方离开后我才转过来看着扣子，淡淡一笑说："你可别再抱着了，我还要喘气，不然真会死的。"我终于知道即使是死，哪怕现在是死，就此消亡在扣子怀里也是极好的。

"哦哦哦，现在好些了吧。"扣子松开我，用上挃着我的胸口。

"离死好早呢，说说怎么回事。"看着扣子的模样不由得笑起来，扣子在我心里一直是个大大咧咧的姑娘，平时也疯疯癫癫的好像从来没有不开心的样子，像现在这个乖模样还是第一次见。

"嗯……早上在街上闲逛的时候看到一胖子手机不错，就想着顺过来。没想到那胖子还真是机灵，在刚得手就被他发觉了，后来一直追，那胖子体力也是真好，一口子追我到这里……后来就看到你进来了。"

在扣子说完后用手拍了拍扣子的头："你还真不让人放心啊。还有，那你为什么招呼都不打一个都自己离开了？"这才是重点，自扣子离开后一直到这里，想到的都是关于扣子的。

"我……就是住腻了想离开了呗。我这种人你又不是不知道，怎么能一直待在一个地方啊。"扣子在犹豫一下后瞬间就变回那个我熟悉的扣子，歪着头笑着说。

在和扣子闲聊中那门再嘭的一声被踹开，首先进来的是西装小胡子，接着是江离和另外两人。江离看到我后先是一愣，接着立马跑我面前问有事没，我摆了摆手说没事。

"事情我大概知道了，刚才在外面他们大概给我说了。扣子你没事吧？"

"还好。"扣子虽然不怎么待见江离，但面对江离的江离的关心还是简单的回复了下。

我将事情的原委说给江离后，江离非常吃惊。江离从来没见过我打架，江离更没想到的是扣子居然也能在几个大汉手下走上几招，不由得多看扣子几眼。在我说后我突然意识到自己失言了，不小心将扣子偷东西那段也讲了出去，江离本来就看不惯扣子偷的，对这些行为也是不屑的。

"看来他们还算老实没说谎。要是真说的不一样看来我也得打上一架了，哈哈。"虽然江离只是说说，但我知道要是真的，江离会和他们再来一架。

由于之前福利院的人报了警，虽然赶来的慢了不少，但终究还是来了，却又不知道为什么晃悠了一圈后又离开了。江离是打算上去叫住那些警察的，被我拉住了，虽然不知道他们用什么神通没让警察进来，更没有找报警的人。但我还是感觉这里总是隐藏了什么，这些房间里依旧有见不得光的存在。

我让江离去门口等信号，江离虽然不明白，但还是照着我说的去做了。

经过长时间的争辩，我和扣子只能谈到 15 万，他们损失的一切都自己负责，包括医药费。而我们受的伤也是自己负责，也就是除了我们拿出 15

万来其余是什么都没有，后面也不再找我们麻烦，但前提是不能报警。

其实报不报警我倒是无所谓，扣子当然也是选择不报警了。在达成一致后我就去找江离，江离见我出来后甩给我一支烟给点上，我将结果告诉江离，江离不语。我银行卡里也就 5 万多点，我自己一个人是拿不出来那么多钱的。虽然知道因为这个向江离开口会遭到江离的拒绝，但没有其他办法。江离死活都不给，我只好将扣子之前住在我那里的事告诉了他，江离沉默了会后叹了一口气。

"我也只有三万。"江离接着再抽上一口烟，虽然离十五万还很早，但总比没有好。第一次觉得没钱居然这么痛苦，平时不怎么花钱的我虽然存了点，但遇上大点事，突然发现那点钱杯水车薪。

加上自己的也才八万，才一半。正在我一筹莫展的时候，那个和江离一起过来的两人终于说话了："我这里有三万。你先拿着，扣子是我们看着长大的，虽然不知道今天怎么回事，但现在用钱就拿去吧。刚才离开就猜到扣子惹了事，报警后就去取了点钱。虽然不多，但总比没有好。扣子平时还不错，偶尔还会来看我们这些老家伙，对大伙和小朋友都不错。给。"

原来是报警的就是这几个人，在他们见要不出扣子后就知道扣子肯定惹事了，打算赔钱解决，走后又不放心，于是就报了警。本以为只是小事，赔一点钱就够了，没想到这点钱远远不够赔。

"王叔，不能拿你们的，这可是给那些小朋友和你们的生活费，这个我不能要。"扣子见那人递过来三叠崭新的人民币后赶紧推了回去。

"嘿，你这丫头，还和你王叔客气啥，要不是你，我还能活到今天，拿着。"

看着他们推来推去，我一把将钱拿在手里："扣子。谢啦王叔，这钱我们先拿着，后面连本带利还你。"虽然知道拿这钱不太好，但眼前也是没办法。加上这钱，也才 11 万，依旧还差 4 万。

外面聚集的人群在很早时间就散去了，顿时敞亮了许多。手臂不知道在什么时候恢复了些力量，可以轻微地移动了。身上的伤在不去刻意的留意下疼痛感减少了很多。

我找到那个西装小胡子，此时才发现这个西装小胡子居然比我高半个头："只有 11 万，要就要，不要一分都没有。"

西装小胡子听到这话后也是不爽了："小子，别以为我脾气好，今天不给出钱来这事没完，想报警就去报！"

本来心情就不大爽，被刚刚几支烟呛得还没回过气来。后来江离不知道使用了什么手段居然和他们达成了打欠条的协议，让我们留下身份证，而我和江离又正好没带，只有扣子带了。

原本我是不愿意把扣子的身份证留下的，结果扣子悄悄地在我耳边说那是假的，我才同意的。

扣子不知道哪里搞的一张假的身份证，扣子说除了照片是本人外，上面其他的信息都是假的，扣子笑着说兔有三窟，而她有七八个。从会所出来后我长长地出了一口气，一口气接着抽了两支烟，江离看我和扣子的眼神怪怪的，一会儿看着我一会又看着扣子也不说话。

在简单的包扎后好我就问扣子去那里，扣子见我浑身都是伤，整个胳膊也被挂在脖子上。

"当然去你那里啊，我可还等着你给我做饭呢。"扣子嬉皮笑脸的，好像丝毫并没有因为刚才的事影响到什么。

家里一直保持着扣子离开时候的样子，扣子一番夸奖后我简直乐开花了。几天里扣子一直待在我这里，只是不再睡在地上，回到了为她准备的那间小房间。江离也更加频繁地出现在我这里，有时候和安安一起，每次江离过来气氛都变得特别沉重。安安在的时候还会活跃下气氛，时不时单独地拉着扣子去我房间探宝，时常将我房间弄得天翻地覆，而等江离和安安走后再帮我收拾整理好。

扣子回来后说她其实还存了点钱，这次却一分都没出怪不好意思的。我笑话扣子，有钱还不好啊，不像我现在是个穷光蛋。我让扣子自己留着那些钱，女孩子花钱本来就比男生多，我也不怎么花钱。看着扣子依旧纠结的表情，好像这钱不花出去就会得癌症死了一样。

"这样吧，这段时间就买菜什么的，不然我们真得饿死。对了江离那边先不要管，请他吃顿饭先。"看着扣子纠结的样子不由得觉得甚是可爱。和第一次来我家我要照顾的那个姑娘来说，现在完全是扣子在照顾我。

"好，现在我来养你。"扣子在听到我说的话后也露出了满意的笑容，不由得仰着头说。

"扣子，你可知道我一直的愿望是什么吗？"我问扣子。

"是什么？"

"那就是被包养咯，现在可终于实现了呢。"想起以前那个不靠谱的梦想，现在居然在扣子身上实现了，不由得在心里笑了笑。

"哈哈，我包养你？好啊。"扣子坐到我旁边，我和扣子的距离最近也越来越近。扣子接着将眉头微皱道："咯，还疼吗？"扣子指了指我的手臂，分明能看得出她脸上的心疼。

手臂在那天打架后就不知道为何用不上力来，在医院检查后什么事都没有，也只好挂在脖子上，疼倒也不是很疼。在几天里扣子的照顾下也没什么事，也能用得上力了，只是对于重的东西依旧只能看着干着急。

我知道江离不怎么待见扣子，而我居然发现扣子也不怎么待见江离。在江离每次过来看到扣子后不由得看我几眼，我都只是笑了笑。江离几次悄悄问我怎么还没走，我都在想这江离脑子是不是坏掉了，扣子也就折腾过一次干吗记恨别人这么久。虽然扣子和江离不像世仇那样，但江离心里仿佛一直有个梗过不去。

"你们不会做过了吧？"扣子起身钻到我的房间去了，估计又在捣鼓我的花去了。江离一眼狐疑地问我。

"想什么呢，我们就想小葱拌豆腐一样清清白白的。"丝毫没想到江离会提出这样的问题来，不过任谁也会想到这个问题。

"以前呢？你那点心性我可是知道的，老实说。"

"我对我午饭发誓，要是做了我吃了的都吐出来。"本想对天发誓来个五雷轰顶的，想想还是对自己太狠了，虽然是真没什么，但对自己放这么狠的话，还是不值得的。

虽然不知道江离怎么突然关心起这个，但江离面容更加闷沉了。江离说要是我女朋友倒也没什么，但不是，还是个小偷。江离依旧解不开扣子打的结，对于江离来讲扣子还算是陌生人，而唯一见的几次给江离留下的印象也不好，倒也没指望江离瞬间悟道修成真人。

虽然这次破了点财，但除了身体上的疼痛外再没有丝毫其他感觉了。扣子在厨房里忙碌的身影渐渐印入心底，在不知觉中扣子已经达到了和江离同等重要的位置了。

出门看到四处街道都在忙碌，我好奇地问扣子，扣子说今年要举办青奥会，街道的花坛里的植物被换了又换，连一些原本裸露的道路也搭起了顶棚披上了藤蔓，一些垂掉下来藤蔓上长着的紫色花朵，整条路都散发出淡淡的香味，就像一个散发着香味的甜品，惹的扣子恨不能上去美美地吃上一口。

我带扣子到家附近那条小道去遛弯，依旧是那条曲折的路，可能是跟着市里为青奥会大改这里也被种上了很多植物，小道两旁长着巨大叶子的植物将小道完全包裹在里面，给小道平添了几分神秘的色彩。从派出所旁边上去走上两步就是我一直想要租的房子，再向前几步路一个小的广场。时常会在傍晚出来遛弯的人聚在这里聊天和跳舞。一直向前走有一片小竹林，顺着坡上去就是那条小路了了。这还是我偶然发现的，这喧闹的地方还有这样一块静谧的地方。

扣子在我那里住了那么久我还是第一次带她来，扣子从小就在这金陵城里长大，什么事对她来说已经不能构成什么吸引力了。但扣子在见到这条路后像脱缰的马匹一样，要是放在古代，扣子非得被那六扇门的红衣女捕快当妖精打了。

"你是怎么找到这样的地方的，简直就是魔幻般的地方。有名字没，干脆就叫'魔幻森林呗'。"扣子从女儿墙那边跑回来，一步跨过小路的栏杆跳到我面前。

"对了，还有中央路那边那条垂吊着花的那些地方，干脆就叫'情人天堂'啊，反正去那里的都是一对一对的。"不知道扣子看没看过《红发安妮》，扣子变成安妮一样给那些取着有趣的名字，大大咧咧中又有着女儿家的细腻心思。

真想这条路一直走下去，没有尽头。我给扣子指着安安的家，扣子眉头一皱，显得不悦，一瞬间自己对自己的厌恶到了极点。

几天后扣子离开了，但这次离开并没有将我再放到黑名单里面，我们还是会偶尔见上一面小聚一下的。一次扣子做东请了江离和安安吃饭，想要化解江离的梗。只是没想到江离的梗实在难以化解。在江离知道扣子搬离了我那里后不由得多喝了几瓶啤酒，江离问我怎么扣子突然搬走了。我说扣子好像找到人生的目标了，江离问是什么，我说是"盗圣"，气的江离将刚喝的酒又吐了出来，大骂这种人已经烂到骨子里了。当然江离吐了是因为酒喝多了，并不是因为气的。

"马上就青奥会了，兴奋吗？"在安安和扣子回来后突然说这么一出，实在是让人摸不着头脑。

"你兴奋个什么劲，和你有什么关系。他举办他的，我们跟着乐呵呵就

第三章 被解救的姑娘

行了。"江离终于回过气来，将刚才吐的丢到一旁。

"你这人还真是没趣，这可是国家大事啊，能参与到里面简直就是把自己地位上升到了和国家同等的高度了。你懂不懂啊？"安安也是不甘示弱顶着江离，在一旁看我的和扣子不由得想笑。

"习惯就好，这两人日常的斗嘴也是极有趣的。"看着扣子在一旁傻笑，要是不明白所以的人一定还会误会其中。

一次扣子问我爱情是什么样的，还问我喜欢什么样的姑娘。后来在一起撸串时候扣子对我说准备改行了，为那个自己喜欢的人努力一下，我说很好啊。

虽不知道扣子怎么突然做出这个决定，但还是提扣子高兴一把，那个之前还扬言要做"盗圣"的人突然变得正经起来。扣子身上发生着天翻地覆的变化，突然就变得光芒万丈起来。

很多时候我们总是抱着复杂的心情，想要告知对方，却又羞于说出口。

但是她就在你面前啊！喜欢你的人，你喜欢的人她就在你面前啊!! 可能是因为近在咫尺，所以更难开口吧！

这二十多年里我终于明白了一个道理，人不是一成不变的。那些在孩童时代定下的约定终会在某天被吹散在一阵阵风里，林可以做的羹汤味道鲜美让人回味无穷，而做的书画在我保留几年后也渐渐地在角落布满了尘埃。再回头，尽是剑影刀光。

在扣子说不做贼后，便开始四处找工作，但始终没能找到喜欢和合适的。我闲下来后也会同扣子出没在金陵城的各大招聘场所，陪着扣子。

扣子看起来大大咧咧的，但只有和她相处过的我才知道，扣子其实是内心细腻，感情丰富的小丫头。

是的，就像一个爱撒娇的小妹妹一样。

江离的偏见和执着都是因为和扣子接触得少，我想要是江离经常和扣子在一起也会喜欢上扣子的。

一次在扣子独自找工作时候，在大桥下面看到一个瑟瑟发抖的人。原本扣子是不想去搭理的，但最终还是上去询问了。那人看着扣子上去，而扣子长得还不错于是就动了坏心思。在找准机会时就将扣子抱住，使扣子不能挣扎。扣子见状也是吓傻了，和那人撕搏一番后终于被绑了起来。一个人发起疯来和不要命，完全是一个正常人所招架不住的，更何况是扣子这样一个羸弱的姑娘。

等扣子再次醒来后惊讶地发现这是上次被抓进来的仓库，扣子顿时就阉了气。双手被绑着，口里也不知道塞的是什么。扣子叫天天不应，叫地地不灵。等扣子想通了这次算是完了后也就镇定下来了，只是依旧蜷曲在和之前相同的角落里，等着命运的审判。

不知道何时门嘭的一声就被踢开，进来几个大汉和西装小胡子，在西装小胡子前面还有那个梳着大背头的黄毛，黄毛带着冷笑。

"这次我看你还多嚣张，今天不把剩余的9万拿出来就死在这里！"黄毛说着狠话，一把将塞在扣子嘴里的报纸拿开，狠狠地摔在地上。抓着扣子头发说："看这次还谁来救你，贱人！呸！"

扣子的运气真是不好，什么事都接着发生。极少失手的扣子先是在目标上失手，接着在逃跑的时候有打碎了玉石，好不容易解决了打算转行了结果又碰到毒瘾刚发作的人。而扣子今天遇到的那人由于一直欠着这里老板的钱，现在毒瘾又发作，而又正好遇到扣子，见扣子长相还不错，于是就打算将扣子绑来送给老板。只是那人没想到的是扣子原本就和他们有过节，将扣子绑来不亦送羊入虎口。

"不是只有4万吗？怎么变9万了？"扣子在经过上一次事后这次冷静了许多，扣子也知道和这群人讲道理是讲不通的。

"4万？谁说的？你和他做的约定关我什么事！你打碎的是我东西，和他有什么关系？"是啊，像这种人根本就不会讲道理，那里会按照约定的来，他们只比拳头。"怎么，又让你男朋友来救你？好啊，那小子上次踢我一脚我还没找他算账，你正好叫来。""赶紧叫！"最后黄毛抓着扣子的头发咆哮起来了，口水喷在了扣子脸上。

扣子当然不会再让我涉及这些事，死也不叫，一口水就吐到黄毛脸上，扣子这一下就惹毛了黄毛。黄毛就是一巴掌打在扣子脸上，扣子的头在墙上瞬间磕出了血，然后再起身对着扣子一直踢，还好及时被西装小胡子拉住。

"你非要整出事来才收手？"西装小胡子抓着黄毛，眼睛直盯盯地看着黄毛。

"刘叔，这事你不要管，今天我非要弄死她！"黄毛一手拍开了西装小胡子刘叔的手，准再对着扣子打，但在看到从扣子兜里滑出来的手机后改变了主意。

"你不叫是吧，那我来帮你叫。"黄毛说完依旧往扣子身上补了几脚才泄气一样。扣子不知道是晕过去了还是怎么回事，躺在地上一动也不动。

"你和这个女人什么关系？"我在接到电话后，被这句话说得一愣，不由得看着电脑屏幕上这次的季度报表上几个硕大的数字头疼起来，在再三确认是扣子手机打来的时候我就更加纳闷了。

"你谁啊？扣子手机怎么在你手里。扣子怎么了？"虽然还不怎么明白明白怎么回事，但对方第一句的语气听着好像来者不善，再加上用扣子的电话打来，肯定是扣子又遇到什么事了。

"就是你，老子记得你的声音，上次踢老子一脚，我给我滚过来，不过来就等着收尸。"随后就挂了电话，开始还没明白怎么回事。但在对方说踢了他一脚后我瞬间就记起来了，又是会所那边！

我也没管正在一旁问我问题的新人，也来不及给领导请假就直接冲了出去。一瞬间只想出现在扣子面前，突然十分想要立马出现在她面前紧紧抱着她。

又被带到这个屋，我甚至怀疑这个屋子就是为我们前来闹事的人准备的。不大的房间里挤满了人，显然是怕我做出什么异常的举动来。虽然我现在也想再对着黄毛脸上来上一拳，但在我两旁还站着几个大汉，我不能越过他们打到黄毛脸上，我只好放弃。

"扣子？"我拍这扣子的脸扣子依旧没有醒来，"这怎么回事，你们把她怎么了。"我反身就是冲着黄毛去，结果被几个站在我身边的大汉拦住，我此时简直有杀人的心，是的，我想杀了黄毛。

而黄毛则是一脸很愉悦的样子说："不还钱这就是下场，你不给你也是这样下场。"说着又是几拳头打在我身上，其中一拳还打在脸上，黄毛手里的链子将我的脸划破，鲜血瞬间就流了出来。

而黄毛准备接着打时被刘叔止住了："没什么，她只是昏过去了。"在刘叔的指挥示意下我终于被几个大汉放了下来，着地的瞬间明白了扣子之前说的睡在地上所谓的安全感。

强忍着对黄毛的怒火后，在不停地叫着扣子后扣子总算是醒了，扣子相比上次来讲这次看起来好很多了，明面上看不到什么伤，也没流血，只是头部左边流了不少，现在也停住了。鲜血将扣子的头发结在一起，紧贴着头皮，而右边的头发又很蓬松，两边极不对称，显得很搞笑。

"噗"我看着扣子这样瞬间就笑了出来了，也只有在眼前这个人面前才能不管遇到什么事都笑得出来吧，我想。

"你笑什么啊？"扣子摸着我脸上被划破的地方，我一把抓着扣子的手，想要再也不分开。

"你又说说今天这是怎么回事，不是找工作去了吗？怎么找到这里来了？"

第三章 被解救的姑娘

"你还说！本来今天要去桥北那边，结果看到一个人倒在地上……现在他们非要给钱，还是 9 万，天哪我哪有那么多啊！"扣子说着就委屈起来，泪水在眼眶里不停地打着圈圈惹得我无比心疼。

"看你以后再当什么烂好人！"扣子说完就扑到我身上来，也那么一下子眼眶再也包不住眼泪，眼泪瞬间就像泄了闸的洪水一样冲出来。熟悉的场面，熟悉的人，熟悉的举动，我依旧轻轻地拍着扣子的背，抚摸着扣子的头发。"你等一下。"

在知道了这边在真的在经营着一些暗生意，现在我倒是更不怕事了。虽然不能直接和黄毛干架，虽然冲过去时候又被几个无脑大汉架了起来，但气势不能弱。

"哪里想闹事啊，你看你朋友也一直不给钱，去住的地方蹲了好几天也没见到人。我们也没办法啊，我们是生意人最讲诚信了。"原本黄毛准备说的，结果被刘叔截了下来。

"诚信让你去蹲点？诚信让你抓人还打人？"虽然早就知道这群人不是什么好东西，但再看到这些人时还是愤怒无比。

"这样吧，还是 15 万，余下的 4 万现在给清就行了，你看怎么样？"刘叔也变得笑吟吟起来，就像一条准备攻击的毒蛇一样。

"打了人还想要钱？没有，一分都没有。"看着这些人的脸就不爽，在回到扣子身边看着扣子才觉得好受一点。

"我卡里还有 4 万多点。"扣子见我过来小声地说。虽然扣子说的很小声，但依旧被他们听到了。

"呐，这不是有吗？赶紧拿出来，难道还想留在这里等着吃饭？"黄毛又蹦出来叫嚣着，看着那张恶心的脸简直想一拳将其打穿。

"滚！没有！"

在转好账出门后江离正好赶到，风风火火地跑到我们面前，大口大口地喘着气。江离看着我们从里面出来不由得问怎么样了。"两次英雄救美，不错啊！"

知道江离想要活跃一下现在沉闷的气息，我就没搭理江离。

"给我支烟。"在点上后狠狠地吸上了一口，突然就开始恢复着元气。"真想杀了这群杂碎啊！"

扣子原本还是要回去的，结果被臭骂一顿后也就再搬到我这里来了。扣子完完全全地搬过来时我特意向公司请了几天假帮扣子搬家，扣子再住那边说不定哪天又被人盯上，为了扣子的安全只能让扣子搬过来。

"现在我们都是穷光蛋了，这可怎么活啊，要不我再去偷吧。"扣子拿着手机查着银行卡里的余额后不由得望着我叹了一口气。

"还去偷？不是都找到人生目标要奋斗了吗？"我没好气地看着扣子，首先想到的就是去偷，难怪江离会讨厌扣子。回想起之前扣子说要当"盗圣"的目标，自己也不由得觉得好笑。

"说着玩呢，都不干了。咱们道上的规矩就是只要洗手后再不问江湖事，嘿嘿。"虽然扣子说着玩，但不得不放在心上，扣子这性子，指不定哪天就真的去偷了。"咯，你说现在怎么办吧。都是因为我，害得你也破产了。"扣子小嘴一下就扭曲起来。

看到扣子如此模样，把原本还想责骂她的话再吞到肚子里去，"知道就好，以后就不要去偷了。既然都决定不干了就打死也不再干了，过几天我就发工资了，到时候带你下馆子。这几天嘛……""先勒紧裤腰带过日子吧！"

我卡里的剩余的钱加上扣子卡里剩余的钱能勉强撑到我发工资，虽然也吃不上什么好的，但也绝不会顿顿包子馒头。以前有钱的时候倒是没觉得饭馆里的饭菜那么贵，现在也只能在和扣子有什么高兴的事才下馆子撮上一顿，然后再省吃俭用好几天。现在和扣子去菜市场买菜也要跟着扣子和老板杀上几回，在免费送的几个小菜里我和扣子能拿多少尽量拿多少，日子过得也极为开心。

福建路菜市场要比其他几个地方都要贵上很多，而我和扣子为了节省钱只好多走上半个多小时的路去盐仓桥戴家巷那里面的菜市场去买，其实我也就知道这两处，而那些街边的小摊贩卖的蔬菜又极为不新鲜。

萨家湾住在一楼的有一户人家养只猫，那只猫生了好几只小猫，每次在路过时大猫都会带着小猫在外面玩，扣子也会每次蹲下来逗着小猫，最开始的时候大猫还会发出"呲呲"的声音，后来和扣子熟悉起来了也自然的躺在扣子脚下。扣子说想要偷回去养，我又是一番责备，"要是你想让它跟着我们挨饿你倒是可以抱回去。"

除了看着扣子逗猫咪时候能安静下来时好像再也没有什么时候能这样静下心来了，江离想给我一点钱，我没要，虽和江离关系很好，但这些事本来就和江离没什么关系，也不想江离牵扯进来，加上江离和安安出去几乎都是江离花钱，我就不能再拿江离的钱了，再说我们只是目前活的差点，但生活嘛，总会好起来的，扣子和我都这么想。

终于在我们快要揭不开锅的时候我发了工资，当晚回来就带着扣子去了新民路的那家店，狠狠地吃了两份酸辣粉，还去买了一份花甲，才和扣子美滋滋地回去。我一直相信生活给予我们的除了痛苦还有甜蜜，虽然和扣子过着穷困潦倒的日子，但这却让我和扣子越来越熟，丝丝不一样的情愫开始笼罩在里面。

我将所发的工资都给扣子保管，扣子也每天计划着花钱，还拿出小本本记下每一笔支出。假如今天多花了，那非得从明天里扣掉，当然我的烟钱被扣子算在必要开支里面。那天在我洗好澡出来准备回房间时看到扣子坐在地上记着账，不知为何这一下就惹恼了我。看着蹲在地上的她心里不是个滋味，我甚至在心里想着，要是扣子以后跟着我，总不能也过着这样的日子吧，每次精打细算，计划到每一毛钱上去。

"以后别记了，该花还是得花，我这人从来不喜欢记这些东西，所以你也别记。"我一把抢过扣子手里的本子，看到扣子记着今天的开销，十分想要将本子撕成粉碎，但终是没能下去手。

扣子先是一愣，看着我紧锁着眉头不知道发生了什么。不过随后聪明的她也瞬间就想通了："行，咱不记了。该花的就花，不该花的也花行了吧。"随后又变得嘻嘻哈哈起来说："咯，反正有你这个富二代在，咱们饿不死哈。"扣子几句话瞬间就将所有尴尬的气息消灭得一干二净。

随着被扣子逗地想笑，我紧锁着的眉头也舒展开来，心里的愁云也被扣子散发出的强大气息吹散。

之后为了避免扣子再去惹上什么，我干脆让扣子别去找工作了，就在家玩。最开始扣子还不乐意，后来在一番教导后也乐巅乐巅地叫嚷着这是不是算包养啊，我说是啊。想来我那个梦想居然被扣子实现了，有种喜欢人突然说要去和别人结婚一样，那个实现我梦想的人并不是我时心里一阵好笑。

其实扣子一直找不到工作我是很开心的更或者说是满意，每天和扣子打闹的时候真有种武帝藏娇的感觉，也仿佛在那么一瞬间化成刘彻的我在外征战沙场，在内又醉卧在美人膝下，拨弄琴弦，谈论风月。

第四章
扣子与六月的烟花

　　后来我发现没让扣子去上班简直是个正确的决定，天天下班回来就能看到扣子，能吃上扣子刚做好香喷喷的饭菜简直开心得不得了。

　　"你说你这么贤惠，要是谁娶了你不享大福了啊。长的美，还会做家务，还能烧的一手好饭菜。"看着扣子不断地从厨房端出一盘一盘的菜恨不能立马就吃。

　　"赶紧去洗手吃饭了。"扣子也没好气地看着我，"咯，你还不是能做到一手好菜啊，以后你来做，我偷几日闲也享受一下啊。"

　　"那哪里成啊，没发现我就只会烧那几个菜啊，其他的根本就不会。我早就吃腻了，再说哪有你做得好吃。长得那么美，看你做饭也是一种享受。"

　　"难怪！饭都不会做，你这样的人，是找不到女朋友的。"从厨房出来在桌子上随便抽了几张纸把手上的水随便擦了下，接过扣子递过来的筷子先是往嘴里塞上几口。

　　"找女朋干吗，这不是有你嘛！"我被一块肉烫的舌头在口里打转，怎么捋也捋不直，讲起话来也是讲不清，在准备吐出来时意外地瞟了一眼扣子，发现扣子居然脸颊绯红，吓得一下将嘴里的肉吞了进去也顾不上烫了，我赶紧又说："你看你又是给我收拾家里，又是给我做饭，人还漂亮，又什么事都不要我操心，我还找什么女朋友。"一边说一边偷偷看着扣子，免得又说错什么话来。

"去死吧！"扣子瞪大了眼睛看着我，伴随着脸上的红晕却更是可爱起来。随后扣子又想起了什么样子歪着头说："对了，你过年的时候那次怎么回事，大致听你说了点，大过年的去那里。我可看到你撕的那些纸，好像写着什么化验报告啊。"

我一惊，这事我都早就忘了。也不知怎么就让她想起这事来，但快速就冷静下来一脸正经地说："你真想知道？"

"嗯。"扣子见我一本正经起来也不再吃饭，直直地看着我，期待着我的回答。

"扣子。"刹那间，我开始对自己厌恶到了极点，开始无限地憎恨自己。"我就要死了。"

"啊！怎么回事？"我现在丝毫不敢去看扣子，我怕自己忍不住作出举动来，我害怕，真的害怕。我瞬间就瘫在凳子上了，大口大口地呼吸着，就像在生命最后的人依旧还在贪婪地吞噬着空气一样。

"血液再生性障碍。"我顿了顿，抽了一口烟后接着说："是绝症吧，所以也不去找女朋友。"

"啊……还有多久？"扣子的声音虽然不大，但开始颤抖起来，原本平静的房间也随着扣子的声音颤抖起来。

我重新坐好，狠狠抽了一口烟后，将手里的烟头放到烟缸里狠狠捏灭。扣子依旧在看着我，眉头微微地皱着，眼睛也变得湿润起来了，我突然间就慌乱了。

"哈哈，被吓着了吧。我开玩笑呢，你看我是要死的人吗？"

在扣子说了去死两字后就再也不说话了，整顿饭我们吃的都很沉默。

扣子在收拾完后也独自回到房去，将房门紧锁。原本每天晚饭后也扣子和门溜达也由于扣子终没了兴致终了，我只好独自坐在地毯上玩着电脑。

想起好久没玩游戏了，不由得突然起了瘾，打开游戏玩起来却又觉得索然无味。

"还能活多久？"短信里简单的五个字透露着丝丝的冷气，我开始后悔起来，从最开始不小心被扣子看到报告，接着又开着玩笑。虽然是玩笑，但扣子却十分相信，不知道为什么。

"大概还有个 50 多年吧。"我想我还是能活到人类的平均寿命的，觉得还不够接着再回了句，"真是的开玩笑的。"才稍微地安心。

后来过了很久才收到扣子的短信，短信依旧是简单明了，直指内心，"那天你还问我活着有没有意思！"扣子的话突然让我哽咽，也突然想起那个被追到黑暗里的姑娘，想起那个趴在我身上睡着了的姑娘，仿佛那一瞬间那些差点被我遗忘的终于再浮现于眼前。

"扣子，你出来，我们聊聊。"

"不！"扣子甩出一个字后任由我怎么敲门都不再发出声音，更也不来开门。

"那个真是骗你的，你出来先，我给你好好说。"随后扣子真的就开门了，就这样站在我面前，手里还抓着安安那次带来的布娃娃，微红着眼睛像是刚哭过一样，我开始暗自大骂自己。

"你说！"扣子一只手抓着把手，像一个悍门将一样把守着房间的门，微微的皱着眉头，嘟着小嘴巴。

"过去坐着吧。"长长地出了一口气，突然发现面前这个女人出招方式毫无章法，打得我毫无还手之力，使我方寸大乱。

"活着有意思吗？"

"当然有意思啊。"扣子也是给出了同样的答案。是啊，活着多好多有意思。

"你都觉得活着有意思，难道我还不明白啊。"

"谁知道你是哪里的怪物，是不是变态都还不知道呢，我可记得很清楚你当时是怎么把我骗进这个房子的呢。"

"骗？好吧，现在不说这个事。刚才那些都是我鬼扯的，什么血液再生障碍我都不知道是什么病。你看到的那份报告虽然是血液的报告，但那天我是流鼻血止不住才去的医院，做个化验后什么事都没有，医生说了一大堆估计他也不知道。那晚去玄武湖是因为之前和江离他们约好了去他家过年，我提早去他们还没回来，就自己溜达到那边，然后遇到你。当时问你活着有意思吗，是真的在医院碰到死人的。"

我一股脑的将前前后后都讲了出来，也不知道扣子到底有没有听懂或者听明白。

"还有，你哭个什么劲啊？"

扣子依旧带着狐疑地看着我，仿佛依旧不相信我说的话一样："你说的是真的？"

"真的。"

"真的真的？"

"真的。"

"真的？"

"……真的，骗你小狗。"

扣子一下扑过来抱着我脖子，又哭出来了，像是受了极大的委屈一样死死地抱着我。

看昆汀的《低俗小说》时，在影片的开头是一对叫小白兔和小南瓜的雌雄双煞打劫餐厅的场景，然后在三分多钟的漫长对白里小南瓜都在谈论着一些天马行空的想法，他的眼里是全世界；而在一旁一直听着小南瓜的小白兔的视线一直没从小南瓜身上离开，对于小白兔来说，小白兔的全世界只有小南瓜。在等到影片结尾时，小白兔和小南瓜再次出现，而现在情况已经发生了改变，小白兔和小南瓜的抢劫计划受到了阻碍。原本无比嚣张的小南瓜被抢指着，小白兔像发了疯一样想救出小南瓜。在小南瓜面对危险时小白兔变得无比的勇敢，这就是女人，比任何男人都要强大。

男人会面对生活里各式各样的灾难，而对于女人来说灾难只有一个，就是她将会失去你。

后来扣子终于不再哭了，也终于放开了我的脖子，但我的双手依旧被扣子紧紧地握着。"别跑好吗？"扣子低声说着，又像是将死之人的呐喊。

某天我联系了很久没有联系的萌萌，萌萌依旧还是打着两份工，只是萌萌已经交到了朋友，不再在人海里显得那么孤单。不让扣子上班，无疑又给自己添加了一份压力。而作为这个家的主人来说，当然需要担当起养家的责任。于是就让萌萌帮我联系了另一份工作，当然是瞒着扣子的。是那种路边夜宵店的服务员，工作内容到也简单，给客人介绍，记下客人点的单交给后厨，再收拾掉刚走客人们留下的垃圾。

说起来还是蛮喜欢的，因为每天都能喝上免费的啤酒，抽上客人递上来的烟。在忙碌的时候偶尔也还是会想起扣子，每次想起这个存在义气有着三不偷的小贼，和回家已经做好了的夜宵于是也就充满了干劲，当然这一切扣子都不知道。

夜宵店位于小市热闹地区，每晚来这里吃上几份烧烤喝上几打啤酒的人不在少数，更多的都是在附近的居民，所以往往也都是回头客。虽然南京的夜生活赶不上成都重庆那边热闹，但因为这里马上要通地铁，再加上靠近几个大商场和火车站，人来人往倒也是显得极为热闹。

一次在打工时间里碰到江离和安安，他们看到我后惊讶的差点眼珠子都掉下来。不过江离瞬间就恢复了平静大叫来份澳洲大龙虾，老板听到后也是从后面钻了出来以为是谁来捣乱。后来在我解释后是很好的朋友后老板也表示随便吃，看我的面子上给免单了。当然江离对于这种好事是不能错过的，当即就把安安按在凳子上。

"来来来，有啥好吃的一样给我上一份来，我要吃贵的。"

很多时候江离还没等老板说完就瞬间接过去说道。我不得不佩服江离的本事，在怎么和别人相处甚至是聊天中，江离都远远胜过我。江离几句将老板捧上了天，我也无可奈何，只好反身去随便捡了一大把串给烧烤师傅。

在给江离拿去啤酒时江离问我怎么跑这里上班了，我当然不会告诉江离说因为钱，只好说在家闲不住，当然江离也带着疑惑的眼神看着我，丝丝的笑容里带着丝些阴谋，像一条毒蛇一样盯着我。"怕是没钱了吧！"

江离说出这句话后我突然打了个激灵，"像你这样富家少爷哪里能懂我们小平头的痛苦。"

"怎么，你和扣子都没钱了？难怪你要出来打工了，扣子她知道你打工吗？"安安也是耐不住好奇心来问到。

我给江离开了瓶酒，又从箱子里拿出一瓶安安一直喜欢喝的饮料递给安安，然后说："你这个小丫头这么厉害，一眼就能看穿，以后谁还敢娶你啊。"随后又淡淡说："被你说中了，现在我们可没什么存款了，我也只好再用空余的时间出来打些零工。对了，这个事你们可别告诉扣子，她还不知道呢。"我说着也坐了江离旁边，看着对面用吸管喝着饮料的安安。对于江离和安安两人，我原本就是没打算隐瞒的，想瞒也瞒不住的，在安安面前一切的谎言都如同纸糊的一般脆弱。

"你这英雄救美人到底要救多久？不会是喜欢上扣子了吧，我可给你说啊。扣子那人我看着也不是什么正经人，你还是尽早离开她好。"

江离站在他的立场上看着扣子的一面，我站在我的立场上看着扣子的另一面。人都是由千千万万个面组成的，不管我们看的是对方的那一面这些都是他，只有在看到所有的面时才会真正的了解对方，那些面也构成了一个完整的人。江离一样，安安一样都只是看到扣子的其中一面罢了。

"再背后说别人坏话可不好哟，扣子可是一直在我面前夸你的好呢，说你一身正气，乐善好施，助人为乐什么的。"江离听了后先是一愣，最后又笑着喝着酒。我没再管江离，和江离认识这么久还算是比较了解江离的，虽然有时候说的话伤人，但不得不佩服江离说的一些道理。江离也并非是那种喜欢在背后说闲话的人，只是站在朋友的立场上提醒着我，江离眼里的扣子依旧停留在那个混日子以偷来养活自己的人，虽然扣子现在不再偷，但江离觉得只是暂时性的。

在认识江离的时候江离已经是这个性子了，但听江离之前的朋友说江离原本并不是这样，在认识我不久前消失过一段时间，再回来后就对所有人保留着一分怀疑，平时生活处事也变得比以往谨慎许多。虽然不知道江离在那段时间去了哪里，但一定是遇到了什么事或者见到了什么人才让他改变的。不过奇怪的是江离在认识我后到对我没什么怀疑，相处得也很随意，慢慢的就开始混在一起。对于江离不说的事我是不会主动去询问的，每个人都有一些秘密，等到自己想要说的时候就会毫无保留的吐露出来。

店里的客人越来越多，江离不知怎么的和老板搭上了话，而老板也是坐下来和江离他们一起吃菜喝酒，谈论着江湖琐事。有人说，当对方靠近到可以抱住自己的距离，人会下意识的排斥对方。我也是在观察了许久后完全赞同这个结论，不然网上也不会出现人与人相处最好保持 75 厘米，正好一步的距离最好的话题。

最后江离走时非要老板给他开个 VIP 证明，而老板也是豪爽让江离以后来都打八折，不知道江离给老板下了什么药，发展到都快称兄道弟了，江离和我道别后带着安安美滋滋地离开，而老板依旧坐在那里喝着酒，看着江离们逐渐消失在人流里的背影说着"有点意思"。

几天后也不知道怎么就被扣子知道了兼着另一份工作的事，扣子死活也要跟着去看看。没办法，只能带着扣子去。

"我可先说了，去了可不能捣乱。"

"保证不会！"扣子拍着胸口保证着。

扣子开始在提早回家后为我准备好夜宵，而夜宵大多内容都是汤之类的，也就是突然间变得温柔起来，收起了以往大大咧咧的性子，现在更像是一个乖女孩，贤妻良母。

夜宵店虽然是那种路边店，但也有着自己的门面。客人们大多都喜欢坐在外面，在扣子来后我就让她坐在里面然后给扣子上几个菜和几瓶酒就自个忙去了。说也奇怪，扣子就那样坐在那里吃着菜，喝着酒，玩着手机一直到我们下班，偶尔和扣子对视也会不约而同地笑起来。

"看你当服务生有模有样的，想要什么，姐姐满足你。"在空闲时还是能和扣子说上几句话的。

"姐姐？你才多大，就敢让我叫姐姐！"看着扣子说着让人发笑的话自己我也点上一支烟来放松一下，有烟和扣子在，仿佛都没有过不去的事。

"对啊，就叫姐姐。虽然我比你小，但这不影响你叫我姐姐啊。你看姐姐只是个称呼，就像人的名字一样，现在我改名字了，改叫'姐姐'了，你到底叫不叫？"

店里的灯光是暖黄色的，人看久了仿佛能产生幻觉，眼前再也不是那个熟悉的环境，多了一份神秘感，使人想要去探索一番。扣子的影子在墙上印出朵花儿来，伴随着外面播放的音乐跳跃着，突然，那舞动地身影中一阵说不上来地寂寞感向我涌来。

扣子的道理很简单，只要是从她嘴里说出来的话都是有道理的。扣子无理地让我叫着姐姐，还好在我一阵头疼时被外面吆喝的客人及时解围。

"别跑！不是说好不跑的吗？"扣子见我起身，一把抓住我。

扣子的眼睛在灯光下显得模糊，双手一直抓着我。"我知道你要死了，但我还不想你死，你不能跑。"扣子说着身体也像三月的飞絮般飘了起来，随之飘到我面前。扣子突然大声地说，外面的客人也不知道发生了什么，纷纷伸着头看着我们。

"瞎说什么呢，我那里要死了？"

看着扣子现在的模样，心里无力叹息一声后说："先坐下。"

我给扣子开了一瓶酒，也顺便给自己开了一瓶。在喝上一口后觉得不过瘾，然后又大喝了一口才满意，"扣子，你知道《江湖有事之红衣女捕快》这个故事吗？"

"没有。"

"那我今天就来给你讲讲！其中讲的是一个女捕快在一次办案时遇到一个能文能武的才子，女捕快对才子可以说是一见钟情，女捕快很快就沦陷了。后来才子不知何故抛弃了女捕快。只是那女捕快不知道的是才子患有一种病，在小时候就被诊断出来了，原本是活不过 15 的，但才子偏偏不信，所以一直在练武来强身健体。而才子在近几年的身体也是越来越差，每过一天都是在透支着身体，还好才子之前经常锻炼倒也撑过了这些年。又在遇到女捕快后才子发现自己大限将至，于是就果断断绝了和女捕快的联系。在女捕快再次见到才子时是在一个叫作'枫馆'的烟花场所里。而才子已经……"

"已经怎么了？"

"已经换了个人一样，才子变得颓废，披头散发，喝着酒像一个疯子一样。才子大骂着女捕快说着一些难听的话让她滚，而女捕快被才子大骂一番后也是气得不行，加上由爱生恨，一怒之下拔剑刺向才子。最后才子倒在女捕快的怀里，顺着剑留下的血印成一片腥红，就像深秋的枫叶一样。

女捕快不停地问为什么为什么，才子笑着说能死在喜欢人的怀里也算没白来了。在才子将自己的事全部告诉女捕快后，女捕快最后也发起疯来，最后也拔剑自杀了。"

"好可怜的女捕快，那故事和你要死有什么关系？"

"就是告诉你要相信对方！"虽然自己也知道这个故事和什么相信不相信完全扯不上关系，只是正好刚才看到扣子的模样想起女捕快遇到才子时所流淌着的感情才讲给扣子听。看着扣子不屑的表情我只好接着说："我的青天大老爷，我的姑奶奶，我的姐姐。我真没事！不信你去问江离，骗你是小狗。"

"对了扣子，于一见钟情相和日久生情相比，你更喜欢哪个？"

自扣子知道我兼着另一份工作没反对时我开始下班就回家，先和扣子在家吃了饭再去夜宵店。扣子偶尔也会晚上在家待得无聊到我上班的地方玩，依旧是坐在那里，几瓶啤酒几个小菜一直到我下班。

"你知道吗？"在路过扣子身边的时候扣子突然看着我说。

"知道什么？"

"没什么，你忙去吧。"扣子看着我笑了，虽然完全不知道扣子在笑什么，但在自己心里却泛起一阵幸福感，是的，就是幸福感。

那天问扣子说一见钟情和日久生情更喜欢那个后，扣子咋咋呼呼地问我是不是喜欢上她了，我不语。

自从在第二次扣子被抓走后回来我发现自己开始对着扣子有着莫名的情愫时，我都不敢和扣子开着过火的玩笑，平日里也不敢看她的眼睛，我生害怕一不小心就陷了进去。但又在和她同进同出的日子里，一直孤独的在远方打拼的心仿佛找到了可以依附的人时，我却也渐渐地喜欢上了这种感觉。

相比跨过了那一步来说，而这样距离更让我着迷，友情已过，爱情未满。

"要是我说我喜欢你你怎么回答。"我开着玩笑地问着扣子。

"当然是拒绝你了啊，你还想怎么样啊？"

"啊，为什么会拒绝。"

"咯，你这样人啊，真是一点都不浪漫，没有一点情调。对我又不好，又不会哄我开心，还不会说好听的，你说我干吗答应！"扣子转过身来先是上下打量一番，手指撑着下巴瘪了瘪嘴继续说："嗯！人还不高，长得也不帅，也没钱。"

"我回去了。"扣子将我说得一文不值，脸上瞬间冷下来给扣子看，在心里其实早就想笑了。

"咯，你看，还小孩脾气。"扣子跑过来抱着我胳膊，像极了一个撒娇的小妹妹。

"是啊，我小孩脾气，我一文不值，我哪里都不好，可是我现在想回家了。"

"你这个人怎么这么小气，和你说着玩呢。"

"那我有哪些优点啊？"

"优点嘛，还是有的。虽然你小气，但对我很仗义；你不高，可对我来说正好；你不帅，我却正满意；你小孩脾气也只是对我而已。"

"你这是在夸你还是在损我呢！"

"嘿嘿，当然是夸你咯，你最帅，最高，最讲义气，心地善良，为人助乐行了吧，我的大帅哥。"

"这还差不多，以后就这么讲话了。还有，你得老实告诉我为什么我说喜欢你要拒绝我？"

"咯，就不告诉你。"

郭敬明有过这样一句话："那些女孩教会我成长，那些男孩教会我爱。

我们要听到大风吹过峡谷，才知道那就是风。我们要看到白云飘过天空，才知道那就是云。我们要爱了，才知道这就是爱。我们要恨了，才知道恨也是因为爱。"

"我的前半生定性，知事，选梦都是我一个人完成，后半生遇人，择城，终老——人生未必会一切都如愿以偿，但你是我的，就是我的一切如愿以偿。"这段话出自《何处暖阳不倾城》。

这两句结合起来我想可能是对爱情最好的诠释了。

扣子坐在角落里，看着我发着笑，就像看着自己的宝贝一样两眼放着光。自扣子来后店里的生意慢慢好起来，越来越多面熟的来照顾生意。后来发现这一切都要归于扣子，扣子每天都坐在角落里，每天几个啤酒和吃着几个小菜到很晚，也有和扣子搭讪的，但没聊几句就走了。好像大家都对扣子产生了好奇，都想知道这个姑娘一定是有故事的。老板见状自然是高兴得不得了，也是对所有人干脆说一句我什么都不知道，导致扣子更加的神秘，引来的人也更加多了。老板在发一笔财后也当然忘不了他的财神爷扣子。

扣子是漂亮的，一张干净的脸蛋时不时会扬起微笑，却又在角落里的灯光下显得孤独。抽着烟的喝着啤酒的她在人们眼里却又显着别一样的味道，像是带着尖刺的玫瑰，像历经磨难被卷入红尘的富家小姐。

"天天说我抽烟喝酒，我看你现在才是烟枪酒鬼。你还是少抽点吧，抽烟不好。"

"我这样还不是你害的啊。咯，天天在我面前抽烟喝酒，怎么我抽就不让了。看不起我？"扣子大道理一堆，也蛮不讲理。

"……得，千金难买你高兴，等到哪天抽出瘾来，抽得戒不掉的时候别后悔。一会江离和安安要过来。"

"啊，他们要来，来干吗。他们知道你在这里上班？"

"是的，上次被他们撞到了。怎么你害怕？他们又不是哪里来的妖魔鬼怪，有什么好怕的！"

"就算是什么妖魔鬼怪魑魅魍魉，这不是还有你这大神在吗，我怕什么。咯，再给我上几个菜，你看这都没有了，我要吃烤茄子。"

烧烤店门前长着几丛夹竹桃，有一株长的许高，偏塌下来的枝丫覆盖了大半个人行道，而在夹竹桃下放着的那几张桌子每天都是最快坐满的。夹竹桃上已经露出了花苞了，再过不了几天将会看到满树的嫣红。

由于下了接连好几天的雨，导致烧烤店也一直没什么人，所以老板都会早早地关门回家。最开始几天还去呆了几小时，后来老板也干脆懒得开门了，我也难得休息几天。偶尔雨停时我和扣子会沿着钟阜路一直走，走到福建路，再从菜市场买菜回来时会去财大转悠一下，回忆下校园时光。这个时候校园的学生往往比之前更多，因为临近暑假的缘故不少的学生还带着箱子来来往往。太阳的最后一丝阳光从密集的树叶中射下来，影子在地上形成一个个圆圆的斑点。想起那年在新疆的日子，一条显得长远又看不到头的马路两旁长着笔直的白桦树，人独自走在里面像是行走在世外，能洗涤心灵一样。在第一次听到朴树的《白桦林》时还是在上学的时候，所以每次想到校园时候都会在脑海里不自觉地想到这首歌。虽然学校里种的不是白桦树，却也不自觉地想到新疆的白桦林。

"你是不是经常来啊，怎么这么熟悉。"扣子歪着脑袋看着我，像是在审问犯人一样盯着我看，顿时感觉不妙。

"哪里经常来啊，今天这不是正好和你没事吗。"看到扣子的样子不由得心里愣了一下，不过转瞬间又想到，又没有做什么坏事，于是又放松下来。

"没空过来？嘿！是现在我来了没机会过来吧。肯定原来经常过来勾搭这里的小姑娘，还肯定不止一个。"

"我简直比天王老子还冤，你可别大白天的说瞎话。"

"还说没有，看你一脸笑的比花还好看。又看上那个漂亮小姑娘了，再看，再看我挖了你眼。"扣子也瞬间变得跟只猫似的伸出了爪子，面目凶狠。突然好像有想到什么，于是接着说："不过呢，那都是你以前的破烂事了，我也管不了了。以后你可给我收敛着。咯，我……"

"你怎么了你？"

"没什么。"扣子沉默着，天地也安静下来了，四周再也听不到任何声音，就连一旁的老人手里拿着的收音机也没了声音。"你还能活多久？"

扣子走在前面，混迹在学生们中的她我也能一眼将其分辨出来，因为她看上去总是那么孤独，看得那么让人心疼。

"什么？"

"就是，你还能活多久？"扣子转过头来，双目里隐隐地闪着点点亮光。

"什么还能活多久，你在说什么啊？"

"你的病，血液再生性障碍，你还能活多久？"

扣子是一根筋的，自己认准了的事任谁都不能改变主意。虽然不知道扣子怎么又提到这个事，但心里居然也莫名地一暖。"我更喜欢白头到老呢。"

"噗！谁要和你白头到老了。"原本绷紧的小脸蛋也噗的一瞬间笑了起来。"咯，看你快要死的份上也就不和你计较你以前找过姑娘的事了，不过以后也不允许哟，小弟弟！"

"谁说要我要死了，这世上就你一个人说我要死了，我就没听到过谁还说过我要死了这句话。"

"红豆泥？"

"什么？"

"红豆泥？红豆泥？"

"我的宝贝儿，这又是什么意思呢？"

"这是日语，是'真的吗？'的意思，懂了吧。"

"以后别提这事了，我可要长命百岁的呢，要是真被你说中了，那我不得英年早逝啊。你赶紧给我呸掉。"接着就看到扣子对着地上呸呸呸的三下才停下来。和扣子相互打闹着，就像这校园里的情侣一样，那些从我们身边走过的男男女女都被扣子的可爱吸引纷纷看着我们。

"你上过大学吧？"扣子走累了，我们就在一旁的石阶上坐了下来。

"上了一半。"

"那也是上过啊，不像我，只上了个初中。说说高中大学里面是什么样的。"扣子看着来往的人们显得有些落寞，寂寞的心里好像再也不能装下什么事一样。

"高中和初中一样，大学就是你现在看到的这样的。"

在之前读到"你从远方来，我到远方去；遥远的路程经过这里；天空一无所有，为何给我安慰"这句时感触特别大，那时我正处在莫大的悲伤之中。一无所有的不是天空，而是在这纷纷扰扰世界中的我。

在下了几天的雨后，在天上终于露出了一片亮光。那片亮光像是将天空撕开了一道口子一样，慢慢地越来越大。乌云散去时已经是晚上了，在乌云离开时还下着最后一点雨。

天气慢慢地暖和起来，地上的水被重新蒸发到天空，而整个屋内显得很沉闷。一般在吃了晚饭后会同扣子在小区附近溜达一会，然而今天扣子也懒得出去。在吃完饭洗碗时扣子一直催着我快点，自己也只好拿出看家本领三下五除二地将厨房收拾干净。

"干吗啊，这么着急？"从厨房里出来时候还顺便将扣子刚才遗忘在厨房的零食带了出来。

"看电影啊，看这个动画片。"

"动画片？你还真是童心未泯啊。扣子，你有没有发现你特别像一个人。"

"谁？"扣子停下手里的活，回过头来看着我，"你前女友？"

"红孩儿。"

"就是那个上天下地，和龙王孙悟空打架的那个小孩子，脚上还踩着风火轮那个？"扣子的两个眉头都紧靠在一起说着。

"对啊，一会一个性子的。"

"咯，那你以后得小心点，我可要用三昧真火烧你。"扣子白了我一眼，好似还不满意，于是又补了一个"哼"。

"那，我的小祖宗，今天看什么动画片呢？"

"《岁月的童话》，哎呀，你看着就好了。"

在影片开始没几分钟时妙子一家因为一个菠萝怎么吃的问题上惹得扣子骂骂咧咧，忍不住想要跳到电脑里面将菠萝亲自吃给他们看，惹得我一阵笑。故事大概讲的是妙子在回乡下后遇到了自己的爱情的故事，但在故事里还掺杂着妙子童年的记忆，在期间 27 岁的妙子通过 10 岁的妙子渐渐的发现了生活的乐趣和真谛。

而在那个木讷男孩站在她回家路口时问她喜欢阴天还是晴天时，此时妙子的答案已经显得不再那么重要了，因为他知道，只要是她喜欢的自己也会喜欢，哪怕不喜欢也会强迫自己喜欢。

想起张爱玲小姐那句"海底月是天上月，眼前人是心上人"时不由得看着一旁认真看着电影的扣子，不知何时被扣子无端地闯入再也不愿意离去了。和扣子在一起我无时无刻都是在满心欢喜中度过，猛然醒悟过来发现也无时无刻将自己置身于一场业障之中。我不知道和扣子终能一起走到多远，但愿久如今日，不再改变。

自己就像一个贪吃糖果的小孩一样，明明知道牙齿会蛀空，但只要一闻到糖果的味道就心猿意马，也终发现那一步终究会踏出。我摸了摸扣子的头，学着 27 岁的妙子一样摸着小妙子。

"为什么我过的六月和他们过的不一样啊？"扣子见我摸着她头望着我。

"那你想过的六月是什么样的呢？"

"你看人家又是空调，又是西瓜，还蒲扇和知了的。这城里什么都有，可是和电影里完全是两回事啊。"

"得了吧，你还不知足吧，你看人家都不知道菠萝怎么吃。"

"这不是一个事！"

随后我向扣子有声有色地描述我小时候的夏天，每到夏天，我们都会带着凉席和花露水在外面找一块好的草坪睡上一觉，等到再次醒来的时候已经的第二天天亮了。夜晚的天空很高，能看到许多星星，偶尔也会在流星划过的时候偷偷地许上个愿望。扣子当即表示想去，一定要去我老家看看，看那份青山绿水，看那被白雾遮住的景色。

"你老家那么好那怎么还出来，要是我在那些地方，早就乐死了呢。"

"以前算命的给我算过了，说我这种人啊，注定了要脚踏四方。虽然我到现在也没明白怎样才算脚踏四方，不过到处玩可是有着不小的兴趣。估计那老道也就忽悠我，骗我几个小钱吧。"

"哈哈，你还能被骗啊，我给你说，就鸡鸣寺那些人想坑我都没门呢。主要是我不信那些，要是真有神灵，你说他们为什么不理我。"

"可能你心不够虔诚吧。那你去烧了几支香，又添了多少香油？"

"一切魑魅魍魉妖魔鬼怪都是封建四旧，该打！"

扣子说着就激动起来，非要和我争个高低不可。黑暗里我们一人一句地聊着，不知不觉电影已经接近尾声，不知为何脑子里突然蹦出"不可结缘"这四个字。

"什么四旧不四旧的，那是老祖宗的传承。哎，我给你说啊，那个给我算命的老道可是对这些很看中的，说什么我一生富贵，两脚生花。还让江离跟着我混，你是不知道，江离被他忽悠的一愣一愣的，要是那样忽悠我我早就是几巴掌上去了。"

"你那哪里来的假道士，明显忽悠人的，江离估计也是傻掉了，居然还信这个。"

"我也不知道给他灌了什么迷魂汤，还说我富贵，现在都要穷死了。江离在遇到我都是只出不进，还跟着我混，有点意思。"

"咯，我现在发现了，你还真是个没良心的东西，都记不得别人的好，人家随随便便拿出那么多钱来，现在也没说一个字。"

"你可别管他，那小子，贼精，再说他家有钱，不缺这几个。"

"咯，真是没良心。"

"哈哈，别管有没有良心，以后的事以后再说。"我说着居然一把将扣子搂在怀里，自己也丝毫没有觉得有任何尴尬，这还是我第一次主动去搂着扣子，以前有过，但都处于一些条件下。我怕极了，我甚至开始感到背后丝丝的凉意传来，生害怕扣子大骂着敢吃老娘的豆腐随后使出乾坤钳来，不过扣子没丝毫反应，依旧安静地躺在我怀里看着电影。

"你这个人，也是废了啊。咯，你自己对未来有什么计划规划没？想成功，第一步就是要做好规划的，你有没有。"

"我哪里有什么规划啊，我都是能活一天是一天，管他精彩与失落。"

"咯，你就没有一点愿望想要实现吗？"扣子扭过头来看着我，期待着我的回答。黑暗里那灼热的目光让人感到心一寒，我原本就是这样一个人，喜欢着未知的每一天，要是提前做好了计划按照预定的轨迹行走，倒觉得失去了太多的生活乐趣。扣子接着说："你不会连一个愿望都没有吧？"

"有啊，能平平安安健健康康地生活下去也不错啊。"

"你……你就没有大一点的梦想吗？"扣子从我怀里坐了起来，气鼓鼓的，像是看着一个不争气的畜生一样。"比如多挣钱，当个大官什么的。人没有梦想和咸鱼有什么区别，就算是做咸鱼，也要做最咸的那条啊。"

"和你结婚。"我也不知道哪根筋出错，潜意识就说出来了。

我小心翼翼地看着扣子，屏幕上投来的光在扣子的眼里影成一个一个故事，扣子先是愣了一下，随后就哈哈着在我手臂上用力地掐，"让你逗我！让你逗我！让你逗我！"一直到好久扣子都没撒手，我也不敢喊疼。最后扣子没力气了，又过来帮我轻轻地揉着，"对不起啊，我……很疼吧。"

"已经习惯了，也就不怎么疼了。"

我是喜欢相对暗的地方的，黑暗可以隐藏很多东西，那些让人厌烦的情绪或者喜欢的情绪都不那么容易被人察觉。我们尽情地在黑暗里释放自己，那些不敢裸露在光明里的东西紧紧地抱着黑暗。

"咯，我可不是故意掐你的啊，谁让你逗我呢。"

"对啊，谁让我逗你啊……"

扣子每天会叫我起来，洗漱完后再一同出门。扣子会在楼下买上几个包子，然后再送我到车站看着我上车才离开。每次看到扣子这样心里就会想着：人生也不过如此，有爱你的人，也有你爱的人。说起来我还是很怕跨出那一步，我怕因为跨出去后我和扣子关系就会变得尴尬起来，相比恋人的感情，我更喜欢现在这种模模糊糊看似没有的情愫。明明知道那片雾里有山，却就是忍不住想要去看，就像着了魔一样，可等到雾散了见到真正的山体后顿时又失去了想要一探究竟兴致。

扣子就像一只妖精一样吞噬着我的灵魂，等她将我全部吞噬时我知道自己就再也出不去了，明明知道自己正置身于一场孽障之中，却也义无反顾地投入其中。

扣子说在家无聊，我一愣，但随后她看出我的担忧说："只是找个工作，你紧张什么。你不在也蛮无聊的，就想着去找个工作干着。"

对于扣子找工作这事我现在也没阻止，其实扣子白天一个人在家也真是蛮无聊的，扣子不像我对孤独那么喜爱，扣子在喧闹的人群里长大，耐不住寂寞很正常。几天后果不其然还真找到一份工作，是送快递。扣子对那种坐办公室里的没什么兴趣，扣子喜欢在外面晃悠，看着四周的变化。扣子从小生活在南京城里，对大大小小的街道也较为熟悉，所有最后答应了这家送快递的。说起来也蛮好，快递点就在南瑞路上，离家也是很近。

和扣子负责的还有一个男的，勉强地带着扣子熟悉业务。与其说送快递，对于扣子这样弱小的身板来说倒不如说是送一些简单的信件或者稍微个头小点的快递，更多的都由她师傅送。虽然拿不到多少钱，但也勉勉强强够扣子花费。

有时候在扣子送完最后一个快递时天已经完全黑了，饥肠辘辘的扣子也会跑到我工作的夜宵店吃上几个烧烤喝上两个啤酒。

"你得教我骑车，不然坐车太麻烦太浪费时间了，一天下来都送不到几个。"扣子每天都在固定的位置，吃上同样的几个菜，像是例行公事一样。

我帮扣子拿来啤酒后，看着扣子不停地抱怨着，却也觉得十分有趣。"骑电动车多危险，再说你骑上我还不放心呢。又不让你挣多少钱，干吗那么拼。"

"咯，这你就不懂了吧，这可是我第一份工作，得认真对待。女人嘛，虽说不用挣多少钱，但也是要有事业的嘛，不能给你们这些男的看不起，我还是有这点自知之明的。"扣子喝上一口啤酒后就像换了一个人似的，都要准备大谈理想了。

"得，你这句话不知道得罪了多少在家吃闲饭的女人，当心别人背后给你使绊子。"我不怀好意地看着扣子，发现扣子依旧对着眼前的美食有着灼热的贪欲。

"我扣子是谁，谁还能在被后使我绊子。倒是那些吃闲饭的就怕被别人的话捅了腰都直不起来呢。"

"行，你说的话都对，行了吧！"

"嗯，我的话就是命令，你什么时候教我骑车，我简直不想坐车，我都感觉这几天坐的车比我前 20 来年都多，都要吐了。"扣子仰着脸蛋，散发着迷人的微笑，从扣子找到工作后她脸上笑容也多了一种感觉，我分明能从扣子笑容里看到丝丝的幸福感，也不知道到底是怎么回事。

"别骑车，太危险了。就算学会了你那半吊子水平我也不敢让你上路，磕到碰到多疼，还会留疤，到时候漂亮扣子变成留疤扣子就有趣了呢。"我打着趣取笑着扣子，想要打消掉扣子骑车的念头，但我还是低估了扣子的执着。

"咯，不骑车我怎么拿啊，我就两只手。包里又塞不下什么大的，看到那么多快递都是钱，我却无能为力我心痛啊……"扣子有声有色地描绘着，还一边在空中比画着快递的大小，那模样简直好笑极了。

"先不说了，我忙去了。"

"你……你别跑。"

那些终将释放的情愫在门前散落的夹竹桃的花瓣里，在喝完酒被抛出去被车轮碾过的啤酒罐里，在扣子刚刚吃下去的烧烤里。那些情愫被罗烟包裹在其中飘散在天地间，但他们并非不见了。

在休息日的时候扣子会一大早叫醒我起来吃早饭，每每等我醒来时扣子都已经买好了早餐回来了，几个包子和豆浆，偶尔会买上两根油条。扣子是不喝豆浆的，所以豆浆都是我一个人的。在一段时间后也突然觉得难喝起来，于是扣子就在里面放些白砂糖给我。

在答应在休息日帮着扣子送快递后，扣子也是手舞足蹈的显得极为高兴。"你快点，捡大的拿，按顺序放好。"在扣子的指挥下，一会挑出了一大堆快递，还好我在夜宵店老板那里借来了电动车，不然光我和扣子两人用手拿，还真拿不了几个。

"急什么，还早呢，不在乎这点时间。"

"还不是前几天送的少，现在你来了，正好把前几天的都补回来。大个的钱多，现在终于能吃得动了。"

扣子尽挑一些看起来大的，我接过扣子手里的快递一个劲地往车上放，没几下就放满了。"好了好了，都放满了。我说多跑几次就好了，干吗一次就拿这么多，想一口吃个胖子啊？"

"嘘——"扣子将手指放在嘴上让我小声点，我还没明白过来扣子接着说："你没看到屋里那好几个人啊，他们可都像饿狼一样盯着这些快递，等他们出来时候我们可捡不到好的了。"

"没那么夸张吧？"虽然不知道快递员之间到底是怎么安排的，但扣子也说得夸大其词了。

"怎么没有，一会你就知道了。你……你这都是怎么放的啊，乱七八糟地塞在一起，这能放几个啊，你都不整理啊？"

"整理了啊，按照先后顺序再按照大小整理了啊。"

"……不是说的这个，我是说放好，放好懂吗！"

扣子说着就将我放好的快递全部拿出来再重新放一遍，相比我来说，扣子弄的真是整整齐齐的。只要有空隙她都塞上了大小合适的快递，也将包里装得满满的。扣子全程让我待在一边去，嘴里还嘀咕着什么家都收拾不好还想着做这些什么的，弄得我一阵无语，却又看到如此正经的扣子心里就情不自禁地笑起来。

由于有了电动车，只要是顺路的扣子都会捡上。从建林路到盐仓桥再到下关，再从福建路到古林公园再到清凉山，最后是医科大学。在到达医科大学时已经是下午了，饥肠辘辘的扣子和我也顺便在学生食堂吃了个饭。虽然一路都被扣子嫌弃，但一路的欢声笑语从未停歇过。

从清凉山隧道过来时有一条长长的下坡，正好路上车很少。扣子一路哼着歌，显得心情非常好，我特意减速下来。好像在扣子过来后我们也很少出门，偶尔出门也只是在附近转转，稍微远一点的地方也是极少去的，明明知道扣子不喜欢待在家里，却依旧让扣子待在家里，想到这里心里突然厌恶起自己来。

从学校食堂出来后扣子觉得还是没吃饱，又绕到后面去买两个包子吃。

"咯，给你一个。"

"我吃饱了啊。"

"我吃不完。"

"吃不完你还买两个？"

"买一个我自己吃多不好意思。再说我给你买一个，我们都吃包子，别人看到后就会觉认为是你虐待我，会说那个男的不带女朋友吃好的，买个包子都打发了。"我在心里已经深深地佩服起扣子了，扣子简直不按常理出牌。

"给我。"

"咯，这个男包子给你。"

"啥？男包子？包子还有男女？"

扣子想了想说："对啊，我的宝贝儿。你那个是豆沙馅的，我这个芹菜馅的。你自己看看你是不是黑得和这豆沙一样，我这芹菜是青的，和我这衣服一样。所以你那个是男包子，我这个是女包子。"

"你的歪道理还真多。"扣子的回答的确非常具有想象力，被叫成包子也只好苦笑着承认。

"你这样的肉眼凡胎哪里能理解我这种小仙女做的事啊。"

扣子一手搭载我肩上，如此一来，原本刚歇下来的肩头又负了不少的重量。看着扣子诡异的笑，我心不小心稍微地颤抖起来，生担心扣子又有什么鬼点子。

我点上一支烟，蹲在一旁悠闲地抽起来。仿佛只有在这一瞬间里才能放下心中的所有负担，以前在抽烟的时候从来没有这种感觉，这种感觉是在扣子来了之后才有的。天空在前几天的雨后也一直纯净得像刚被擦过一样，一块巨大的蓝上面被人随意地搁放着洁白的云朵。不知道从什么时候开始喜欢上这种雨后纯净的天空里飘着的白云，却也发现那些飘着的云给我的生活平添了不少的乐趣。

每每看到时都不由得想起庄子，不明白到底是否活在梦里。对于那块巨大的蓝的背后也有着强烈的好奇心，总想着总有一天证道成仙，飞往那琼楼宫宇。看着天宫派来的使者站在云端含着微笑向我招手，清风拂过山谷，扑簌作响，虫鸟鸣奏，我通体清澈，恨不能立马就踮起脚来飞上云端，也时常会想到往那飞来的云端头纵身一跃，就此灰飞烟灭。

晚上在吃过晚饭后，便准备去小市那家夜宵店，看看时间觉得还早便又被扣子拉到下关去了，原本扣子想着坐轮渡玩的，结果到了中山码头的轮渡已经停了。原本应该是热闹的江边人却是极少，从江边路上走到江边除了亮着的几个灯外再也看不到其他事物。

"喂，你在想什么啊？"正埋着头在前面走着，突然听到扣子叫，等回过头来又被扣子吓了一大跳，"咯，我也是好久没来过这边了，上一次过来还是和福利院的小朋友一起呢，你可不知道，他们可爱死了。"扣子抱着一块不知道哪里找到有两个拳头那么大的石头抱在怀里，圆不溜秋的，走得一晃一晃的很吃力。扣子见我回头一下撞在我怀里，我顺势接着石头。扣子见状哈哈大笑起来，但几声后像是被哽噎一样不断地咳嗽。

"这是干吗，捡个石头干吗？"对于扣子我也是一点办法都没有，在接到石头后发现这块石头特别沉，也不知道扣子什么时候捡上的。

正在我准备放下时扣子立马停止了咳嗽说："别放，抱着。"

"这是干吗？"我满脑子疑问，对于面前这个小主只能言听计从。

"哼，谁叫你不理我，今天这个石头就抱回去！"

"我……"我想要放下，但在扣子的眼神里可以看出要是等我真放下时，指不定又从哪里掏出一把刀来抵在我喉咙上让我捡起来。"你刚才说谁可爱死了？"

"没死。"对于这个任性的小仙女毫无办法，最后"哼"的一声就再也不理我从我面前走过，走到那盏被路灯照亮的光明下，然后才招着手让我过去。

在回到烧烤店时扣子依旧要带着那块石头，期间整个时间她都将石头放在桌子上，显得霸气极了。说来也奇怪，原本在黑暗里那块石头显得黑不溜秋的，可在灯光下还是显得比较黑。扣子真如自己说的一样将石头带回家了，将石头洗干净后放在地毯上，坐在石头上，然后觉得有些硬又在石头上放上垫子才满意的坐在上面。

和扣子送快递扣子一直取笑我笨，就像一个大个的快递一样，每天也在嬉笑里不知不觉地就过完了，就像人生一样，一转眼，一刹那就完了。

由于之前一个季度收入较好所以公司组织了几天旅游，我没去。每天和扣子送着快递，就这样几天下来我几乎熟悉了大半个南京城，对于原本懒得出门的我来讲简直是个奇迹。

"我以为你只是没事把石头拿回来玩，没想到这玩意还有这样的用处啊，想起当时抱着它走了那么长的路，到现在你也没给我什么犒劳。"

"你还想要犒劳？来来来，帮我把它放阳台去。"

"干吗放阳台啊？掉下去砸到人就麻烦了。"

"别管了，赶紧的。"

扣子在将那有两个拳头大的石头带回家后，先是垫上一层垫子放在地上坐，可闲不下来的扣子这几天又开始神神秘秘地捣鼓着那块石头，扣子拿着笔再石头上勾勾画画的，也不知道最后画出个什么来。

扣子起身弯着腰想要抱那块石头，可是找到几个方位也没能下得了手。扣子一边比画，一边纳闷，上牙紧咬着下嘴皮思索了半天才转身跑到厨房拿来一块塑料的软菜板来放到石头下面。

"来吧，剩下的就靠你了，嘿嘿。"扣子双手叉着腰，高兴极了。

我也只好上前去拿起石头，在扣子的指挥下，尽量的不去损坏石头上扣子所绘的画，黑乎乎的一团，线条扭扭曲曲的缠绕在一起，几种颜色也是被乱七八糟的叠在一起，丝毫看不出扣子画的是什么东西来。

"你这画的是什么东西啊，鬼画桃核？"在把石头小心翼翼地抱到阳台时，扣子将阳台我种的几棵形状怪异的小松树粗鲁地移到一边，看得我差点就把手里的石头扔掉去救我的松树。

"你慢点，弄死了我和你拼命。"那几株长得奇形怪状的小松树是我从紫金山上挖回来的，当时见长相奇特，枝木张牙舞爪，主干足有两指粗，整棵树却不足20厘米。在弄回来细心照顾下也成活了，为此还特意高兴了好一段时间。

"哼！"扣子没好气地白了我一眼，在扣子的眼里，那几棵小树苗的价值哪里大得过那颗石头和石头上被她倾注几天心血所绘的画啊。"要不说你怎么找不到女朋友呢，一个大男人年纪轻轻的就种这些，不是老人就是残。你这不是变态就是还是什么，一点都不懂女孩子想要什么！"

"先不管我是不是变态，我觉得你得先给那些老人和残疾人士和那些有诸如此爱好的人道歉。不过说回来，你这到底画的是什么东西，我看了半天也没看懂。"

"嘻嘻，那当然了，艺术品嘛，那里是你这样的凡人能看懂的，梵高的向日葵知道吗，那玩意你能看懂吗？你看买多少钱。我可给你说，你看不懂的都值钱。"

"你这是歪道理，我感觉我 10 岁的小表妹都比你画的好看。"

"好看？难怪你小表妹画的不值钱！"

"得，说不过你，你慢慢玩吧。刚才江离打了两个电话来和你聊也没顾得上接，我得问问什么事。"

虽然没看懂扣子在石头上画的是什么东西，但看到扣子开心，自己也跟着扣子乐了。夕阳下的余温渐渐融化了石头上的油墨，堆积在最上面的一层慢慢地熔化成股向下滑去形成一道道漆黑的路出来。扣子顺手就从那棵松树上折下一小段早已干枯的树枝来引着石头上向下流的油墨，还时不时地往上面继续添加新的颜料，最后几种颜料混合在一起由内向外，由上到下，一层一层的煞是好看。

在天空里最后一丝阳光也消失时扣子终于完工了，一朵有着各种颜色的花朵呈现在石头上。花瓣由石头的最上面向四周绽放，每一个花瓣都有好几种颜色，一层一层的显得有浅有深，整个石头被扣子这样一弄，显得可爱极了。

"没想到你还有这种手艺啊，哪里偷学来的？"

"嘻嘻，我可不是偷学来的哟，我这是自学。以前在街上看到那些画画的就会过去瞧瞧，看久了就会了，我厉害吧。"扣子笑嘻嘻地冲着我笑，六颗牙齿整整齐齐的。

"厉害，我看了那么久我怎么学不会。"

"你笨呗，还能怎么的。等一会干了帮我放冰箱去，可别再把颜料化了。"

"行行行，我笨行了吧。我这种人没啥本事，学又学不来，以后要跟着你了，以后得靠你养活了。"

"咯，也不能这么说。我也是看了好久，我就在想，为什么别人能画出来我就不能画出来，后来也是慢慢尝试才画好的哦。"虽然被扣子展现的才华惊讶一番，也不得不佩服扣子的想法，为什么别人能我不能。要是我，我可能早就放弃了。"你就别嘲讽我了，就这点本事，我可是连自己都养不活还养你，下辈子吧。"

"哎，看来我愿望又要落空了，对吧，大艺术家？"

"去去去，你这个大嘲讽家就不要说了。江离找你什么事，又去喝酒看妹子？"扣子拿起一旁的抹布将刚洗过的手擦拭干净，一脸狐疑地看着我，我开始在扣子那漂亮的眼睛里感觉到丝丝的杀意。

"你一天都在想什么啊，我们都是正经的人，健康的社会下怎么能长出你这样思想的人，江离问我烟花展要不要去看，是看烟花，不是看妹子！"那株被扣子搬到一旁的小松树我也懒得管了，偶尔移动移动在另外一地释放一下氧气也不错。

"烟花展，什么时候，在那？我也去！"扣子一听就急了，接着说："去年过年的时候想着放烟花来着，结果……"

"过年时候放？我怎么记得过年那晚上你被……"我不怀好意地看着扣子，笑容也带着一丝戏谑。

"……你，去死！"扣子说着就扑向我，一不小心差点被扣子推倒在地上。我一把抱着扣子，另一只手死抓着门框才稳住了身子。怀里扣子的娇躯还不停地蠕动，在稳住身体后那只抓着门框的手也空了下来，双手绕后抱着扣子的腰，死死地抱着，任怀里的扣子如何增扎。"你放手啊，你个变态。"

"去死吧！"扣子使出无穷的力气一把将我推开，接着一拳打我胸上，那粉嫩的小拳头上却没能带着丝毫气力，更像是柔软的棉花糖一样。阳台的灯光照亮着扣子跑开的背影，那棵小松树也在吹来的风里发出嘻嘻的声音。

风力残留着扣子身上散发的香味，混合着嘴边的香烟一同吸进鼻腔里、肺里使整个身体都充满了能量，恍如隔世，一切都这般美妙。

　　"咯，你还没说烟花展什么时候在哪里呢。"正在阳台观赏扣子的画时，就听到扣子的声音。转过身去看到扣子只露出个脑袋到门这边，嘴角带着笑，面上带着红，看得让人新生醉意。

　　"长沙。"

　　"啊，市外啊！"扣子一下从门那边钻了出来，整个身体都出现在我眼前。我向扣子走去，结果她看到我过来转身又跑了出去。

　　等我走到客厅时发现扣子早已经坐到地毯上趴在小桌子前弄着手机，等走到扣子面前时才发现扣子正在手机上看着长沙的地图，突然想起扣子原来说过自己从来没有离开过南京市，去过最远的地方也就是句容那边时心里顿了顿，转瞬后又轻叹了一口气。

　　"江离和安安都去，所以来问我们去不去，去的话江离订票。"我悄悄地打量着扣子，不知为何，总是小心翼翼的和扣子相处着，避免所有的尴尬发生。

　　"虽然喃，看烟花还不错，但总觉得哪里不对，怪怪的。"眼睛调皮地在眼眶里转了两圈后像是猛然悟透了什么一样，接着说："咯，想起来了，看别人放有什么好玩的，要自己放才浪漫呢，你说对吧。"

　　"那你到底是去还是不去呢，我的扣子大人。江离还等着我答复呢，晚了就买不到票了。"对于扣子稀奇古怪的想法我早已经见怪不怪了，看着扣子踌躇的样子不由得在心里大骂自己一番，这种事就应该直接让江离先定好票，直接带着扣子去，干吗还来和扣子商量啊。

　　"其实我是不太想去的，但是看你说的那么好看，我也勉为其难地答应吧。不过我可提前说好了啊，我可是第一次出门，到时候可不准欺负我。还有还有，你不准离开我一米远。我可告诉你，别想丢下我自己去玩。"扣子在犹豫一下后也是满口答应下来，然后巴拉巴拉地说了一大堆，我也没辙，只好先应承下来。

"我也没去过长沙啊，我还能往那跑。再说，你在混社会的时候我还不知道在那像个乖学生呢。"

"反正我不管，去了你得听我的。不知道到时候人转眼就不见了，我上哪里去找，对了，是什么时候？"

"得，我算是明白了，我现在简直就是一个小保姆。时间是周末，一早机票，在那边过个夜就回来。"

"啊，还要在那边过夜！"扣子露出诧异的表情，瞬间歪着头看着我，眼神在我身上开始上下游离，我被扣子盯得只纳闷。然后用手摸着下巴，一副若有所思的样子。"也对哟，烟花都是晚上放。"

"你这不是废话吗？哪有白天放的，真是傻得要命。"看着扣子的样子我开始觉得好笑起来，要说白天放烟花还真是见过。那一次去外婆家，正对着面前这座大山爬的喘不过气还见不到头仰天长叹时，山腰一户人家突然放起了烟花，因为刚刚大年初二，有些家里还剩一些烟花。但大白天放也着实让我一阵摸不着头脑，不过还好那天天气不怎么样，到也看得到一些闪烁。

"你敢说本小姐笨，你找死。"扣子说着又开始往我身上扑，然后我们又扭着一团。不知道从什么时候开始，我开始毛手毛脚的吃起扣子的豆腐来，而扣子也不讲什么，有时候有过大胆的举动，但也瞬间就收住了，更多的时候我都觉得我和扣子的就像热恋中的情侣一样，每每想到这里时，心里就会变得踌躇起来。

虽然和扣子天天待在一起，但一起出远门玩还是头一回，心里不由得开始期待起来。扣子在送外快递后还是照样会来我工作的夜宵店，由于经过一天的烦热后，通常晚上来的人也更加的多，唯独扣子坐的附近从开始到结束没有一人，仿佛扣子就存在着与世隔绝旁人勿扰的气场一样。扣子一直在手机上搜索着关于长沙的一些好玩的地方，也不停地在一张纸上记着一些东西。原本是江离他们打算是在那边停留一晚上的，第二天下午回来。后来我说干脆在那边玩上两天，没想到一会儿江离就发来短信说好。

随着离出门的日子越来越近，自己却也渐渐的不知为何紧张起来，就像去见许久未见的老情人一样紧张。慌乱中却又带着丝甜蜜感，我开始知道我沉沦了，在扣子温柔的怀抱里入魔了。

扣子满怀欣喜的将纸上的东西存到手机了，高兴得还哼着歌。至于那瓶被开过却又被遗忘的啤酒也自始至终也再没移动过分毫，看着扣子为这次出行做的准备真是让人好生期待。

但……

往往事不如人愿，在出门的前一天，我去请假时却被告知集团人要来，宣布什么事儿。我们这样的小领导也需要加班，别说请假，就连周末休息时间也没有了，不过最后还是在周日的下午放了一下午假。

"加班？"扣子在听到我说出这个消息时讲话的分贝不由得高了几分，扣子之前做的那些准备都白白泡汤了，也是为难了扣子。别说扣子，就我当时在通知我时心里也是几万个不爽。

"是啊，又不给请假。"

"你没骗我吧？"扣子似乎还是不相信我说的，仍然一脸狐疑地看着我。然后看我不说话然后接着说："真的？"

"是真的，我已经给江离说了，就你们三个去玩，我就不去了，下次再一起去。"

"我不信，我给江离打电话问问怎么回事。"扣子仍然不放弃，也不能怪扣子，换了谁谁也会不相信。扣子说着就拿起手机开始拨打江离的电话，却又在刚播出后瞬间按了挂断。"我知道你不会骗我，既然你不去了我也不去了。"扣子双手一摊，丢掉电话也顺势摊在沙发上。

"你怎么能不去呢，我不去就行了，你不去那烟花就没得看了，我可是还等着你回来给你吹嘘多好看啊！"看着扣子的样子不由得一愣，丝毫不明白。

"哎，本来就不想去，奈何你一直在我面前吹嘘才让我动心的，现在不去了，待在家也好。"扣子望着天花板，显然是接受了我不能够去的消息，也同时下定了决心自己也不去了。

"我不去，你们也可以玩啊，不然你这几天的攻略都白看了，你去吧。"我也学着扣子的样子躺在沙发上盯着天花板看，但我眼里却看不到扣子所看的世界。

"我去了谁来照顾你，走几天不知道家里会被你糟蹋个什么样子。"

"你照顾我？我觉得你是在开玩笑，我有手又脚的还要你照顾？"我从沙发坐起来，看着扣子，扣子依旧那样摊在沙发上。

"你是有手有脚，但是你没脑子啊。家里不收拾，卫生不打扫。"扣子伸了个懒腰也坐了起来，然后眼睛直直地看着我说："哼，那么想我去，是不是想约那个野女人回来，我还不知道你。"

虽然被扣子说了一顿但扣子最后还是没去，明明那么想去啊，嘴上却说着言不由衷的话，真是个奇怪的家伙！

扣子将整理好的攻略发给我，然后让我发给安安。扣子说虽然自己没能去，但已经准备好了的攻略还是能用得上的。虽然很遗憾没能和扣子去玩，但也在和扣子独处的时间也很开心，就算是天天待在一起却也丝毫也不嫌腻，扣子总是能找到各种新鲜事来解闷。

"唔……真想把全世界的温暖都送给你呀……"

在烟花展的当天晚上，扣子早早就守在电视旁边，扣子说虽然不能亲身体验，但看看也不错。在开始之前扣子从电视上看到江离和安安的采访，拉着我就是一阵啤酒。电视里安安紧依着江离，脸上充满了甜蜜与幸福，难怪扣子看了一下就不开心了。在烟花展开始后手机上不停地收到江离和安安发来的照片，江离的照片里有安安，安安的照片里有江离，后面还有几张是他们的合影，江离在人海里紧握着安安的手，安安看着江离露出着少女般怀春的笑，两人的背后是几朵硕大明亮的刚绽放的烟花。

虽然我和扣子没能去成，但在晚饭后也再去了那条被扣子叫作"魔法森林"的小道，我们一直待到很晚。在休息日的下午，我和扣子也是在网吧游戏里互扔了一个下午的烟幕弹，每次在杀死扣子后，扣子都会对我一阵捶打说着不会让着点之类的话。

"还不错，没想到打游戏也这么好玩，以前还没觉得呢。"和扣子从网吧出来，扣子洋洋得意的。在我们准备离开时扣子非要拉着在杀上几回合，结果扣子如有神助一般来来回回杀了我很多次，现在正一脸高兴呢。

"是啊，没想到这种竞技游戏还蛮有意思的，就是看着头昏想吐。"

"瞧你那点出息。我饿了，今晚我请客，嘿嘿。"扣子难得做东一回，我当然兴高采烈地答应了。扣子还一直说着刚才的游戏，完全不顾一旁的我独自赶路，想起新民路老板家的米线时心里不由得又馋上几分。

在新民路和金川门外街交汇的地方，一家仅只有 10 多平方米样子的小店却做出了让人怀念的味道。在第一次去时和老板简单的交流几句后得知老板也是四川人，不由得更加期待起这家食物的味道了。等到食物呈现在面前时又被那熟悉的味道所捕获，也是在离开成都后也再没尝到过的味道。

"哟，很有一段时间没见到你了啊，还以为你离开南京了。"老板依旧热情地打着招呼，想到自己也在夜宵店上班时的样子，不由得汗颜，自己可是完全不打招呼的。

"离开了我又能去哪里吃这么好吃的米线啊。"顺手接过老板递过来的烟，也突然发现整个小饭馆空空荡荡的一个人都没有，我指了指一旁的扣子对老板说："我说这南京城里你的米线敢称第二，那就没人敢说第一了，她还不信，今天就带她来尝尝，你可不能让我没了面子啊。"扣子拽着我袖子十分不认可我说的话，欲言又止的样子，最后只能瞪着眼睛看我。

"嘿嘿，老规矩，加量不加价，这就给你们做去。"老板说着就转身去了后面做了，不一会儿就端上来热腾腾的一大碗米线来，而刚来的顾客早已经想好了要吃的，一股脑的报给老板然后又去忙了。

"你和这老板很熟？"扣子疑惑地看着我，也没动手里的筷子。

"也不怎么熟，以前来的时候总会和他聊上一会抽支烟什么的，慢慢也认识了。"看着扣子只顾着讲话全然忘记面前的美食时忍不住提醒扣子。"你不怎么吃辣，少放点醋，这样就不会觉得辣了，味道也不会变。"

"都是你，烟花展去不成，现在又来吃着，虽说我请客，但也用不着这么节约对吧。"扣子话转过来，完全不知道扣子想说什么。

往日的愁一天天被向北的风刮走，留下的都是扣子发间的清香。在江离从烟花展回来后的几天里一直没有找我，仿佛像是人间蒸发了一样，直到某天夜里，在我和扣子从夜宵店回来时。

江离就蹲在门前的台阶上，不停地抽着烟，他的脚下已经聚集了好几个烟头，他看到我们回来后仍不停地抽烟，丝毫没有因为我们回来而打扰到。

楼道的灯坏了，江离手中的烟比4楼照下来的光线显得更加耀眼，像是一块腥红的宝石。"先进来吧。"我说。江离在我开打开房门后从背后带着什么东西拎在手里，等进屋后才看清是两打用塑料袋装着的啤酒。

"出了什么事了吗？"江离丢下手里的烟，也跟着我进来。看着江离现在一声不吭像是装着无穷多的心事的样子，我心里猛然一紧，突然想到以前的那个我。

江离依旧不说话，进了屋子直奔客厅将啤酒放到小桌子上，然后一屁股坐在地上。扣子一脸茫然地看着我，我也是一脸茫然地看着扣子，也向

第四章　扣子与六月的烟花

115

扣子表示自己完全不知情。我同扣子坐在江离旁边好奇地打量着江离，对于江离的突然造访，还是半夜到来，感到十分诧异。

江离看了看我，又看了看扣子，然后又从烟盒里抽出一根来点上。"你这到底演的哪一出，孙二狗大闹土匪洞？半夜提着酒来我这里，头一回啊。"当我还在纳闷江离半夜跑来时，扣子已经伸着腰够一旁的电视遥控器了，然后也就顺便打开了电视，自己玩起来。

"是有点事找你商量，我感觉还不是小事。"江离弹了弹手里的烟灰，终于说话了。我更加纳闷了，在烟花展后就没有江离的信息，难道当时江离和安安发生了什么，一想到这里就更加纳闷了。

"扣子，别捣鼓电视了，赶紧把你的零食拿出来，今晚有好事了。"我用胳膊肘拐着坐在身边的扣子，扣子听到我话后也是一脸纳闷，我赶紧使眼神给扣子，撇了撇江离，扣子也瞬间明白了。

我猛然想到上一次江离这样时还是和他对象分手时候，也是半夜爬到宿舍楼顶喝酒，一喝就喝到第二天天亮。这次一时没想起来，直到江离说大事的时候才想起，对江离来说，这就是天大的事。现在江离整天和安安混在一起，也没发生点什么，我以为这次是和安安有关的，原来……

"我突然感觉来找你是件错误的事啊。"江离看到我让扣子拿零食来，不由得笑了起来。

"嘿嘿，没错。怎么，和安安闹矛盾了？"我也点上烟来，享受着吞云吐雾的快感。

"对了，这事你可别告诉安安啊，她还不知道，得对她保密。"江离瞬间激动起来，刚吸到口里的烟还没来得及进去肺腑就开始往外跑。

"不是和安安有关的？"扣子抱着零食正好从房间里出来，拿着好大几包放到我和江离面前的小桌子上。江离听到后看了下扣子，然后又看了看我。我从诧异中回过神来，给了江离一个放心的眼神，江离之后也没再说什么。

如果我没猜错的话……

"扣子啊，这故事讲出来可比这抽的烟喝的酒更伤人心肺啊，所以他不敢让安安知道。"看着江离的神情，也在确信和安安无关后也不由得纳闷起来。虽然之前问过江离和安安处得怎么样，江离也回答说就那样，而两个人天天又待在一起，着实让人摸不着头脑他俩的关系。

"行，不告诉安安，扣子你也别说。"

我和扣子都在一旁静静地看着江离，手里的烟燃烧的灰烬从江离手里掉下来，在一阵沉默后，江离狠狠喝了一大口酒然后说："我好像喜欢上一个女人了，为什么说是女人，因为她结过婚了。"

我看着扣子，发现扣子也在看着我，原本一直看好的江离和安安这一对，却在江离说到这里时不由得多看了江离几眼。"结过婚了?"我纳闷地问着江离，突然发现自己脑子转不过了，江离给出的信息每一次都让人震惊，在江离稍微点了下头后继续说。

"是啊，结过婚了。第一次见到她自己就像入了魔一样，仿佛整个身体里的各个细胞都在说着喜欢她，就连我自己也不知道怎么回事。"

"到底怎么回事?"

江离抱着啤酒一直喝，喝了好几口好像也不过瘾，再将手里的烟狠吸上几口后才感觉好上一些。屋外在此之前下过一阵雨，白天太阳将墙壁晒的发烫也并没有在这场雨里凉下多少。一时间除了楼下灌木丛里奔跑而过的野猫叫声外再也听不到声音了，天地之间一片空寂，偶尔车辆驶过发出的响声在传到这里时，不仔细听也是听不到分毫的。

一旁安静摇着头的风扇吹动着扣子肩上的头发，将扣子的头发吹的凌乱。而安静坐着的江离和我则又像是古时候赶考的书生一样，在安静的夜晚等着那女鬼将我们掳走。

　　"那天我和安安去看烟花，回来时我又去了清凉山，也就是在清凉山遇到的。"江离不停地抽着烟，才发现他的声音变得有些沙哑了。"那天还在长沙时就接到同事的电话，说晚上晚点在石头城公园附近烧烤，回来后先是把安安送回去就自己先过去了，由于我提早过去了他们都还没来。你也知道，清凉山隧道那里不是有些山吗，自己闲着无聊就摸黑就顺着小路跑到树林去了，最后也不知道钻到哪里，最后……"

　　"怎么？"我颇为诧异，江离莫非真有什么艳遇了不成，不过转想又觉得不对。"不会遇到鬼了吧！"可一想觉得不对。

　　江离抬起来看了我一眼接着说："你知道的，那会天已经黑了，那片也没什么灯，又是在树林里所以更难有什么光亮，奇怪的是我也不感到害怕，最后就坐在一块石头上抽着烟，从我那里正好能看到清凉山隧道，不时的也会有车灯照过来。"

　　"后来我就躺在地上，我就在想现在要是谁来把我杀了估计也不会有人发现吧。可能也是因为眼睛看不见所以脑袋里才会胡思乱想，记得那就想得很多。大概过了10分钟的样子吧，我接着抽了两支烟，你知道我抽烟很慢。"

　　"差不多这个时候吧，我听到在我不远处有着若有若无的音乐声传来，我也没去管那些依旧躺在地上，一会儿后那音乐声停了，等再响起的时候好像离我更近了点一样。这个时候我就坐起来看着音乐传来的地方，但什么都看不到。"

　　"后来我就站起来看，那漆黑一片根本就不像有人的样子，后来我试着叫了两声我同事的名字，但没人回答，当时我就在想，是不是遇到鬼了。"

　　"鬼？"听着江离说仿佛自己化身成江离站在那片草地上一样。

　　"是啊，还真是个鬼。"江离喝着酒笑着说。

　　"你知道我这个人的，对于什么神鬼之说蛮感兴趣的，虽然很害怕但还是决定去一探究竟。以前听人说鬼是怕火的，我还特意点上一支烟拿在手里就小心翼翼地向那边走去。越往里走那声音离我越来越近，伸着头看去还是看不到人和任何光亮。后来音乐声突然停了，我心里一愣。莫非被发现了，那种毛骨悚然的感觉，就想鬼片里演的一样，你明白那种感觉吧。"

"我一下就慌了，我就想往回跑，要是真遇上什么东西就不好了。"江离顿了顿接着说："但是还是想看看到底是什么东西，于是我就蹲在那里观察。后来在一阵拍打声中那音乐又响起后我才觉得好一点，但也更紧张了。"

"我就又悄悄地靠过去，等我靠过去的时候你猜我看到什么。"

"什么，不会真的是鬼吧！"扣子全然忘记了手中的零食，听着江离说话。等江离说到这里，也忍不住插上一句嘴。

"不不不，不是鬼，是个女人。就是我喜欢的那个女人，一个正在跳舞的女人，那个女人脚下的手机亮着很弱的亮光，难怪我从那边看不到。"

"那个女人穿着裙子在黑暗里跳着舞，虽然没什么亮光，但我还是能看到出是在跳舞。虽然不知道她跳的是什么舞。这时从隧道那边一道光扫射过来，正好落在她身上，从我的位置看过去正好逆着光。这时我心里突然咯噔一下，我突然发现自己喜欢上她了。怎么说呢，就是突然的那种，在那一束光打在她身上那一刻。后来等那束光走了后那种感觉依旧没消失，我也不知道怎么回事就是喜欢上了，那时我连她长什么样子都没看清。"

"后来我冷静下来后发现自己把自己吓了一跳，但是那种感觉依旧很强烈，强烈到想从草里冲出去一把按住她，如此怪异荒唐的行为于之前的我简直是荒诞，她就像夺了我魂魄的妖精一样使我再也走不出她的手掌。"

我瞠目结舌，正如江离所说的一样，那样的事对于我认识的江离简直无稽。凡存在即合理这样的鬼话也是丝毫不起作用，显然我是不相信江离说的话。"你这是编故事？"

"我骗你干吗！"江离看着我满脸不相信的表情一本正经地说道。

"那……之后呢？"我一脸疑惑地看着江离，却没注意到一旁的扣子早就听得津津有味。

"之后？后来我就躲在树后一直看着她跳，大概几分钟后就没跳了，因为那首歌放完了。后来她就拿起一旁袋子的毛巾开始擦着身上的汗水，蹲在地上又拍着收音机，显然她收音机有问题，最后无奈地将收音机收起来，过后就要离开了。我一见马上对方要离开了，自己鬼使神差地跟了上去。我一直跟在那个女人后面，我感觉我从来都没有那么紧张过，真的。"

"在跟着她的时候我就在想我一定要认识这个人，又仿佛好像是要和她发生点什么一样，这种感觉你有过吧。"江离看了看我又看了看一旁的扣子，我知道江离的话里想表达什么，只是一旁的扣子还一脸纳闷，不知道在想什么。

"后来她就上了一辆清洁车，往河海大学的方向开去，我就一直在后面追，也还好她没开多远就在旁边的垃圾站前停下了，她下车后就掏出钥匙打开旁边小房子的小门钻了进去，我也大致猜到了她是这里的员工。"

"等她再出来后又返回车里发动起车来，我生害怕她再跑了，满脑子都是想着如何认识她，要是再放跑了怎么办。我三步当作一步跑到车前，车一下就刹在我面前，我被车灯照得睁不开眼但又努力地将眼睛睁得很大。"

"我拦下车后，深呼吸了一口气对着她大声说我喜欢上你了，我还会来的，然后就跑开了。"江离说完后狠狠地喝着酒，仿佛存寄已久的压力终于得到释放一样。

"就这样？"

"对啊，就这样。"

我还没从江离前一个故事里回过神来，却被江离突然的一个转身吓了一跳，心里一直想着就这样就完了？

"后来几天我就天天往清凉山隧道那边跑，还真让我找着了，不过别人早已经结过婚了。"

江离一边讲着故事一边抱怨着，从最开始的一脸委屈到现在的开怀大笑里，自己仿佛和江离隔着千山万水一般。我们喝完了江离带来的所有啤酒，吃光了扣子的所有零食。扣子在一旁悄悄对我说，我一直以为江离和安安都相互喜欢着只是没能说破而已，我不语。

在江离走后扣子问我要是我是江离，在安安和那个女人之间选一个我会选哪一个。我说："你还记得之前问过你一见钟情好呢还是日久生情好这个事吧，要是你，你会选哪一个。"我想不管是哪一种或者哪一个人，我只是自始至终都没有好的答案。

某次在听那个我喜欢的诗歌电台时，主播当时读了一篇特有意思的文章，其中有一段非常有趣："英语里有一个单词叫'crush'，如果你去查字典会发现是碾压、压碎、压垮的意思。而在作为名词时却又有着另一层意思，那就是：短暂又羞涩的迷恋着某个人。crush 相对 love 则来得更加迅猛，在触发到自身的某个神经后，往往我们在它来时会误以为是爱情，导致自己鬼迷心窍。crush 就想一场感冒，只会让人咳嗽，打喷嚏，它昙花一现，却让人神魂颠倒。而 love 则更像一场肺结核，让人元气大伤，最后死里逃生。"

看过越多的书后越是不明白他们口中的爱情，如同冰心在书中写到"读书人尽是些没用的东西"一样。

在过后的几天里，天空一直被一股忧郁的气息笼罩着，连接天与地的那些细线也使闷头赶路的行人怨声载道起来，在那么多的深夜里醒来，窗外都是在风雨里摇晃的树木，整个夜里静的可怕。偶尔会在雨后放晴的夜空见到一丝明月，而外面树木的影子被照射在屋内的地板上变得像要吞人魂魄的鬼魂一样张牙舞爪，使整个房间都变得诡异起来，也变得寂寞起来。

扣子在那晚江离回去后一直坐在地毯上拿着本子写着什么东西，一直到很晚才回房间，我也没去打扰，对于扣子的小秘密虽然有着强烈的好奇心，但终究没去探索。扣子依旧保持着神秘感，就像在第一次见到时候一样让人忍不住想要去一探究竟。

在我准备回房间时却被扣子叫住了，不得不坐下又和扣子聊了许久，因为扣子说："你说，谈恋爱是什么样的感觉？"

我回过头来看着歪着头看着我的她，灯光好像将她的孤独照亮，一旁错落的空啤酒瓶更加渲染了她的寂寞。不知为何自己现在却有着这样一种感觉，自己也说不上原因来。

"怎么突然这么问？"

"就是突然想知道啊。"扣子在沉默一会儿后说，在扣子露出笑容那一刻我明明感觉到了诡异的气息传来，却又说不上哪里不对。"不会你也不知道吧！"

"胡说，我怎么会不知道。"

"那你说说看谈恋爱是什么样的？"

扣子狡黠地看着我，此时才明白过来自己又不小心中了扣子的圈套，最后无奈地笑了笑坐到扣子对面。"你刚才在写什么呢？"

"不告诉你，你可不能偷看啊。"

"行，不看。你不想知道谈恋爱是什么感觉吗，就是这样的。"我点上烟来，不知为何最近烟瘾越来越大，总想着捏在手里，后来发现在手指上意外的沾上了烟油闻起来极为好闻时候，我就经常等烟燃烧完，可自始至终等那次消失后再也没在手里留下那种痕迹了。

"啊！"扣子一脸错愕地看着我，我也被扣子吓了一跳，然后扣子接着说："什么啊，我问你谈恋爱是什么感觉。"

"你觉得谈恋爱是什么样的感觉呢。"我好奇的打量着扣子，如果说因为刚才江离的事影响到扣子我是万分不相信的，我更情愿相信某人说在玄武湖的小岛上挖出绝世珍宝。

"我还没恋爱过我……我怎么知道啊。"扣子最后红着脸说，淡淡的红晕就像是醉酒的人一样，却又不同于醉酒的人，扣子的红透着粉让看的人迷了神。

"……"

"你去死吧！"扣子一下将手里的本子扔过来砸我，在见我捡起来要看的样子又一把夺了回去。然后脸色一转说："你们男人都一样，见一个喜欢一个，丝毫没有一个正经。""咯，你以前有过对象说说那是一种什么样的感觉。"

我不语，又像是被抓了尾巴的猫一样。"以前的事就让他过去吧，虽然还有着许许多多的遗憾，但也只能留下遗憾了。"

自己就是这样，不愿意说的一个字都不会说，任人如何误解，哪怕是受点皮肉之苦也是不愿意提起的。

"行啊，那你和我说说谈恋爱是什么样的感觉。我看那些小说里写的真是美好，那些是不是真的啊，你快说说。"

"都是真的，那些小说里的飞天遁地，移山填海，妖魔鬼怪也都是真的。"等扣子坐回去后一脸笑地说着，看着扣子的样子心里不由得叹了一口气，丝毫拿扣子没办法，扣子就像上天派来给我捣乱的一样。

"你又想骗我，妖魔鬼怪是不是真的我还不知道啊，要是真有那些妖魔鬼怪最先收的就是你这个大骗子。"

"哪，你也知道不是真的啊。"

"那你说到底是什么样的？"

"扣子……"

"嗯？"

以前我认为世上再无让我心动的人，直到在去年秋天里遇到她，我便沉醉在和她争吵时那翻滚的唇浪间不愿醒来，我愿自此消融在天地里，化为那空气进入她的肺腑融于她身体的每一个细胞。

"真想知道？"我看着扣子期待的目光，也变得一本正经起来。

"嗯！"扣子一个劲地点着头。"想知道。"

"恋爱的感觉就是每天和你在一起的心情。"说完后丝毫不敢再去看扣子，我怕扣子突然蹦起来哈哈大笑着说：咯，看你整天一脸不爽的样子想必那恋爱的感觉也不过如此了吧。

只是扣子你不知道，我只是往往被你奇怪的举动惊到，一时没反应过来而已，其时早就在你看不到的时候乐开了花了。

我见扣子不说话，便悄悄地看了看扣子。扣子低着头双手紧抓着裤脚，就在我以为扣子要将我撕碎然后生吞活剥时扣子抬起头来说："真的？"

扣子红着脸颊看着我，一下就击到我心里。"是啊。"我说，我不敢再去看扣子的眼睛，我怕自己忍不住。

"啊！你烦死了。"扣子怪叫着，双手不停地在空中比画，像溺水的孩童一样。

扣子跑开后丢下我一个人坐在那里抽着烟，似乎是一些往事又在这时无端地闯入脑海映入眼前，似乎曾经也有着和扣子同样的一个人的微笑让人入迷。

等扣子再次从房间出来的时候已经换好了睡衣，睡衣上画着一个很大的熊，腰间还系着蓝色丝带，是另外系上去的，看上去却也不觉得那么碍眼。

"咯，你把夜宵店的工作辞了吧。"扣子跑到我面前对夺过我手里装着空酒瓶的塑料袋说。

我一听立马想到莫非扣子今晚那根神经搭错了知道体谅我了？当我还

在自我陶醉时扣子下一句话瞬间将我打入谷底。"我觉得两个人送快递加起来也比你那挣得多。"

"你是说我把夜宵店的工作辞了去和你送快递?"

"对。"扣子十分肯定地看着我用力地点着头,接着说:"对,和我一起送快递。"

"可是夜宵店的工作是晚上,送快递是白天,两个完全不相干啊!"

"我不管,反正你辞了和我送快递去。"

第五章
某人的愿望啊

扣子说到做到，第二天特意挑选了好几个我上班附近的快递，送完后就在外面等着我下班。我是丝毫拿扣子没办法，只好跟着扣子早早地去了夜宵店，在见到老板后简单地说了几句后老板也同意了。

为此在去的路上我还一路向扣子抱怨以后没有免费的啤酒喝和免费的串吃时，扣子也是丝毫不理我。

在叫江离和安安过来一起吃饭时扣子立马跑过来坐到我旁边，趁着江离点菜的功夫安安也坐到了对面在一旁好奇地打量着我和扣子，双眼迷离好像看出点什么来。

"你们谈恋爱了？"安安的话差点让我刚喝到嘴里的酒喷出来，我赶紧看了下扣子，发现扣子也是同样诧异地看着我。

"你们真谈恋爱了？"

"没……"

"不像啊，看那你们整天腻在一起，再从刚才慌乱的眼神里看得出分明就是谈恋爱了嘛。这顿饭是不是来告诉我们这个好事而特意准备的，赶紧说。"安安看着尴尬的我却表现得不慌不忙的，语言里还带着点戏谑的味道，丝毫不明白安安是从哪里看出我们是在谈恋爱。

"谁谈恋爱了？"江离这时也正好点好菜走了过来，听到安安说也插起嘴来。

"还能是谁，你面前的这两个人儿呗，还不承认。"

"不错啊，能把奇文兄这样的妖孽收了也是件功德事，我就说嘛，整天腻歪在一起，肯定有猫腻，果不其然。"江离拿过安安面前的饮料一把拧开又递给安安，然后好奇地打量着我和扣子。此时的我们就像红山动物园里的动物一样被上下打量着，好似最后一点秘密也要抛之于众。

"你们就别乱说了，别玷污了别人女孩子的名声。其实就是在这里不干了，就叫你们来吃个饭，关于为什么从这里辞职呢，那就是在扣子的神通广大之下算出要是继续在这里干下去会招来祸遭，不过说正经的自己也觉得没什么意思。"说话的时候特意到处了看老板在不在，生害怕老板拿着刀出现在我后面，将刀架在我脖子上问我：这里真的没意思吗？

我看了看扣子，扣子不再如刚才那样显得尴尬，我心宽慰了许多。虽然不明白扣子为什么让我从这里辞职让我和她一起送快递，但仔细一想也渐渐有丝明了，自我在这里工作扣子也找到工作后我们相处的时间也突然少了很多，尽管每日扣子依旧会来这里，但更多的是扣子独自一人坐在角落里。在路过扣子身边时也只是眼神交流一下或者较少地聊上几句，也难怪在下班后扣子会带着我特意绕上一段路，还要去小公园坐上一会才回去。

想到这些再看着一旁的扣子时，发现此时的扣子比往日更加可爱几分，明明那么孤独，却非要装作很强大。

由于江离就住在小市这边，在送走江离后就剩下安安、扣子和我了，安安拉着扣子走在前面一直说着什么，安安时不时地回过头来看我，开始以为只是确认有没有跟上，可后来在安安的笑容里我感到事情并不是如我想的那么简单。

在和安安分别后我好奇地问扣子，而扣子只是笑着不讲话。扣子端着身子踢着正步走在前面，路灯的光线照在她脸上，那笑容格外好看，却又格外诡异。

在想明白扣子为什么让我从那边辞职后自己也不再纠结没有免费的啤酒和烧烤这件事了，在下班后也会买好解暑的饮料立马奔赴扣子正在送快递的地方，也渐渐地喜欢上了和扣子在大热天里一起出门送快递衣服被汗水打湿的感觉。

"咯，这个就你送上去，我在下面看着车。"

"这么重！"这时我才看着快递单上的地址，居然就是眼前这栋楼的七楼，盐仓桥这边的老式住宅是没有电梯的，而且楼梯也比较窄，提着重物上楼更显得步履蹒跚。

结果扣子早就拨通了对方的电话让别人下来拿，对于送快递来说，一般我们是不会送上楼的，对于这样个头大或者又重的那就更不愿意送上去了。正在我暗自庆幸不用送上楼时一个女生突然跑到我面前，先是看了看我然后又转过头去看着扣子。

"哪一个是我的？"小姑娘一脸欢喜的问。

此时我也才注意到姑娘还穿着轻薄的睡衣，透过丝质般的睡衣能隐隐约约的看到里面的内衣，我吓得立马回过神来说："那个大个的。"虽说对于漂亮的姑娘忍不住想要多看几眼，但在扣子面前也不敢表现得太过明显。在稍许打量面前这个小姑娘后又接着说："你这么瘦能拿得上去吗？"

"你帮我送上去呗。"姑娘在见到自己的快递后也显得稍许错愕，我则心里直骂自己多管闲事。

"对啊，你帮着送上去呗。"扣子凑过来带着一脸笑地看着我，心里咯噔一下莫非刚才打量面前这个姑娘的神情被扣子看到了，想着下次出门前一定要占占卜，预测下凶吉。接着就听到扣子说："正好上去帮我取点水下来呢。"

我赶紧抱着箱子让女生在前面带路丝毫不去搭理扣子，要是再说着什么出来今天在这姑娘面前将会颜面扫地了。姑娘走在前面我跟在姑娘后面走，姑娘时不时跑到上一台阶转弯地方等我，中途我也是没事就停下，因为箱子很大又在拐弯处总是难以过去。越到顶层时光线越是充足，在爬到六楼时，姑娘已经在六楼和七楼的中间拐弯处等我了。我看了一眼正在等我的姑娘，发现姑娘好似裸露在光线里一样，光线轻易穿过姑娘轻薄的衣物使姑娘婀娜的身材完全印入眼前。一瞬间我好似坠入云间，任由身体在空中飘荡一样，满心的雀跃，忘乎所以，似乎此间再难有如此美妙的事物存在一般。

不自觉地吞了吞口水，长久没对某个人或者事物动心的我突然有些松懈。现在才明白江离对那个女人的入迷，这种感情相比我和扣子是完全两个概念，和扣子的感情是通过日日夜夜累积起来的，而眼前这种感觉就像是它带着强大的力量在一瞬间击穿你所有的堡垒，直至深处一样。

姑娘见我一直望着她于是问我怎么了，我赶紧说累了歇歇，然后赶紧踢着脚下的箱子嘴里还一直嘀咕着来掩饰我的慌乱。在爬完最后几个台阶后终于顺利地将箱子扛了上来放到姑娘门前，在搬到姑娘屋子里后姑娘也从冰箱拿出两瓶饮料递给我说着麻烦了的话。我也丝毫不客气地接过姑娘手里饮料，说着言不由衷的话。

在下楼时明显感觉双手双腿脱力一路扶着栏杆下去，在走到扣子面前不管三七二一就一屁股坐在地上，觉得不过瘾还要喝着饮料点上一支烟才觉得能缓过劲来。

"怎么，看到的别人漂亮小姑娘走不动路了。"

"是啦是啦，你看我走也不走赖在这等着别人下来呢。"

"哼！"

在抽过烟休息过后脱力的感觉消失了不少，扣子早已整理了附近的几

第五章 某人的愿望啊

129

个快递，于是又骑上车载着扣子奔赴在楼宇间。

扣子不知道什么时候学会了骑电动车，还骑的有模有样，但在路上不敢开得太快，在扣子一个人的时候也就骑着公司的电动车去送快递。

偶尔会在我加班完后扣子也送完了快递，于是就约上扣子一起逛街，或者看一部电影。

"想到自己以前过的日子，那些年真是白过了。"扣子穿着宽松的白色T恤，似乎要将她整个身体罩在里面一样。双手交叉着背在后面大步大步地向前走着，洋溢在脸上的自信与美丽让从扣子一旁经过的人们忍不住多看上几眼。猛然间她停下身子回过头来对着我笑着，接着说："现在这样的日子才好玩嘛，你说是吧。"

"是啊是啊，这样的日子才像日子嘛。"

"是什么是，是你个大头鬼啊。"她脸色忽然变了过来，然后向我跑来，还差点被脚下的一个很小的台阶绊倒。就在我准备跑去扶她的时候没想到她像一只猫一样快速的稳住了身子，然后就站在那里，眼睛转了几圈后好像想到什么又慌乱地向我奔来。

"背我。"接着一步跨到我身边的石球上，摇摇晃晃后还是稳住了身子。

"休想！"

"哼！"扣子也不含糊，抓着我衣服就从石球上爬到我身上，也不管我同不同意。怕她摔下来只好反过手去托着她屁股，而她也仿佛更加舒服地整个贴在我后背。从金鹰大厦沿着东铁管巷一直背着她走到中山南路，路上的人纷纷侧目，好似好奇地看着我和扣子，权当我们是一对热恋的情侣吧。

"你知道吧，在认识你后才觉得生活有味道多了。以前朋友都没一个，都在知道我是小偷后都离我远远的，只有你不同，知道我是小偷还一直帮着我，嘿嘿。"

"开始我以为你这个人一定是脑子有问题，不然怎么会把生活过的一团糟。后来发现你还是个蛮有趣的人，虽然将生活过得乱七八糟但依旧热爱着生活。心地也很善良，虽然不怎么会说话，但是我知道你只是懒得说我说对吧。"扣子凑到我耳边一直说。

"是啊是啊。"

"是吧！嘻嘻。后来呢我也受你的影响，不再变得那么惧怕，和其他人正常的接触也不用遮遮掩掩，现在回想起以前偷东西的日子简直好笑。"

"咯，你知道吧，你还真是一个在无形之中改变着我的人呢。要不是遇到你，现在说不定犯了什么大案早蹲监狱去了。"扣子说着就变得激动起来，一个劲地拍着我肩膀，在扣子一拍，手臂更加没力了，扣子一下就从我背后滑了下去。

"啊！你放手干吗。"扣子好像还不情愿一样，还要往我身上爬，我也任由扣子爬，就是不去托着她，最后她只好放弃。

"我都感觉不到自己双手了，让我歇会。"说着我就蹲在一旁的台阶上，接着又掏出烟来点上。扣子也蹲在一旁，我好奇地打量着扣子，扣子自剪短了头发后就一直将头发绑在后脑勺，形成一个丸子状，小巧又精致的耳朵后面几缕头发是扣子后来用夹子别的。从侧面看过去，灯光下的扣子此时显得更加娇小和可爱了。

"你刚才说那些是在夸我吗？"我看着一旁的扣子，来往的人流里停留着的扣子。

"哼！不要以为我夸你两句就要上天了。"扣子说着就皱着眉头撅着嘴冲着我，我被扣子的怪模样逗的一阵发笑。扣子就像小孩子一样会撒娇，不开心起来也显得十分有趣。

在那么一瞬间我好像想到了点什么，有好像什么都没想到。我好像在那一瞬间里神游天地，踏着那五彩祥云，向那宫阙楼宇间飞去，飞向那神秘的神仙之地。

"是啊，在认识你后发生了那么多事。不过还好都有你在，包容着我的任性和无理取闹，一直谦让着我照顾着我。后来就……"扣子沉默一会说，但不知为何说到一半就停下。

"后来就怎么？"

"后来就……就产生美好的愿望啦。"

"……是什么愿望嘞？"

"当然是对生活的愿望嘞，还能是什么，难道还能对你产生愿望不成！"扣子说着就用膝盖用力地撞我一下，原本我就蹲在石阶的边缘处，被扣子这样一撞自然就滚下了石阶。扣子见状也立马起身跑过来拉我，帮我弹着背后的灰。

"你这是蓄意谋杀！"

"你知道吧，看着你和江离他们有说有笑的我也想融入到你们中，但是……"扣子突然变得一本正经起来，也不再打闹。

"是因为江离吧。"我说。

扣子站在那里，不知道在想什么。眉头微微的皱在一起，小嘴也是瘪在一起，显得极为无可奈何的样子。我接着说："你管他呢，他就是那样的人。"

"可是我也想和他们做朋友啊，他们都是你的朋友，总不能一直处在他们奇怪的眼神里吧。"扣子的语气里透露着一种执着，我依稀能分辨出扣子一直在为这事耿耿于怀。每次和江离他们碰面时扣子的话都极少，可以说是异常安静，而处身在其中的我虽或多或少地察觉到扣子的异样，却并没有做什么。

"何必呢，他们也是明白事理的人，或者会有些看法，但还是会好好对你，你又何须活在他们的眼光里，天地这么大，你是你自己的，这件事谁也无法改变。"说着说着心里开始愁起来，江离是那种死性子的人，认准了就任谁也无法改变，加上扣子和江离本来就接触少，更不会像我一般对扣子敞开心扉。

"你说怎么办？"扣子问着我，可是我哪里有什么好办法啊。

"我猜这个时候他们应该也在逛街，要不约他们一起看电影吧。"我沉默一阵后扣子接着说："这简直是个绝妙的办法。我给你算算啊，江离和安安在一起什么都听安安的。你抓住了安安这跟救命稻草不就也能上岸了啊，我好像知道安安比较喜欢看电影，你不妨先去了解安安。等到时候安安也会帮你说话，简直妙啊。"

"江离这人啊，放着眼前更好的不要，真不知道他在想什么。"说起江离就会想到他和安安之间的感情，要说江离和安安之间没有一点感觉我是完全不信的，认识安安也有不短的时日了，却发现他和安安越是像谜一样。

缠绕在手腕的手表上的秒针每走动一下就会发出"哒"的声音，和扣子在一起仿佛它走得特别快，时常我都在想它是不是坏了，后来在对着手机上的时间反复确认好几遍无误后只能放弃这样的想法。

在江离他们找到我们时，我和扣子正在一家茶吧休息，走了那么久的路扣子也累了。就像扣子安排好了的一样，等到他们一来扣子就拉着安安在一旁说着他们的事了。

在去电影院路上时意外的聊到安安那次养知了的事，扣子看着他们一阵纳闷，我将那次事说给扣子听后扣子也是哈哈大笑起来。

在电影放映到一半的时候，安安起身上厕所，等江离发觉时安安早已经出了门了。后来江离也跟着出去了，江离一直在厕所门前等着安安，等安安出来后看到江离在等她，不由地问道："你怎么没看电影啊。"

江离没有说专程在这里等她，只是尴尬地笑着说也过来上厕所。在江离和安安一同回来的时候的路上，江离说："电影院的比较暗，怕你适应不了突然光线的改变就跟着出来看看了，没想到你完全没事。"

"我又不是第一次看电影，怎么会不适应呢。"安安没好气地说着江离，心里却十分温暖。

在进放映厅后整个空间只有荧幕散发着的柔弱光线，剩下的都是漆黑一片。安安就像失了明一样先是站在门口愣了小许，然后抓着江离的衣服。江离回过身来看着黑暗里的安安后掏出手机打了手电筒，手电筒的光照在了安安的脸上，安安散发着迷人的笑容。

江离抓过安安的手说："小心脚下。"

江离一直牵着安安小手，手机上发出的光一直照在安安的脚下，将安安脚下照得堂亮而江离仅仅凭着微弱的光线拉着安安前进着。安安看着走在前面的江离心里就像被什么撞了一样，心脏扑通扑通地乱跳。江离处在黑暗里，而安安此时觉得江离就像一个小太阳一样在黑暗里发着光。在回到位置上后江离松开了紧握着安安的手，安安突然就慌乱了，就好像失去了什么一样，又反手将江离的手死死地抓在手里才觉得好上许多。江离看了看安安，安安也看着江离说："害怕。"然后江离任由安安将自己手握在她手里。

因为黑暗能有效地保护彼此的秘密，江离当然不能感受到安安的慌乱。此时安安早已经对电影的内容失去了兴趣，也丝毫也不敢再去看一旁的江离，哪怕是偷偷的也不敢去看一眼。安安不明白这是为何，想破脑袋也想不出答案。但安安突然想到的是这部电影就这样放下去，永不谢幕就好了。

而在一旁的扣子和我也没能察觉到安安的异样，等电影放完影院四处的灯再次亮起后四下一同来观看的人都起身离开时，安安还一直坐在位置上没有丝毫想要离开的样子。江离问怎么了，安安最后无奈地叹了一口气说没事才起身离开。

在回来的路上安安一直不说话，离我们远远的独自走在后面，看着江离的背影许久。

南京的天在这个季节是多变的，连下了几天的雨终于在晚饭过后停止了，天际也露出了亮白的鱼肚皮。扣子因为白天下雨少送了不少快递而懊恼不已，非要拉着我再去网吧杀上几个回合。自上次和江离看完电影后扣子好像变得开朗许多，一个人待着的时候也时不时傻笑起来，不知为何我心里总是感觉别扭。

闲散的周末也因为充满斗志的扣子也变得不再那么单调，扣子说前几天下雨没送多少，现在正好天晴又赶上我周末，那自然不能让我闲着非要两个人多送几趟来弥补之前少送对自己的亏欠。

从黑龙江路出发再回到黑龙江路上来来回回好几趟，灼热的太阳将裸露在外面的皮肉晒得发烫发红，汗水早已浸湿了我和扣子的衣服。

"你这个人还真是水人啊，走几步路就流这么多汗。"扣子在一旁看着我满身湿透了的衣服嘴巴一撇说着。"都说女人是水做的，其实男人才是水做的。"

"管他水做的还是泥做的，赶紧送完回去洗澡。现在感觉浑身别扭，真想一下跳到那玄武湖里好好游下泳。我给你说，以前我可是一招狗爬水能将水库游个来回。"看着扣子离我远远的极度嫌弃我的样子自己也是被这一身的汗水弄得尴尬，已经记不得是从什么时候开始，天气稍微热起来就不敢出门，哪怕是在楼下走上几步也是会流上一身的汗水。

"蚝，那么厉害怎么不去跳玄武湖摸鱼去。"扣子说着就从包里掏出纸巾来帮我擦掉脸上的汗水，但它们很快又从皮肤里冒了出来，最后扣子手里的纸巾已经饱和到不能再吸收多余的水分后才扔掉的。

"嘿，说到摸鱼，我想起来了。成都清水河里还真能下去摸鱼，那水清的一眼就能看到水底，河水一般也就到膝盖。每次路过时候还真看到有人拿着渔网就下去抓鱼去了，鱼还不小呢。"

"切，谁信啊。要是真有鱼不早就被抓完了啊，那还能天天抓。"

"你别不信！什么时候带你去成都见识见识就知道了。"

"切"扣子挥了挥小拳头随后又淡淡地说道："咯，还真不敢想象挽着裤腿就能下去摸鱼是怎样的，一定要去见识见识。"

在和扣子离开快递网点时天地已被黑暗包裹着，整个天空在城里的灯光照射下显得昏黄，在扣子的提议下我们又绕路走到黑龙江路后面的山坡上。树林的风从后面开阔空间里吹来，白天被晒得发烫的空气在傍晚降温又被眼前的树林过滤一番后也变得凉爽了许多。想起之前扣子将我们比作包子的事不由得在此时也觉得贴近无比，这满是钢筋混凝土的地方不正像一个巨大的蒸笼一样将人放在里面蒸吗？

现在的小树林显得十分静谧，以往在小广场跳舞的老人也不见了踪影，偶尔从远处传来的犬吠声也在丛林里回荡几次便不见了踪影。原本嬉嬉闹闹的扣子在踏上那条"魔幻小道"后也变得安静了，我喜欢这样安静的环境，享受着这种能使我放空身心飘然世外氛围。

我拿出手机来打开手电筒一直照着身后扣子脚下，在经过安安屋后的小平台时不由得看了看安安房间。扣子似乎察觉到我看安安家，于是一脚踢到我脚上，虽然力度不大，但也疼了好一会儿。

"让你看！"我转过身来用手电照亮着扣子的脸，扣子撅着小嘴露出微微的怒气。

"看什么？"

一番打闹后，我们扭成一团。扣子将我双手锁在背后，整个身体也压在我双腿上，双手与其说被锁，不如说是被扣子牢牢抓在手里。手机也早就滑脱我手滚到前面的木桩下，手电的光照进一旁的杂草里，将杂草照得透亮。和扣子打闹一番实在也没什么力气只好求饶："好了好了，我认输，不调皮了。快放开我，轻点。"

扣子丝毫没搭理我的求饶依旧骑在我身上，腾出一只手来一个劲地在腰上使出乾坤钳一边还说着"让你调皮！"之类的话。最后扣子也好像累了没什么力气还是放松了警惕，我立马翻身用力逃了出来，丝毫也顾不上不远处还亮着的手机。扣子见大势已去也并没有过多的再抓，等我跑开后才起身捡起手机追着前面落荒而逃的我。

等我逃到前面树林靠近公厕那边时候也没什么力气了，也放慢了脚步最终停下来，最终被跑过来的扣子一把从背后抱住。

"抓到你了，你别跑。"扣子死死地抱着我，生害怕我再逃跑一样。

"好，我不跑。"

"真的？"

"真的！"

慢慢地扣子紧抱着的手开始松动了，手机的灯照着我前面的路，我却怎么也看不清，脑袋里也好像什么都没想又好像什么都在想。

扣子的脸在我背后轻轻地蹭着，我能感受到扣子脸上的温度，像一块烧红了的烙铁一样。"我喜欢上你了。""啊，喜欢上你了。"接着扣子再说了一遍。

"啊！"我从发愣中回过神来，但又陷入另一件让人发愣的事情中。

"明明这种事本应该是你先开口的。但我忍不住了，就想告诉你。"扣子说着心脏就扑通扑通地跳着，厉害到我后背轻松地就能感受到它的活力，腰间环绕着扣子的手又加上几分力道。

"你……"我一时却不知道说什么好，只是觉得很慌乱，完全不知所措。好像有一大把话想要讲出来，可几万个汉字顶到喉咙时就是不能组成一个完整的句子来把他们吐出来。

"很丢人对吧，人家是女孩子嘛，本来这种事应该是你开口的。可是不见你开口我再也忍不住了，我喜欢你，就是喜欢你。"

时间不知道过了多久，前面马路的汽车声传来使自己早已乱成麻团的思绪更加乱了。

我回过头来，一把将扣子抱在怀里，就像之前扣子一样，用尽了一生的力气一样将扣子抱在怀里，又像是那种在临死前想要拼命抓住的东西一样紧紧地抱着扣子。扣子的身体在我怀里开始变得柔软起来，像被那热浪融化的冰淇淋一样变得柔软。旁边杂草里走过的虫子，不远处马路上的发动机声，在这一刻仿佛全部涌入我的记忆里，他们全部都被刻在骨头上等待着某天同我一起埋葬。

晚饭后散步的老人牵着狗从旁边走过，远处街边射来的灯光落在老人的背后，也照亮着老人雪白的头发。我一把推开扣子，反身走到一旁的台阶上蹲了下来。在蹲下时自己却不知道为何这么做，只感觉此时的脑子比刚才好像更乱了。扣子啊，我怎么能不知道你的心啊。

但是——

何必呢！

蹲下来刚点上的烟却又瞬间掐灭将烟撕得粉碎，我为何会在心里轻叹一口气，我为何会在心里说何必呢。我肯定是哪根神经出错了，我心早就狂跳不已，手里的被捏成粉末的烟草和手心里的汗水混在一起，我距离他们那么远我甚至都能闻到它们混合在一起发出来的异味。

终于扣子最先迈出了那一步，在这微热的风里，在这虫鸣鸟语里；在这着急的等待中，在我迟迟不为所动里。我想起来了，我一直不愿意迈出只是因为不忍结束和扣子这若隐若现般的感觉，只是害怕突然的告白会反而会使我们之间变得尴尬。

啊……难怪我会叹息。

"你不喜欢我？"这时扣子的声音开始变得有些哽咽，就像一个走在生命最后的人拼命想要再睁开眼看一看这个世界一样哽咽着，低到尘埃里的呐喊中却又透露着无比的希望。

"你不喜欢我！"扣子一下就蹲了下来，用双手捂着脸，可在下一秒后又向我跑来，推搡着我一边哭着说着："你就是不喜欢我，你就是不喜欢我，为什么还对我这么好？"

我被扣子一把推到后面的草丛里，扣子见状也不哭了，跑上前来想拉我起来，可脚下被什么绊倒又倒了下去顺带着也一把将扣子扯了下去，我和扣子就那样躺在草丛里。四周终于清净了，就连身边的小虫子好像也安静了下来。

"你是不是不喜欢我？"扣子就躺在我身上，我被刚才那摔的跤也回过神来。

"喜欢。"那么多字抵在喉咙但最终只有这两个字蹦了出来，明明还有更好的话啊。

"真的？"扣子一边捶打着我，然后觉得仍然不解气又再在身上用力掐着："那你刚才不说？"

"我……我第一次被表白，完全不知所措，脑子里也是乱成一团糨糊，我也突然不知道该怎么办，丝毫没有经验。"我抓过扣子的手一把将扣子搂在怀里，现在扣子整个身体的重量都压在我身上，虽然有些喘不过气，但却觉得十分的开心。不对，是无比的开心，可能世上再也没有什么事比这件事更让我感觉开心了。镇定下来后却发现自己心依旧跳的激烈，它们就像打了强心针一样用力地跳着，而我感到身体上面的扣子也是一样。

"你喜欢我？"

"真的！"

"没骗我，真的喜欢我？"

"……真的。"

我完全不知道下一步该怎么办，脑子好像又短路一样。我拼命回想以往在向林可以表白后的自己，但终究是没能想起。"那个，你要是再不起来，我可能就要窒息了。"我沉默一段时间后，我终于开始感觉到喘不过气。扣子"啊"的一声慌忙从我身上爬起来然后身子转向一边背对着我，不知道在想什么。

我捡过手机照着扣子，扣子也已经坐在一帮的栏杆上了，用双手捂着脸。在见我来后又瞬间将手拿开，扣子笑着的小脸蛋变得微红起来，一双明亮的眼睛里依旧还残留着刚才哭泣的眼泪，却也在此时显得水汪汪惹人怜爱无比。

"那个……没事吧？"我尴尬的挠着头，一时变得无措起来。

"刚才……刚才没骗我？"她就在对面，仅离我只有两米左右的距离，手机上的灯光照在她脸上，她是那样的可爱，是那样的迷人。

"没。"我笑着说，一时间也不知道该说什么。"我们走吧。"

"好。"扣子说着就跑到我身边一把抱着我手臂，再后来她干脆靠在我肩上。现在才想起我们来的时候是一前一后，离开的时候却变成肩并肩。

打破守旧的囚笼，和过往说再见。

此时身后小树林的夜显得寂静无比，除了依旧一旁独守着的路灯外，好像再无他物，也不知为何会在这个季节里树林里泛起了一层轻薄的烟雾，仔细去看他们又像是裹上了轻纱的裸女，手里烟草燃烧后滚落的烟灰夹杂着地上的湿气和泥土混为一谈，前面不远处的雾气向我袭来，随之将我包裹其中使我分不清方向，再揉揉眼看去，却又恍然若梦。此时，张爱玲小姐那句又在脑海中浮现：海底月是天上月，眼前人是心上人。

我是何时向扣子动了心，我已经想不起来了。那么久的相处里扣子早已经融入到我生活的方方面面，可能是第一次见面的时候，可能是第一次到我家时候，可能是从会所那会开始，自己也说不清。

曾经我问扣子是一见钟情好还是日久生情好，其实那时我早就想好了。

从最开始的冲动慢慢地变成一种动力，在刚见到扣子时候那种强烈的好奇心可能就是一见钟情吧，但我又害怕它会变成一个 crush，于是只好将这个秘密埋在心里。和扣子生活久了，渐渐的那种 crush 变得淡了但也变得更实在了。

"你笑什么？"

"我也说不清在笑什么，就像做了什么见不得人的事一样，既兴奋又紧张。"我看向扣子，却又目光闪躲。

"说说什么见不得人的事，这墙后面可就是派出所，正好抓了你进去蹲大牢。"扣子说着就指着一旁的墙壁，我此时才反应过来，不知不觉地就走到了这里。"是不是听到本小姐说喜欢你，开心得想要杀人放火啊？"

"你离我这么近，我杀人的时候你可得小心点。"在说完后我突然感觉自己其实并不是想说这句话的，而是想说喜欢扣子之类的一些俏皮的话，可脑子反应无比的慢，任我如何使劲想也想不到一句可以夸扣子的话来，我感到可怕。

"切，我们打起来还不见得谁打得过谁呢。"扣子左手在空中一摆，瞬间翻了一个白眼给我。

前面几步路就是大街上了，巷子口的路灯发出的光将我和扣子笼罩在里面。扣子说完后见我傻愣在原地便几步冲了过来抱着我，像一个小孩子一样不停地摇晃着我的手臂。几秒钟后我突然感到身体里钻出一股莫名的力量，他们瞬间充斥着身体的各个角落，我一直认为垒砌固若金汤的防线早已经溃不成军，瞬间身体就失去支撑的力量瘫坐在地。

"啊，你怎么了？"扣子见我突然软了一下就慌了神，我开始目光涣散，重影无数，身体一点力气都提不上来。我也慌了，也不明白为这是怎么回事。

我死死地抓着扣子，生害怕扣子突然离开我。扣子一直在一旁显得十分焦急，不停地晃着我身体还一边喊着什么，我听不清，脑袋嗡嗡作响。我想起来了，上一次流鼻血也是这样，一想到这我立马用手去摸我鼻孔，但丝毫没感觉到什么，我不甘心又伸长了舌头去感应但还是没有。我更加慌乱了，我到底是怎么了？

不过还好只持续了几分钟的样子，四周的声音重新回到耳朵里，眼前的景象也收入眼里。扣子吓得快要哭出来了，我一把抓着扣子的手阻止了扣子的继续摇晃。

"你再这样摇下去，我可能就死在这里了。"

"啊，你没事了啊？"扣子见我说话先是一愣，然后瞬间就不哭了，不停地用衣袖擦拭着眼泪。

"可能是刚才烟抽多了，大脑缺氧吧。"

想着刚才的样子自己也感到一阵头疼，莫非真是自己患了什么疾病？在休息一下后身体终于恢复了一些力气，而在扣子的坚持下还是搀扶着我，我像个迟暮的老人一样被扣子架着出了巷子。

"你真的没事吧，刚才你……你又挖鼻孔又吐舌头像鬼上身一样。"扣子依旧露出着担忧，支撑着我的身子也不自觉地向上挺了挺显得更为用力。

我愣了愣，看着扣子的模样不由得发笑，什么时候我得靠一个女人搀扶下才能走路？"还不是你，今晚发生了这么多事，之前脑子转不动，现在身子也转不动了你该高兴了吧。"我故作生气的样子打量着扣子，结果扣子放在我胸口扶着我的手握紧拳头用力往我胸口一锤，也瞬间抽出身来跑到一边。原本大半个身体都靠着扣子支持着的，结果扣子这一走身体也瞬间失去了平稳向前倾去差点栽在地上。

灯光下扣子的背影和身边同行的人显得娇小很多，宽松的牛仔短裤下一双笔直的腿迈着强健的步伐奔向那充满温暖的地方。若是平常扣子早就拉着我快速穿过前面的路口去前面看看那卖河粉的在不在，而现在扣子只是站在路口等着后面跟随着的我。我满脑子都是刚才的事，但想破了脑袋也没一点头绪来确认刚才自己身体出现的状况。

在走到扣子前时正好绿灯亮了，"走吧，看看你最爱的炒河粉还在不在，之前……"我想说之前见到小贩也在另一处摆摊时还是算了，我可不想跑那么远去给扣子买。

"之前怎么了？"扣子被我说了一半的引起了好奇心，一脸疑惑地看着我。

"以前我是不吃这个的，后来跟着你吃发现还不错，嗯，好吃！"我一脸正经地说着，想了想又接着说："但是臭豆腐不管怎么都不吃。"最后我甚至用出了命令般的语气看着扣子，想起几次在狮子桥被扣子逼着吃下几块到现在心里还很慌。

"切，你这人就不懂享受。臭豆腐那么好吃，毛主席都说了好吃，你还说不好吃，简直和毛主席作对，简直站在人民的对立面，小心拉出去遭批判哟。"扣子摆着手很随意的模样走在我身边，看了我一眼后接着说："你这都经历了什么，臭豆腐有那么难入你法眼吗？"

"上大学那会后街有个卖臭豆腐的简直臭得不能忍，整条街都感觉是那个味。我的宿舍离食堂是全校最远的，而到后街只要走上几步路就到了，所以一般都会去后街吃饭。但每次出了校门那味就来了，都忍不住想要掀了他摊子。"

"我还告诉你我还真掀过他摊子，那次是因为和几个朋友在外面喝了点酒，本来就想吐，等走到那个摊子前瞬间就被恶心到了，也就吐出来了。我一下就不爽了，好不容易忍着没吐结果被这臭豆腐一熏。我上去就是一脚将他小推车踹倒，和我一起喝酒的见我和别人干起来，也过来围着那小贩，由于刚喝过酒几个也是不要命一样，那小贩瞬间就怂了。"

"后来呢？"

"后来我让他别来这里换个地方买，这个味实在是太重了，再后来就好像没看到过那个小贩了。为此我可是被辅导员大骂一番，这事江离也知道，我也一度成为学校里的名人。"

"真想不到啊，原来你还这么匪。难怪之前来找我直接和别人打起来，我还以为你是见我被打替我报仇呢，早知道你本来就是这么冲动，害得我白感动一番。"扣子说着小嘴就开始撅着，像是受到了极大的委屈一样。

看着扣子这幅怪模样真是让人好笑，我不屑地将双手背在脑后却又说："可不是白感动，要不是你我才懒得管呢。"

"你……你什么时候开始喜欢我的？"扣子声音变得轻妙无比，却又掺杂这淡淡的仙力，滋养着我腐朽的灵魂。

我放下枕在头后的双手，此时才注意到我们早已经过了马路走到前不少了："你看，光顾着和你说话，河粉也没买。不过好像也不在那里，不然我们应该注意到。"

"啊！"扣子突然叫了起来，慌忙地转过身去找，看了一圈后确认真不在后露出着委屈的表情。扣子抿一抿嘴唇接着说："别岔话，你还没回答我呢。"

"啊！"这次我叫起来，脑子一转灵光一闪接着说："好几次加班回来时候看到小摊在福建路那边，要不要去看看？"

"你……"扣子就是对着我一拳，然后丢下我自己走在前面头也不回地回去了。

总是不知道该如何去表达自己的感受，早早就已经将整个自己包裹在黑暗里不见半点阳光了。对着扣子有着别样的感情可能最开始扣子柔弱的身子让人充满着保护欲，现在到头来自己也看不清自己和扣子的缘分。偶尔在扣子身上看到林可以的模样也会使自己再次回想起以往的日日夜夜，扣子和可以有着一样漂亮的眼睛，笑起来也如半月牙一样漂亮。偶尔一个神态，一个动作仿佛都有着她的影子。真就像那首歌唱的一样：后来我爱的人都像你。

说来也奇怪，身边相处较好的女孩子都有着一双漂亮的眼睛，好像从她们的眼睛里看到曾经的林可以，那个让人无法从记忆里扫出的人。

因为上一段的感情惴惴不安，所以更难开始下一段感情。我不知道该如何去回应扣子的感情，却又无法做到毫无回应。扣子啊，我哪里不明白你的心意，其实我早就发现了你的小心思，只是因为我的自私而不敢作出回应。我明白抓在手里的终究会失去，就像林可以一样，所以更害怕这突然而来的告白打破了我们之间的默契，朝着不好的方向发展。

在回来后的半夜里我开始发烧，跑去厨房找水喝时候不小心将身后的碗碰倒滚落在地，然后它碎成一地。破碎声将扣子从梦乡里带了回来，扣子拿着水果刀就冲了出来。正在收拾碎片的我见到扣子拿着刀跑出来吓得我刚捡起的碎渣又掉在地上了："你拿着刀干吗，赶紧放下。"

"我……我以为进贼了。"扣子好像尴尬的样子，将拿着刀的手藏到背后尴尬地笑着，然后接着说："你这么晚又是在干吗？"

"找水喝。"我又开始捡起碎片，记得上一次打碎碗还是小学时候了吧，想起老家的话来也不由得好笑，小时候因为打碎碗可挨了不少的打，到现在都历历在目。"你赶紧回去睡吧。"

扣子揉揉双眼，不断地打着哈欠然后"哦"了一声。我也收拾好了残局扶着一旁的门立在原地，身体没多少力气来支撑着我，我只好让自己弯着腰喘着气，头脑变得无比的重和晕。扣子看出了我的异样跑过来我问怎么了，我说着没事。扣子将信将疑地看着我，然后一把抓着我裸露的手臂"啊，这么烫？"然后又摸着我额头随后说："你发烧了？"

"好像是。"现在只是感觉体力不支，只想蹲在地上。不，是躺在地上。我顺着门框就往下滑，滑到一半扣子一把将我抓住。

第五章　某人的愿望啊

145

最后在扣子的搀扶下终于又躺在了床上，整个身体好像突然放松了很多。看着一旁的扣子也是大喘着粗气，虽然只有一小段路，但也足够扣子受的了。

和扣子闲聊时自己心里也泛着嘀咕，加之傍晚的事心里更是想不出答案。在扣子趴在床上时我竟然转身去抱着扣子，扣子一下将身体绷得很紧，一动不动吓得我赶紧收回手来老老实实的。

在被扣子照顾一宿后身体也恢复得差不多，大早就带着困意去上班了。出门还见到扣子担心的模样自己也拍着胸口表示没有什么事能打倒我，但在办公室打瞌睡时却被领导叫到办公室训话。在说明原因后让我直接回家看病，在领导提出批几天假时，我一下就想起昨晚那个电话赶紧说："多请几天吧，也好久没出去了。"

领导先是一愣，然后看着我一直笑，我一下就慌了，我这是在说什么，真是发烧烧得我脑子都不清醒了，领导的笑让我心里只发怵，自己只好在一旁等着被发落。

"半个月最多了。"领导突然说，我先是一愣，瞬间也笑了，只顾着埋头说："好好好，够了！"我着实被这突如其来的幸福吓到了，脑子还没转过来。

"看平时工作也蛮认真的，过年也留下来加班，你的付出会得到回报的。你可别高兴得太早，下季度你部门要是还是千年老二，到时候可别怪我。"领导说着就坐下点上烟来，我也顺便坐下拿起桌上的烟就抽，也丝毫不顾及面前的人是我领导。

"别管什么老大老二的，我们都是赚这个市场的钱，每个月看到那曲线一直向上涨就不错了，您说是吧。"因为平时相处得较为融洽，所以很多时候自己也是没大没小，看着领导在自己面前放开了，自己也毫不客气。

"你小子，不拍马屁只做事，道理出来还头头是道。"领导也是被自己胡说一通逗乐了，抽起烟来更加的悠闲。然后接着说："这次打算去哪？"

"新疆。"想起昨晚快要入睡时候的那个电话，是小妹打来的，小妹说自己都要过生日了，现在连个礼物都没有自己不由得汗颜一把。上一次见到小妹还是好几年前了，那时小妹才 8 岁，惹人疼爱无比，也终日缠着我。自她父母离异后也再没见过，一转眼就好几年再也没见过她了。

"那地方，注意安全！"领导啧啧地打着舌头说道。

"好咧，我就先走了。"也顾不上手里的烟了，收拾着东西就往外跑。我赶紧给扣子发短信问扣子想不想出去玩，扣子一会回过短信来说去哪里。我当时觉得不对，这种好事应该亲口告诉扣子，连忙问扣子在哪里，扣子回来短信说还在黑龙江路的快递网点里。让扣子在那里等着我，我拦着车就过去。

"你不上班去了吗？"扣子看着突然出现在背后的我一脸疑惑，歪着脑袋看我。

"请了几天假，你也别上班了。上次不是烟花展没去成吗，这次带你出去玩，去一个非常好玩的地方。"我坏笑着看着扣子，不知道扣子明白没有我话里的含义。

"去哪？"扣子眉头皱得更紧了，扣子想知道可我就是和扣子卖着关子。最后扣子一拳下去只好将所有的事说了出来，扣子反而更加犹豫了。

"我刚才在网上看了下机票，晚上还有到乌鲁木齐的票，我就买了两张。"看着扣子一脸不信的样子后我只好掏出手机给扣子看订票短信，扣子才相信。

在扣子进去不久后就出来了，跟着扣子一起出来的还有几个男的，几个男的出来后一直打量着我，仿佛像是想要将我看透看穿一样，我心里直纳闷。

"你给你领导怎么说的，这些人干吗看猴子一样看我？"我瞥了瞥一旁

第五章　某人的愿望啊

还在指点着我的人，丝毫搞不懂情况。

"想知道？哼！"扣子拉着我就往一旁跑，丝毫不去在意背后的议论，一直跑到路口才停下来，扣子喘着粗气说："刚才我说我要请半个月假，就问我怎么那么久，我说回家结婚啊。"

"啊！"我惊讶得都忘了呼吸了，还好旁边汽车喇叭将我丢掉的魂拉了回来，等明白过来后就感觉扣子说起谎来简直比我还胡扯。

"怎么，你不高兴啊？"

"我更关心的是和谁结婚。"

我像是一个迷了路的小孩，在森林里胡乱地游走着，与兽为伴，披星而眠，我想找到出路，可在这密集的丛林里越陷越深。

去过吐鲁番火焰山后本打算再去乌鲁木齐坐飞机去阿克苏的，但扣子非要坐火车，说是要见识见识新疆的美景。

在列车闯出几个洞子后一片绿跃然于眼前，乘着夕阳发出的最后一丝阳光，将远处的天山山脉上的白雪照的闪闪发亮。穿过人烟后便是一片荒芜的戈壁滩，偶然出现在戈壁滩上的杂草也像是这方贫瘠的土地最后的生命一样。再往前，开始出现胡杨林，虽不足秋天般有着美妙的景象，却也在那些干枯的树桩上能看得出时间的痕迹和生命的气息。

"扣子，这便是天涯了吧！"

"是啊，真像。"

小妹早早就在车站等候着我们，小妹也是对着一旁的扣子好奇不已，一直缠绕这扣子东问西问。

"姐姐，你怎么那么白啊？内地好不好玩？你们……"而扣子也是拉着小妹聊上了，时不时还逗的小妹嘎嘎大笑。

在二爹的果园里，扣子变得活泼起来，满院子跑，而小妹则也被扣子带坏，也在整个果园里不安生起来。果园里种着很多果树，枣树上挂着指头大的枣子我也是忍不住摘几颗放在嘴里。而对于一旁的苹果则完全失去的兴趣，一直有只要一吃苹果就拉肚子的我见了苹果都会置若罔闻，核桃也是毫无办法弄开，转悠一圈后最后也只能失望地回到扣子们那里。

几天后一行人就开着车奔向小妹口里的西湖。在西大桥那边见识到从天山上流下来的河水时也不由得对西湖更加期待几分，笔直的道路像是要通到天边一样，最后沿着这条路到达目的地西湖，真如小妹所讲一样，没去过杭州的西湖，现在却也觉得这里的西湖更胜杭州。湖水清澈见底，像是一块一落在沙漠里的瑰宝一样，阳光照射在湖面上晶莹地闪烁着点点粼粼。

同行的人早已换好衣服拿好装备跳到水里，我招呼了扣子一声也跟着跳到水里。上面被晒得发烫，下面却冷得让人腿抽筋。扣子不怎么会水，只好和小妹一起在浅水地方玩，玩上一会后也拿着小桶加入到摸田螺大队里。

抬头望去一眼就能看到天山山脉，又像是非常近，又像是非常远。山顶白雪皑皑，在阳光的照射下显得金闪闪，亮堂堂，像是一位披着金甲镇守仙池的战士。同伴说别看着近，就算是车跑起来也要一整天呢，这则打消了扣子想去探索一番，寻找传说中的青干剑。

我正站在一旁看着远处的风景时不知何时扣子已经悄然出现在我身后，然后一捧水泼向我，我被从头浇到底。等我回过头去见到是扣子也没说什么，扣子见我绷着脸一言不讲好像也变得紧张起来。

"那……我也想玩。"

我纳闷地看着扣子，扣子见我不说话于是慢慢将身子沉在水里，最后也将整个身子和头部沉了下去，在扣子沉下去的地方还不断地冒着泡泡。见到扣子完全消失在眼前无奈地笑了笑，一把将沉下去的扣子从水里捞出来，扣子赶紧用手擦了擦脸上的水笑着说："就知道你不会不管我的。"

　　"怎么抓田螺抓累了？"我用手将扣子粘在脸蛋上的头发梳理到耳后，露出精致而又可爱的面容来。

　　"咯，这就是我抓的，就这么点，一盘都不够，嘻嘻。"扣子见我说后一个转身就跑到岸上，一会又跑回来嘻嘻地笑着递给我一个小桶，眼睛笑起来只剩下一条小小的缝隙，洁白的牙齿和微红的嘴唇，忍不住想要亲上一口。

　　我拿起小桶就用手去抓去，没想到一下手指就戳到底了。扣子的笑容就像那不远处阳光照射下的天山一样漂亮，我拍了拍扣子肩说："走吧，一起抓。"

　　和扣子在水里摸索着过去了，一行人欢声笑语地摸着田螺，一会游泳的几人也参与其中。扣子说果然要跟着前辈走，水草附近真多。扣子用衣服兜了不少放到我拎着的小桶里，每次都问我够不够，不够那边还有而惹得大家哈哈大笑。

　　扣子害羞地看着我，也顾不上手里的田螺了，等它们纷纷掉落水里又弯下腰去将它们摸起来。扣子就在我前面，弯腰瞬间她胸前雪白一片瞬间就映在我眼里，领口看去直到双峰，看的一下就出神，它们就像不远的天山一样美丽而神圣，它们仿佛自身就带着某种魔力一样紧紧地吸引着我想要一探究竟。时间仿佛停顿了，不知何时她见我愣在原地，然后看了看自身瞬间明白了。

　　扣子带着玩味的语气说："想要啊？"

　　扣子这句话如雷贯耳一样瞬间轰炸着我耳朵，我感觉此时仿佛遭受着五雷轰顶般惨烈，瞬间老脸一红尴尬地摸着耳朵转过身去。扣子见状又跑到我面前，一把将我头捧着说："哟哟哟，还脸红了，好玩。"

　　我当然不承认脸红这件事，尴尬地笑着将扣子的手拿开，一头就扎进水里冷静冷静，但不知为何脑海里一直是刚才那幕挥之不去一样的存在着。

等我从水里出来时第一眼看到的又是扣子，我又想一头扎进去。

"你刚才说什么？我在水里听不清。"我脸色一变耍着赖皮看着扣子，而扣子依旧只是笑着看我，此时我也才发现扣子脸上也是微红。

"哼，没什么！"扣子见我不承认哼的一声扭头就往岸边走去，走了几步又转过身来向我泼水然后还冲我做着鬼脸才扭头走向岸边。

扣子的衣物被湖水打湿紧贴着身体，原本宽松的衣服下隐藏着娇小的身躯也在此时渐渐的显示出轮廓来。我正看着前面的扣子出神时扣子"啊"的一声后扑在水里，我赶紧跑过去将扣子从水里扶起来问怎么了。扣子说好像被什么绊倒后，我不由得回头看了一眼，这时就看到扣子小腿上一条鲜红的印子。

"出血了！"我蹲下去确认发现真的出血了，用清水将渗出来的血液冲洗掉一条长长的口子出现在眼前，在口子里还不断地往外冒着鲜红的血液。扣子见到后又是"啊"的一声，捋了捋一旁垂下的头发也低着头看。我看着不断向外冒的血自己也慌了，举手无措反时倒是扣子还笑嘻嘻地看着我。

"疼吗？"

"啊，好疼。"说着就皱着眉头像是剧痛般倒在我怀里，我也懒得管到底是不是真疼，扶着扣子就往岸边走。"疼啊……站不起来，没法走。"扣子皱着眉像是要哭的样子，我只好一把将扣子抱起走到车前将扣子放下。

"你用力按着，我去拿东西。"

"还疼吗？"在用矿泉水重新冲洗伤口后贴上创可贴后一直按着伤口以防血液再出来，扣子微微地笑着好似没事人一样。

"疼啊，那么大伤口，出那么多血能不疼啊。"扣子不断地翻着白眼，看着古灵精怪的扣子，那疼痛多半是装出来的。

和扣子有一句没一句的闲聊时，偶尔也会有人回来将满满的田螺放到准备好的大桶里，在见到我和扣子时不由得问我们怎么没去玩，我说累了上来歇歇而扣子则指着伤口乱说一通。

　　远处抓田螺的队伍已经被那边的水草遮挡着身影，对边湖岸巨大的胡杨树像一个战士一样矗立在那里守护着，像是守护着这块某位仙子遗失在凡间的珍宝一样。断断续续的聚集在湖岸的人多了起来，欢乐声就像那湖面滚动的波浪一样向着四周传达开来，这里一切都这么美丽，仿佛将自身置于世外桃源，什么都不用去想。

　　"我想上厕所。"扣子小声地说着使我早已飞到天山那边去了的神魂再次飞了回来。

　　我看了看扣子后环视了下四周好像并没有哪里可以："去山坡后面看看吧。"

　　湖岸四周都是人，倒是让人十分不方便。扣子说腿疼非要我扶着，我无奈只好跟着扣子去。在沙丘后面我指了指面前一团叫不上名字的草说："就那里吧。"说着就放开扣子让她一个人过去，正欲转身离开，到前面去等她，她却一把将我拽回来，"你要在这里等我。"

　　"啊？"

　　"我说你要在这里等我！"扣子瞬间就变了脸，一副凶神恶煞的模样，随后又转变了语气显得非常委曲地说："人家腿疼嘛。"

　　一下子，我全然不知道该说什么好，也一下子不知道该怎么办，"好吧。"我转过身去背对着扣子，脑子里一团糨糊一样，完全没有意识却又是如此紧张。远处的发动机声和沙丘后面传来的欢笑声在那些胡杨树下的荫凉下混在一起传到我耳朵里，少顷后，我身后响起一阵清泉流淌的清脆声响，我像是那行走在沙漠里因缺水而即将要死了一样，突然而来的水流声将我从那罗刹鬼殿拉了回来，我想寻声找去但旋即再也听不到了，只听到扣子喊了一声："好了。"

　　我没有立刻转身过去，直到扣子拍着我肩膀说："扶我。"我才试探着转过身起，见着扣子已经整理好衣物站在我后面心里也似乎有着淡淡的失落。

在回到车前小妹他们也已经回来了，还带回来满满一桶的田螺，小妹嬉笑着说晚上一锅炖了，够我吃个大饱了。我摸着小妹湿透了的头发，看着眼前这个曾经一直缠着我的小丫头现在变得水灵灵的不由满心欢喜。

白天偶尔带着扣子去各个亲戚朋友的果园里转悠，也经常出没在市里的大街小巷或徒步在乡野简笔直的公路上，多浪湖畔被炸的发黄的鸡腿和十三中附近的土蜂蜜都使扣子和小妹大饱口福，回到家后扣子又骑着电瓶车再四处转悠着，显得十分快意江湖。

看着扣子和小妹在前面有说有笑，我则在心里感到越彷徨，这几日林可以的影子不断地在眼前浮现，仿佛又回到以往的青葱岁月，曾也想着带着林可以游遍天下的我，最终也随着林可以的离开变得遥遥无期。在上一次见到林可以时还是在成都，我们做爱，我们翻滚，我们向彼此诉说着最深的情话，在汗与泪之中，例例恍如昨日。我可能是终究放不下吧，被割了一刀，伤口就再难愈合了。

在离开阿克苏准备去往伊犁看草原时，在给江离和安安挑选礼物时扣子和小妹时不时拿着东西问我这个可不可以，我都摇了摇头。小妹拿着个馕一边吃一边转，扣子见后灵光一闪说："要不给他们寄几个馕回去，这个那边可是没有的。"扣子说着就从小妹手中的馕掰上一块放在嘴里。

"哈哈，这个要是寄回去，他们牙可能都吃掉，放几天这个硬的跟个石头似的。"小妹倒是明白，在扣子说后哈哈大笑起来。

见他们嬉笑自己也被小妹的话逗乐了，要是真如小妹所说那样，等自己回去江离非要和我拼命不可。"实在不行就寄点葡萄干什么的吧，买几个瓜皮冒给安安玩。"

"嘿，你不说我还忘了，那个小帽子还真要买上几个带回去玩。"

最后一行三人手里都领着大包小包的东西回到家，买了一些小吃和一些小玩意打包全部寄了回去。扣子留了一个花帽自己玩，后来给小妹带上也有模有样的。

在从乌鲁木齐开往伊犁的火车上时我仿佛已经记不得现在是在火车上待了多久了，仿佛好几天，仿佛好几年那么久。正在我迷迷糊糊的时候列车终于出了洞子，跃于眼前的是一片绿色，平缓的山坡上长满了浅浅的草，在阳光照射下显得神圣极了。

我慌忙地叫醒一旁靠在我身上睡觉的扣子，扣子揉揉双眼立马向窗外看去"啊"的一声爬到窗口去，然后好像不相信一般再揉了揉双眼大叫道："真的啊！"扣子的大叫引起了附近的几个人注意，我笑了笑一把将爬在窗口的扣子拉回来按在椅子上。

我们在整个火车靠后的位置，在火车转弯时就能见到前面长长的火车从山谷里经过，四周是一片绿，远处低头啃草的羊羔也并没因为这突如其来的大铁怪物影响到依旧在低头啃着草。

在从伊犁到特克斯时的汽车上，扣子像是一个小孩子一样活跃，对着窗外的一切都充满着好奇心，恨不能立马让师傅停车下去一饱眼福。

"好了好了，前面就到八卦城了，到时候下去随你怎么玩。"说起八卦城自己也觉得意外，莫名其妙就跑到八卦城来。关于八卦城的传说在各种各样的小说里看到很多，自己也一直充满着好奇心。之前在二爹说特克斯县城时也丝毫是没提过八卦城，没想到特克斯县城就是八卦城。

"八卦城？"扣子疑惑地看着我，同我之前一样疑惑。

"是啊，特克斯就是八卦城，我也刚才才知道。"刚才在路过一块山坡时见到"欢迎来到八卦城"的字样不由得留心了下，满脑子疑问的终于也是在网上找到了答案。

"那就好玩了，当年诸葛亮用八卦阵困住几万战士，你说我们会不会被困在城里？"我原以为扣子在知道后会追着八卦城问，没想到她最先想到的居然是这个，我再次发现自己还是丝毫不了解扣子，准备了大堆的说辞一个都没用上。

"我哪里知道，要是真被困住，做对亡命鸳鸯也不错啊。"

"切，谁要和你做亡命鸳鸯了。"

从兑街车站出来后直奔小城中央，扣子和我想法难得的不约而同，都想看看阵法中央是什么样子。而到后略感失望，中央什么都没有，整个县城都围着中央这块广场向外建。

"什么嘛，我还以为有多了不起，结果也就这样。"扣子嘟着嘴不满起来，小脸蛋像是受到极大委屈一样。

"还真有了不起的，难道你这一路没发现没一个红绿灯吗？"

"屁，你看看那边是啥！"扣子嘴巴一歪，指着远处的路口。我顺着扣子指的方向看去还真发现了一个便利的红绿灯，我尴尬地笑了笑，一时无语起来。

最后在一处塔附近找了家酒店将行李放了就踏上了出门打听着去草原的路，在车站那边时正好碰到几个附近的准备回工地的工人，抱着只有外地人才知道哪里才有真正好玩的地方想法于是就向他们打探消息。

"草原？"大哥一口情切的四川话让我一愣，刚要说点什么，大哥眼睛一转想起什么然后接着说："我干活那里倒是不错的地方，要不你们去看看？"

在跟着大哥将一堆杂物放到车里后和扣子上了车，和大哥闲聊中得知也是从四川来新疆工作的，最近在修附近的一座水库，然后向我们介绍着水库和草原的一些情况。对于修理水库倒没什么要知道的，只是和大哥开着玩笑客套一番对着大哥口里的草原听得津津有味。

在工地下车后率先看到的就是大哥所说的水库，当时诧异万分，第一次见到修理水库就是将两山拦起来，虽然现在还在山底工作，但总有一天涓涓河流也足以汇成汪洋大海。

北疆的草原仿佛在一夜间开满了花，满山坡被刚剪过毛的羔羊长出崭新的白毛，一只只低着头啃着草地，就像是一团团落在地上的白云一样。在扣子找了一块较为倾斜的坡后，我则跑回工地找来一块板子，开始玩起了滑草，扣子跌跌撞撞的拖着木板从下面卖力地往上爬，天空的白云投射下巨大的阴影，对面山坡是一群卧在地上或者吃着草的牛马，不远处的高山上就像天一样高，我从没见过那么高的山，还是只长草的山，树木极少，以及一旁扣子迷人的笑容，这一切都在此时印到的脑海里，我也知道，微风里捋着头发的她我再也无法忘记了。

微风过来，将满山坡的草压弯了腰，扣子的裙摆也在微风里飘扬，阳光洒在她的草帽上泛出一阵麦黄，扣子裙上的花瓣和草地上的融为一体，此时的她像是一幅画，像一位跌落人间的仙子。

山谷的里的风带着花香，带着河水的凉，我们所在的地方并非是用来观光的草原，此时我们更像是去那些荒无人烟与世隔绝独自探险的人一样，一路上也就更难遇到什么人。

在继续顺着河流向上走，在高山脚下的小河更加清澈冰凉了，也极少见到鱼虾。登山的时候，在一辆往山上运货的小皮卡上面买了一个西瓜，虽然不知道这个季节哪里来的西瓜，也完全不会去考虑，相反扣子却对着这周围的一切充满着乐趣还不时地哼着小调显得十分悠闲。

"早知道就该多买几个西瓜了。"在爬到一半时动也不想动的躺在一旁的斜坡上舒展着身骨，扣子见状也是躺在斜坡上和我做着一样的动作。"后面这还是接着爬还是走公路？"

"当然是爬啊，你不在山下没看到，这公路绕起来还不知道要走多久，刚才那车可是饶了好久才上去了的。"扣子坐起来伸着懒腰说着。

短暂的休息过一阵后叹了一口气只好跟着扣子接着往上爬，前面并没有路，都是我和扣子见着好走才走的，有些地方需要踩着岩石徒手爬才能过去，脚下虽不如万丈悬崖般恐怖，但也是让人瑟瑟生畏。

风口岩石上长着奇形怪状的柏树在风里来发出瑟瑟的声音，我说："我们这是在干吗啊！"

山回过头去，脚下起伏的丘陵一直延绵很远，蔚蓝色的天空里飘着的白云朵朵，白云落下的阴影像是奶牛身上的斑纹一块一块的，风吹过的草地又像水波一样一浪接着一浪滚到远处，最后又消失视线里，被风吹来的白云又仿佛一伸手就能够到。

"爬山呗，哈哈。"

"对，爬山。"在扣子不停的鼓励下满身的疲惫就像身后那飘向远处的白云一样不知了去向。

扣子不停地整理着裙摆，露出修长的小腿来，不知扣子怎么做到的，整个夏天它们都像两根白萝卜一样。扣子小心翼翼地扶着一旁的岩石，在确认稳定后一脚跨过去，此时系在腰间的裙摆一下松懈下来，随着山顶的风飘扬在天空里。我抬头望去，蔚蓝的天空下她像是一位不食人间烟火的仙子一样让人心生敬畏不敢有丝毫杂念，我看出了神，直到扣子大吼一声。

山顶是一片辽阔的平原，四处都搭着五颜六色的帐篷，在帐篷附近用木头做的护栏里也关着许许多多的牛羊。不再是一望无际的草原，也开始出现了树木。与其说山下是人类居住的城镇，那山上一定是神的草原。

"快上来啊，好多马。"扣子在岩石上蹦跳着对我喊，丝毫不惧不远处的悬崖，我也只好再次鼓起力气爬了上去。

在斜坡上面用木头做的护栏里圈着些马和羊，而顺着围栏望去一顶顶帐篷矗立在草坪上。山上的草较为山下的要浅上许多，是应该山上牲畜多的缘故吧。在我还在回头看山下来时路时回过头来扣子早已经穿过一片开着五颜六色小花的草坪到栅栏那边看着圈里的马了，瞬间收起回味的心也向着扣子走去。

　　"要是能搞一匹出来骑骑看就好了，我还没骑过呢。"扣子扶在木栏上看着圈里健壮的马匹说喃喃说着。

　　"骑马有什么好玩的，我记得有个比赛是骑羊的。骑上去羊就开始发疯乱跑，比谁在上面待的时间更长，那才好玩呢。"

　　"切，谁管你啊。"扣子白了我一眼继续满心欢喜地看着圈着的马匹，一瞬间我心里五味陈杂。"咯，那边那个，长得那么大肯定跑得快，真想骑上去试试。"顺着扣子指头的方向看起，还真发现那匹黄色的个头相对其他要壮上一圈。

　　正在我和扣子观赏那些马匹时回过头来猛然看到一位骑着马的人出现在我们身后好奇地打量着我和扣子，我心骤然紧张起来。我向扣子示意有人过来，但随后扣子扫了一眼后显得不以为然，我更加无奈了，只好警惕着一旁的人。

　　刚才爬山使人口干舌燥，被这山顶的太阳一照，更加口渴，在我手舞足蹈也没要到水时扣子拍了拍我肩膀带着些玩味的意思就走向那人，在扣子耐心的沟通下那人依旧露出疑惑的表情，扣子不得已也只好放弃，然而对方最后好像灵光一闪想到什么微微一笑，又骑着马优哉游哉地走了。

　　"你说都是中国人，语言差异怎么就这么大啊，汉文化源远流长，没想到这里居然还听不懂。"

　　"哎，我都用几种语言了，结果对方还是不懂，我也没办法了，你就忍着吧。"扣子双手一摊看着我。

　　"几种语言？你刚才那叽里呱啦的都是哪里的来的语言啊。"扣子说着几种语言我才留意到刚才扣子叽里呱啦地说着一大堆我听不懂的话，也不知道扣子在哪里学来的。

"嘿嘿，我可是会几种方言哟，我这种人在江湖上混久了自然也学了不少。怎么样佩服不佩服！"扣子摘下帽子，顶在手里转着圈，扣子的短发在帽子拿起后被风吹得更加散乱了。想起之前扣子说要将披肩的长发剪了我死不同意，几天里扣子一直拿着美食诱惑我，我如愿地沉沦在扣子做的美食里只得随着扣子去。在下班回来后见到扣子的突然剪短的头发吓了一跳，原本显得可爱的脸蛋在剪了短发后又略带着一丝妩媚，最喜欢的还是扣子将头发扎在后面像玄武湖萌萌家的小丸子一样。

　　"佩服个大头鬼，会说那么多怎么还是没见要到水啊。"接着扣子"哼"的一声就开始自己往前面帐篷走去，不知为何我依旧停留在原地看着扣子离开的背影出了神。

　　在回过神来时扣子已经在和一个人聊上了，这让我吓了一大跳。在我刚跑了没几步只见扣子回过头来向我招手，叫着赶紧过去。在跑到扣子面前后盯着对方看，发现就是刚才骑马离开的那个人。扣子见我来后将一大碗水递到我面前然后再用手擦着嘴边的水。

　　"他给的？"接过扣子手里的碗看着一旁冲着我们笑的人心里不自觉的咯噔一下。

　　"哼，不是说我没本事吗，这水哪里来的？喝完，别浪费了。"扣子依旧对着我刚才的话感到不满，我也只好笑笑将碗里的水大口大口喝下去，都来不及感受这山上的水是个什么味，像天蓬元帅偷吃镇元大仙的人参果一样。

　　在告别大叔后我们一直顺着山顶的道路向前走去，扣子一路显得异常活跃，恨不能举着手机一头钻进帐篷里看个究竟，后来扣子说想要在这里住上两天。

　　从远方来的我们好像格外引人注目，不时有人好奇地打量着我们，第一次如此备受关注的我感到浑身不自在，扣子却蹦蹦跳跳的像是无事人一样。

　　最后扣子带着我找到一位能讲普通话的大叔家住下，说是大叔，不如说是大哥，玉山·卡吾力，年龄和我们差不多，只是在经过这边的风雨后显得更加成熟了。玉山·卡吾力也热情地将我们迎接到家，扣子终于进了帐篷好奇地四处打量着，时不时将一些小玩意拿在手里问。

　　"你别调皮了，别人让我们住就不错了，你再捣乱小心把你轰出去。"在制止不了扣子后只好一边劝着扣子，这时正好回来的玉山·卡吾力端着一盆不知道是什么肉也进来了，看着我正在训扣子。

　　"嘿嘿，轰出去倒不会。只是这里乱糟糟的还怕委屈了你们呢。"玉山·卡吾力赶紧将手里的肉放下，然后又从怀里拿出几个充电宝给我接着说："想你们手机也没什么电了，还好我准备了几个，平时没事就用太阳能充，一直以为用不上，没想到这次还真用上了。"

　　扣子见状也不用叫就跑过来拿过充电宝，然后再钻出帐篷不知道干吗去了，闲聊中知道了玉山·卡吾力以前也跟着大人去过内地，见过不少事，但还是喜欢草原上这种生活，在独立后自己借了些钱做起来小牧民，日子过得倒也自在。其实平时他们都是固定住所的，并非是游牧。但很少下山，每隔上一段时间就会有山下的人送上来一些生活用品。

　　在知道我们过来后玉山大哥的帐篷也聚集着不少人，你一句我一句地闲聊着，扣子和我一句也插不上嘴，只好跟着干笑，还好玉山大哥帮着翻译也明白了不少。乘着最后一丝阳光从山上落下，玉山大哥也为我们准备起了晚餐，在玉山大哥的帐篷外的草坪上架起来烧烤架，大家都忙碌着，就我和扣子没事，在上去帮忙也被玉山大哥制止后丢给我一个西瓜让我一边玩。

　　"我突然觉得没去专门旅游的草原真是一件幸事。"扣子坐在靠近山边关着牛羊的栅栏上，将西瓜皮丢给后面看着我们的马匹，在见到马啃食瓜皮后扣子又露出了浅浅的笑容。

"是啊。"看着不远处玉山他们热情地准备着，心里也是一暖。想起从最先见到这里人时心里抱着那种警惕感，不由得好笑。玉山他们的朴实和洋溢的热情终使人不得不放下所有烦恼，想要和他们融入一起。

　　"看他们整天乐呵呵的，难怪不想离开去人多条件更好的地方生活。"扣子将双手撑在木栏上，放空双腿开始在空中晃悠起来显得十分调皮。

　　天光微弱，最后一丝光线也正被黑暗吞噬着，天边最后一朵被阳光照的金黄的云朵也逐渐消失了颜色。扣子一下从木栏上跳了下去，晃了几下才稳住了身体，然后转过身来说："我们来拍张合影吧。"

　　在扣子挑选了好角度后再将手机设置成定时然后用小石头固定在地上再跑过来抱着我，最后山下起伏的山丘，山上笔直的树木，一旁巨大的峡谷和栅栏里关着的骏马以及扣子美丽的脸庞都纷纷出现在扣子的手机里。

　　玉山大哥神秘兮兮地将我带回帐篷，然后在一处不起眼的柜子里折腾一番，然后拿出些酒来。"这是酒?"看着用大的塑料瓶装着满满的一瓶黄色的液体也好奇地问到，说着玉山大哥又从柜子里拿出两个支装着同样液体的小瓶，其中一支只剩下三分之一了。

　　"你闻闻香不香?"

　　"这是……"一股熟悉的香味传来，似曾相识，却一下又想不起来。"是桂花酒?"

　　"桂花酒?"玉山大哥也皱着眉头看着手里的小瓶酒，然后接着说："可能吧，去年去县城时闻到这味后也是好奇得很，后来要了一杯一下就跟入魔一样。那外地人贼的很，非要要我半只羊才换。当时他说什么酒自己也没记住，还有几个小瓶被自己喝了。"

　　"哈哈，这个可是好东西啊，半只羊不亏，我也就喝过一次。"打量着手里依旧散发着淡淡花香味的酒，忍不住想要一饮而尽，"那今天你可要破费了，哈哈。"

在扣子拿到桂花酒后一脸不屑的拧紧瓶盖又丢给我，问起玉山大哥有没有马奶酒。玉山大哥听到后也是一愣，然后快速地摇着头说："那有什么好喝的，还没手里这个好，再说那个我也不会弄，哪里会有。"

扣子失望地看着我们，我被扣子这一说瞬间神魂归体，心里想来了不尝一尝岂不遗憾，于是同样失望地看着玉山大哥，玉山一阵无奈，只好去别家弄来不少给我们。

巨大的黑幕将我们所有人包裹在里面，蓄满了电的电池的那一头是几颗发着亮光的灯，玉山和他们相聚篝火边，不时的大笑声从身后传来。火星随着火焰高高升起，短暂的点亮了天空里无数的星星。我拎着玉山找来的马奶酒独自一人坐在山边，醉眼朦胧地看着围着篝火的人们，几曾何时自己幻想着置身于这样的狂欢之中，扣子也和我一样拎着一瓶酒在人群里狂欢。一阵细碎的声音传来，不知哪里飞来的鸟停在身边不停地翻着脚下的草地。一瞬间一股厌倦的情绪漫卷着我身体每一个器官。

在铺天盖地的黑暗下，生出来的风带着丝丝的凉意，我狠狠喝上一口手里的酒看着远处随风摇摆的火焰，看到扣子好像发现我不见了，四处跑着找我，最后在看到我坐在远处后拎着酒瓶跌跌撞撞地跑了过来。

扣子跑过来坐在身边挽着我胳膊，一边喝着酒一边唱着歌，也丝毫不管跑没跑调。在酒精和扣子的歌声里，心里感觉奇妙无比，仿佛只要向前跨出一步就能踏云飞升一样。

"要是一直这么快乐就好了。"我顿时就将整个身子放在地方，感受着大地的澎湃力量。

扣子回头看了我一眼然后一个翻身坐到我身体上，脸上的笑容在篝火照过来微弱的火光下显得无比灿烂："这可是你说的。"

"我说什么？"

"你说想我们在一起一直快乐就好了。"

扣子醉了，眼睛里全都是深情，她伏下身来抱着我头，我任由她抱着，像是一瞬间一扇门出现在我面前，我走了进去登天而去；又仿佛做了一个梦，梦见扣子穿着洁白的婚纱看着我，眼里晶莹的泪水似要决堤一样，笑容却十分灿烂；梦到一对白发苍苍的夫妻，他们坐在小公园的凳子上看着前面嬉戏的孩童；还梦到一棵树，在树下我独自一人站着，任由雨水打湿我的衣物，我哭了，伤心而又绝望。

　　睁开眼睛时扣子也已经我和并排躺下，拿着手机不停地滑动着照片，我翻身瞧去没想到惊扰了扣子。"你醒了啊，真是的，那么几口就趴下了，还没我能喝呢。"扣子见我醒来也放下手机将头埋进我怀里，轻声道："啊，好喜欢你啊。"然后又用力往里钻。

　　远处的人们依旧围着篝火载歌载舞，我伸手把玩着扣子头后被扎成小丸子的头发淡淡地"嗯"了一声。扣子听到后立马将头抬起来看着我一脸不解地说："你不喜欢我？"接着猛然的一下从地上站起来接着说："我就知道你不喜欢我，你为什么不喜欢我，你凭什么不喜欢我？"说着踉跄着就拿起一旁的酒瓶狠狠砸向我。

　　"我……我喜欢啊。"

　　"你少骗我，我知道你不喜欢我看不起我，嫌弃我是个小偷对不对，你就是嫌弃我！"扣子说着就向我扑来，不停地用拳头用力的捶打着我。

　　我一下就不知道该怎么办了，任由扣子一拳拳地打在我身上。刹那间我对自己无比厌恶，也不知道哪里来的勇气一把将扣子扯在地方一个翻身就骑到扣子身上，疯狂的，不要命地亲着扣子。扣子也是被吓了一跳，回过神来后开始疯狂地反抗，但她力气哪里有我大，哪里有一个喝了酒的成年男子发起疯来大啊。我抱着她脑袋用手肘尽量抵抗着她毫无章法的攻击，一个劲地将自己舌头塞到她嘴里，她死死闭着的嘴巴慢慢地也在无力的挣扎中微微松了开来，终于我舌头伸到她嘴里找到了她舌头。我们开始绞缠

第五章　某人的愿望啊

在一起，我要和扣子缠绕到死，死也不分开。

不知过了多久，扣子已完全不再反抗，唯一掐在我腰间的手也松了开来转向抱着我脖子。扣子开始开始变得贪婪起来，舌头一直在我舌头上吸允着，我渐渐地开始沉醉在扣子温柔的口里不愿再出来。

月光悄悄的洒向大地，将原本黑暗的土地重新披上了一层莹白的轻纱，一阵清风从山下吹来使略感醉意的我又醉上几分。朦胧间，周身的云雾开始不停地翻滚起来，将我和扣子包裹其中，我仿佛见到了神灵，他们微笑着向我点着头。我从扣子嘴里收回舌头看着扣子，扣子羞得紧闭着双眼将头扭到一边。我重新放正扣子的头又亲了上去，双手也开始不安生起来，伸进扣子衣服往上慢慢移动着，探索者扣子每一寸肌肤。

我像一个登山客一样望着对着眼前高山既兴奋又紧张，想要立刻攀登上去见识那山顶的风光时却又感到一阵莫名的心痛，像针扎一般。正在我惴惴不安时不知何时从口袋里滚落在一旁的手机响了，我想不去管它，但似乎它开始没玩没了地响起来，心里只好长叹一口气，收回心思离开扣子温暖的身躯，扣子也像得救一样慌乱地坐立起来整理着衣服，丝毫不敢看我。

短信是安安发来的，再扭过去看着一旁坐着的扣子时心里情不自禁淡淡一笑，真是荒唐啊。

丝毫没明白安安为何这么晚发来短信还偏偏在这个时候，安安在短信里说最近变得好奇怪，好像自那次看电影回来后满脑子都是江离的影子，江离打着手电走在前面的那一幕仿佛像是在脑子里生了根一样挥之不去。

安安心里的爱情种子就要开始发芽了，安安长长的短信都是回忆着和江离在一起，或许我也会出现。我看着坐在一旁的扣子，好似突然明白了什么，但随之又被吹来的风吹到远方。

"扣子……"

"嗯？"

第六章
扣子与天国

在回到南京时，扣子心满意足地将在乌鲁木齐为江离和安安准备的礼物整理好对我说："这还是我第一次送别人礼物，这……这能算礼物吗？"

几天后在约上他们吃饭送出礼物时，在江离和安安分别对着手里的小礼物欢喜对着扣子感谢。一顿饭的工夫下来江离和安安一直追着问扣子新疆的风土人情，我不时也插上一句嘴，整个场面显得其乐融融。期间我明显能感觉得到安安看江离的眼神变得温柔起来，怎么说呢，就是那种紫霞仙子看悟空的眼神，满眼的柔情。

我心一想，莫非我们离开这段时间错过了什么好事？"别说我们了，你们这什么情况？"

我先是看着安安，再看着江离，而江离不明所以的挠着头不懂我在讲什么，而在一旁的安安白了我一眼脸瞬间就变得红彤彤的。一瞬间自己变得尴尬起来，明白了安安的心意还并没有向江离透露，也突然在心里骂了江离几十遍愚蠢。

"哼，还能什么情况，人家可是被别人迷的魂都没了。"安安将放在一旁的小黑牛再次拿在手里把玩着，无所谓地说道。

我心一紧，看着江离，江离也变得尴尬无比一脸郁闷地看着我。看着安安之前的神情我以为他们关系发生了微妙的变化，哪知道扯出这一出来，心里莫大的委屈。

江离在心底叹了一口气微微地简单说了在我们不在的这段日子里一直躲着安安又去见了那女的几次，安安不知道怎么就察觉到了什么，江离只好向安安坦白，江离倒没细说和那女人见面的内容，但安安大致也能猜到。

爱情就是这般奇妙，让人不能自拔。

吃了晚饭，安安提议去玄武湖转转，看看萌萌家的小丸子是否还开着，我们自然也不会反对。自扣子向我表露心思后我们关系就变得微妙起来，在新疆时候扣子几乎寸步不离地跟在我身边，兴致来了主动骑着电动车驰骋在两边长满白桦树的沥青路上，也时常带着小妹和我从西大桥那边的河水里玩水，或者跑到多浪湖畔溜达，不管走到那扣子总是挽着我的胳膊，一会在左边一会在右边，走路也开始不好好走了，像个比小妹还小很多的小姑娘时不时就突然走不动了，耍赖似的靠着在我身上，小妹看了忍不住哈哈大笑。一路上的空的易拉罐或者小石子扣子也总会踢着他们前进，小妹也跟着扣子一起踢，好多次见到扣子可爱的样子，我都会情不自禁地笑起来。

小妹说："我算是明白了，过来给我过生日是个幌子，其实就是来度蜜月的。"

被小妹取笑一番后自己也不反驳小妹所说的话，骂骂咧咧地说着小妹小小年纪不好好学习，其实自己早就偷偷乐了。

一恍惚，我突然感到自己是天底下最幸福的人，在我不用加班时一般是要比扣子早回来的，在不去扣子那里会自己去超市或者菜场买好菜然后返回家里做好晚饭等扣子回来。有时候扣子提早回来会倚在门上看着我在厨房忙碌，或拿起汤勺或筷子先尝上一口我做的菜，然后再从她嘴里蹦出"变态"两字来。那么一瞬间我清晰地感觉到了自己的不一样了，心里不觉间好像变得紧张无比，我就那样站在那里看着扣子，嘴巴上没有说什么，实际是在掩饰自己的手足无措。

一直走在前面的安安和扣子不时地回过头来看着我们，偶尔安安还会冲着我们做个鬼脸才心满意足的回过头去和扣子讲话。

"你和扣子什么情况？"江离看着前面的扣子和安安淡淡地说着。

"什么什么情况？"

"你小子别和我耍宝，你们是不是谈恋爱了？"江离白了我一眼说道。

"……没吧。"不知为何在说出这句话时候自己犹豫起来，细细想来自己好像并没有主动对扣子表达过，即使是一些关于情爱的边缘的话也不曾对扣子讲过。突然一种罪恶感从前面扣子的背影里传来，江离拍了拍我肩膀叹了一口气，我突然迷失了，在这看似无比深而又让人害怕的夜里。

"你呢，和那个女人怎么样了？"

"还能怎么样，就那样呗。"江离的话里透露着淡淡的无力感，黑暗下的江离显得无比忧愁，灯光下他的身影也变得沧桑起来。

萌萌家的店已经关门了，扣子显得很失落，扣子一直想来吃一份结果一次都没吃到。最后一行人只好向着湖心岛走去，前面的游乐场安安和扣子非要去玩上一会，将所有东西都丢给我和江离后就直奔几个小的机甲。

回来的路上扣子告诉我说，从江离的眼神里感觉到自己在他眼里有着轻微的改变了，我笑着说好事啊，结果扣子用小拳头捶打着我蹦蹦跳跳地小跑到了前面。

看着前面背着手的扣子想到之前江离的话，自己情不自禁的露出来笑容来。明明喜欢着扣子却一直不肯承认，自己也不知道在什么时候，慢慢的喜欢上了扣子，这个古灵精怪的姑娘，自己也说不清。

那份对着之前的感情的执着也在扣子的温柔里渐渐的松散开来，是啊，林可以已经找到了自己的幸福，已经得到了和我在一起不能得到的幸福，

第六章　扣子与天国

她得到快乐与幸福这不本来就是我的愿望吗？

"扣子，我们去超市逛逛吧。"正好扣子回过头来看着我说道。

"好啊。"扣子一弯腰就答应了，像是鞠躬一般，然后再起身跑向我挽着我胳膊一步一步向前走着。

我心释然，感受着从扣子身上传来的气息。也好几年了，也该放下那些了。"走，向着炮火前进。"扣子在怀里不停地扭动着，挣扎一番见毫无用后也变得安静起来，看着怀里的可爱人儿忍不住想要亲上一口。"扣子。"

"怎么了？"扣子将头发弄得蓬松，几颗晶莹的汗珠像明珠一样挂在扣子耳边的发梢上，摇摇欲坠。

扣子往手推车里放了不少零食，还特意给我买了啤酒和香烟，紧接着又一个晃身就不见了。在和江离他们分开后，想起之前安安看江离的眼神，和江离对我说的话。江离后来叹了一口气说要是没能遇到那女人该多好啊，我不明白为何，江离又接着说还好遇到了，我更搞不懂江离了。在安安喜欢着江离时，而恰巧江离又喜欢着另一个女人。

在此时扣子又抱着些零食和水果心满意足地放到车里时我突然开始明了些江离说的话，我遇到你时虽不是你最好的时候，但仍然感谢在那时你的陪伴，让我在以后这么多的日子里有了牵挂。

巨大的黑将整个城市笼罩在里面，空气的温度在黑暗下却并没有降低几分，从三牌楼出来回到福建路上，再一直向前走就到我们家了。扣子非要去财大里面转一圈，我只好领着她从康复院旁的小巷子钻了进去和扣子并肩走在校园里。

扣子坐在一旁的小花坛的石条上，双腿长长的伸在前面不停的用小手捶打着小腿，在见到后面的我终于跟上后小嘴巴撅着，看到我后一边撒娇一边向我指着自己的小腿说："你怎么那么慢啊，我腿都疼死了。"

明明才几秒钟不见却像是过了许多年一样，扣子嘟着小嘴不停的抱怨着，然后微微站了起来微微向前一跳，接着向我跑了两步一把将我手里的东西接过去，在拿过一瞬间又险些没站稳，变得踉跄起来。

"咯，看你这么辛苦的份上说说想要什么，姐姐满足你。"

扣子将从我手里夺过的东西放在地上自己说着又重新坐在那个石条上，然后指了指着一旁空余的地方示意我也坐下。"这可是你说的哟，什么都满足。"我一边从烟盒拿出一支烟接着点上，扣子见后也从我手里抢过我刚点的烟放在口里学着我抽起来，然后又被呛得直咳嗽，然后慌乱地丢给我。

"真难抽。"扣子一边咳着一边用手捂着胸口，扣子现在的样子让我想到一个人，因为她我才开始抽的烟，但最后又像这手里的烟一样放不下了。

我捡起被扣子丢在地上的烟弹了弹狠狠地吸上一口，那一刻我十分厌恶自己，恨不能一口将手里的烟吸到底。"咯，要是什么乱七八糟的就不要讲了。"

"可不是什么乱七八糟的，正经事呢。"我笑着看着扣子，顿了顿接着说："新疆没做完的事！"

扣子和不再用拳头捶打小腿了，歪过脑袋看着我说："新疆什么事？"

"就是在草原第一晚上啊，现在我们继续做完吧。"我烟吸在嘴里还没来得及往下吞就被扣子"啊"的一声吓到了。

"去死吧你。"扣子先是一愣，然后就是用手对着我离她最近的胳膊使劲地掐，疼得我嗷嗷叫。

晚上，闷热的天空又下起了不小的雨，扣子也没闲着，将客厅打扫一番后又将凉席毛毯什么的都搬了出来铺在客厅中央打起了地铺，那块被我遗忘的石头扣子也拿了出来将石头上的画洗掉放在小桌子上，我却显得毫无事做，看着扣子忙前忙后一丝忙也帮不上。

"给你说个事，你不能对别人说。"在扣子忙完后坐在小桌子前一脸神秘地对着我说。

"天诛地灭。"

"晚上在玄武湖的时候，陆安安和我聊了很多，在说到江离和那个女人的时候隐隐约约感到安安有些落寞。后来我就对安安说，赶紧向江离表白。后来安安就和我商量着那天给江离来个突然表白，你可别事先给江离讲啊。"

"你啊，别去管安安和江离的事，江离现在自己都还没理清呢，我觉得现在还不是时候。"在听到扣子说后稍许感到意外，自己是那种从不去谈论别人感情的人的，不管结果是好是坏，都希望自己去判断。

"不是时候，那还等到什么时候去，你们男人都一样，吃着碗里的看着锅里的。"扣子不高兴起来，我又一阵头疼，仰面躺在沙发上，扣子随后挪到我旁边来。

"我可没说你，你和其他男人不一样。"扣子坐到我面前说着，我歪过头去看着扣子，扣子早已将小嘴撇到一边，显得十分有趣。

"其实吧，我早就看出来安安对江离的感情，只是不知道江离脑子里到底是怎么想的，一直也没见江离有更进一步的念头，要是安安突然向江离表露心思，现在江离又被另一个女人迷得神魂颠倒的，现在去恐怕不是那么好。"

"你要想，现在就当那个女人从来没出现过，安安去了后会是怎样的。我估计要是之前去找江离还有点戏，现在最好别去。"

在和扣子聊到江离不由得想到自己和扣子，江离一直和安安和平的相处会不会和我一样，要是突然将这平静的湖面打破后，那些浪花所产生什么样的效应自己也不敢去肯定。也许江离也更舍不得和安安目前的这种朦朦胧胧的感情，因为我们无法看清在迈出那一步后事情将会是怎样的，可能失去的远远多余现在已有的，所以才会一厢情愿保留这般美好使其留在自己身边。

在扣子想了一会后好像对我所说的仍然是一知半懂的，我也没再管扣子最后到底想出个什么来自己就拿着平板玩去了。很多事，不去改变只是为了改变，很多人，不去了解只是为了了解。

周末刚晴朗的天空意外的没有想象中的那么热，下午难得在没有陪扣子一起，重新将房间整理一番后也是大汗淋漓，只好重新洗个澡，等全部弄完大概也就7点左右了。我赤裸着上身站在阳台享受着微风拂过身体的那种带着些凉凉的感觉，不觉间时间就此过隙，前面不远处原本嬉闹的两只鸟不知为何的突然垂直落在树下的花坛里，一阵风来，树叶开始摇晃起来，随风坠落的树叶被带到很远，那被刻意聚集起来的杂物也被吹散在地，行人走在上面发出吱吱的响声，即使隔着老远的我也能听到。

在天幕落下前一只白色的猫从那两只鸟掉下去的花坛里跳了出来，然后蹲在地上挠着脖子上的毛发。突然一阵飓风将一旁立着的木板吹到，将懒散躺着的猫吓跑，一会豆子般的雨砸向地面，对着这无常的天一阵头疼后也只能赶紧将晒在外面的衣服收了进来关好纱窗。从纱窗小孔吹到房间的过堂风将桌上的书翻了好几页，在感觉到房间空气被重新换了一番后再又去关好窗户，再想起那棵被我细心照料的小松树还在窗户外面时不由得只好再返回阳台将其拿到房间来。

"也不知道扣子带伞没有？"收拾好一切后坐在客厅的地毯上，一直端着扣子的石头仔细瞧着，丝毫没想明白这块石头除了较为圆外还有什么值得注意的。

我是喜欢江南这种天气的，在热得不行的时候会来一阵雨，又再当你为这场雨想着何时才肯离去时，它仿佛和你心意相通一般随之停止。下雨也是一阵一阵，更多时候秦淮玄武那边下着大雨，地上积水都能淹没整个脚，而鼓楼这边只是零星雨滴，路上的小狗毛发还没湿就没了，引的人啧啧称奇。

第六章　扣子与天国

171

在雨停不久后扣子终于回来了，一回来就冲进房间换了身干净的衣服再出来。"这鬼天气，正玩得开心就下雨，淋一身雨！"扣子一边用干毛巾擦着头发上的水一边抱怨着这鬼天气，然后顿了顿接着说："还是你在家舒服。"

"你也别擦了，干脆去洗个澡再出来吧。"看着扣子不停地牢骚着自己突然笑起来，曾几何时想过会有如此温馨的画面。

"嘿，你说也怪，原本好好的天一下就下起了雨，天气预报还说今天没有雨，真是大骗子！"

夜是漆黑的夜，静是出奇的静，天地像是被一股神秘的力量笼罩着，除了对面楼道里亮着的路灯和几户家里的灯外再也看不到任何光亮，四周静得可怕，一股莫名的力量压在心头，只有从窗户吹进来的风使人得到片刻的喘息。

"又是一个无比暗的夜晚啊！"

"我给你说啊，刚才和安安逛街的时候看到一件很漂亮的衣服，然后安安就让我去试一试。然后我就去试一下，还真别说，穿在我身上还真是有模有样的。"扣子的头发很短，我几下就吹干了，然后扣子娴熟地又从手腕处勾起绳子将头发挽起在后面扎起了个小丸子引的我啧啧称奇。

"那怎么没买呢？"在扣子扎好后忍不住伸手抓了两把，结果将丸子一下捏得松散起来，我小心翼翼看了看扣子，还好她并没有发现异样。

"太贵了，我这样的小平头哪里买得起。"扣子瞪大了眼睛嘟囔着小嘴，显得极为可爱。

"多少钱你就买不起了？"我好奇地问扣子，虽然我钱全部在她那里，每个月也是有不少，加上扣子送快递的工钱怎么会连一件衣服都买不起？虽然知道扣子节俭，而我们又欠了一屁股债还没还清，但还好小日子还是能过的。

"两千多……"扣子说着小心翼翼地看着我，生害怕我破口大骂一样。

在扣子报出价钱后刚吸到口里的烟险些将自己呛到，我顿了顿，转过头来看着微微皱着眉头的扣子淡淡说道："喜欢就买下来，大不了以后我少抽点烟，日子过得苦一点就行了。"扣子的样子实在让人说不出口别买之类的话，虽然还是会稍微心疼，但想起以往为了自己喜欢的东西省吃俭用存上很久的钱，在拿到手里那一刻内心的感觉时，也瞬间淡然了很多。

"还是算了吧，过几天不想它也就过了，嘿嘿。再说了，以后还有更好看的呢。"

我向一旁的烟缸里弹了弹烟灰，突然变得揪心起来。以往自己一个人生活的时候并没有觉得钱多钱少，再扣子来后也慢慢开始想着怎么挣钱了，也渐渐因为没钱感到烦恼。扣子在不知不觉的改变了我，从生活的方方面面，我也向着扣子理想中的样子靠去。

"那不一样啊，反正咱们现在穷得叮当响，也不怕再穷点了。要是以后见到喜欢的直接买就好了，没钱存钱都要买，要拿出气势来，有了奋斗的目标还怕什么，你说是吧。"

"嗯嗯嗯，你说的对……"扣子一下倒在我怀里，蜷曲着身体将整个头埋在里面，双手像刚出生的婴儿一样握着小拳头放在脸边。

我不忍叫起扣子，扣子肉嘟嘟的脸蛋显得十分可爱，像是贪睡的小孩子一样闭着眼睛，懒洋洋的。仿佛在扣子面前，我丝毫没有抵抗力，就像一个久战沙场的将军始终会倒在某个女人的温柔乡里一样，而扣子就是我的那个女人。

在第二天原本让加班的也被我早早跑了，在扣子昨晚说后一直记在心里，像是猛然出现在心里的一个结一样。在告知扣子下班后来新街口时没想到扣子也早送完了快递，和安安江离们一起逛街，我直接让扣子过来。

我坐在德基楼下的石台上抽着烟等着扣子，在扣子气喘吁吁地跑到我面前慌忙地问："怎么了，电话里那么着急。"扣子盯着我上下打量，确认我没事后更加狐疑起来了。

"逛街。"我说着就拍拍屁股站立起来。昨晚在她回来后一直唠叨的那件衣服我今天特意在办公室借了不少钱准备给扣子买下来，扣子是舍不得这笔钱的，所以我也瞒着扣子的。

"哟，中乐透了还是怎么的，从来没见过你主动叫我逛过街啊，发烧了？"扣子说着就摸着我额头，我打开扣子的手说："胡闹，我真没叫你逛过吗？"我脸色不悦起来，不过仔细想想还真是，平时要不是扣子拽着，自己情愿待在家里。

"可能……有过吧！"

"就算没有，那现在也有了吧。给个面子，挽着我。"扣子嬉皮笑脸的让人忍不住想要在那可爱的小脸蛋上狠狠地亲上一口，可真要亲上去却又十分担心会不会亲坏，心里一下就越忐忑、越慌乱起来。

"真的买？"扣子一脸不可思议的样子看着我，一脸惊讶的表情。

"那还能有假不成，不是说中了乐透嘛，这种不义之财就应该立马花掉。你不要我可要买别的了啊，你想好啊。"我一脸笑地看着扣子，扣子依旧觉得不可思议，曾几何时自己对着几千块的衣服下手来丝毫不感到手软起来，真是可怕啊自己。

"要要要，当然要。"扣子将手里的裙子抓得更紧了，身子微微一颤两眼瞬间变得泪汪汪起来。顷刻间我被扣子的表情震住了，扣子吃了那么多苦终于盼来了温暖，干枯已久的河床被突如奇来的洪水滋润着，扣子一下眼泪就掉下来了，像豆子一样砸向地面。我赶紧安慰着扣子替扣子擦着眼泪："你干吗啊，别哭啊，要是让别人看到了以为我欺负你了。"我一下就慌了，突然就不知道该怎么办。

扣子一下扑向我，搂着我脖子哭着，嘤嘤咽咽地说着："你就是欺负我，就是欺负我……"

你要忍，从寒冬腊月到阳春三月；你要等，从万籁俱寂到灯火通明；只有在你尝尽世间万般无奈后才会体会到人间温暖，你要变得坚强，强大到足以名正言顺。

"好啦好啦，小心变成小花猫哟。"

"你就是欺负我嘛。"扣子紧抱着的双手终于离开了我，不停地用手擦着眼泪，扣子说着说着自己也笑了起来，一瞬间扣子变得更有趣更可爱了。

破涕为笑的她在我付好钱后蹦蹦跳跳的十分地欢快走在前面，光滑的地面使她险些摔倒好几次，但她全然不在意依旧蹦蹦跳跳地走路。

扣子显得极为开心，又带着我在商场逛了起来，引的我叫苦不迭。趁着扣子去一家饰品店逛的时候，我和扣子打了招呼独自去了洗手间，我正欲踏进洗手间门时只感到脑袋被什么东西用力敲了一下，回过头来模模糊糊地见到几个人围着我嘀嘀咕咕什么然后两眼一黑倒地不起。

"小子，你下手蛮重，不会打死了吧?"一个留着胡茬的男人问旁边的小青年。

"刘哥，你放心，我也是练过的，打不死人你放心，最多昏一两个小时。"那小青年回到一旁对着男人说，然后一行人在确定我昏过去后将我拖到卫生间里面再转身离开。

"这次事办得不错，等钱要回来好好奖励你一番，哈哈。之前张总可放出话来，以后见到这小子就打。敢踢张总，总算露面了。走，把女的抓回去。"

而扣子在见我去了这么久还没回来也往这边走，正好在转角处和刘虎们撞个对面，几个小青年在看到扣子后一下将扣子止住，扣子还丝毫没明白什么就被抓住了。刘虎骂骂咧咧地一边踹着扣子一边指挥者几个小青年将扣子绑好，等扣子回过神来早已被死死按在地上了。

在扣子看到刘虎的脸后不由得惊讶起来："是你！"扣子当然认得刘虎，那个在她去桥北时候救下的吸毒的人，然后又被绑了的人，扣子怎么都想不到今天在这里又遇到了。

"嘿嘿，是我，没想到吧。我可还要感谢你，要不是那次因为你的事张总才收我，我还不知道现在自己在哪呢，哈哈哈。"刘虎在见到扣子认出后丝毫没觉得尴尬，反而兴奋起来，脸上的肉竟不自觉地跳动着。

刘虎抓着扣子的脸仔细地瞧着，嘴里啧啧作响："嘿，模样还不错，带回去好好调教。"刘虎一巴掌就拍在扣子脸上，随后扣子水嫩的脸蛋几个硕大的手指印浮现出来。

扣子被掳走了，等我醒来时已经是在商场的休息间了，头脑依旧疼得要死却一丝血也没有留，一个硕大的包让我完全不明白发生了什么事，在问过旁边的人有没有看到我和一起的女生，得到的答案都是只看到我一个人。

我想着扣子难道还在商场里闲逛？结果打扣子电话一直没人接，发了短信也没回。我突然想起在我昏倒前模模糊糊地看到几个身影，我开始紧张起来，脑袋上的包让我灵光一闪，赶紧拿起一旁的袋子跑出门外抓着保安问有没有看到扣子，我也是慌了，他们哪里认识扣子啊。

而又在保安以为我是闹事，几下就将我放倒在地上，紧跟着来的保安也将我死死按在地上。在商场经理过来后才将我放开，我快步跑过去抓着对方领子吼道："我在你们这里被人打了，我女朋友在这里被别人掳走了，你们管不管？"

经理的素质果然高，任由我如何推搡如何吼叫一直保持着笑着，最后只好将他放开，将刚才的话再说了一次，经理听后先是一愣，仿佛对我说的话一脸不信的样子。我将刚才买裙子的发票递给他后瞬间脸色变了起来，立马让人去找。我一看脾气又上来了："找屁啊，人早就别掳走了，我要看监控。"

那经理一下就显得为难，解释后才得知商场的监控不是随便让人看的。在几番激烈的讨论下经理也不得已同意查看监控，毕竟发生在他所管理的商场里面，要是真出现我所说的这类事他也脱不了干系。

果不其然扣子被人掳走了，经理当即报了警，而我早就猜到掳走扣子那伙人是哪些人了，没猜错的话应该是会所的人。天仿佛一下就黑了，整个世界都黑了，黑得可怕，黑得让人心惊胆战。我也顾不上扣子的裙子就冲出大门向会所跑去，在跑到门口时正好和江离与安安打了个正面，我也丝毫顾不上搭理他们，江离摸着脑袋看着我。

广州路的人行道很窄，但我都如游鱼一般穿梭其中，其中被撞到的人也丝毫来不及回头说声对不起，在一股气跑到会所门前时我已经感觉心脏只用着一根渔线一样悬着，也丝毫不顾上早已感到乏力的四肢就冲了进去，看门的保安见我闷头冲进来一把拽住将我按在地上，而其中一个好似认出了我大骂一声后就对着我拳打脚踢。

毫无反抗在被暴打一顿后才被从后面走出来的刘虎止住："这是干吗？不知道这里是正规地方吗？"刘虎示意着几个保安放开我，在认出我后接着说："哟，这么快就醒了，还以为你要再睡几个小时呢。"

血和口水混为一摊不停地从嘴里流出来，一旁的小姑娘早就吓得魂不守体，我这才擦了擦眼睛才认出眼前这人就是上次扣子在桥北大桥下欲施援手的那个吸毒的人，刘虎蹲在面前悠闲地抽着烟，将一口烟吐向我，一下我再被呛得咳出几口血："你们干吗下手这么重，打坏了怎么办？"刘虎站了起来对着几个保安就是一顿臭骂，在出完气后又转过来对我道："今天不把玉石剩余的钱给了就别想走。"

"你不仗义，扣子好心帮你，你恩将仇报！"我从地上爬起来，捂着肚子，用另一只手擦了擦嘴边的血迹。

"仗义？我就不仗义了你拿我怎样，打我啊？"刘虎说着就是对我一脚，我又被踹倒在地，在撞到一旁的花盆才停下来。"老子只管钱，今天非得逼你将钱拿出来。"刘虎过来拍着我的脸，我狠狠地看着刘虎，刘虎见到后接着又是一脚将我踹到大门口。我感觉像是要死了感觉内脏全部位移，浑身一点力气都没有，任由着身体在地上翻滚滑动。

"那个女的在我这里，想要人就拿钱来，今天这里我说了算。"刘虎说着就端着坐在凳子上，我也重新站了起来开始了和刘虎对骂起来。

在对骂一番后也不知道谁报的警，警察在明白了事情后叫刘虎把扣子放了，刘虎死活不承认掳走了扣子，也丝毫将我一身伤撇得干干净净。警察再见刘虎死活不承认也无折，而刘虎一脸笑呵呵将警察们接到会所里让他们自己搜，几个警察也并没有在里面发现什么，不由得看着我。

"你当我们人民警察寻开心啊，谎报警小心把你抓进去。"其中一个看着年纪较大点的走到我面前大声对着我说，我心里大骂愚蠢也不停嘀咕又不是我让你来。

在几名警察找不到扣子，而我着一身伤也被刘虎摘得干干净净的后居然对我说着几句就走了，我真是想不明白，直到在他们离开时我转身看了一下他们警服上连编号都没连胸徽也有些不同后才明白。

在几名警察走后我又和刘虎陷入了对骂，奇怪的是这次一直没见到西装小胡子和黄毛。几次想要冲进去时被保安按在地上打上一顿再丢了出来，周围聚集的人越来越多，不停地有人拿着手机拍照，都纷纷猜测事情的经过和起因。我像一位孤军奋战的英雄一样用身躯挡在前面，没有一个人上前来帮我，我感到绝望无比。

起伏的喧闹声在火热的夕阳下显得更加刺耳，人群躁动，一个身影从人群里闪了出来。一个女人手里抱着两个食盒紧紧地看着我和刘虎，刘虎在看到女人后先是一愣随后说："你来干吗，滚回去！"

我还没明白过来就见刘虎向她走去，我也立马迈开步子也向那女人跑去，想要先将女人控制在手里。刘虎见我向她跑去也快步向我跑来，我跟跄着身子哪里是刘虎的对手，还没等我跑到女人身边就被刘虎一脚踢飞了出去。

"你想死？"刘虎瞪大了眼睛看我，一把将女人拉在身后。

"死也要带上一个，你放了扣子，不然今天和你没完。"我跟跄着又站了起来，死死地盯着刘虎身后的女人，脑子里不知道在想什么。

刘虎一边提防着我一看对着背后的女人说："你来干吗，不是让你没事不要来吗？"

"过来看看女儿，顺便给你炖了点汤送过来。"那女人被刘虎的大嗓门先是吓了一跳，慌慌张张地说道。

"你……以后没事不要过来。"

"我叫你放了扣子。"我捡起不远处的石头就向刘虎砸去，刘虎一把将那女人搂在怀里，见没砸到刘虎，我气不打一处来，而刘虎也是，上来就和我抱在一起打成一团。

不知道什么时候江离出现在面前，见我和刘虎打成一团纷纷和那女人上前来拉，不过江离还好，见我被打也顾不上拉了，就是对着骑在我身上的刘虎拳打脚踢。那女人瞬间扑在刘虎身上替刘虎挡着江离的拳脚，而江离再认出那个女人后"啊"的一声停下了攻击愣在那里。

"江离你干吗，老子在挨打！"我吼着江离，在江离回过神来后才将爬在刘虎身上的女人拉开接着才把刘虎拉开。

"你怎么在这里？"

"你怎么在这里？"

江离和那女人不约而同地向对方问出来话，而刚被分开的刘虎和我又在地上打了起来。再被分开后刘虎和我都像磕了药的鸡一样双目布满血丝怒气冲冲地看着彼此，只要江离和那女人一撒手又要打起来。

"好了，别打了。"在那女人一声大吼下我和刘虎终于清醒过来，随后在那女人明白了所有事后一脸怒意地看着我们三人，此时我们像三个顽皮的小孩一样，因为犯了错等着被大人训，一句都说不出来。接着那个女人一脸复杂地看着我和江离，而江离也是一脸复杂地看着女人和刘虎，看着江离的神情我猜到眼前这个女人就是让江离神魂失守的人了，刘虎也好奇地盯着江离若有所思起来。

在女人让刘虎先进去后刘虎一脸不爽地看了我们一眼，冷哼一声转身离开，江离见刘虎离开也丝毫不管我就对着面前的这个女人说："文秀，那……那个就是你男人？"

"是啊。"文秀显得很尴尬，无奈说道。

江离一下就不知道说什么好，我才懒得管江离，我更担心的是扣子："叫你男人把扣子放了！"

我骂骂咧咧的，丝毫不顾什么形象，想要再冲进去时被江离和文秀拦下来，只好对着文秀发火，文秀看了看江离然后看了看我，表示尽量说服刘虎，接着再转身钻了进去，在文秀进门的一瞬间我后悔了，我干吗将她放走。

我心烦意乱，不停地抽烟，但这并没有让我有所缓解，现在想要冲进去也没用，只好等着文秀的好消息。"安安呢，刚才我好像看到她和你在一起，她也来了？"这才想起刚才在德基楼下撞到的江离和安安。

"你还说，听到有人打架我就带着安安去看戏，没想到是你，还真是把我吓了一跳。看你急急忙忙的冲出来也没跟上，后来仔细想了想能让你这么着急的估计也就扣子的事了于是就跑这边还真是。我先让安安回去了，倒是你们怎么又和他们闹起来了？"江离拍了下我胸口，疼得我龇牙咧嘴，江离吓得赶紧收回手去。

"谁知道这帮人脑子怎么长的，我和扣子……"在江离递来的烟也终于燃到最后，我实在不想再等下去了，每过一秒我都感觉扣子离我远上几分，在我挣脱江离的手后准备向会所跑去时文秀终于出来了。

　　"你别冲动，刘虎同意放了扣子，不过……"还没等文秀说完我又着急起来，现在只要一有扣子的消息我就会乱了阵脚，我赶紧问："不过什么？"

　　"不过要见钱放人。"秀文说着小心翼翼地看着我，生害怕我再发火。不过我已经发火了，滔天的怒火："老子弄死他。"

　　江离和文秀两个人也拦不住我了，在被几个保安按在地上后我终于又见到了刘虎，随后而来的是江离和文秀。江离和文秀赶紧让保安将我放开，刘虎在见到文秀后只好让保安将我放开。

　　"人就在后面，钱拿来人领走。"听着刘虎的话真想上去对着那张脸就是几拳。

　　"一分都没有！人我也要带走！"

　　文秀见后尴尬起来，不停地向刘虎使眼色，我也懒得管他们，恨不能将眼前的刘虎抽筋剥皮。刘虎抽了一口烟看了文秀一眼皱着眉头说："最低两万，不然就滚！"

　　"滚！"我实在忍不住了，冲到一半就被江离拉了回来，江离对着刘虎说："一万！"

　　"两万！"

　　在江离和刘虎僵持一会后最后江离只好妥协了，在见到扣子后江离丢出两叠崭新的钱到刘虎面前，刘虎才笑呵呵的挥着手放了扣子，我看了看江离也不多想，直奔扣子而去。扣子挨打了，手臂和大小腿甚至是脸上都是大大小小的伤痕，我狠狠地看着刘虎，而刘虎在拿到钱后也做出慢走不送的手势，丝毫不在意我凶狠的目光。我也顾不上其他，只想和扣子赶紧离开这里，搀扶着扣子就向外面走去。

181

第六章　扣子与天国

"小伙子，以后别再让我遇到，哈哈哈——"

江离复杂地看着文秀和刘虎，而文秀也是复杂地看着江离。从人群里出来江离拦下一辆车，在车里扣子见到我的样子笑了，"你笑什么啊，挨打你还笑得出来？"丝毫没明白扣子为何发笑，丝丝的血迹将扣子的头发粘在脸上，我用手拿开，看着扣子脖子和脸上的伤痕心里一阵说不出的疼痛。

"没什么，就是想笑。"扣子一直看着我，扣子开心地笑着。

"对了，江离，你钱哪里来的？"这时才想起刚才丢出去的两叠崭新的钱，好奇地问着江离。

"安安的，就猜到你又惹事了，我身上又没有，只好拿着安安的卡取了。"江离也回过头来看着我和扣子，满脸的无奈。

扣子一直盯着我咧嘴笑着，显得十分滑稽。随后又扑在我怀里，一会儿后随着身体轻微的抽搐开始嘤嘤地哭了起来，腰间扣子将头埋下去的地方疼痛难忍，也只好咬牙强撑着。扣子紧紧地拽着我袖子脑袋在怀里扭动几下终于说话了，"你怎么那么傻。"

扣子不动还好，动起来整个身体像是被撕裂开来一样，疼得龇牙咧嘴却又不好叫扣子起开。

"是啊，我怎么这么傻啊，我自己都不知道呢。"

扣子一拳一拳地捶打着我，我一瞬间将全身肌肉绷紧来减小扣子捶打的力量。其实她哪里用了什么力气，明明就能看到她的每一拳下去不带丝毫力量一般，却实实在在地让我感到疼痛，我开始微微地颤抖起来，紧绷的身体一下松垮下来任由扣子一拳拳打着我。我记得在以前看到过一本杂文选集，其中在一页的末尾写着这样一句话：花花世界你走过，你是肉疼；人烟里，你是人一个，你是心疼。我又何必只有处身在花花世界或者人烟里我皮肉心脏才会感到疼痛。

从医院走回去的时候已经天黑了，原本只需要10来分钟的路，我和扣子相互搀扶着用了接近半小时才走到楼下。扣子调皮的不停地在我身上用手指戳着，看着我疼得死去活来的样子显得极为开心。

回到家里已经是天黑了，简单的吃过晚饭后就仰面躺在地上，一会后觉得不爽又从冰箱里拿出之前扣子给买还剩下的啤酒来喝。

扣子在房间里倒腾一会儿后也出来坐在地上，脖子上几条触目惊心的痕迹让我胸口隐隐作疼，扣子看了我一眼后也丝毫不顾自己身上的疼痛又开始捣鼓起桌上的石头来。不过看到扣子显得开心的样子也放下心来，自己也情不自禁地笑了起来，但还是被扣子发现了。

"笑什么？"她回过头来皱着眉头看我，我一下绷着脸不承认。

"没有。"我拿着面前的啤酒狠狠地往口里灌，接着再狠狠吸上一口烟接着说："你这些伤是怎么弄的？"

扣子在听到我这话后首先是一愣，随即轻叹了一口气面带犹豫地说道："就知道你会问，但是……"

"怎么了？"

"啊……怎么说啊，以后告诉你。"扣子"啊"的一下就叫出来了，我丝毫还没弄明白到底发生了什么就被扣子吓了一大跳。

我沉了沉往嘴里狠狠灌了一大口啤酒说答应道，随后我们沉默不语，手里的烟和易拉罐里的啤酒分别被我消灭殆尽，扣子在说完后一直低着头坐在那里，不说一句话，最后一声叹息下转过头来带着忧愁看着我。

"我……"扣子努力地想要开口，尝试了好几次依旧没能成功，不得已又将头转了过去才说道："果然看着你还是说不出来啊……"

我无语，干脆将扣子面前的小桌子移开自己靠着扣子坐了过去。"那就不要说了。"扣子一定是难以说出口才会显得更加犹豫，我笑着将扣子拉了过来靠在我肩上。

"我们做爱吧！"

"什么？"我听到后一下愣住了，脑子里一片空白，原本轻轻拍着扣子后背的手也僵硬在半空中，等我回过神来一把将扣子推开，一脸不可思议地看着扣子。

"我们做爱吧！"在推开扣子后她又说到，如果上一句没听清那这一句听得真真切切的，我惊讶地看着扣子一句话都说不出来。扣子垂着的头终于扬了起来，带着满脸的笑容接着说："哈哈，我开玩笑的。"随即又露出淡淡的失落感，再将头垂了下去。

"好啊。"心里一笑，旋即将扣子搂在怀里，却明显感觉到扣子身子在怀里短暂的轻微地颤抖着。

"刘虎那些人给我注射了毒品。"扣子的话语里明显感到有着轻微的颤抖，像是紧绷的弦弹奏出来的声音一样，扣子一下就哭了，整个上半身栽倒在地上，随后身体开始抽搐起来。

我将她从地上扶起来，但她身子仍然在激烈地颤抖着，在好一阵后也不曾停下来。

在询问是否是真的后，她回答的声音如同寒冬里的湖面一样冰凉，一时间自己不知道该怎么办起来。"应该和抽烟差不多吧，抽一根又没事。"

一会儿后，扣子脸上的愁云渐渐消失了，"你说得对，只要忍住就没事。"扣子转过身来对我说，接着又揉了揉眼睛继续说："要是我毒瘾真发作了你可不能下狠手，我想过了，不就是毒吗，我就不信忍不过去。要是真发作了你就用绳子将我手脚绑着丢一边就好了，还有要往我嘴里塞东西，我怕真难受起来咬舌自尽。"

扣子说着说着就变得兴奋起来，将所有事都交代一遍后才露出满意的笑容，随后终于向我坦露了事情的经过，在对方向扣子要钱没要到后见扣子长相不错便起了心思，为了控制扣子，刘虎他们只好给她注射了毒品，刘虎说直到扣子债务连本带利还清后任扣子去留。

刘虎打的如意算盘，想的是等扣子毒瘾上来后就不再是扣子自己说了算了，那时扣子也变成刘虎的摇钱树，为刘虎带来源源不断的财富。原本刘虎是想将扣子转移到其他地方关着每天注射，但在和文秀一阵争吵下不得不作出让步。扣子的话语让我触目惊心，仿佛像是亲在现场一样，在扣子拼死相抵时挨的打像是一拳拳打在我身上一样痛。扣子的每一句话都让我心里一阵疼痛，突然感到此时的自己相隔扣子有着十万八千里那么远，扣子所遭受到的痛苦，我更情愿是发生在我身上。

在第二天下班后，重新将遗忘在德基的衣服拿在手里时突然发现自己满脑子都是扣子的身影，不由得被自己吓了一大跳，我开始不再想到从前，而都跟专注着眼前的扣子。在扣子见到裙子后先是欢喜一阵后也悄然地不再有丝毫兴趣，扣子一直担心自己，害怕自己染上瘾。虽然我和扣子自那晚后都默契不再提起，但通过她的神情还是能感觉到依然很在意。

"你也别怕了，还有我呢，要真是那样，我就去偷东西买了给你治病。"

"咯，这可是你说的哟，不能反悔哟。"

扣子沉默的时间越来越多了，坐在那里时不时就会走神，心里的结又被系上了，我却毫无办法。然我在此时做了一个错误的决定，我向扣子表露了心声，我喜欢扣子，一直都喜欢，但扣子以为只是在安慰她。

"哪，你说你喜欢我，你喜欢我哪里?"扣子将小嘴撇到一边，两手交叉着摆在胸前瞪大了眼睛看着我。

"我……"我一下说不上话来，我突然开始恨自己的学识不够，肚子里墨水太少，我着急的挠这头想要将脑子里那些乱七八糟的字组成优美的句子告诉扣子，但我没能成功。我急了，尴尬地傻笑着。

"你说啊，你喜欢我哪里?"扣子仰着脸，高傲得像一位女神一样。

我沉默，一肚子话不知要从哪里说起。"我喜欢那个有着三不偷原则的小贼，会带上水果糖去看望小朋友的姑娘，在一蹦一蹦时会露出温暖笑容的女孩，害怕打雷更害怕孤独的姑娘。"

"笨得要死还不讲理，老是指挥着别人做饭还嫌难吃，脾气古怪还不听人言，还会惹一摊子事来……"还没等我说完扣子抢先对着我胸口就是一拳，我一把将扣子拉在怀里紧紧地抱着，愿上天垂怜，愿我就此消亡在扣子的温暖里。

"我真有那么坏啊？"扣子在反抗一阵见丝毫不起作用时也放弃了，任由我抱在怀里。

"你比这些还坏！"

"啊！"

在将扣子搂在怀里的那瞬间自己一阵幸福感涌上来，接着一瞬间我仿佛被什么撞到一样，未好的伤开始隐隐疼痛起来，啊——

怀里的扣子身上散发着让人着迷的香味，开始让自己失去了思想，虽然说不上喜欢她哪里，却明显感到自己再也离不开她了，仿佛只要和她在一起一切的烦恼都不会再有，一切的忧愁都会消失在空气里。

"虽然知道你是在安慰我，但我还是很开心。"

绣球公园里的风带着些凄凉，落在脸上不由得使人心生寒意，我心荒芜，就像新疆的戈壁滩一样，或许杂草，但也枯黄衰死。我终于明白过来那些错过了的情感所带来的遗憾终将陪伴着我以后的每一天，我想到自此以后每日都将会在此孽障之中越走越远深陷如此的循环之中，我终于有了想要自我了断的念头。

飘落在湖面的树叶不多时便沉入湖底，它们开始腐烂、发酵，最后化成泥土归于大地。一刹那，一股带着强烈情绪的力量不明分说地向我袭来，惶恐、彷徨、悔恨、焦灼、痛苦，像是在茫茫大海之中乘坐一叶扁舟一样，随时一个浪来都将其打翻沉入海里。

扣子啊，我的扣子，你可知道这样的你，更让人怜爱啊。

从阅江楼回来时我们又去了八字山公园，扣子一直走在前面，不时跳上一旁女儿墙的垛口上向下俯瞰，偶尔也会站在垛口像只即将飞起的小鸟一样挥着手臂。我在一旁看得心惊胆战生害怕扣子掉下去，几次伸手想要抓住扣子结果都被扣子一挥手打开了。扣子摇晃着身子在女儿墙上走着，也丝毫不顾及一旁行人奇怪的眼神。

最后我将扣子手死死抓在手里，一把将扣子从墙上跩了下来，然后扣子一个趔趄撞到我身上将我撞倒在地上，紧接着扣子摇晃着身子最后也"啊"的一声摔倒在地上。

"你看，手都破了。"她爬起来将手摊到我面前，手掌一道道血丝不断地渗出血液来，食指指头还扎着一个小玻璃碴。

"这……"何曾想过会闹出这样的事来，自己一下显得尴尬无比。从扣子的包里拿出纸巾将手掌出的血迹擦掉，一处处伤口直让人心疼，在小心翼翼地将指头的玻璃碴拔掉后一股细小的血液伴随着扣子"啊"的一声飙了出来。

我慌忙地按住伤口，扣子想要抽出也被我牢牢抓住，"疼疼疼——"扣子不断地叫着，我眉头一皱不知道在想什么一把将她的手指塞到嘴里吸吮着。她被我这突然的举动吓了一大跳，别说她，在塞到嘴里后自己终于回过神来也是被自己吓了一大跳。在舌头划过手指时一股淡淡的铁腥味传来，我吸上两口后用舌头抵住伤口，再看到扣子时扣子已经站在原地将头别向一边，一旁的路灯将扣子的脸色照得发白，伴着天边的夕阳，此时扣子脸颊像天上的那朵微红的云朵一样好看。

不知过来多久，等口腔里再感觉不到铁腥味后我开始用舌头不停地在指间滑动，像是贪婪地吸吮着什么。扣子察觉到后一下将手指抽了出来，然后握在手里，而我像是突然失去了什么宝贝一样心里猛然一阵惶恐。

"你变态啊！"扣子看了我一眼就几步朝着垛口走去。

"你别管我变不变态了，先看看还在流血没！"湖岸吹来的风带着几分忧愁，在丛林里不停地诉说着人世地苦，停留在警示牌上的鸟也在叽叽喳喳地回应着。矮墙一旁矗立的路灯照亮了下山的路，而上山的老人摇着手中的蒲扇不停地骂着四处乱跑的小狗，这一切都在此时深深地印在我脑海里，我知道，我再也无法忘记那个站在路灯下留着短发的姑娘。

"你看指头都给你吸的发白，哪还有什么血啊！"扣子没好气地瞪着我，将手指伸到我面前。

"这不正好吗，血被止住了，以后要是哪里又出血，我又来吸，嘿嘿。"看着扣子白白的指头不由得笑起来，短暂失血过后的指头像葱根一样白，煞是好看，不由得握在手里多端详一会。

"吸血鬼啊你！"

回到家后扣子在换好手里的创可贴后，开始哼着歌拿起小铲子给我那盆松树松土浇水，扣子也开始买一些花花草草带回家里了。记得还是在小市那家夜宵店工作的时候，一天夜里我骑着店里的电动车载着扣子回家，在遇到一装满了小盆景的小三轮时扣子坐在后面就不淡定了，非要伸着手去拿。

在几番够不到后扣子让我停车自己跑到前面坐下，扣子蜷曲在我怀里，在追上小三轮后偷偷地从里面带出一盆多肉植物来然后再让我立马冲过去。在跑过小三轮后扣子哈哈大笑极为开心，兴奋得差点从车上跳下来，还端着手里的盆景不停向我炫耀。

现在桌上仍还有她从菜场带回来的几支葵花和几朵百合，整个房间都散发着淡淡花香。在扣子忙完后从冰箱里拿出两瓶啤酒来丢给我一瓶，在见到我接住啤酒后自己就率先打开喝起来。

"我错过了什么吗？"见到扣子极为开心的样子自己不由得纳闷起来，以往扣子是绝不碰那株松树的，今天一定是发生了什么。

"没啊。"扣子咂着嘴巴，冻的冰凉的啤酒让扣子忍不住稍微抽了一下。

　　"不对啊，看你这么高兴一定是发生了什么才会，从来不理松树死活现在居然也给松土浇水了。"我也开了啤酒喝上一口，啤酒的凉意一下传遍全身，然后和扣子一样身体略微一抽。

　　扣子歪着头看我，犹豫一下"哈"的一声说："还真有！"双腿一曲就座下，接着说："看你之前拼死救我的分上我就勉为其难地告诉你，嘻嘻。"扣子嘻嘻地笑着，我突然感到丝丝阴谋的味道，扣子一会一个性子一会一个想法真担心又突然说出什么让我惊讶的事来。

　　"什么？"

　　"那时在看到你冲进来的时候就像个英雄一样，嗯，怎么说啊，就像一个将军一样奋力杀敌。"瞥了瞥后接着说："我说出来你可不许笑话我啊！"

　　"不会。"

　　"就那一下我感觉我爱上你了，啊，就是那种感觉你知道吧，每个女孩子愿望里出现的那样，等着骑着白马的王子救。在你被按倒在地上的时候我就在想，你到底是个怎样的人啊，丝毫不惧那些人。"

　　"不光是上一次，还有前几次也是一样，每次看到你不顾性命地冲进来抱着我的时候，我都在想非要和眼前这个人一起白头到老，啊，你不许笑我，我就是这样想的，以后我们结婚，生孩子，生好多好多孩子然后一起去田里种庄稼……"

　　扣子喝醉了，拿着啤酒不停地喝，灿烂的笑容不时在微红的脸蛋上浮现着，随后摇晃的身子将系在头后的松松垮垮的头发彻底散落开来也跟着扣子晃动着的身子一起在空中摇晃起来，扣子眼神变得迷离起来，似乎有太多委屈将要倾斜而下一样。

　　我一时间沉默在扣子的话语里，笑了一阵后又突然感到心脏被揪了一把一样难受。突然就想哭起来，但是扣子比我还先哭了起来。扣子身子微

第六章　扣子与天国

微一颤略微的开始抽搐起来，眼泪不停地在眼眶里打着滚说："可是我知道你不喜欢我，我知道这些都是我空想，但是我就是会在看到你的时候会忍不住这样想。"

我不停地抽着烟，一会烟缸里都是我抽剩下的烟头，一旁的啤酒也被我喝完了又从扣子手里抢过来大口大口喝扣子剩下的。我心灰意冷，风月里随着远去的是渡江的船舶，湖岸拍来的水卷起湖底的泥土，生无往来，如是而已。

扣子倒在地上，半块身子已经出来地毯，扣子不再哭了，一动不动地躺在那里。我像是被割了舌头的人一样一句话也说不上来，只有不停地抽着烟，心里难受着。

"早就在你知道的时候就偷偷地喜欢上你了，只是一直羞于说出口啊。"

我说不出太多的话来，就像被什么扼住了喉咙一样。

扣子坐了起来，用双手撑着地面，接着用手撩了下遮挡在眼前的头发看了我一眼然后再随它们遮住眼睛，扣子欣喜一下后瞬间又变得无比落寞。

晚上躺在床上一直到很晚都无法入眠，满脑子都是扣子刚才的样子。在扣子表露心声后每一步都走得很艰难，自己也毫无办法从中作出合理的判断，我开始在想原本轻松愉快的事为何一下变得如此复杂起来。从会所回来几天后扣子性情开始隐隐约约地发生着改变，时常一个人时会自言自语。要不是今天扣子在酒后一番吐露，我甚至丝毫不会往这些上面去想，也只是会认为刘虎对扣子的所作所为导致的。

在扣子拖着疲惫的身子跌跌撞撞地返回房间时我叫住了扣子，我说："我们搬家吧。"扣子回过头来看了我一眼，然后就转身回到房间。

第二天在早上天刚亮的时候，我做了个梦，一个奇怪的梦。原本还在残尸遍野的战场里和敌军厮杀着，一下就来到残破不堪的古庙里，坐在莲台的佛像只剩下一半的身子，另一半佛像早已不知去向，从佛像背后的墙壁上长出来的藤蔓将整个古庙笼罩其中，手摸上去黏糊糊的。我通体一凉，心里顿时慌乱无比，手心里一下变得汗津津的。顺着佛像左边的光亮走去一阵清泉声顿时吸引着我，与其说是清泉声不如说是女子的笑语声，正在我觅声寻去时脚下一滑跌进井里。阴暗潮湿的井底里的几只因为我的突然造访而吓了一大跳的青蛙不停地沿着一旁的石壁向上蹦去，井口飘着的白云和飞走的鸟雀丝毫不曾注意到井底的我。

我想顺着伸下来的藤蔓爬上去，但它们丝毫不能承受如我一般的重量，我只能蜷缩在一旁，任雨水冲洗。最后我放弃了，将一切交给老天，等着它对我最后的安排。就在我奄奄一息的时候，猛然间感到眼前一阵光线闪烁，在用身体最后一丝力量将沉下的双眼再次睁开后，我见到一位仙子，仙子向我微笑着，霎时，我身体也不知道哪里来的力气奋力地向她扑去，一把将仙子按倒在地疯狂地撕裂着仙子身上的衣物。

突然，我一下惊醒过来，脑袋里像是刚爆炸过响雷一般。天哪，我该如何形容如此尴尬的场面，扣子在我怀里，我一只手依然放在扣子的胸前。我豁然坐起来，恨不得一刀结果了自己，在我起身时候猛然抽手的动作将扣子彻底弄醒，带开的毯子也被掀开，扣子的春光一下泄了一大半。

扣子醒后"啊"的一声慌忙地用毯子重新将自己裹得严严实实的，只露出眼睛以上的部分来看我。我哪里还敢看扣子啊，只能用眼角的余光偷偷瞧着扣子，一时间尴尬都不说话起来。

"对……对不起……我……"一时间对自己的厌恶像秋天里的落叶一般扫了又复，紧接着支支吾吾地说："我……"我是真的不知道除此以外我还能说什么。

见扣子一直不说话，我微微地偏过头去看扣子，被毯子紧紧包裹着的扣子只露出眼睛来，在发觉我看她时又慌忙地紧闭着双眼，一会后再睁开看我，眼珠子不停地动着。最后用手指将遮住脸的毯子扯到嘴巴下面，接着用手指指了指玻璃窗户。一直处在紧绷着神经的我丝毫没明白扣子是什么意思，纳闷地看着扣子。

"窗帘拉上，刺眼！"扣子说完又用手指将刚才扯下去的毯子重新移上来将鼻子遮住，只留下两只眼睛来。

我纳闷起来但还是起身将窗帘拉好，在拉好还后房间的光线瞬间暗了不少，我站在原地一时不知该怎么办，想要拔腿跑出房间但是怎么也迈不开脚步，我终于紧盯着床上的扣子，但扣子没有任何动作，一时间气氛演绎越来越尴尬起来，就在我不知所措时候扣子从紧裹着的毯子里伸出一只手来拍了拍刚才我睡的地方。

我犹豫起来，哆哆嗦嗦地走到床前却怎么也不敢上去，扣子又拍了拍小声地说："上来！"就算是被扣子要求下，我依旧是不敢上去，我何曾想过我会如此胆小过，扣子好像不耐烦起来一把将遮住自己嘴的毯子扯下说："上来啊。"

最后我哆哆嗦嗦地爬上去，尽量将自己的动作变得像猫一样轻盈，等我蹑手蹑脚地坐到床上，却丝毫不敢再去看扣子，整个气氛压抑得我快要喘不过气来。"要杀要剐你看着办吧！"我沉了口气猛然说道。

扣子伸过手来抓着我衣服的一角，轻轻地扯了扯，一下就笑了起来，"我还想再睡会。"

在扣子说后我犹豫一下后也和衣躺下，在我躺下几秒钟后扣子将紧裹着身子的毯子一掀将我也盖在其中，我还没明白什么又被扣子死死抱着手臂，整个身子也向我靠拢。

"我……"说实说，我心里的防线在扣子一抱的瞬间崩溃了，受不了了。

突然间，扣子开口说话了："别动，我还想再睡会。"

"刚才对不起，我……我真是该死。"

"嗯！是该死。"扣子哼哼唧唧地说着。

手臂上传来扣子身上的温度，也轻易地感受到那团柔软，我坠落了，我开始心猿意马起来。

"你怎么在我床上？"

"嗯……昨晚进来给你倒水的时候看你睡得和小孩一样可爱，还吃着手指，就忍不住多看了一会，没想到就睡着了。"扣子说着又向我靠了靠，我忍不住向外移动身子结果被扣子死死地拽住。

"那……那怎么不穿衣服？"

"不知道！"

"啊？"扣子前面说的还能让我稍微地放下心来，但听到扣子这句话后自己一下就慌了，莫非自己真在睡着时迷迷糊糊地对着扣子做了什么？"怎么会不知道呢？"

"就是不知道啊，可能是晚上被你偷偷地脱了，不然刚才你手……你手怎么乱摸！"

我一下无措起来，难道真如扣子所说的那样在自己也不知道的情况下……，不敢想，太可怕了。这时扣子一个翻身爬到我身上，双手将整个身体支撑起，在我和扣子中间只留着不小的空隙，我骤然紧张起来，但我不看低头去看，因为扣子紧紧地看着我眼睛。

"我就那么不值得你喜欢么？我知道你因为之前的一直不敢再去谈，我知道你曾受伤，但我也相信你会痊愈。"

不是，别去管什么之前不之前的了，我现在喜欢你。我再承认一遍：我喜欢扣子。

几天后还是我在公司的时候扣子突然发来信息说那晚怎么突然说搬家，说到搬家，只是想着住在稍微偏远一点的地方不会再那么轻易地撞到刘虎他们，在那次回来后我开始隐隐约约地感觉到有人监视我们，为了避免再和他们扯上什么关系和扣子再出什么麻烦来，就有了搬家的念头。

在向扣子含糊其含地解释了一番后终于得到了扣子的同意，也顺便利用公司的网络在网上找起房子来。结果在五塘村上元门那边还真看中一套不错的房子，唯一的不足的是扣子上班需要转上一趟车还要走上一段路，房屋是那种老式小区，从大路进去还要拐上几个弯，在见到一棵槐树后站在树下向三楼看去就是我们新家了，六十多平方米两居的小房子，因为这片都是老房子，租金也相对之前少了一部分。

小屋背对着幕府山，前面不远处就是长江，不时地从湖面吹来的风将扣子新换上的窗帘卷起，巨大的落地窗的一角放置着我的松树和竹子以及一些扣子种的花花草草。偶尔会飞来几只鸟落在我种的松树上，也在扣子"哒"的一声后又挥着翅膀飞走。

扣子每次路过那棵槐树时总会多看几眼，某次我好奇就问扣子说这棵树有什么不对，结果扣子说："院里有槐，屋内有鬼。"我问扣子何意，扣子说："槐字拆开不就是木和鬼，木对应着门，不正是将鬼关在屋内吗。"对于扣子新奇的说法我也是笑笑，这棵槐树倒在好几次蒙头转向找不到路时起着不小的作用。

在晚饭后会和扣子一起沿着永济大道向渡口方向散步吹风，江离和安安在我们搬来后来过几次，十分羡慕。五码度和前面的燕子矶很热闹，我们几乎每晚都会去，后来去的时候会带上两罐啤酒一边走一边喝，这是和江离学的。我开始觉得生活也真是美好，每天下班后吃着喜欢人做的饭菜，和喜欢的人一起躺在草坪上吹着江风，好像再多的烦恼也足以在此间烟消云散。

在搬家后我开始察觉到扣子的一下细小的变化，话好像变得少了，对很多事都提不上兴趣来，也不怎么吃饭，消瘦了许多。扣子一下安静下来让我突然不适应起来，我想着各种笑话逗扣子笑也丝毫不起作用。

直到一次扣子在送快递途中晕倒才意识到自己是多么傻，扣子一定是有着什么难言之语才会如此的。在接到扣子同事的电话后我火急火燎的赶到二附院，在赶到时扣子已经拿着化验单出来了，看到我时一下躲到一旁。

"嘿嘿，你以为躲在楼梯后面我就不知道了吗？"我悄悄地靠过去，想要给扣子一个惊喜。

果然，惊喜没给到，自己倒是愣住了。扣子出来后看了我一眼后接着就从我身边走了过去，丢下我一个人傻愣在原地。眼看着扣子招呼着陪自己一起过来的男的走向大门头也不回，我急了，也来不及想立马跑上前去抓着扣子手臂问："怎么了？"

接着她用力地甩开我的手，皱着眉头看了我一眼，然后又将头扭到一边说："你走。"

"怎么回事？"扣子突然反常起来，我一脸茫然地看着扣子的同事，而那男的也是皱着眉头看着我摇头。我顿了顿接着问："出了什么事你说？"

"你滚啊！"结果扣子转过头来冲我大吼一声后立马蹲在地上将头埋在双腿间，医院的人都纷纷看着我们。我一愣在原地，被扣子这样一吼瞬间变得六神无主起来。

抱歉地向周围笑了笑也立刻蹲在地上摸着扣子的头，结果手再次被扣子一把打开，接着扣子用力地将我推开，我和扣子都一个趔趄栽倒。扣子爬起来捡起掉下的纸独自跑向门外跑去，我和那男的看着扣子跑出了紧跟着扣子跑了出去。在出了医院我们终于追上了扣子，我一把将扣子拽住说："怎么了？"

我不停地问，扣子仍然一句也不说，抓着扣子的手又一次被扣子甩开扣子转过身来一把将我推开冲我大吼："我叫你滚，你聋了？"

"我滚？你叫我滚？"

"是啊，我叫你滚，现在听清楚了！"

"好，我滚！"被扣子无端地吼了几声，自己也是莫名地想要发火，完全将自己为何来这里的初衷忘得一干二净，说着就转身向另一边走着。

虽然口中说着滚，但还是时不时回头看着扣子显得十分踌躇。虽不明白扣子为何突然这样，但依旧很担心。自己一下变得彷徨起来，想着要不要再跑过来问到底发生了什么事，结果被心里的郁闷打败干脆坐在台阶上抽着烟。人烦躁的时候仿佛烟抽得特别快，不一会儿一支烟即将燃烧完了，看着扣子和那男的的背影彻底消失在视线里后心里突然一阵疼痛起来，心脏也突然剧烈地跳动起来，呼吸也变得十分困难。丢掉手里的烟用脚狠狠地踩在地上，不知为何突然想起和扣子身边一起的男的也看着不爽起来，或者是嫉妒起来。

平复下呼吸最后看了下扣子消失的方向仍然期待着什么，但结果什么都没有，心里莫名的叹了一口气转身跌跌撞撞地向前走了。此时阳光突然变得格外的刺眼，几步路后就开始疯狂流汗，再几步路后汗水已经湿透了我的 T 恤，只好捡起一旁被人丢弃的废旧报纸顶在头上摇摇晃晃的接着向前走，心好像一下就死了，死得不能再死了。

"喂，你要不要？"背后突然一个声音叫住我，猛烈地回过头去发现是她。

不知什么时候扣子就突然出现在我身后，手里还拿着两只冰淇淋，一只手里的冰淇淋小嘴巴不停的在上面啃着，另一只手也拿着冰淇淋，伸着手递给我。

"喂，你到底要不要啊，要化了！"扣子停下吃冰淇淋说。

"要！"我一把将顶在头上的报纸随手一扔，笑着说。

扣子在听到我说要后立马蹦蹦跳跳地跑向我，说跑也不合适，因为只有两步路的距离，扣子只蹦了一下就到我面前。

"还在生气啊，来，姐姐给你买冰淇淋赔罪了，乖啊。"扣子一下又变成以前的扣子，像小孩子一样歪着头冲我笑，嘴角残留的冰淇淋也跟着嘴角像上扬，扣子是可爱的，是活蹦乱跳的，是精灵古怪的，我的心像是被琼汁仙露滋润过一样一下活了过来。

几天后一个晚上在回到家时扣子已经做好了晚饭，饭后趁着扣子洗澡时候我突然想要看书来，于是就钻到扣子房间倒腾起来。在搬家时候用一纸箱子装着的书全被扣子扣下，扣子说自己也要多看看书，培养培养气质就有理有据的将书全部拿到她房间。在找到纸箱子时原本想随手拿上一本来读的，但一想着每次被扣子追问喜欢她哪里自己说不上来时就打算拿点言情小说或者美文什么的来读。在厚厚一沓下终于发现了那本被我买来从未翻过的小说，于是心满意足的将其抽出，在拿出后随手翻着书里的内容时一张纸突然中书里滑了出来。

我捡起来一看先是一愣，是一张医院的化验单，我接着一愣想着我从没做过啊，于是就接着往下看。在看到日期栏目时瞬间被吓了一大跳，正是前几天的。我惊讶得说不出话来，立马向化验单最后看去，只见写着"扣子"两字像带电一样刺激着我大脑，刹那间我赶紧去看中间的内容，都是一些看不懂的血液检查，而在结尾项 HIV 后面用括号标着的阳性字样让我一下愣在原地。

此刻我像是遭受着五雷轰顶一般，一瞬间整个身体变得残破不堪起来。身体微微地向前差点倒下，一瞬间我一下回过神来，又重新看了一遍化验单，重新确认日期名字和其中的内容后慌忙地重新夹在书里放回原处，踉跄着跑出了扣子的房间。

扣子依旧还在里面洗澡，一瞬间我将所有的事想通了，扣子那天的举动和最近的异常一瞬间都能解释了。但我依旧不相信这是真的，我情愿相信是我刚才眼睛花了或者突然一股别人的记忆出现在我脑海里，一瞬间我就变得不知所措起来。

在扣子洗完澡裹着浴巾出来后，看到我傻坐在那里不由得问怎么了，回过神来尴尬地笑着丝毫不敢说话。扣子拿着平板坐到是我身边看着电视不时地笑着，不知道是丝毫不在乎还是假装无事。我坐在一旁甚至不敢去看扣子一眼，哪怕一个眼神上的接触我都要忍不住想要说出来。

在返回房间躺在床上时我仍然觉得不可思议，扣子开过门为我端来一杯水说晚安，我一下从床上蹦起来，扣子被吓了一跳，愣着看我，我笑着说晚安后扣子才高兴地退出房间。

在扣子退出房间后我想起刘虎给扣子注射毒品这事，会不会因为这里的缘故导致扣子……我不敢想，越想脑袋越想要爆炸。

她越来越沉默了，不说话的时候不知道在想什么，她变得忧愁起来，一个人坚强着，我却丝毫帮不上忙。她慢慢地疏远我，我当然知道这一切是为什么，她默默地在保护我。扣子啊，我怎么能让你一个人在黑暗里拼搏着啊。

几天后在晚饭后我开始拖着扣子到五码度跑步，永济大道晚上人很少，江风吹来带着丝丝的凉意卷向我们，她跑不动了我就在后面推着她前进，她走不动了我就背着她前进，直到我们都累趴下才倒在一旁的草坪上。

我不懂在染上这种病后内心是怎样的，但我知道眼前的她更让人心疼。她靠在我身边双腿放在我腿上问我："你喜欢我吗？"

我用力捏着她的腿说："傻瓜，我当然喜欢你了啊，最喜欢你了。"即使不用眼睛去看我就能想到一旁的她笑了，此时她笑起来比一定以往更美，我也知道现在说喜欢她她一定会认为我是在安慰她。但她哪里会知道，我是真的真的真的真的最喜欢你了啊！

夜里，不时有着开车过来乘凉的人，在渡口那边时一对推着婴儿车的年轻夫妇从我们身旁走过，扣子回过头去看了他们好久，直至他们消失在黑夜里。小顷后，扣子回过身来迈着小步子跑到我面前来，一把将我手拉起向前跑去，跑过竖着石像的广场，跑过丁着警示牌的树木，跑过被修剪整齐的草坪，跑过用木板搭建的小路，最后跑到江边才停下来。

我突然有一种就如此般跑下去的念头，跨过时间的此岸，复一个轮回再和扣子跑到彼岸。最后扣子松开我手自己再接着几步路跑到江边，然后双手叉着腰望着一江渔火。

"快来啊快来啊，这边好凉快。"扣子回过身来向我招手，脸上依旧散发着可爱的笑容。

扣子不愿意想那些事，我又何必再去想呢，我只要知道我是爱着扣子的就行了，什么事都无法阻挡。

"对啊，这里怎么突然温度降低了，好像从那个路口过来后一直很凉快，真是怪了。"站在扣子旁边也收起了胡思乱想的心思，这时才感受到周围的异样。

"嘿嘿，这你不知道吧。"扣子笑呵呵地向我做着鬼脸，然后一屁股就坐在地上嘴巴向刚才我们来的方向一撅说："那里原来有许多坟，好像原来这一片是乱葬岗吧，听说山上也有好多坟。嘿嘿，你是知道的，越是稀奇古怪的事我就越想去瞧瞧，几次想要上去看看，结果走到一半就放弃了。"

"乱葬岗？"听到扣子说不由得在心里诧异了一下。

"哈哈，还以为你有多大胆呢，没想到也害怕这些东西，什么时候我们上去瞧瞧？"扣子看着我，一脸坏笑，然后接着说："再往前走就是达摩古洞了，旁边就有条小路，但是不知道是不是上山的路。两边阴森森的，一个人不敢去，走了一半就屁颠屁颠地往回跑，好笑吧。"

我想起之前江离说过鬼都是怕火的，我赶紧点起一支烟来那股凉意从身体退去后心里才稍稍地安稳许多。

"这边真是乱葬岗？"我看着扣子，却丝毫没从扣子洋溢着笑容的脸上感到周围的可怕。

"那不然呢！"扣子说着又嘟起嘴来，一副若有所思的样子说："哎呀，我也不知道，反正早些年在这边看到许多坟就是了，我哪里知道是不是乱葬岗啊。"

我一阵唏嘘，叹道扣子太可爱了。

"管它呢，我一身正气，难道还怕那些邪魅魍魉啊！"

"就怕那半山的漂亮女鬼将你魂儿勾走了呢！"

是啊，我早就被面前的这个漂亮地女鬼将魂给勾走了。在燕子矶游乐园那边时候扣子见到一群小孩子拿着烟花在前面的草坪上玩，拉着我也赶紧去买上几支玩。一刹那，在手中不断闪烁的烟花里突然感觉到离扣子越来越远起来。扣子死死地抓着我，不停地毫无目的地跑着，直到手中的烟花燃烧完后仍是一脸未尽兴看着其他小孩子。

"嘿嘿，上次没去长沙看烟花，今天非得自己放过瘾。"扣子说着又跑着那边小摊上买了几支回来，然后一把全部塞给我自己手里只留下一支来。

扣子拿着刚点的烟花混到一群小孩中，不时阵阵笑声传来。身后的山在黑夜里更黑了，只显示着山体轮廓，高耸的山峰像是随时要斜塌下来一样让人喘不过气来。我躺在草坪上看着扣子，不知为何的突然想要抱着扣子，就那这样抱着扣子。

"嘿嘿，没想到和群孩子玩起来还蛮好玩的。"接着扣子将头伸到我面前，一副若有所思的样子看着我说："弟弟，怎么一个人坐在这里发愁呢，遇到什么不开心的和姐姐说说。"不得不承认，此时的扣子可爱极了。

孩子，扣子突然说到孩子时我心里一紧。"那我们也什么时候生一个啊？"

"切，谁要和你生了！"我眼睛一下变得湿润起来，不知何故，扣子发现了后吓了一跳，立马捧着我脸说："啊，弟弟别哭啊，怎么一下就哭了啊，怎么听到我不给你生孩子一下就哭了啊！"

扣子一脸无奈又想笑地看着我，最后不得已被扣子怪模样逗笑："还说，都是你欺负我，还有，我怎么就变成你弟弟了？"

扣子也不去和小朋友玩了，也坐到我身边，无聊的时候点上一支烟花拿在手里晃着，火花划破漆黑的夜，扣子眼睛里泛着点点的火光，美得像天空的星星一样。在她手里的烟花燃完后我们开始长时间的沉默，很有默契地谁也不说话。江风开始凉起来，夜游的旅人也开始渐渐地散去，我学着扣子斜躺在草地上，我看向扣子，却分明能感觉得到一旁她的落寞与孤独，她就像突然掉入了无限深的黑洞一样，仿佛再也燃不起对生的希望了。

在最后一个小孩跟着父母离开后，我终于开口打破了这场尴尬的沉默，我淡淡说："我其实知道了。"

扣子"啊"的一声坐了起来，看着我两秒后瞬间就笑了，"知道什么？知道为什么我们总是在有星星的时候才吃晚饭是吗？"

扣子说着毫无边际的话，但我感觉扣子看着我的眼神应该也猜到了我知道了，因为扣子眼神里变得游离起来。"什么？"对扣子所说的话我一愣，丝毫没弄懂扣子在讲什么。我顿了顿接着说："扣子，你这是何必呢。"

是啊，你这样是何必啊，为何要独自承受着这些原本就不应该让你承受的伤痛。扣子不说话，一下变得沉默起来。

"真想杀了刘虎他们啊！"这句话我保证是真心的，我就是这么想的，要不是因为他们扣子也不会像如现在这边变得落寞，突然一股无边的恨意溢出来。

"你……你怎么知道的？"她将头歪在一边，背也一下弯了起来，对着湖上的黑暗，就像她的心一样是处在黑暗里。

"那天晚想着去找两本书看的，结果就看到了。原本我是想等着你来告诉我的，可是我怕，不知为何就是怕，怕你突然不见了。"

"哈哈，你被骗了呢，那是假的，你看我壮得和牛一样，什么乱七八糟的病那能敢惹我扣子啊，你说是吧！"扣子拍着胸口笑着说，看着扣子的样子我心一下软下来，过去将扣子抱在怀里。

我想到一件事，在我还在夜宵店上班的时候，某天扣子兴许是酒喝醉了，在我不注意的时候跑了出去。跑过那丛夹竹桃后就疯狂地向天桥方向跑去，我是想要追上去的，但是正好一桌的客人要点菜，不得已只能先帮客人点菜。在客人点菜时候我一直看着扣子跑去的方向，显得十分焦急。后来客人还是发现了我的不对就问我怎么了，我脑子里一直想着扣子也就没好气地对着客人说上两句。

你猜结果怎么的，我和那桌客人打起来了，打得不可开交。店里的其他客人想要上来将我们拉开，但却怎么也将我们分不开，我们扭在一起。这时扣子突然出现在面前，一脸诧异地看着我们，我见扣子平安回来后也懒得再和对方动手，而对方仿佛心照不宣的也停止了动手。与其说是我们默契，不如说是被扣子手里的青蛙吓到了。扣子紧紧地抓着那只青蛙看着我们一时也不说话，我赶紧将脚下的凳子踢开跑到扣子面前，走近才发现扣子满身是泥，衣服上还贴着一些杂草。在店里回到平静后，我也懒得上班了，干脆坐在扣子对面看着扣子戏耍着青蛙。扣子将青蛙用一次性盒子装着，在每次看着青蛙想要跳出后就盖着盖子用力地摇上几下，看得我直纳闷。我就问扣子为什么要摇，扣子说摇昏了就安静了。

我没去关心扣子怎么抓来的青蛙的，我更好奇青蛙在盒子里被摇晃时候的样子。此时的扣子就像那时的青蛙一样被囚禁着，只是扣子被自己囚禁着。

扣子趴在我身上哭了起来，用力地哭了起来，将一切的委屈都哭了出来。

"我也不知道怎么办，那天在看到化验单后就想着这辈子完了，可是一想到你我更伤心了，在看到你的时候突然就不知道该怎么办了。"

"原本是想着突然消失的，但每次看到你的时候我又不想走了，都是你啊，睡觉都那么可爱，怎么让人舍得离开啊。"

扣子不断地拍打着我，不断地在我耳边哭泣着，最后又死死地抱着我大声地哭了起来。在扣子哭哭多了哭累了也就不再哭了，慌忙地握着小拳头揉着眼睛"哈"的一声将哭着的脸散开来。

"都是你，原本不想哭的，干吗把人家惹哭了！"我伸手将扣子脸颊上残留的眼泪擦拭掉，昏黄的灯光下一道浅浅的泪痕从扣子眼角处一直到着脸颊，要是老天再给我一次机会我绝不会如此马虎，我将早早地表白，好生对待扣子，给她足够的温暖，即使我知道无法回头。

"你刚才可说了，还有什么病能将壮的像牛一样的你打倒，咱们还有几十年要过呢，不能现在就投降是吧。"

"你说的对，毛主席说过，一切魑魅魍魉都是假象。咱们要还有几十年要过，不能早早缴械投降，我们不能叛乱！"扣子突然变得高歌起来，就像就算知道了明日是自己死期，也要彻夜高歌，把酒寻欢。扣子顿了顿然后接着说："都是你，就是好喜欢你，离不开了，怎么办？"扣子一下扑到我怀里，一把将我推到在地上，然后用手指在我脸上划着。

"那我们可说好了，你可不准偷偷地跑了，也不准耍宝，有病咱们抓紧治疗，听到没有？"

"好，不跑，不耍宝，治病！"

在那次我从小市的夜宵店下班时已经是深夜了，扣子挽着我走在那条"魔幻小道"上。后来扣子从包里将青蛙拿了出来，这时正好走到安安那栋楼后面不由得想到安安，想到安安也是一样从包里掏出知了来，在看着扣子时那份诧异也减少了很多。

扣子在打开一次性盒子蹲在一旁玩了会青蛙后我准备将其放生的，结果扣子怎么也不愿意，死死捂在怀里。在回到家后还特意去到超市买了一小盆子，还不知从哪里弄来一些水草放好水，接着将青蛙放在里面，并用一些房东留下的细小铁丝做成罩子扣在盆上。

扣子说，难得养只宠物，既然上天都让我抓住了它，那一定是想让我照顾它。我无语，只好任由扣子去。

在准备起身回去的时候，我手机一阵"唧唧"地响，只好止住了一旁胡闹的扣子从口袋里掏出手机来看。一个陌生号码发来的短信，打开却发现是一片空白，正在我准备返回到桌面时手指不小心在屏幕上滑了一下将短信直接滚动到最下面，原来还有附件，在点开附件后看到里面内容时一下愣住了。

何时开始，我们会想念一个人，在每一刻钟里都想要见到对方，那时她就是你的全世界。曾经会学着诗人写着些生疏且又满怀真情的诗句，草稿纸上也不再是演算这数学的公式和记着化学的公式，或许随手一笔都饱含热泪，都有着对对方的想念。

我喜欢着一个人，就会将她的所有的微博空间看上几遍，总是想着那些你不在她身边的日子她是如何度过的，似乎誓要找到那份因自己缺席而原本应该属于自己的曾经。

小时候的小竹林仍记忆犹新，从几颗竹笋后面探出来的小脑袋也不曾忘记，我们用八年的时间来相识相知，再用六年的时间爱彼此。我一直认为这就是上天注定的缘分，只是柔弱的滴水还是将坚硬的石头击穿。

一瞬间好像那些被忘记的一下就涌了上来，心微微一颤，好似一股莫大的悲伤无端地冲进心里，接着再荡到眼睛里，旋即眼泪就像豆子一样滚下来。扣子看出了我的异常，一把将手机夺了过去，仔细看了看后又丢给我。

"这是谁啊？"

我拿过手机看着林可以发来的照片，一家三口幸福地看着镜头，背后明亮的九眼桥和一旁的黑暗像是我心的两个世界一样。我拿过手机看着照片良久，我心一紧，握着手机的手竟微微地颤抖起来，心脏猛然的开始剧烈跳动起来。

照片里林可以和那个男人对视着，彼此笑得十分开心，一手紧牵着拿着气球的女儿。一下子我变得难以呼吸起来，心脏像是被什么猛烈撞击到一样，顷刻间就说不清是感受还是情绪的东西充斥着我的身体，突然间我就变得不知道是纠结还是难过了。

一旁的扣子察觉到了我的异样，一把抓着我微微颤抖的手臂，也一把将我从无尽的回忆里扯了回来。我调节了下呼吸，心里叹了一口气，终归是过往了，我又怎么好再去打扰啊，就如扣子所相信的那样：我知道你曾受伤，我也相信你会痊愈。

正如那句：天地都变了，何须还背负着从前。

"林可以。"

"你前女友？"扣子皱着眉头问我，我丝毫不敢去看扣子的眼睛，我怕一看到扣子眼睛就会想到林可以，毕竟扣子和可以有着一样漂亮的眼睛。

"是啊。"我叹了口气，一直不知如何对扣子说，只好笑笑接着说："都是过去的事了，不提也罢。"

"过去了？你一直不喜欢我就是因为她？这怎么能过去了！今天你非得和我说说怎么回事！"没想到扣子一下就急了，一下就不知所措起来，只好强忍着扣子毫无章法的拳头。

最后在无可奈下只好将我和林可以的事告诉扣子，有时候扣子在听到好玩时会哈哈大笑着骂我傻逼，也会在我和林可以因为闹矛盾赌气一个月不见面时露出忧郁的表情。最后在扣子一声叹息讲完了所有故事，在讲完后我惶恐着心看着扣子，生害怕扣子又突然换了性子又追着什么不放，但是扣子一直看着前面的流去的江水沉默着，偶尔还会微微一笑，我更加不明白起来了。

"你还喜欢林可以吧！"扣子回过头来看着我，紧盯着我眼睛问。

我被扣子这一问吓了一跳，脑袋一下停顿住了，眼睛一下看向别处，却丝毫无法将看到的景物记在脑海里。"胡说，根本就没有的事。"

我脑子里瞬间组织了几百条谎言，来应付这一个谎言。但扣子接下来简短的一句瞬间将这几百条谎言一剑抹杀，扣子看了我一眼后突然靠过来抱着我手臂，然后将头靠在我肩上说："我相信你。"

我完全愣住了，一下脑子里变得空白，又如被扣子捣烂的西瓜一样分不清瓜肉和汁液。接着我"啊"的一声叫了出来，扣子仰起头来看了我一眼又将头靠在我肩上了。

"对了，你刚才说写书是怎么回事？"扣子淡淡地说着，我刚放下的心又瞬间被提了起来。扣子看我长久没说话一拳头打在我胸上，将我闷在胸口的气一下打了出来，我连忙咳嗽。

"怎么了？"

"装死！"

四年前为某人写的书却一直迟迟未完，回过头来再去看那些曾经的情爱，就如同夏日傍晚的烟火一般，美好且短暂，扣子问我那个是个什么样的人，我想了想也没想起那人到底是个什么样的人。对于林可以，我只能想到的是：最终那个实现我梦想的人，并不是我。

啊！那个人到底是个什么样的人啊。

扣子说有机会想要见一见那个人，那个让我一直无法忘怀的姑娘。而我却对扣子说："又何必再去想着以前了，眼前人就是心上人。"扣子不停地捶打着我说着"讨厌"，扣子害羞起来。

从江上传来的汽笛声，惊扰了幕府山的游魂，带起丝丝冷风。这个夜里，我和扣子一直在五码度待到很晚才起身回家，我开始疯狂地想到，我满眼疲惫且带着绝望或伤心地看着他们，我丝毫都不敢相信那些人也曾给带来过温暖。

一阵风来，将一些不好的带到房间里，使扣子变得沉默起来，渐渐地很少露出笑容，也时常独自一人待在房间里玩游戏，还老是在口里念叨这自己就要死了，已经在开始考虑后事了。

在踏进门一瞬间，扣子抬着头来看我，双眼迷离一副刚睡醒的模样，蓬头盖面和衣衫不整地用健壮的双臂从地毯上支起上半个身子。

在见到我后双眼一闪，紧接着露出微笑说："你回来啦！"

我不敢再去看扣子，扣子在地上半支撑着身子的样子无比惹人怜爱，我怕下一秒自己就会失守在扣子的柔情里。我"嗯"一声将肩上的挎包摘下随手扔到一边，再去从冰箱里拿出一罐啤酒打开来喝。

这时扣子眼睛一闪，带着亮紧接着说道："我想好了，反正都要死了，反正日子也没啥盼头，我们两个也终于跨过了好朋友那堵墙，今天晚上就让我们狂欢吧！"

"你这露骨的话是从哪里学来的！"扣子一下变得可爱起来，想要从地上爬起来，在我回过头看到扣子时她已经完全趴在地上了，接着好像发现了我看她后她也抬起头来看我。一瞬间我们都停止了所有动作，就像时间被什么静止了一样，扣子像狗一样趴在地上毫无动静。拜托，扣子！请不要在我面前再展现那么多多余的可爱了，生活已经将我压得快要喘不过气了，你如般可爱样子我更是无法舍去你。

回过神来扣子已经坐好了，才发现手里的易拉罐不知何时已经轻微地变了形状。我干脆又拿到嘴边狠狠地喝上一口才接着说："你要盼的还多着呢，记得小妹吧？他们过年要回老家，问你也要不要去。"

"啊！"

今天中午，在收到小妹发来的信息后就突然忍不住用短信和小妹聊起来了，小妹的颜字句子不是太好认，时不时也会将一些相近或读音相同或者字体大致一样的字替换成原来的字。在嘀咕她一番后我们终于轻松地沟通起来了，不过后来一想，才十来岁的小妹正好对着这些新文化有着强烈兴趣或者彰显自己的特立独行一面时，自己也不由得在心里嘀咕上自己几句。

当小妹问到扣子时，一下我不知该向小妹说，在和小妹分开后发生了太多事。最终我告诉小妹我们依旧很好之类的话，然后小妹说过年时候要回去让我把扣子也带回去之类的话时我心莫名的一颤，一下想到很多。小妹见我半天不回信息又发来短信问我，我才简短的回复一个"好"字。

"不想去啊？"我看着出神的扣子，也向着扣子走去，扣子在听到我说的话后一下又仰面倒在地上盯着上面的天花板一时说不出话来。

"你没骗我？"

将右手的啤酒放到左手，然后再用右手从裤子的口袋里掏出手机来递到扣子面前，却在伸手时没抓住掉在地上，扣子捡起手机后慌乱的输入密码说："在哪？"

"短信里。"

在扣子在短信里看到后又将手机丢给我，一时看着我半天也不讲话来，我紧张问道："你……去吗？"

扣子抿着嘴巴思索了小半会说："去啊，怎么不去呢！你一直不是说你老家晚上的时候能看到很多星星吗。咯，正好想去瞧瞧那是一种什么样的景象。还有啊，还想看看你说的那条清澈到可以下去摸鱼的小河，当然要去啊！"

"什么，摸鱼！"

"对啊，摸鱼。"

一时没跟上扣子的思路，不由得稍微露出惊讶的表情，想了想大冷冬天在扣子脱下鞋子将脚深到冰冷的水里的画面，忍不住丝丝冷汗冒出来。但在听到扣子说着想要去后也如释重负一般，忍不住看着扣子笑了起来。

"那现在有盼头了吧。"

吃饭时扣子将别人送我的一瓶白酒拿了出来打开，再将面前的两个纸杯倒得满满的，我从厨房出来时扣子已经将自己面前那杯喝上了一小口，当然我还没意识到这是白酒，以为这只是开水，因为扣子有这样的习惯在吃饭时候倒上一杯水放着。

"水给你倒好了。"扣子轻微的笑容看着我，期待着我不明真相的喝上一口。

是的，我真没意识到，以为只是平常不过的一天，平常不过的扣子给我倒水，也平常不过地将手里的菜放下然后坐下拿起纸杯来喝上一口。因为刚才炒辣椒的气味掩盖了酒的气味，直到我喝到口里时才发现不对。

扣子见我将白酒喝到口里"哈"的一声就开始大笑起来，又在我将要将口里的酒吐回纸杯时扣子一下起身用手抵着我下颌说："不行，不准吐出来，喝下去。"

我一下急了，口腔里的酒的味道不断地刺激着舌根，我诧异地看着扣子，用另一只手想要拿开扣子的抵着的手，但这时扣子将另一只手也用上了。

"不行，你不喝我生气了！"她一下将手拿开，将面前乘着饭的碗向前一推显得一脸不高兴。我无语，只好强行将一大口酒吞下去，顿时从喉咙开始一路灼烧到胃，我赶紧起身跑到冰箱拿出一瓶冷水来对着嘴狂咽几口才稍稍觉得好些。我虽然喝酒，但都是一些很淡的啤酒，白酒是极少喝。

在白酒下肚几秒钟后一下感觉身子不灵活起来，眼前的实物开始晃起来，我也丝毫不理还一直捧腹大笑的扣子，自己回到饭桌前架起菜塞到嘴里。

"干吗把白酒弄出来？"我皱着眉头一脸不解地看着扣子，而扣子口齿不灵地说着："哈哈，你刚才……哈哈刚才的样子……太好笑了，好玩。"

虽然意外的吞上一口白酒，却并没有生气，重新将扣子推到前面的碗筷放到她面前。

这时扣子才深深地呼吸了几口气停止了笑声拿起筷子来，然后在头埋下去时偷偷看了我一眼，见我张着嘴像小狗一样哈着酒气一下又一阵哈哈大笑。我又是一阵无语，只得用手中的筷子敲了敲前面的盘子扣子才安静下来。

一个恍惚，我好像突然闯入了另一个世界，地上长满了鲜花和前面因为我的突然造访而受惊的小鹿慌乱地奔跑，一阵欢声笑语后又是一阵寂静，仿佛世间再无任何声音，只剩下姹紫嫣红的山谷。又一个恍惚，我置身于漆黑的夜里，前面远处散发着薄弱光线我不能看清具体是何物，我想靠过去，却一下又置身于一场烟酒场所里。

啊——

我愉悦地低吼着，眼前的扣子也渐渐地漂浮起来，眯着双眼微微地含着笑用一只手支撑着脑袋，十分享受的样子。

扣子原来也醉了啊——

我起身将扣子扶到客厅的沙发上坐下，然后才转身去收拾桌上的残羹。在我走到沙发后面时，扣子一下起身趴在沙发上用手一把将我抓住。

"你，不是说好了不跑吗，怎么又想跑了？别跑，我害怕！"

回过头来才发现不知何时扣子已经解开了头上的丸子将头发散下，微微显得杂乱的头发顺着脸颊垂下，将那可爱的脸庞遮挡起来。我用手拨开遮挡着脸颊的头发使那清秀可爱的脸庞再从那幽暗的森林里寻了出来，扣子醉红的脸蛋显得可爱无比，嘴里还轻声地嘀咕着什么。

"我不跑。"我将手指插进扣子的头发里轻揉着笑着说道。

我也坐到沙发上，扣子睁开双眼看了我着我，一下向我靠过来靠在我肩上，然后用另一边的手从头上绕过在我头上用力地敲了几下，嘴里嘀咕着"笨蛋"。

在醉酒后扣子显得格外的温暖，我抽着烟看着一旁的扣子心里喜滋滋的。在将烟头掐灭丢到烟缸时扣子一下将我手臂抱得更紧了，她单薄的衣物能轻易地传来扣子身体上的体温。接着她又扭了扭身子，一瞬间就能更加轻易地感受到扣子的高山沟渠，我立马心猿意马起来，开始思索着扣子刚才在我头上敲打的几下会不会有什么含义，是否如菩提老祖对悟空那般，可我终是没能想起扣子在我头上敲了几下。

我开始想着今晚是否有什么艳遇，是否更能清楚地感受着扣子的高山沟渠，不然扣子干吗将我从不喝的白酒都拿出来了。是的，我就是这样想的，毕竟已经太久没和女人缠绵了。

扣子闭着双眼，微微地笑了起来，然后温暖地说道："啊，你知道吗。那天你说你大学同学现在已经儿女双全了，高中同学小孩已经打酱油了，初中同学的孩子已经在上学了。你不准笑话我啊，那时我就想好了，以后我们要生两个孩子，也不知道你是喜欢男孩还是女孩，所以干脆生一个男孩一个女孩，只是名字一直还没想好呢。"

扣子不知何时睁开了双眼，倚在我肩上，手臂打直着在前面不停地画着，丝毫看不出画的是什么，但我能想到此时的扣子的眼里看到的美好景象所以才会在空中描绘着我们未来的日子。扣子在空中画了一阵子然后才收回手，仰着头看着我，笑了笑然后接着说道："还有啊，上次去新疆的时候是大夏天，还想等着秋天的时候再去看看胡杨林，和西湖边的那棵胡杨树，看看它们十分真像图片里那么美。你想啊，到时候我们手牵着手走在胡杨林里，踩在枯黄的树叶上发出吱吱的响声，水里也倒映着我们的身影，抬头就能看到雪白的天山，天地一片苍凉，是不是有种'红叶晚萧萧，长

第六章 扣子与天国

211

亭酒一瓢'的味道啊？"

"还有啊，你总是说你老家可以在夏天的时候躺在草地上看到很多明亮的星星，我一直在这城里一直没见到太多的星星，偶尔几个也是一闪即过，哼，都是你！"

扣子说着就想我肩上掐上一把，扬起头来眯着眼睛看我一眼后发现我并没有看她又将头靠在我肩上了。扣子的乾坤钳将我从扣子所描绘的美景中扯了出来，转过头去时扣子已经又微笑着靠在我肩上了，如那般时候我会想到会再对一人敞开心扉，原本将自己困锁在无终日的阴暗里，结果也被扣子阳光般温暖的笑渐渐感化，像是一个杀人无数的魔头终有一日开始在佛像前忏悔一样。我看着肩上的扣子微笑着说道："有机会的。"这时扣子又仰起头来看了我一眼又慌忙地将头沉了下去。

"还有啊，等到冬天下大雪的时候，一定要买好多菜在家里放着。我知道你们那边冬天都喜欢吃火锅的，到时候下雪的时候一定要做火锅吃，叫上江离和安安一起吃。嘿嘿，你想啊，窗外是鹅毛般的大雪，天地显得十分寂静，屋内却是此起彼伏的欢笑声是不是很有意思啊？吃完了再去外面堆雪人和打雪仗，是不是很好玩，我可知道几个好地方呢，下雪的时候没人会去的地方！"

啊——扣子是个多有意思的姑娘啊，想到的都是一些有意思的事啊，只是我没告诉扣子在去年下雪的时候我也是和你有着一样的想法，但我更期待有你的下雪天，和你向我抛来的雪球。

扣子淡了淡轻叹了一口气，接着说："要是真有玉皇大帝，还真是想捉住那老儿的衣领问这一切是为什么啊！"

我突然心疼起来，我知道扣子依旧很介意自己，即使我给着无限的关怀也不能将扣子从自己的囚笼里拯救出来。我开始不明白起来，就像我明白那么多道理依旧处理不好自己的事一样不明白起来。

"是啊，我何尝不想抓着那老小儿的衣领将他暴打一顿。"

扣子一下哈哈地笑了，笑得那么坚强，那么惹人怜惜。扣子身体开始往地上滑去，我想去抓住她，可她像泥鳅一样滑，反倒她也将我拖到地上。我在地上翻了个身她依旧没有放开我，在翻完身后才发现自己手臂被扣子抱着枕在头下，我任由我们如此暧昧的姿势，我开始贪婪地吸着扣子身上的香味。

扣子并没有发现身后我的异常，只是自己带着些哽咽地说："还有你前女友，我也想你像喜欢她那样喜欢我，我也想你为我写一本书。可不许偷懒，要写完的，不然到时候就算是阴曹地府我也要缠着你。"

哈——我突然想笑起来，只要缠着我的是你，哪怕是无间地狱也毫无关系啊扣子，我是多希望你缠着我，不过为何要提林可以呢，难道你真感觉不到我有多喜欢你吗？

扣子喝醉了，像一个孩子一样睡在地上，我挪动着身子向扣子靠去，直到我们的间隙越来越小甚至我的胸紧贴着扣子的后背。接着我用另一只手环了过去放在扣子腹部，再借力将自己身子向着扣子靠去，然后才释放了手臂的力量。

一时间我们都不讲话，我不知道扣子在想什么，我甚至也不知道自己在想什么。啊——我想到了，只要如此和扣子躺在一起就好了，还有什么事能比怀里的扣子重要，什么都没有怀里的人儿重要，我是这么想的。怀里的扣子的身体散发淡淡的香味，我一口一口无休止的吞起来，呼吸出来的热气不一会儿就被一旁的空调把温度降了下来，但气浪还是不停地敲打着扣子光滑的脖子，以至于扣子伸出手来在脖子上挠痒痒。

我开始胡思乱想起来，毫无念头的胡想起来，在酒精的作用下越来越疯狂，像是身体里关着的洪荒猛兽费尽千万年终于挣脱枷锁一样。时空扭转、羽化飞升、金銮大战等一系列念头不断在脑海里构成画面，但最终还

第六章 扣子与天国

是被那西天如来的一个巴掌拍在地上。这一切是多么的不公平，我是多么的不甘啊！后来我听到了嘤嘤的哭泣声，扣子的身体开始微微的抽搐起来，我将放在怀里的手移到扣子胸前，用力搂着扣子，虽然能感受到那高山沟渠现在却全无心情。啊！是这样吧？一定是这样的！是吧，这一切是多么的不公平！任我用尽法力，也无法改变这结局。

扣子说："你喜欢我吗？"

我答："不喜欢。"

那么羞耻的话我怎么说得出口啊扣子，你可知道，你早早就闯进了我心里，我早就想将你占为己有了。我的喜欢已经远远超过了喜欢了啊，扣子，那种已经不能用喜欢来形容了，是爱啊！笨蛋！难道你还看不出吗？

第七章
黎明前的爱

扣子身体一颤，瞬间变得安静无比，身体一下像刚从冰窖里拿出来一样冰冷，扣子心凉了，身体也变得无比冰冷起来。一瞬间我又十分厌恶起自己来，就是莫名想到自己就感到恶心。

"我早就不再喜欢你了，因为我早就爱上你了。"我搂着扣子不想松手，我想就此沉在扣子温暖的海洋里。扣子身上的温度让我心猿意马，我开始有着原始的冲动起来。

"啊！"扣子的脖子一下变得僵硬起来，在我的呼出去的热气下一下紧绷起来，紧接着是手臂，直到最后整个身体都紧绷起来，她喉咙里发出低沉的声音，嘶吼着，咆哮着，但都毫无作用。

被扣子枕着的手臂弯回来死死地锁着她的脖子，另一只手开始向她的高山登去，直到最后在我的指挥下整个手掌都覆盖在上面。扣子身子微微颤一下外并没有阻止我，在酒精的作用下这更让我有了想要一探究竟的欲望，是的，我甚至已经开始想到后面扣子的巴掌打在我脸上的时候，骂着我畜生禽兽之类的话，当然同时我也想到好了解释，那就是酒喝多了，但怀里的人并没有如我想的那样。

扣子被我用胳膊锁着脖子，我一下变得猖狂起来，那只放在扣子胸上的手开始向用力地揉捏起来，以至于它在我手里不断地呈现着不同的形状，她突然发出"啊"的一声把我吓了一跳，一瞬间神魂离体，呆在地上。

月光悄悄地洒满地，被清风卷起的窗帘在地上影出一块巨大的影子，却使原本黑暗的地方亮堂起来。一声汽笛声惊醒落在树上的休息的夜鸟，扑哒地飞走，又一阵风来，将我手指间烟草燃烧后的烟灰吹散一地。

翌日，终于迎来了期待已久的周末，但一如往常一样被扣子早早拉起。

在我从床上爬起来拖着疲惫的身子在卫生间洗漱时扣子已经买好早饭回来了，见我已经起来一下笑了起来。

"哟哈喽！没想到你这大懒虫也能自己起来，不错不错，奖励你个包子。"扣子一身清爽打扮，印着卡通图案的T恤包裹住瘦小的身子，棉质宽松的短裤下又有两条细细长长行动自如的双腿，头发稍微显得杂乱扎成一个丸子系在头后，真是青春靓丽啊。

扣子说着就向我跑来从袋子里拿出一个包子塞到我面前，被扣子这突如其来的举动吓着了，一不留神将口里的漱口水也吞了下去。原本还想问刚才那是什么鬼打招呼的方式，但被面前着热气腾腾的包子瞬间吓得说不出话来。

挤上开往中央门的公交开始了一天同扣子送快递的日子，说实话，这样的大热天我是十分不想出门的。因为走上几步路就会流上一身汗，在扣子的强烈要求下只好换上深色衣服同扣子一起奔走在幸福的康庄大道上。

一路我们默契的都不讲话，直到从中央门下车后扣子在人群里招呼着我以防走丢。

"我又不是小孩了，还怕我走丢啊。"从小市到黑龙江路这一片可以说是十分熟悉了，不敢说闭着眼睛都能走过去，但至少不会存在下车两眼一抹黑，啥都不知道的地步。

"嘿嘿，谁管你啊。是让你看看那边小摊上的饼，很好吃的，每天早上都会买上一个。"扣子笑嘻嘻的一瞬间将我满肚子的苦恼化为乌有，灼热的阳光似乎也低上了几度。

看了一眼那边的小摊，丝毫提不起兴趣，又胡乱地看向更远处或前面走过的漂亮小姑娘。也就几眼的功夫，扣子已经站在那小摊面前开始指指点点了，无奈也只好快步过去。

"真是想不通你这小小的身体怎么吃都吃不胖，真是嫉妒多少人啊。"我走到扣子身后看着扣子不断地和小贩聊着，不由得好笑起来，平淡的早晨，平淡的对白，心里却丝毫感觉不到平淡。仔细想来，在遇到扣子后自己也生活不再是三点一线，也开始每天不一样起来，有趣的事越来越多，经常能笑上一整天，扣子说不完的话和稀奇古怪的想法真让人感到诧异。

在走到经贸大街那个路口时扣子突然向玉桥的方向走去，一直闷头走在前面的我在走到前面的门面店时候才回过头来发现扣子不见了，我一惊，莫非扣子自己迷路了？我赶紧向后跑去，等还没走上几步时就看到扣子站在路口的电线杆下一个劲地冲我笑，接着再看到她用手指了指玉桥的方向。

"去哪，不是应该走这边吗？"我还在纳闷为什么要往这边走的时候扣子用手指在空中做着勾引的动作说："Follow me。"然后转身就快步跑去了。

在扣子领着我走上那条"幽灵小道"的时候我眉头皱得更深了，从小道那边下去还要往回走上一段路，着实不知道扣子为何要绕上这一段。

扣子也不说话，只是在前面走着，头也不回，丝毫不顾及后面大汗淋漓的我。小路被特意打扫过，以前破损的木条也因快要举办青奥会的原因被换上了新的木条，许久不来了，突然变得陌生起来。我一下想起那个晚上，在扣子向我表露心意的那个晚上，一瞬间想起了太多，也突然变得揪心起来，看着前面的扣子心里竟叹了一口气。

在走到那晚扣子向我表露心意的地方后，扣子停在前面，我一愣，隐隐担心起来。在扣子回过头来看着我时，我心里咯噔一下。

"你这个人，真是一出门就流一身汗水！"扣子快步地走到我面前，接着又从肩上挎着的小包里掏出巾纸来擦着我的脸上的汗水。

我开始惴惴不安起来，也却又不敢张扬，只好尴尬着笑着说："你说少喝点水会不会就不会流这么多汗了？"

扣子手里顿了一下，眼睛看着我像是突然被我一句点醒证道了一样"噗"地一声就笑了："哈哈，你下次可以试一下，我的宝贝儿，你还真可爱呢。"扣子将我的脸捧起，使劲地搓揉着也丝毫不顾我不停流下的汗水。

"没有没有，世上再没谁有你可爱了。"我嘟囔着嘴说着，扣子手里的纸巾已经完全被我的汗水湿透，但我身上的汗水仍不停地向下流着，不得已扣子再从包里掏出纸巾来给我擦。

在路过安安的房屋时惊奇地发现安安站在窗前伸着懒腰，"哟哈喽，早啊。"扣子将手臂举过头顶向着安安摇晃着。安安发现后也"哟哈喽，早"地向我们摇晃着手臂回应着，我开始想莫非这种奇怪的打招呼的方式会传染？

扣子一个阶梯一个阶梯地蹦着跳了下去，直到最后蹦着出了派出所的大门，显得极为高兴。在小店门口时扣子丢给我一瓶大罐的啤酒，我纳闷地看着扣子。

"怎么是啤酒，一大早就让我喝酒？"

"你喝就是了！"扣子拧开自己手里的矿泉水没好气地看了我一眼，说实话，即使和扣子相处这么久以来，很多时候都不知道她在想什么。

我看着手里的啤酒一脸坏笑着说："难道昨晚上还没爽？"

扣子嬉笑的脸一下紧绷起来，气氛一下变得微妙起来，扣子尴尬地用手摸了摸扎在头后的丸子一下怒了，"你还说，吃了老娘豆腐，今天非得让你爬几十遍七楼！"

随后扣子说着就追着我用乾坤钳，我一个滑溜将身子移了过去让扣子扑了个空。

扣子紧追不舍，却怎么也追不到我，不由得开始怒了，站在原地大声说着："你回来，别跑!"

我一见大事不妙，只好乖乖地走了过去等着扣子的惩罚。扣子下手也毫不含糊，在胳膊上使出拿手的扭转乾坤钳后才得意地仰着脸蛋笑着。

"我这着实撞了个大冤啊，昨晚啥事都没干，白白被掐。扣子，要不晚上我们再喝点白酒?"想到昨晚自己酒后探索着扣子的高山沟渠时，心里不禁的笑了起来。

"你还说!"

"扣子。"我将手里的冰凉啤酒狠狠地喝上一口看着手啤酒呆了起来，也丝毫不理扣子的乾坤钳。在喝上两大口后接着说："以前也有一个姑娘在第一次见面时也丢给我这么大一罐啤酒，还是在大街上，想想那时就觉得好笑。"

一下想到以前发生过的一件事不由得笑了起来，那会还是在重庆的时候第一次见到那姑娘的时候，姑娘从身后拿出一罐啤酒来递给我，把我愣在原地的场面到现在一直记忆犹新，偶尔回想起来那段日子也是会露出开心的笑容。

"你前女友?"扣子一脸狐疑地看着我，微微地皱着眉头。

"不是!"

"你还有其他女人?"

顺着斜坡上去那边是一片老式的住宅，密密麻麻的，可见当时的繁华。但现在小楼房已经变得残破不堪，用石板铺的马路已经在很多处都出现残缺，而现在只有在附近居住的老人还坚守在这里做着小生意，更多的年轻人已经住进了装修亮黄的楼房里。

扣子向着太阳的方向奔跑着，不断的驱逐着心里的黑暗，直至最后春暖花开。而此时的阳光也从平房一角照射下来，被遮挡的阳光不能全部照在墙上，那片阴暗在墙上影成一块巨大的三角形，而蜷曲在墙根一角的小狗依旧打着盹，杵着棒子的老人依旧平静地坐在树下纳着凉，仿佛对于这太阳的东升西落和突然到来的两个陌生人毫不在意的样子。

"扣子，你知道我在想什么吗？"从巷子里出来后见到扣子不停地将篮子里的快递拿出来放到地上，也突然发现眼前的人变得比以往都要美了。

阴暗里，扣子放下手中的快递转过身来问我："什么？"

"我在想要是以后我们老了也能住在这样的地方就好了，平静、安逸、却又不失人情。"

一瞬间扣子呆在原地了，看着我一时说不出话来。扣子站立的地方刚好阳光照射不到，从一旁反射过来的光线将她的一半张脸庞照得透白，在原本显得可爱的脸庞上又添上几分魅惑。不知何故的，一瞬间扣子脸色变得红润起来，浅浅的露出笑容，变得狐媚无比，随后淡淡说道："切，就是不想给我买漂亮的大房子呗！"

扣子一个摆手后，顺便摸了下头后的丸子确认没散后继续整理着快递，我淡淡一笑，也上前去整理。

低头抬头间看到扣子微红的脸庞自己竟不好意思起来，扣子飘忽不定的眼神更是让我心动，微红的脸蛋显得特别可爱。不经意间和扣子的对视扣子竟然害羞的瞬间避了开来，我竟也跟着老脸一红害羞无比。

扣子白净的脸上洋溢出温柔的笑容，再看着扣子时候却也觉得那些原本耀眼的阳光现在也突然变得柔和起来，那飘在天空的云朵此时也像一团一团柔软的棉花糖一样显得特别可爱。

长久的沉默总会有一方最先开口，我问，没问题吗？她说，我可以假装没问题！

终于结束了一天的快递生活，就想立马什么也不管不顾的躺在地上了。

在外面简单的吃过晚饭后天已经暗了下来，回去时我主动提出再走一遍那条"幽灵小道"。没有灯光的小道显得寂静无比，它包裹着来往散步人的忧愁与哀乐，也包裹着我的疲倦和扣子的孤独。

黑暗里我仿佛更能体会到扣子内心想法一样，扣子虽然看着一脸欢笑，却在我不注意的时候胡思乱想着，几次见到扣子独坐发呆时胸口都会剧烈的疼痛起来。我知道扣子爱我远远胜过我爱扣子，同时我也知道我欠扣子的可能一辈子也还不清。

扣子走在前面，在我准备打开手机的手电筒时被扣子制止了，扣子说："别，黑暗虽然不能给我安全感，也它能让我在人群里显得不那么孤独与寂寞。"

我跑到前面用力抓着扣子的手缓慢地向前走着，我们肩并肩行走在漆黑的夜里，一步一个脚印，每一步都能踩出一块如春的柳暗花明来。

"但也会让处在其中的人更加寂寞。"我蹑手蹑脚地走在前面，每一步实实在在的踩在地上后才会接着向前迈出下一步，我开始知道，即使我心向阳，但阴暗总是会伴随着我左右。

离开"幽灵小道"回到有着光亮的马路后我回过头去看着扣子，在扣子的笑容里松开了扣子的手。是啊，我们出了黑暗，现在应该肩并肩地向着更光明的世界走去。

晚上扣子又拿出白酒来喝上两口，喝得我一阵头大。扣子跑到卫生间干呕几下也没吐出什么来又跑回来端起面前的纸杯喝上一小口，我没有去阻止扣子，扣子一定是有什么难以开口或者什么伤心事才会喝酒的，扣子情愿选择用酒来伤身也想趁着酒劲将其伤心的事儿吐露出来，虽然她最后什么也没说。

我一阵心疼起来，不知如何才能解开扣子心里的结。扣子在不断的疏远我，我是能感觉得到的，扣子用她的方式保护着我，这却让我更加心疼。

半夜里准备起来喝水的我，却被怀里的扣子吓了一大跳，扣子在我动静下也醒了过来，转过身来揉着眼睛看着我。一瞬间所有的困意都烟消云散了，留下的都是满腹的震惊，一时间说不出任何话来。

"你醒了啊?"

"嗯，你……?"

"你房间空调凉快!"扣子说着毫无边界的谎话，我是清楚知道的，她房间的空调是房东新买的，而我房间用的是老式的，偶尔还不灵。当然我没去拆穿扣子的谎话，只是笑了笑便起身去。

"要不要喝水?"

"要。"

此时我才看清扣子的眼睛有着细小的血丝，睫毛也不再是一根一根的，像是刚哭过似的。扣子递过手里的杯子重新用毯子蒙着头躺在床上，一时我不知道我该不该爬上去。

她紧接着说："关灯，睡觉!"我才关好灯坐在床边一时半会也不敢躺下去。

直到她伸过手来拽了拽我的衣服我才仰面平躺下，被扣子这一下也瞬间不想睡了，睁着双眼借着窗外微弱的光线看着悬在天花板的灯。

"你刚才没睡着吧?"一时的沉默后我终于鼓起勇气说了出来，像是电影里刚刚复活的人一样。

"嗯!"

然后又是长久的沉默，扣子扭动着身子向我靠拢，一把将我手搭载她身上，我见状干脆侧过身子抱着她起来，心里却开始惴惴不安起来，手里不敢有丝毫动作。

直到随后扣子的身体轻微一颤声音开始轻微地哽咽起来说："我想你抱紧我，我知道你会跑的。"

"不会，我不跑。"我紧紧地抱着扣子的身体，一片祥静，再无心猿意马。我知道，她在担心我哪天会离开她，但我不会，绝不会。

一会儿后，黑暗里扣子死死地抓着我的手，将我手往上移动起来，放在胸口，就想小孩子好不容易得到心仪的宝贝一样。慢慢的扣子把我手移到她的内衣的，我一下愣住了，想要抽回手来却被扣子死死地抓在手里，我不敢再有什么动作，气氛变得尴尬无比。透过手掌，我感受着扣子心脏剧烈地跳动着，它就像一台发动机一样源源不断地为身体各处输送着能量。我心脏也跟着扣子心脏跳动的节奏跳动起来，一瞬间我们有着相同心率，相同节奏的呼吸。扣子身体开始发热，最后隐隐感到灼热，却又在扣子的柔软的双峰间化为一片清凉。

"自己也不知道在什么时候喜欢上你了，后来想了想，应该是第一次来你家你为我做饭的时候。"

"一个做饭那么好吃的人也就不是坏人，后来又想了一下，最有可能是在那个时候每天等你下班回来吃饭的时候喜欢上你的。"

我无法应答，可以说不知道如何去应答，每每此刻我总是显得愚笨无比。可是扣子你知道吗，在你渐渐地喜欢着我的时候，我早就爱上你了呀！

"我可是在第一次见你的时候就觉得我们之间好像会发生什么的啊！"

扣子身子一颤，长长地出了一口气，在相互道过安晚后我紧紧搂着怀里的扣子比以往抱得更紧了。扣子在梦里喃喃说要是没有发生这样的事我们可能现在就在一起了。

扣子啊，我怎么会介意啊，不管是过去的你还是现在的你，都是我最喜欢的啊。

扣子，我不会跑的，你在那我就在那。也请你别担心，我们会在一起的，直到满头华发。

　　早上醒来的时候扣子已经醒过来了，睁开眼睛看到的是扣子，突然想到那么一句话：每天早上醒来看到你和阳光都在，就是我要的未来。

　　扣子发现我也醒过来后便放下手中的手机，用手捧着我脸微笑着轻柔起来温柔地说道："你醒了啊。"原本还想再眯一会的我在扣子这样一揉下也瞬间没了再睡的想法，只是依旧闭着眼将扣子搂在怀里，贪婪地享受着这美妙的早晨。

　　我渴望的无非是在每天下班回到家里后，你已经做好了晚饭说着你回来了，或者在寒冬的深夜通宵写稿做计划时你递过来热水，然后再道过晚安后轻着脚步关上房门返回房间休息，我无非是想你快乐地和我在一起而已。

　　"嗯，醒了。"我在床上贪婪地吸着怀里扣子身上淡淡的香味，它们在我一口一口大肆吞噬着的同时也纷纷融入我身体的每一个角落，源源不断地为我提供能量。我轻声道："今天还要再送快递吗？"

　　"休息呢。"

　　不知何故，我突然感到无比的幸福，整个身体酥在扣子面前。心里开始不断呈现着和扣子未来日子点点滴滴的画面，我开始想着那个晚上扣子说生孩子的事，也一瞬间儿女绕膝相互追逐的画面呈现在心底，然后又突然想起为孩子取名字这事又一阵头疼。一想到这些就情不自禁地笑了起来，都给扣子笑话了。

　　"你笑什么？"睁开眼后发现扣子已经瞪着眼睛看着我了，我尴尬一笑。

　　"没什么。今天有什么安排吗？"

　　"嗯，约了安安和江离吃饭，然后逛街吧。"

　　我一下清醒过来了，完全忘记了手在扣子背后的小动作，纳闷地看着扣子。要说扣子约安安吃饭还能理解，约上江离就有点想不通了。不过随后扣子接着说："是安安让叫上江离的，反正大家没事凑在一起玩嘛！"扣子时候看出了我的担忧，自己先是笑了起来。

我无奈，一瞬间头痛无比，江离原本就不大待见扣子的，在扣子发生这样的事后我想江离更加不待见扣子了。对，我不能告诉江离，死都不能对他们说。

"也好。"我从扣子的头下伸过去一条胳膊将扣子紧紧地搂在怀里，扣子变得珍贵无比，我不忍再让扣子受到一丝伤害。

在见到江离和安安时已经接近中午了，正好趁着午饭一起解决。在和安安对视时会发现安安显得不自在一样，眼神迷离，丝毫不敢看着我眼睛超过两秒以上。我好奇地打量着一旁的江离发现江离也显得慌张无比，我不由得好奇起来，难道他们之间发生了点什么？

"怎么了？"我好奇地问着对面和扣子坐在一起闲扯的安安。

"什么怎么了？"没想到安安反过来问我，一脸不屑地白了我一眼，弄得我一阵摸不着头脑。

我又看了看一旁的江离，江离在发现我看着他时也回过头来尴尬一笑也不讲话，我则更好奇了，从刚才的一见面气氛就显得无比的尴尬。我并不是对那些八卦有什么感兴趣的，可唯独对着江离和安安的小八卦有着强烈的兴趣，偶尔爆出一些让人捧腹大笑的话题也是不错的茶饭间的小甜点。

"哼，有些人就应该多吃蛇胆！"安安小嘴一嘟，使着小性子将面前盛满茶的杯子推倒在桌子上，一脸不高兴起来。

"为什么要多吃蛇胆？"我纳闷了，丝毫不知道安安打着什么谜语。不由得向一旁的江离看去，江离在安安说完后变得更尴尬了，拿着一旁的纸巾尴尬着笑着开始收拾安安弄倒的茶水。

"你们在说什么？打什么哑谜，能不能不要欺负我们！"我看了看扣子，发现扣子也是一头雾水。

"嘿，昨天你们是没看到，你身边这位大街上抢人家老婆还出手和别人打起来，好玩！"安安没好气地看着江离，江离在发现我们三人都注视他后倒水的动作一下僵在空中，尴尬地一笑然后连将重新倒好的茶水推到安安面前，安安也自然的端起抿上一口，仿佛什么事都没发生一样。

"怎么回事？"我一下被安安的话震惊了，这简直是我听过最劲爆的消息了。安安真真切切地说着电视剧里的桥段，我和扣子都扯大了耳朵听。

江离看了扣子一眼后眉头稍微皱了皱，然后才转过头来看我，随后才淡淡地说："碰见刘虎骂文秀，就上前去和刘虎理论了几句，没想到那家伙完全就是个无赖，没说几句就打起来了。"

"啊！"扣子先是大叫起来，随后看了我和江离一眼后又尴尬地将头扭到一边。

在昨天江离和安安上街溜达时，正巧碰到刘虎和文秀因为一些事争论不休，安安是不认识刘虎和文秀的，但也被江离拉着停下来在一旁听刘虎和文秀争吵。在一段时候后刘虎和文秀好像并没有争论出什么结果来，于是刘虎一气之下顺手打了文秀一巴掌，江离原本绷着的心也随着刘虎这一巴掌一下猛烈地跳起来，上前就是一把推开刘虎。文秀在见到江离后露出诧异的表情，但这一切都被刘虎看在眼里。刘虎一下明白了过来，勾引自己老婆的就是面前这个小白脸时一下怒发冲冠，加之上一次我和刘虎火拼时江离也帮忙，更是看着要熄灭的火星一下又燃了起来，顺着引线一下将刘虎胸中那桶炸药引爆。

于是刘虎老账新账一起算，也不管一旁拉着文秀，瞬间就和江离打成一团，文秀和安安怎么都不能拉开。刘虎对着这个以前就有着仇现在又来勾引自己老婆的人自然下手也狠起来，江离这边也不甘示弱，拎着拳头一拳拳打在刘虎身上。

江离长出一口气说："你们说像文秀那么好的女人怎么就遇到这样一个渣？"江离愤愤不平地紧握着拳头，一拳打在桌子上显示着自己的愤怒。

我听到江离讲完后震惊得说不出话来，却又十分理解江离。我看了看坐在江离对面的安安，发现安安脸上露出淡淡的失落感，安安的失落来自爱着的江离。安安在昨天事后一直追着江离问，江离只好老老实实将事情的原委毫无隐藏的讲给安安听，包括扣子的事也多多少少地说了一点。

　　"嘿嘿，你们说，这是不是很好玩啊，当街抢别人老婆。你们可不知道，那会围了里三层的外三层，真是好玩呢！"安安一边喝着茶一边不屑说道。放下茶杯后又小嘴一撇说："当街抢别人抢一个已婚小孩多大的老女人，你们说是不是该吃吃蛇胆明明眼！"安安的醋坛子是彻底打碎了，损着江离都带着一股酸味。

　　江离也不好说什么，只是尴尬地抽着烟笑着。

　　扣子也大致听出了不一样的味道，看着我皱着眉头，扣子虽然知道江离和安安的关系铺设迷离，但这明显能感觉到的醋味让扣子一下摸不着头脑，在那次电影院发生的事和在伊犁时安安向我吐露的心思我都没告诉扣子。

　　"你不能这么说，人家也……"江离在一旁试着反驳安安的话来，却说到一半就被安安立刻抢了过去。

　　"也什么，人家也什么，我说的不对？人家小孩都上小学了，都三十好几了难道不对？"安安在听到江离说话后立马不爽起来，又将面前的茶杯一把推倒，然后抱着手靠着墙嘟着嘴，气鼓鼓的。

　　安安因为这事和江离争吵更加不开心了，靠着墙独自生着闷气，以至于扣子上去安慰也丝毫不见效果，而江离只好将手里的烟丢到烟缸里又抽出纸巾收拾着残局。不知江离是担心安安再次将杯子打翻怎么的，竟然没有往安安的杯子里盛水，这又惹恼了安安，"水呢！"安安没好气地看着江离，我拍了拍江离的肩，想笑又不敢笑。

　　"这里，马上满上，满上。"这时江离才又重新给安安的杯子里装满茶水，安安在见到后又重新抱着双手靠着墙壁独自生起气来。

看着江离和安安的样子，我和扣子都忍不住偷偷地笑起来。江离没有错，安安也没有错，文秀和刘虎也没错，错的是这个世界，江离错过了和文秀相遇的最佳时间而已。正如那句：世界上没有偶然，有的都是必然；抑或者：所有失去都会以另一方式回来。在安安和江离闹上一通后安安才明白过来自己那么喜欢江离，而江离也才在安安的话里知道了他和文秀原本都是两个世界的人，而还有更为广阔的天空等着江离翱翔。

吃饭时话也相较以往聚会少了很多，大家都默契地默不作声，偶尔眼神上的一个交流也快速地将视线移到其他地方。安安伤心了，抱着啤酒就狠狠地喝上几大口，也不往小杯子里倒。

由于安安还生着江离的气，所以只带着扣子去逛街了，我和江离只好返回小市江离家里。

一小段路也足够我大汗淋漓了，从江离家卫生间洗好澡出来时江离正好刚从冰箱里拿出啤酒来返回房间，在见到我出来后就立马丢给我一瓶。我坐在空调下面，用未开的冰凉易拉罐不断的在身上滚着，凉意穿透着我的身体，让我无比舒服。

江离看着我说："你说文秀回家后会怎样？"

江离三句话不离文秀，我甚至开始感到厌烦起来，有种立马给抓几条蛇挖出蛇胆塞到江离嘴里逼着它吞下去让他明明眼的想法。

几瓶啤酒下去我竟然微感醉意，想要再点上一支烟却发现烟盒里已经没有了。我看向江离，江离也摊着表示没有，随后又说："外面阳台那边好像有一包。"

等江离说完，自己先咽下一口啤酒就准备起身去拿时，江离又说："你是不是在和扣子谈恋爱了？"

我一愣，看着江离想不明白怎么突然提这个话题，对于扣子的许多事我都没告诉江离，我也知道江离至今也对着扣子保留着意见。"嗯，怎么了？"

"你们做过了？"江离显得小心翼翼起来，在听到江离这话后我诧异无比，摸不着头脑地看着江离。

"没。"

在出了房门后因为江离这句话想起最近扣子总是半夜爬到我床上，我偶尔也会感受着扣子的高山沟渠，想起这些竟情不自禁地笑了起来。在阳台那边翻找一下后就轻易地找到江离说的烟，拿起就返回房间。在路过茶几时意外的向上一撇，杂乱的桌面上一打开盒子里的一块形状奇特的玉佩引起了我的注意，我一恍惚也顺着将其拿了起来在手里仔细端详着。

玉石放在手里有着丝丝的凉感，通体呈白却有着非常浅的黄，不仔细看真不容易辨别出来，却又在玉石里面布满了细小红色血丝，像极了传说中的血玉。我也说不上什么来，只觉得形状不错，触手冰凉也就把玩起来。

我拿着玉佩和烟就返回房间，江离看着我手里的烟也丝毫没有注意到玉佩。在将烟扔给江离后就将玉佩拎着问："这哪里来的？什么时候开始搞收藏了。"

江离返回身来看着我手中的玉佩，一把将玉佩从我手里抢走，随意地说道："你说这个护身符啊。"

"护身符？"

"反正安安是这么说的。"江离也拿在手里端详起来，"嘿嘿，安安当时给我说这可是他们家的传家宝，传男不传女那种，结果他们家就只有安安一个，就给她了，然后那次找她玩她就给我了。当然什么传家宝估计也就是瞎编的，还让我一直带着，你说现在谁还玩这个啊。"

我看着江离笑了笑，开始不明白原来一直机灵无比长着七窍玲珑心的江离怎么一下变得愚笨无比了，江离随后接着说："现在想想当时安安一本正经的给我时候我还以为是什么宝贝呢，没想到是这个。诶，你说要是真的肯定值不少钱，看来什么时候还得找个懂行的人了解一下，然后卖掉也是不少钱。"

江离的话吓了我一大跳，我赶紧说："别啊，这东西可不能卖，要是不喜欢可以还给安安都可以。"

"说着玩呢！哈哈！"

我忍不住在心里将江离大骂一番，甚至还想立马弄个小人写上江离的名字每天用针扎才解气。

随后江离看着我收回了无耻的笑容淡淡地问："扣子是个什么样的人？"

我说："扣子是我最喜欢的人！"

谈话间隐隐约约知道江离果然还对扣子抱着些看法，我开始不解起来。一阵无话后原本是想着告诉点扣子的事，让江离明白扣子是多么可爱且温柔的姑娘，但终究没能开口。很多事从别人那里听来的远远不如自己亲身感受到的，我知道此时任我如何向江离说扣子的好，江离依旧不会改变对扣子的看法。

正如我不明白江离和安安和文秀他们之间一样，我和扣子不能活在江离的看法里，我们得活出自己的生活，江离和安安甚至是文秀都明白这个道理。

晚上由于之前和扣子通过电话，所以在扣子回来时候刚好在家做好了晚饭，正在我收拾餐桌上的杂物时，紧锁的房门上的锁芯发出"叽叽"的声音，随后门开着一条细小的缝隙，我等了许久也不见有人从缝隙中出来。

正在我准备叫的时候一个头从门后伸了出来，瞪大了眼睛在房间四周瞅了瞅，最后看到我时"啊"的一声才完全将房门打开露出整个身体来。

"在外面都闻到一阵香味，嗅了半天原来是我们家，还以为进贼了呢。"

"贼？"我不由得略感惊讶一下。

扣子紧盯着桌上的几个菜微张着嘴巴眼睛放出光来，像是只贪吃的小猫一样，然后转过头来嘿嘿地笑着再拿起面前的筷子开工。

"你们跑哪里玩去了，这么晚才回来？"看到扣子高兴的样子，自己也乐了起来，瞬间将刚才炒菜时被辣椒熏得眼泪直流的尴尬场面忘到一边。

"海底世界，顺便在灵谷寺溜达了一下。对了，回来的时候看到好多人拿着相机在灵谷寺拍萤火虫，什么时候我们大晚上也去看看。"

"是这个季节吗？"

"嗯啊，难道你不知道啊？"

"不怎么在意这些。"

"切，不知道就不知道呗，你们老家萤火虫蛮多的吧，毕竟星星都那么多。嘿嘿，是不是你晚上把萤火虫当成星星看了？"扣子一脸一狐疑地看着我说。

在扣子见我不说话后自己尴尬地一笑又接着说："在海底世界时候还是第一次看到水母呢，装在一个小的圆形的玻璃箱里，那水母就在里面游，咻——嘭！感觉像放烟花一样特别好玩。"

扣子不断地向我有声有色地描述着今天发生的一些有趣的事，我也在一旁听得津津有味，时不时也参与到扣子的话题里，一度欢声笑语和打骂声，顷刻间我浑体一透，一阵仙音妙语传来，身体竟不自觉地飞向那三十三重天。走在天兵把守的宫宇里，一旁清颜白衫，轻移莲步，起扇秀舞，体长优美妖妖艳艳的勾人魂魄，一颦一笑尽动人心魂。一旁头饰盛开芍药，焚香紧袍的掌炉红衣女子突然放下掌中的香炉，抬手间竟琴声幽幽，时而如金戈铁马，寒冰烈火；时而如松间朗月，清幽明净。

扣子像是误食开心果一样，再难见到半丝愁云，我突然心动了，在眼睛一闭一睁间。

"好了，你别说了。我现在都后悔死了没跟着你们一起出去，看到你们

第七章　黎明前的爱

玩的那么开心可苦了我和江离两个大老爷们呢。"

"嘿嘿——"扣子得意地笑着，不断地向我挤着眼，见我皱眉后才话一转接着说："你和江离怎么了？"

"还能怎么，在他家大眼瞪小眼呗！"

短暂的周末结束后又回到上班的日子，不知何故的在上班时整个脑子里都是扣子的影子，只要一闲下来就会想到扣子。我心慌乱无比，却又十分享受这种状态。

在被领导察觉到心不在焉痛骂一顿后竟然产生了辞职和扣子一起日出而作日入而息的疯狂想法。后来我为这个想法了作出了实际行动，我真恍惚着写好辞职信递交到领导手里，在整理好东西出了公司大门依旧觉得这一切简直不可思议，自己何时变得这般冲动了？

在抱着纸箱找到扣子时扣子一脸诧异地看着我问发生了什么，我抬头看了看火辣的太阳说："我觉得一个人在那边上班还没有和你一起送快递开心，于是我就来了。"

扣子也笑嘻嘻的一把从我手里夺过纸箱，转身向前走上两步然后再转身回来"哈"的一声说："那你可要小心点了，我下手可狠了，那边几个大个的快递看到没，就分给你了，哈哈。"扣子再说完后又慌忙地朝着不远处几个竖立着用蛇皮袋包裹着的快递跑去，然后一只脚踏在上面做出一个很拽的姿势。

我一下好像想通了什么一样看着扣子笑了起来，是的，我想到了我为什么辞职，在见到扣子后我一下顿悟了。正如刚才和扣子所说那样，整日在那边想着扣子还不如过来和扣子一起奔波在幸福的道路上，就算是道路崎岖难走，充满了烈日和暴雨，但只要是和她并排着前进，心里也甚是觉得开心。再者在扣子事后更是觉得对扣子的亏欠，也想在这阳光明媚里亲口对她说着一些俏皮的情话。

我向扣子走了过去，拿过扣子手里装着我的过往的纸箱将其丢到一旁，最后看一眼后转过身去一把将扣子抱了起来。顷刻间说不上的喜悦笼罩心头，忍不住将扣子抱着转上两圈才在扣子的笑骂声里将其放下。

在头顶烈日脚踩黄土背朝天时，看着扣子蹲在一旁不断的整理着今天还剩余的快递，我问扣子说有没有想要特别去的地方？扣子说想要去海边，长这么大还没看过海呢。我一阵无语，不知该怎么说。

几天后我们海边没去成，坐车去了安安老家和我上学的城市，武汉。当晚在我又提到这事后，扣子不知从哪里拿出一份地图来不断地用手指在上面比画着，最后右手食指指着武汉的地方敲了敲说："就这里吧，武汉，你上学的地方。"我一愣，没想到扣子最后选了武汉，那个让我充满了回忆的地方。

从汉口火车站出来后扣子一直紧抓着我手，想着太久没回到过这里，心里油然的产生一种归属感，毕竟在这里挥洒过自己的青春，最后也就沿着熟悉的道路绕到后面车站里坐上 10 路开往武昌火车站的公交。从古琴台到小龟山，再从长江大桥到黄鹤楼，我一路不停地向扣子介绍着武汉的风土人情和当年在这里发生的一些趣事，扣子听得起劲，偶尔也会露出诧异的表情。

最后我们在阅马场站下车，因为扣子看到黄鹤楼就不想走了，非要下去看看这"天下江山第一楼"不可，不过原本也是想着在这里下车，车再往前就到火车站了，那边又杂又乱想起以前真是让人心里不愉快。

对黄鹤楼大失所望的扣子非要去户部巷狠狠的吃上一些才将心里的不爽平复下来，我看着扣子一路生气的样子也显得十分有趣不由得笑了起来。

扣子最后撒着小脾气一个人走在前面，向着洞子走去，每走上一段路就会回过头来看着我。而每在她转身回头看我时我都立马矗立不动看着她傻笑，竟相互玩起 123 木头人的小游戏。户部巷一旁街道上小贩卖的小玩具让扣子爱不释手，以至于丝毫不管放在地上慢慢离开的椰子，扣子把玩一阵后也玩腻了，再扭头看椰子时椰子早就滚到路边，椰汁顺着滚过的地方画成一道优美的弧线，接着"啊"的一声就怒瞪着我，看的我想笑。

"还想去你学校看看呢，看看你以前待过的地方，见见你同学，看看他们是怎样的人。"扣子躺在床上喃喃自语起来，她的话里透着无边的寂寞，像是新疆的戈壁滩一样显得荒凉。随后扣子又淡淡地说道："要是以后死了，就埋在磨山的梅园里，身前是一湖春水，身后是一满园梅花。你说人死后真的什么都没有了吗？"

我心一紧，一瞬间满肚子的五味杂陈涌上心来。在得知扣子染病后自己也翻阅了许多关于艾滋病的资料，但每一条都让人看得胆战心惊。我不知扣子在忍受着多大的痛苦后才能发出那迷人的笑容来，每次在见到扣子坚强的笑容时心也每越痛一分。那次强拉着扣子又去几家医院检查得到相同的结果后，扣子都露出美丽的笑容来，一瞬间我心痛无比，像是受着万箭穿心一般。

扣子躺在床上将两只手臂竖在空中，两手紧握着，接着再分开，接着再紧握着，然后再分开。我叹了一口气，恨自己的无力，竟丝毫给不了自己喜欢的人一点温暖。

"别说什么傻话了，你不是说还要给我生儿子和女儿吗？最近这几天我可一直在想名字，你可别反悔耍赖！"我走了过去和扣子躺在一起，也将自己的手臂伸直放在空中紧握着扣子的手。

扣子转过头来看了我一眼后露出甜蜜的笑容，抓着我手收了回来放在胸前卷到我身边来。

"你以后再说'死'这个字，我非打你不可，最厉害的那种，打屁股！咱们还有几十年要度过，那么多春去秋来还等着我们呢。"

扣子用小拳头在我胸口敲打了一下，似乎是回应着刚才我说要打她的话题，随后她顿了顿说："但总是要开始避免和外人的接触，如果你身边有人你会怎样对她？"

"你说我还能怎么对她，当然是好好对她，当宝贝一样供着，比以往更好……"

还没等我把话扣子就笑了说："你身边不就有一个得了病的我么！"

一瞬间我也被扣子逗笑了，淡淡一笑抱着扣子说道："所以啊，别想那些没用的，该治疗的积极配合，没钱了我就把家里的房子给卖了。"

怀里的扣子让我温暖无比，仿佛现在只有将扣子抱在怀里的时候才能感到扣子没有离开我。一想到那些，心里一阵抽搐，千万的言语最后终将汇成一道简单的语言从嘴里说了出来，我说："我喜欢你，是真的真的最喜欢你。"

"知道啦知道啦……"扣子用手在我胸口不断地轻轻地拍打着，我偷瞄着怀里的扣子，发现扣子的小嘴微微扬了起来，显得十分诱人。一阵沉默后扣子喃喃轻声说着何必啊，我又是一阵心痛。

在欢乐谷里从过山车上下来后，我双腿打颤的扶着一旁的小树，而扣子却盯着远处的一个更高的好奇地打量起来。我忧心忡忡地看着她，一想到接下来的路瞬间想要哭出来。

最后只能强忍着紧绷着的心陪着扣子再玩了几个刺激的项目，但那个将人倒在半空旋转项目的是说什么都不上去的。扣子最后一脸鄙夷地看了一眼后便像一个高贵的勇士一样独自踏了上去，几分钟后扣子跌跌撞撞的走到我面前对我竖着大拇指说："你没上去简直太对了，这不是人玩的！"一时惹得我哈哈大笑。

从鬼屋出来时天已经暗了下来，在短暂的休息一阵后一群打扮怪异的人从我们面前走过，扣子纳闷地看着我。我说："是晚场，一会什么马车、美人鱼、白雪公主、七个小矮人都会出来，前面还会表演节目呢。"

扣子听后一下就炸了，也顾不上桌上的饮料，拉着我就起身让我带路，而在路过旋转木马时也将什么矮人公主都抛之脑后开开心心地拉着我坐了上去。自从扣子进了欢乐谷后就变成了一个活脱脱没长大的小孩，对着一切都好奇的很。

见到洋溢着笑容的扣子心里的愁云也渐渐消失得无影无踪，取而代之的是更大的彷徨。扣子走在前面胸有成竹地指着路的时候，吩咐着我做着每一件事的时候都显得十分开心，偶尔那种已经溢出来的幸福感都在悄无声息地打动着我，也在刺痛着我。明明那么忧伤，却仍旧可以笑得那么开心。

偶尔一团阴云如闪电般划过脑子里时，我就会狠狠地掐上自己的虎口来确定是否这一切都是真的。几番下来，虎口还真掐出血印记来，再看到一旁欢乐的扣子时才稍稍定下心来。

扣子骑着小白飞马将手伸了过来，在我手搭上她手时候她说："哎，说说你都是怎么喜欢我的啊。"

原来我的身体早就泄露了我的秘密，喜悦的表情不由分说地遗漏出来。我下意识地摸了摸自己的眉毛说："啊，你知道我蹲久了突然站起来会两眼一黑吧。"

"知道啊。"

"怎么说呢，就是在失明后再次恢复光明时那种感觉。"我一下不知道该怎么解释起来，胡乱的表达一通。

"啊，真的啊？"没想到扣子居然一下就明白了过来，一个失去光明后重见光明的喜悦感，我觉得喜悦感都不足以来表达那种感觉，爱也不能。扣子随后说："想听听我的感觉吗？"

"当然想了。"

一阵嘈杂的音乐响起，恍惚间不知谁在说："好啦好啦，别翻白眼装死啦，是啦是啦我爱你，但是再见再见啦……"又一阵光晕过来，眼前的扣子慢慢变得飘逸起来，最后整个身体也淡在那光影里。

从欢乐谷出来已经很晚了，突然想着趁着夜深人静去东湖边走走，从梨园进去后一直沿着湖边向武大方向走去，越往前走行人越少，直到最后黑夜里只有我和扣子两人，被扣子紧抱着的我，在丝丝的湖风吹来时心里一阵荡漾。

置于月光下的湖水，在月光静静地落在湖面后一圈细小波浪随之散开，一下平静的湖面变得粼粼波光起来。

最后我想起了一件有趣的事，看着远方淡淡说："记得以前上学也是在夏天晚上的时候，会跑到这湖边捉甲鱼，一捉一个准，然后带回学校找家饭馆烧了吃……"

"甲鱼？"扣子扬起头来看了我一眼，皱着眉头说。但一个呼吸下松开了我手臂"哈"的一声说："我们也去捉吧！"

说着扣子就打开手电跑到湖边找了起来，不时还真让扣子找到了两只出来乘凉的甲鱼。我轻手轻脚地下去迅速地抓了起来丢给扣子，"像个乌龟一样。"等到最后我们手里都拎着一只甲鱼蹲在湖边玩起来，等扣子玩腻了又全部将其放回湖里。

在回酒店的路上，扣子肚子饿了，终于找了一家还营业的面馆扣子拉着我就跑了进去。我准备点两碗，结果扣子一把按住我的手要了一个大碗。在面条上来后，扣子递给我一双筷子自己也拿着一双筷子说一起吃啊，我诧异万分。

扣子看我呆在那里就说："你和你前女友没有这样吃过啊？"

"没有。"

扣子又说："那做过爱没？"

我一愣，看了一扣子一眼说："做过。"接着扣子一愣，若有所思地看着我。

从武汉回到南京后，白天和扣子一起奔走在南京的各个小巷子里，见识着这座城市被隐藏的风景，晚上在吃过晚饭后照常出门沿着永济大道跑到燕子矶公园。

偶尔因为接的一些写稿子的活耽搁没和扣子一起出门时，也会在家里给她洗衣做饭。新菜品做出来总是和网上出入很大，但也乐此不疲地尝试着，直到后来几个拿手的菜也做不好了的时候才放弃了做新菜的念头。

以往母亲做菜的时候总会站在旁边一边看，也学了几手。但一个人过日子时做什么都无所谓了，反而在外面随便糊口的情形比较多，现在则大不同了。

在心血来潮换着花样给扣子做饭时，认真起来的样子连自己都感到吃惊。在晚上扣子回来后，拿起筷子或汤勺尝上一口后，喷着嘴巴骂着变态时也感到幸福无比，觉着自己是天底下最幸福的人了。

在写完稿件后，会在那台老式洗衣机工作完毕后翻看久违书籍或者看一些电影，什么都不想做时会躺在客厅的地上听着电台。实在觉着无聊后，也不管不顾的就跑去找扣子玩去，毕竟在看到扣子洋溢着笑容的脸蛋时，那种喜悦感是做任何事都无法比拟的。

几天后我去了一趟医院，在从武汉回来后背后就开始不断地冒出一些疹子，在从药店买了各种药膏涂抹依旧无法得到有效的治疗后，最终还是决定去医院看看到底什么问题。

原本以为只是简单皮肤过敏或者内分泌失调引起的，但医生还是坚持让我去验血查过敏源，我是一阵无语。长久的等待后终于再见到医生时，医生用奇怪的眼神看着我，甚至问了很多奇怪的问题，甚至是隐私问题后一脸疑惑地看着我说："你自己看看单吧。"

在接过医生手里的化验单后，自己一阵苦恼地看着血常规的化验单，偶尔个别指标偏高或者偏低但也波动不大，一般还是处于正常范围内。我一脸不解地看着医生，最后医生让我再去做一下 HIV 病毒抗体检测时我一愣。

从医院出来不停地抽着烟，想到医生最后皱着眉头看向我时的眼神，身子竟不知何故的微微一颤，夹在右手食指和中指的烟也紧跟着掉在地上，想要立马去抓时，却在慌乱里竟然碰到烟头被烫得龇牙咧嘴。最后悻悻地摸了摸被烫的地方，弯腰下去重新捡起掉下的烟狠狠地抽了起来。

从江苏路的疾病控制防御中心出来后，我突然明白了扣子那天内心的绝望与无助，在见到我时大骂着让我滚的心情。将手里的烟塞到嘴里，再将被我捏成一团的化验单展平，看了一眼结果，我竟然开始高兴起来，异常地高兴。是的，就是高兴。紧接着我再将化验单揉成一团，朝着一旁的花坛用力丢了出去。扣子终于不在人海里显得那么孤独了，那些偷偷独自流泪的夜晚也终于有人说着笑话，驱赶着彼此心里的愁云了。

一想到又离扣子更近了一步，就高兴起来，竟不自觉地在脑海里唱出《还珠格格》的那句：让我们红尘作伴活得潇潇洒洒，策马奔腾共享人世繁华。

啊——不管怎样此时我是高兴的。

我开始在道路上疯狂的奔跑起来，忍不住拍手哈哈大笑丝毫不在意路人的眼光，偶尔脚下被绊倒跟跄着身子一阵后在稳定下来接着大笑着跑，"莫名其妙，简直莫名其妙，哈哈，简直莫名其妙嘛……"我忍不住想要立马冲到扣子面前将这事告诉她，想要立马和她分享我心中的喜悦。我都已经想好了，见到扣子时，不管不顾地就冲上去抱着她，狠狠地在她脸上亲一口。我猜扣子一定满脸嫌弃地将我推开，因为我身上都是汗水，是的，我都嫌弃我自己。

在扣子一脸狐疑地问着我发生了什么事的时候，我再将这些全部告诉她，和她分享我内心的喜悦，我们终于不会再有任何隔阂了，你终于可以放心地和我在一起了。我想好了，到时候就向你求婚，不管怎样你都要答应我。我还要告诉江离和安安，等到时候得到他们的祝福，一同来参加我们的婚礼。地点就选择你喜欢的武汉梅园里，一湖春水，满园梅花。

不对，我不能告诉扣子！我一下从狂奔中停了下来呆在原地。一瞬间脑袋里像是一个响雷炸响一样，立马将我从疯狂的想法中拉了回来。

我不能告诉扣子，虽然看着扣子平时温柔可爱，但在某些事上的执着远远超出了的想象，要是让扣子知道了我同她一样，她最后的羁绊也没了，说不定会做出什么疯狂的事来。想起一次和扣子去下关送快递时，一群小流氓看着扣子漂亮忍不住就调戏了下。我就不爽了，上去就找他们理论。结果没说几句火就上来直接和几个小流氓干了起来，但双手难免难敌那么多只手，一瞬间几个小流氓围着我就是一顿乱揍。扣子也不含糊，见到我被揍立马捡起一旁的砖头就是向几个小流氓砸去，别看扣子身子小小的，拿着砖头和小流氓拼起来完全不落下风，在扣子赶走小流氓后我早已鼻青脸肿地躺在地上了。

一想到这些就更加不敢告诉扣子了，心有余悸的开始收回想要告诉扣子的想法时，才发现自己不知不觉地顺着山西路已经跑到玄武湖这边了，黯然一笑后也一头扎了进去。玄武湖依旧是熟悉的玄武湖，而过来遛弯的人却一个也不认识，想到萌萌的小丸子就在前面时也忍不住去看一看，结果一问才知萌萌很早就已经离职，也顿时没了想要买上一份的心思。

原来萌萌也如我以前很多小伙伴一样，在一段时间后便消失得无影无踪了。

玄武湖上的几个岛在来南京这么久以来从来没有走完过，平常只会在樱洲溜达一下就返回，今天不知何故的沿着芳桥一直走到梁洲，接着围着梁洲走上一圈后，再通过翠桥到达翠洲，最后才从旭桥上下来，最后从旭桥上下来后，太阳已经下山，天色已经开始暗了起来。

一边走着一边看着路上的行人，也就突然明白在扣子在得知自己的状况后独自一人所承受的压力以及偶尔间露出的落寞，扣子和他们处在两个世界里，仿佛世间万物再也和我们没有关系了。我想要是我突然走到某个行人面前对他说我携带有 HIV 时，他们肯定将身子往后一蹦，离我远远的吧。世人如此待着扣子，将其孤立，任其灭亡。

一想到扣子，心又是一阵疼痛，也一瞬间好像再也看不到我们的道路了。我们在此岸的世界里突然失去了所有依靠，一下变得无比彷徨。

从旭桥下来后又沿着环湖路走了一段，最后才绕到情侣园前找了人少的地方坐了下来。燥热的湖风带着很重的鱼腥味，唯有手中燃烧着烟草在吸进口里时才会觉得淡上几分，而又随着烟草不断的燃烧，心里的某种失落感如过往的行人远去的背影一样渐渐的越加渺小越加看不清，随之取代的是更大的失落感。

天地渐渐归于黑暗，在最后的一丝阳光落下时不远处一对小情侣引起我的注意，在他们从我身旁走过时，刚走到一旁的草坪后就开始上演着一场生死离别的戏。

在相互追逐间，男孩用手拍了一下女孩脑袋，随后女孩"啊"的一声装作被杀死的样子倒在草坪上。男孩见状立马上去查看女孩状况，这时女孩装着吐血的样子淡淡说："毒液早已侵蚀着我的五脏六腑，就算取骨拔髓也无法医治，在我死后将我骨灰埋在这片花园里，这是我们相遇的地方……"

我原本以为那男孩会因为女孩的死而黯然而终或者接着殉情自尽，没想到男孩在女孩说完最后一句话后立马大笑了起来说："好，死得好，终于没有人能阻止我和苏苏在一起了！"女孩听后一下就跳了起来追着男孩打，直到消失在我的视野里。

看到他们，我想到了我和扣子，在扣子查出不久后我也被查出来了。如果扣子死了，那我不也是会紧跟着扣子离去？想到这里，心里突然变得明朗起来。扣子虽然不曾表达过的孤独，但我此时还是能轻易地能感受到那隔在我和扣子之间的如银河般宽广的河流。

在到达扣子工作的快递网点时，她已经在做着收尾的工作了。见到我时脸上一喜，连忙放下手中的快递单跑向我一拳打在我胸口笑着说："咯，你怎么来了，也不提前说下，要是我不在呢？"

"嘿嘿，谁叫我们心有默契啊。我是看到你这么晚都还没回来，生害怕你被坏人掳走了不放心就过来看你，哪曾想你是忙着赚钱啊！"看到扣子脸上洋溢的笑容后我更加坚定了不将我的事告诉扣子，让扣子在正常的世界中有所羁绊不至于一下失去所有撑着她前行的力量，当然这都是我一厢情愿地这么想，但我就是这么想的。

"咯，掳走扣子我的人还没出生呢，你担心个鬼啊。"扣子双手叉在腰上，理直气壮地对我说的话表示着不满，随后又接着说："嘿，现在可是我在养你哟，哈哈，真没想到还有这么一天！"扣子啧着嘴巴，上下打量着我。

"我也没想到，不过多年被包养的夙愿终于实现了，前几天给别人写的稿子今天收到钱了，晚上咱们下馆子去！"我为何要说夙愿这个词，我搞不懂，一时也想不出因果来。

"切，包养你？想得到美，又不帅，又不会说好听的话……"

最后扣子在收拾好一切后带着一个快递就往安乐村的方向走去，送完最后一个快递今天的任务就完成了。在金川河北路入口时一棵树突然横在我们中间，扣子饶有兴趣的打量起来，围绕着走上两圈后又狠狠地踢上一脚嘀咕着："长哪里不好非要长路中央。"一旁的我看的心里直笑。没办法，扣子就是这么调皮可爱的一个人。

晚上在我准备返回房间上床睡觉时，扣也紧跟着从地上站了起来，接着站在原地一动也不动的显得特别踌躇。我好奇地问着怎么了，扣子笑着说没事后我就道过晚安返回房间去，毕竟今天发生的事只有在夜深人静无人打扰时才好做出以后的计划。如今我和扣子像一根绳上的蚂蚱，抑或者如撑着一叶扁舟深入大海的渔人。现在我们俩都不能处在此岸，许多的事再也与我们毫无瓜葛，所以必须做好应对之策了。

在我关灯躺床上不久后，房门一下被打开，引起房间里的空气一阵紊乱轻轻地扬起了悬挂在窗户上轻薄的窗帘，一瞬间洒进一地月光。我看着门缝里露出的那个头，一时间我们都不说话，最后我轻声道："怎么了？"

"没，给你送水来。"扣子一下将房门完全打开，顿时在黑暗里显示出一个黑色身影来。

我坐起来看着扣子也不开灯只借着月光将一杯水放到我床头的小柜子上，然后看着窗户的月光一动不动。"月色真美啊。"

"是啊。"

一小会后扣子蹑手蹑脚地走到床边，然后又猛然地跳到床上一下掀起一旁的薄毯子将自己裹了起来，接着慢慢地才将头从里面伸出来，我心一笑。

我躺下后突然开始想到等以后老了，会在老家的房子旁边新盖上几间木房子。在下雨不农作的时候会坐在门口听着喜欢的音乐看着书，一旁蜷曲着打着哈欠的小狗是我和扣子共同养的。这时扣子关上一旁的音乐，轻轻地走到我身边来靠在我肩上。院子前面是一片即将成熟的稻谷，而稻谷旁边是一块不大不小的鱼塘。从鱼塘走过去才是我们的菜园子，菜园子里种着各种蔬菜，一块绿油油的，一块黄灿灿的，五颜六色煞是好看。一阵雨后，桂花树上也开始吐露出奶黄的小牙口，一阵风来，山野间尽是桂花香。

啊——这就是我桑榆暮景的景象了吧，我愉快地想着。

"那个，我允许你抱着我。"没喝酒的扣子也是这般调皮。

接着一下就是好几天的雨，但并没有阻止扣子出门送快递的决心。相反我则在家不停地为新接的活抓破了脑袋想文案，日子可一点都不比在外奔波的扣子轻松。

我独自想着以后可能会发生的事后，心里也渐渐下定了决心。当上帝关上了我们一排门窗后总会给我们留下一些后路，哪怕一个狗洞，只要你细心地去发现。我开始想着存钱，毕竟扣子和我以后将要面临的医药费或者其他费用，虽然不时地能接到一些私活获取丰厚的报酬，但远远不够。一想到顺便再出门找工作时一下又不知该如何，我开始想念之前的夜宵店。想起那夜宵店就不由得想到武侠小说里的小客栈，每天都有着许多新鲜的事发生着。

一个欠了钱的人被人推到在地上打，那人已经喝多了，躺在地上说："你随便打，你干脆打死我，你打死我明天就不用去面对他们了。"

偶尔夜班回家或者肚子饿下楼的漂亮小姑娘到隔壁买凉皮时，小老板都会多给一些。遇到性格开朗的活泼的姑娘也会在我们店里用餐的客人都会喝着啤酒起哄时和小老板开着玩笑说着些荤段子，直到小老板羞红着脸对我们骂着脏话。

还有一次凌晨，在我们准备收摊下班时一个小姑娘一脸不开心地坐了下来，胡乱地点着菜不停地在手机上点着，一会儿接到一个电话后竟然和对方在电话里大吵起来。在挂了电话后自己哭得稀里哗啦的，然后一次要了一打啤酒。细一想，估计是和男友分手伤心难过了。

也时常碰到过穿着西装革履的几个年轻人坐在一起点上一些小菜，喝着便宜的啤酒讨论着江湖琐事。

在深夜随着最后一家店关门打烊这一切都安静下来了，这些光影趣录都消失得无影无踪。

在傍晚，下了长久的雨终于停止了，一会后竟几天不见的太阳重新从一团团乌云后面露出个头来。我正好也将手里的活弄的差不多就想着去找扣子，顺便出门走走吧。而到了那边时就在和扣子准备动身回家时又下起了雨，不得已只好又放下东西等雨过去。

"你说这个老天爷也是，好不容易晴了一会现在又下起雨来。你可不知道，这几天可少送很多。等天气好了非要拉上你一起送不可，将这几天的全部补回来。"扣子小嘴一撇，看着在头顶上飘着的那团乌云抱怨起来。然后又转过头来看着我说："你说接的那些活能挣多少钱，有我送快递钱多没？"

"怎么和你说呢，要是你拼命地送那还真没有你多。"想想在辞职后一直在接一些文案通告编创之类的也是收获颇丰，以至于想到被自己之前耽搁的才华也不由得在心里泛起了无耻的笑。

"那就是有我多了？哎——反正你们这些上过学念过书的就是比我这个没念过书的挣钱容易。"扣子一脸无赖地说着，吓得我赶紧说："也不能这么说，职业是不分高低贵贱的，知识是财富不假，但一个人的品德、修养才是关键。比如说你，美丽善良，温暖大方已经远远超出很多人了。再说我还不是没钱，你掌管着家里的全部财务，要说钱多，还真比不过你！"

"嘿，看来还真是我钱多哈！"扣子笑了起来，露出洁白的牙齿。

这时候，扣子摆着手准备返回屋内，但一不小心被脚下一个凸出来的水泥给绊了下，一个趔趄的向前跑了几步，低骂着"我去"后在前面的门框处才稳下身体。

"没事吧？"

"没事。"稳住身体后，扣子看着我不停地眨着眼，然后眉头微微皱顿了下来将鞋子脱掉在地上"梆梆梆"地敲着，然后再看了一眼鞋内后将手伸了进去摸了一会后才又穿上向前走了两步感受着。

看着看着我就笑了起来，莫名的笑了起来。好像只要在见到扣子后自己总会莫名的笑，虽然没有特别的事但就是想笑。而在遇到好笑的事后，在想笑时却也发现自己原来早已经笑过了。

"喂！你笑什么？"扣子走过来问我。

"高兴呗！"我答。

雨下了一阵子后便不再下了，便和扣子收拾东西起身回家。简单的吃了晚饭后扣子拿着手机对我说："晚上不下雨，要不去五码度那边溜达一下。"随后又淡淡道："可别跑步了，我小腿都壮了不少！"

扣子说着就坐到我旁边来一手拿着手机一手捏着小腿向我抱怨着，我弯下腰捏了捏扣子小腿她一下将小腿的肌肉绷紧，一瞬间一块棱角分明的肉就出现在我面前。"还真是！"随后一把抢过扣子手里的手机看着时时天气预报说："但是锻炼还是要进行的，但今天就给你小腿放一天假，单纯地去溜达。"

在下楼时我们遇到一只浑身毛发湿透在风里瑟瑟发抖的白色的小猫咪，扣子一阵爱意上来对着那小猫咪说："要是在我们回来时候你还在这里，我就收养你，给你食物，给你家的温暖。"

我也丝毫不会将这些小事放在心上，而就在我们从五码度溜达一圈回来后发现那白色的小猫咪像是听懂了扣子之前的话一样依旧在那里，扣子当即决定将其收养后便抱着猫咪上了楼。

"你为什么刚才不收养，要等到我们回来时候才收养，要是等我回来的时候已经离开了呢？"

在上楼后扣子放下猫咪才说："嘿嘿，要是小家伙不愿意让我收养呢？所以啊，得让它考虑考虑。要真是回来时候已经不见了，那么说明和我没缘分，它自己也不想让我收养。还好还在，亏得我一直担心！"

扣子的道理像平常她打在我身上的拳一样毫无章法，我也找不到一丝不对或者反抗的机会。

　　"咯，你说就给它取名'五元'怎么样？"

　　"什么，五元，哪个五元？"

　　"哎，笨死了，就是人民币那个五元，发音和'吾缘'一样，和我有缘的意思，怎么样？"扣子两眼放光地看着我，越说越起劲来。

　　"和'无缘'没有缘分那个无缘发音也一样呢！"

　　"死走吧你，就叫它'五元'了！"扣子转身又将这只被叫作"五元"的猫咪抱了起来，转上两圈后就忙不跌跌地跑进卫生间去。

　　扣子一边放着热水一边吆喝着我给五元洗澡，被抓上几道印子后扣子终于对我的粗手粗脚看不过去了，自己亲自上阵帮五元洗澡。奇怪的是五元竟从没对扣子露出锋利的爪子，偶尔有过也在看着扣子一瞬间收了回去。我在想难道真和扣子有缘，难道真的能听懂人话？

　　在见到扣子和五元打成一团后，溅起的水花也将扣子的衣服湿透，紧贴着身体的衣服一下就变得透明起来，一下扣子优美的曲线尽收眼底。扣子不停地将沐浴露抹在五元身上白色的毛发上，她丝毫没感觉到我的异样，她也丝毫对着她身体上的神奇的魔力一无所知。突然一股说不上是廉耻感还是羞耻感涌了上来，一下将我从悬崖边缘拉了回来，再看扣子时仿佛像是我致命恶魔一样，我慌乱的逃出卫生间，将自己救了出来。

　　在我将五元身上的毛发吹干后才注意到五元一身长长雪白的毛发，算是我见过最长毛的猫。一双颜色不一样的眼睛分别像一颗蓝宝石和绿宝石落在洁白的雪地里。猫咪身上散发着淡淡香味，不同于沐浴露的香味，也说不上什么味道，凑近闻会感到像是淡淡的苦味，像它流浪着的日子般。

　　在我网上挨个看着五元的品种时扣子裹着浴巾出来了，看到五元在我怀里乖巧的模样"呀"的一声跑了过来说："还以为你会将它扔一边不管呢，没想到你还这么喜欢它！"说着就从我怀里将五元抱了过去。

在扣子坐下时浴巾也跟着往下滑了一小段，隐藏的高山终于在雾散时露出半边来，我一瞬间从扣子的高山上再跌到谷底，迷失在那沟壑之间，而在扣子从我怀里抱过猫咪时更是见得真真切切的。上天作证，我心绝无一丝邪恶之意，更不会有荒唐的想法。

闲下来扣子会将鸡胸肉切成一小块一小块的正好一口一个的大小形状，然后再撒上些盐腌制一段时间后再清洗掉，接着混合着一些丸子或者其他肉串在一起放入锅中煮熟。在煮的时候也会放上我喜欢吃的木耳和香菇，再配上其他配料，然后加上少许的盐和一些调料在锅中。

在煮熟后再将串好的鸡肉和香菇木耳分别用碗盛起，接着再用勺子将一些汤汁和酱汁佐料混合着倒入一个高约十厘米的细长杯子中。接着再将煮好的鸡肉串放入杯子里让整个鸡肉串都侵入酱汁中，等鸡肉串完全沾上扣子特制的酱汁后就可以开吃了。这是扣子从串串和关东煮那里学来的，加上自己琢磨后不断改良后的成果。

"要是让商场里那些卖串串的知道了，非得跑过来找你收学费不可。"还别说味道非常棒，扣子一度在我面前炫耀。

"切，还不是我聪明，他们可没告诉我怎么做，我是自己研究出来的！"扣子自己说着将手里的串送到嘴边就吃起来，咬上一口后接着说："我真是太聪明了！"

在扣子出门工作的时候我又多了项工作，那就是照顾五元。说来也奇怪，在五元来到家里后喜欢蹲在或者趴在扣子捡回来的那块石头上，给它做的窝也不去睡。每次在我想抱五元时它也会找准机会跑老远，在扣子怀里的五元显得特别安静，就像只和扣子亲热一样，导致扣子经常笑话我在吃五元的醋，我说何止啊，简直是想打死它，惹得扣子紧紧地将五元抱在怀里，出门时也三令五申地不准我欺负它。

深夜里屋外突然开始下着雨，一会儿后越下越大，扣子已经趴在一旁的床上熟睡了，在关掉文档将台灯的光对着扣子时，看着扣子可爱的样子时心里泛起一阵幸福感，后来她身体轻微地动了一下，接着口中不知在喃喃着什么。看了一会儿后心里那种幸福感就消失了，接着是心底无奈的叹息响起。

回过神来，桌上的茶水已凉，此时陪伴我的是远处的轰隆声和午夜里雨水打在屋檐声。烟也燃到尾处，抖抖烟灰，既然这样，不如就此掐灭吧，我想。扣子吧唧着嘴巴，放在一旁的手也伸出一个手指头来放在嘴里咀嚼着，显得十分可爱，看了好一会才起身恋恋不舍地将手拿下将薄毯重新盖好。

想起之前扣子说也想我为她写一本书后，再翻开电脑，在几个文件夹下终于找到了那份文件。文件显示最后编辑的时间还是五年前，我试着打开却迟迟下不去手，最后终于打开看着一行行曾经写下的字时那些渐渐被我遗忘的岁月终于还是被记起来了，那段羞羞瑟瑟的日子就像长久被关在笼子里的猛兽一样终于等到了释放。

我将页面翻到最后，试着再写时却发现自己再也写不下去了。那些美好终只变成了回忆，终只能等待着被埋葬。

窗外一声响雷经过，怀里的猫咪发出"喵"的一声，睡在一旁的扣子也被惊醒，用双手支起上半个身子后再用一只手揉着眼睛问我怎么还没睡啊。我将五元递给扣子后说："马上也就睡了，你快睡吧。"随后扣子一把把五元揽在怀里倒下去，呼吸声渐渐的平稳。

再等我关上电脑拉开窗帘时外面已经是一片亮白了，又是一个通宵写稿的夜，上一次通宵写稿还是给她写书的时候。重新拉好窗帘走到床边借着台灯的光线看着扣子，依旧是熟睡可爱的脸庞，淡淡地笑着不知做着什么美梦。窝在扣子怀里的五元见到我来后"咪"的一声后又闭上了眼睛，在扣子脸上偷偷轻亲吻一下后也悄悄上床睡到了扣子身边。

在她成为旧的遗憾后，我再也不想你成为我新的遗憾。走不出你给的囚牢，只是因为天太黑，夜太深。

躺在床上想要入睡却怎么也睡不着，将蒙在头上的毯子拿开瞪大了眼睛在房间里四处盯着。其实什么也看不到，房间里一片黑暗，四周也静悄无声。

等再次醒来的时候已经是中午时分了，从床上爬起来伸着懒腰用力地将窗帘拉开。一瞬间眼眸被强烈的光线刺得发痛，又只好虚着眼将那层飘沙移了过去。

五元见我醒来也在床上伸着懒腰，接着再从床上蹦了下来踩着轻逸的步子走出了房间。

洗漱时看到扣子的留言，从笔记本上撕下的一角。扣子的字迹并不太好看，歪歪扭扭的写在纸上，扣子简单地写到："饭在锅里，你和猫在床上。"然后后面一句还用括号阔起来用箭头指着纸张的边缘，我连忙翻过去看。只见寥寥几字："猪仔一样懒，哈哈！"看到时我忍不住笑了，将一口牙膏喷在镜子上。

在和五元分别埋头啃食食物时我无疑是幸福的，说到底，无时无刻不是被幸福包裹着的。

当我和扣子骑着车驰骋在北京西路时，身后迷迷糊糊的扣子仿佛睡醒了一样一下站了起来，指着一旁的小别墅叫了起来："天啦，好漂亮的房子啊！"

独栋的小楼房带着不小的花园，好几种颜色的花占满了整个院子，墙上也爬满了藤蔓。一旁矗立着笔直的树木虽不如遮天蔽日般密集，但也是疏密有致。

车子依旧继续向前行驶着，扣子拍着我肩膀说："等有钱了一定搬到这里来住。"在离开那边别墅后扣子重新坐了下来淡淡说着："算了!"

我一愣,迟疑了一会才问:"怎么就算了呢?"

扣子这才淡淡道:"咯,我可还得养着你和五元呢,哪有钱还来租这么高档的房子。"扣子紧接着"哎呀"一声,我慌忙问怎么了就想着减速将车靠边停下来时扣子突然说:"没事,你接着开。"

"我和五元用不着你养啊!"我笑着又松开刹车,车子立马又变得快了起来。

"你看,你又没工作,全家就我一个人有工作,我不养你们谁养呢?"我无语,心里却泛起了甜蜜感,扣子接着说:"偶尔感觉你还是个小孩子一样,非要和我犟。哎,明明比我大,脑子可不怎么好使啊,对吧弟弟!"

"我……"

"你个头,对了,以后得叫我姐姐。"

"为什么要叫你姐姐?"

"因为一直是我在照顾你啊!嘿嘿,白白捡来一个弟弟也不错,来,叫两声姐姐听听。"

我试了好几次,可怎么也叫不出口最后只好说:"我才不叫呢。"惹的扣子放在我腰上的手用力地捏了我一把。

扣子拿着一个快递在手里晃悠着就往楼道走去,扎进楼道时回过头来看着我,将手里的快递一下搭到肩上另一只手伸出一个指头来调皮地做出勾引的样子笑着说:"快点哟。"随后又捋了捋头发转身蹦蹦跳跳地跑走。

我慌忙地将地上一个大个的抱在胸前紧跟着扣子,看着扣子的背影我想我这一辈子都要跟随其后了。

扣子回过身来看我跌跌撞撞的抱着快递跟着时候也立马跑到我面前来,然后一下笑开了:"你再不快点送完,五元在家都饿死了。"

扣子说着就转身接着往前走,依旧是蹦蹦跳跳的,我说:"我也想快点回去啊，回去了就有丫鬟伺候着呢。"

扣子在听到我说完后一下不蹦了，身子愣在原地，回过头来不屑地看了我一眼。然后才转了过去说："切，我感觉你是搞错了。"然后将快递用力往后一甩搭在肩上，另一只手叉在腰上大摇大摆地继续往前走。

"你记好了，我可是小公主。不！是女王！是慈禧太后！你就是那安德海小安子。不对，是李莲英小李子，安德海还没活到你这么大就被杀了。"

"嗯嗯嗯……"我一个劲地点头，心里泛起了一阵苦。

"那你答应我了？"

"什么？"

"叫姐姐！"

"姐姐……？"

"哎，你看，还不是叫出来了？以后就这么叫。"扣子大摇大摆地走在前面，像是凯旋的将军一样。

此时我才明白过来，原来扣子一直在给我下着套，就等我往里钻，现在说什么也晚了。在见到扣子变得开朗起来，自己原本悬在半空的心脏也放了下来。

终于送完最后一个快递时我瘫痪的坐在地上抽着烟，扛着重物爬几次七楼并不是一件轻松的事。"要是我没来，这些难道你自己扛上去？"

"那不然呢！"

扣子说着我心揪了一下，一瞬间变得无比疼痛。扣子好像看出我的异样，随后接着说道："当然也不是天天都有这么重的，偶尔有两个都让你解决了，根本就用不上姐姐我出手。"

我不语，只觉得一下阳光变得更灼热了。扣子跑过来坐在身边，一把抱着我胳膊说："晚上想吃什么？姐姐可是看你爬了几趟七楼才下定决心给你做的，把你累坏了可没人帮我般到七楼！"

"给五元烧条鱼吧。"我笑了笑，丢掉手里的烟用指头刮了刮她鼻子，我醉了，醉倒在她的柔情似水里。

回去后洗好澡躺在沙发上不知不觉都睡着了，还做了一个梦。梦里全都是和扣子有关的，梦到和扣子在小市的夜宵店前那丛夹竹桃下喝啤酒。扣子醉了，趴在桌上不知是说着梦话还是酒话："小二，再开一瓶——"我迷离的半睁着眼看着扣子，小声喃道："客官，你的酒来啦——"酒瓶倾斜间，世间已是满目雪白，回过头来再看她时已悄然不见，我握着手电满山坡的也找不见她的踪影，无论如何。

醒过来时扣子正好已经做好了饭菜，看着满桌子佳肴心中渐渐涌起一股巨大的暖流。

夜里扣子依旧会跑到我床上和我一起睡，我也会将空调故意打低几度，这样我就更有理由抱着扣子。然后时常就会出现这样一幕，扣子在我怀里，五元在她怀里。

正值八月，几场雨下来后天终于放了晴。我也如了扣子的愿望终没找到什么好的工作，每天只能陪着扣子风里雨里送着快递，我们哭着笑着。说起哭，也哭过那么一次，是离开烧烤店的那个晚上哭的，并非是我惹的扣子哭的。

和往常一样晚饭后也不想去跑步，于是我就拿着平板电脑看着电影。意外的点进去了一部叫作《素媛》的韩国电影去里，也就索性两人好好地看了起来。在电影开始几分钟后撑着黄色小伞的可爱小素媛如往常一样上学去，然在学校前遇到了让其改变一生的事，我只能眼睁睁地看着她一步步走向那充满欲望的黑暗中。

在看到同学们都好奇地问着小素媛包里是什么在响时，小素媛掏出一把糖果后，我的心竟然不由自主地颤抖起来，几颗滚烫的眼泪开始在眼眶里不停地打转，一瞬间胸闷难受，呼吸也变得难受起来。

我试着擦掉眼泪不被扣子发现，而在我抬手间看到扣子满眼泪水地看着我。扣子抽泣起来，抱着我就开始不断地抽搐。

一会等扣子哭累了不哭了再接着看，我起起身前往卫生间。

"你去哪？"

"洗澡！"

一瞬间我开始后悔让扣子看这部电影了，但是现在说什么也都晚了。说完后我就扭头去往卫生间，让她一个人看。什么时候我看这些东西也会感动得流眼泪了，我想不通！

一支烟的功夫我不断地煎熬着，外面扣子的哭泣的声音好像越来越大。我赤裸着身体靠在墙上，任花洒流下来的水钻进我鼻子、耳朵、嘴巴里，十多分钟后我才重新穿好衣服出来。

在走到沙发后看着靠在沙发边缘的扣子紧紧地将自己双腿抱在一起，然后将头埋在里面。我走过去拍了拍扣子的肩，接着扣子满眼泪水地抬起头来看我，看了我一眼后一下将一旁的抱枕砸在我脸上。

扣子一直哭着，怎么安慰都没用，在将前面的纸巾全部用掉才用手揉了揉眼睛说："以后千万不要再给我看这种电影了，太感人了，就是忍不住想哭。"

睡觉时，我沉沦于扣子的温柔间，手开始在扣子身上不停地摸索着，像是一个求贤若渴的帝王一样不断的寻找着。终于我在一片丛林里寻找到矮矮山崖，又在高耸入云端的山巅之上找到那粒顽石。扣子像蛇一样不停地在我怀里扭曲着，又或者我俩像那缠绕着的藤蔓一样。

扣子"啊"的一声清醒过来，一巴掌打在我脸上。我措手不及的抽回手来，带着些潮湿。我呆着看着扣子，相同的是扣子也呆着看着我。

我坐在地上看着书，扣子在阳台晾着我们的衣物，在从我双腿上跨过时给我带来一股无比的温馨感；我是一个诗人，但那是在遇到扣子之前。

我会写下优美的诗句，也会写下张扬的句子，但都在遇到扣子之前。江水流淌的声音不断地击打着我的灵魂，而扣子依旧在岸边玩耍。在扣子抱着五彩斑斓的贝壳到我面前时，在给我看上一眼后再将我推到那滚滚的江水里，我葬送在这汹涌的江水里，再无可生还的希望。

第七章　黎明前的爱

　　我开始计划着在二手市场买一辆摩托车，想着最近也没接到活，靠着扣子店里的电动车远远不能满足我和扣子的需要。在从扣子那里申请下来资金后自己独自跑了一些二手市场才找到一辆满意的小红色的摩托车，摩托车的后视镜坏了，只好去卖电瓶车的地方买上一对。车子加满汽油需要二十五元，我特意从北京东路走上龙番路围着玄武湖转跑上一圈，等围绕着湖跑完全程依旧还剩着不少油后对着这辆小摩托车说不出的喜爱。

　　这个 8 月，在炎热的季节里伴随我和扣子的是这台带有咚咚声响的摩托车。我们走得更远了，穿过一些两旁长着茂密的树木的道路，迎着风丝丝阳光从树木的缝隙间洒下也不再显得那么灼热。

　　时常是我们一人一车载着满车的快递穿梭在这城市里鲜有人到的一些地方，也见到了许多新鲜有趣的事，青奥会也如期举办着，但和我们并没有关系。

　　当然在扣子的笑语里也透露倔强，比如非要学摩托车。

　　一天一早准备和扣子出门时接到以往同学打来的电话，说是一份新闻稿再帮忙写写，并表示很急。只好带着歉意的目光看着扣子，扣子轻轻一叹显得十分无奈地说："哎，就知道你忙，看来今天大个的又得我自己搬了。"

"也不啊，我绞尽脑汁可能上午就弄好了，下午再过来一起送。"其实说着自己也没什么把握，当时在对方说了一大堆要求后自己心里就开始犯怵起来，不过最终还是接了下来，应为他出了很高的价钱。

在敲下最后一个句号时已经是下午一点过了，伸着懒腰点了支烟犒劳了自己一下。躺一下吧，坐了一上午了。

这时正好手机"叽叽"的响了，是扣子发来的短消息，接连发来三条。"快来。""快来！""快点来！"

我纳闷无比，想着什么事这么着急？想了一会后也没想出什么事来，最后猛然想到难道扣子又被刘虎他们发现了。我慌忙拨打出扣子的电话，不一会扣子就接了，一阵急促的呼吸声从话筒那边传来说："喂您好，请问您是哪位？"

"……发生了什么事了吗？"一阵无语后也在确定了扣子平安无事后放下了紧张的心来。

"啊，是你啊，你赶紧过来，有事，好大好大的事，骑车来。"扣子说完也没等我问到底什么事就匆匆地挂了电话，我又是一头雾水。

下楼买上个包子咬在口里匆匆骑上车才一路奔到扣子所在的地方，打在脸上的风像火焰的气浪一样炎热，心里想着一定要努力给扣子一个安定的家。

终于将车停在扣子工作的快递网点门前时，扣子已经坐在门口的小凳子上等着我了。"呀，你怎么才来啊，不过来了也就好了。"

我还没来得及问到底发生了什么扣子在看到我后抢先一步把话抢了过去，其实我是并没发现扣子的，在走得离门很近的时候才看见扣子，扣子一下从板凳上蹦了起来说着。

在我和扣子的距离离得足够近后她突然两眼一眯，傻笑起来，刚要想问怎么了也一下被卟了回去。

"想不想去汤山玩?"扣子说完就转过身子，只给我留下一个背影，接着又在地上捡些快递。

"汤山?"我一愣，被扣子说的这无头无尾的话吓得不知所以。

"对啊。咯，上午一个人跑过来让今天把这个送到汤山去，还说着什么要保证万无一失的。让他同城快递他嫌慢和怕损坏，他们也不愿意去，最后只好出高价钱叻。嘿嘿，我可是算了一下，送了这个可比我送那些小的钱多很多，你说我能不接嘛?"扣子说着将手里的一个文件袋递给我，然后接着淡淡地说:"我也看了，就一些材料一些光盘，一些玻璃饰品什么的。我可给你说啊，千万别弄坏了，我可是拍着胸脯保证过的!"

扣子说着就从我手里拿走文件袋，又将手机递给我。扣子手机的屏幕上显示着我们此行目的地，我用伸着两根手指将地图缩小，最后缩小到能看到我们此时的位置时不由得惊叫出来了:"这么远!"

想到来南京后去过离住处最远的地方也就南京南站了，也只是在刚来的时候从南京南站到鼓楼，自此再也没跑过更远的地方了。再远点的也就中山陵灵谷寺那边了，也仅仅过去那么两三次而已。一次同江离，其余两次均是和江离安安三人一起溜达的。

"远?"扣子一把从我手里夺过手机，没好气地看着我。

我只好打着哈哈的将扣子恭迎到摩托车上，一路上我载着扣子抄着小道避开了交警，从长江路时拐向中山陵的方向奔去。我问扣子为什么要从长江路转而不从前面一个路口走，扣子给了我很简单的答案，因为长江路上交警少，最后再由汉府街拐到中山东路才沿着中山门大街走。

好在开过马群后渐渐的高楼被矮矮的楼房取代，一大片树木渐渐地出现在眼里，偶尔从那些树林里穿过时心情也随着卷起的落叶一阵雀跃。扣子在后面紧紧抱着我，时不时打闹几句一路也显得特别的愉悦。

在经过水上乐园后开始出现温泉的广告，扣子说想要去泡温泉，但随后又想了想说："这大热天的泡温泉不是脑子有问题就是脑子有问题。"

看吧看吧，扣子就是这么可爱，说着原本不好笑的笑话，但我还是忍不住哈哈大笑了起来，一想到身后坐着的是我爱的人就忍不住想要笑。

"等冬天的时候我们再来泡吧。"我打着哈哈说着，即使我面向着前面，但我知道风一定能传达到我的喜悦。

在将文件送到客户手里时终于放下了心来，我们不再有目标地溜达着。偶尔一条看着让人心情不错的小路也开着车钻了进去，即使是条死路，但我们依旧乐此不疲。

走在水库的堤坝上，扣子摇摇晃晃地在边缘踩着水，像个戏水的小孩一样显得特别可爱。扣子将袖子挽起，弯着腰露出洁白的手臂来不停地搅动着脚下的水，试着搅乱一池秋水，可是扣子啊，任你用再大的力气，你也不能将其搅不浑浊啊。

我找到一块阴凉地方坐了下来抽烟，正好扣子背对着我。扣子捡起一块石头用足了力气朝着湖水中央扔去，但最终落到了离她不远处的地方。一瞬间自己显得无比地忧伤，在扣子的背影里，忍不住地想要掉下眼泪来。

我为何显得忧伤无比，本是在这艳阳天里同扣子出游理应高兴，但我却显得忧伤起来这是为何。一支烟后我没能想到，于是我又点上一支，但我依旧想不到。最后扣子回过身来奔向我时我终于顿悟了，正是因为对爱情的渴望与执着，所以我承受了世界上最痛的痛。

扣子朝着我跑过来，跑到一半时又反身回去弯下腰捡起差点被自己遗忘的鞋子，接着又光着脚丫向着我跑了过来。等扣子跑到我面前时已经是气喘吁吁的了，随手将提在手里的鞋子向旁边一丢然后伏下身子将一直手拍在我肩膀上眼睛直视我说："我想好了，今天我们就不回去送快递了，等晚上再回去，好不容易出来一趟你说对吧。"

随后她又借着我肩膀的力坐到我身边来，在扣子的眼睛里，我好像看到了一万年那么久，像深不见底的黝黑地洞，更像那永恒的虚空一样。随后又淡淡说："咯，平时你也不带我出去玩，我呢天天送着快递也没时间出去。哎，不说了，反正我也不喜欢玩。"随后用手摸了摸头后的丸子，轻轻的嘀咕着："你这个人也还真是无聊啊。"

我抽了一口烟后又缓缓地吐了出来，正好听到扣子在一旁嘀咕，忍不住转过头去看着扣子。"我们这是在干吗呀？"无聊就无聊吧，我的开心我都装在了心里，只是你不知道罢了。

"谈恋爱呗。"扣子将绑着丸子的绳子解开重新做了一个更漂亮的丸子，淡淡地说着。在见我半天也不说话又将口转过来对我说："弟弟，你在想什么呢？"

"谈恋爱啊！"

被扣子打破的平静湖面再次平静下来，一些知了的叫声却让我烦恼无比。我终是无法明白自己的感情，就像不明白自己为何降临在这个世界上一样。

一阵沉默后扣子终于说话了："我还想着照顾你呢弟弟，别跑，好吗？"

我鼻子一酸，听到扣子说后眼泪差点流出来了，我咬了咬牙答应了她，"好，我不跑。"我哪里会不明白扣子内心的彷徨与不安，我十分想要将自己的事也告诉她，但我只是怕。

在回去的路上路过溶洞时，坐在身后的扣子拍着我肩膀说想要去看看。站在洞口时四周显得阴凉无比，从洞内吹出来的风让人背后一凉，扣子紧抱着我缓缓朝着里面走去。

滴水形成的钟乳石像竹笋一样从地面冒了出来，在不知过了多少年后才有现在这般景象，五彩的灯光打在上面显得奇妙无比。站在高处俯瞰下面，瞬间有种大地苍生均收眼底之感。

我想起《笑傲江湖里》的任盈盈，想起来令狐冲，想到了那句"自今而后若你不在世上，我绝不会比你多活一天"。

也突然想起了《飞狐外传》苗人凤的那句话：这几口毒血一吸，自己无牵无挂、纵横江湖的日子是完结了。他须得终身保护这女子。这个千金小姐的快乐和忧愁，从此就是自己的快乐与忧愁。

我虽从未感觉到自由过，可却也自遇上眼前人以来，她的忧愁与快乐就同是我的一样。

扣子伏下身子顺着狭窄的坡道向上爬，一阵风来打在石壁上发出"呲呲"的声音，扣子一荒神脚下没站稳，就向下滑了下来。我赶紧站稳身子，用力地抓着，好一会儿扣子才回过神来拍了拍胸口说："吓死了吓死了吓死了。"

如果可以，我要你站在我看得见的地方，那样我的幸福就可以触手可及。是的，扣子总会在不经意间温暖着我的心，即使我万般难过时只要见到扣子后也总会好上一些，但扣子始终都不知道她具有这样的力量。

晚上扣子将五元从那块石头上抱起来放到我怀里，然后转身向厨房跑去。再出来的时候手里已经拿着已经分开了的冰棍了，笑着递给我一根后也将剩下的半截塞到嘴里然后才从我怀里抱走五元。

这方天地被巨大的黑夜笼罩着，偶尔一声汽笛声传来使这安静的夜晚显得更加神秘起来。小区里那棵被扣子叫作"鬼槐"的槐树在风力不断地抖着身子，在路灯下，可以看到树影。然在熄灯后，一切又显得那么安静，安静得让人感到害怕。

那次在扣子将青蛙抓回来养了一阵子消失后，扣子都还长叹着气，然后哭丧着脸将阳台翻了个遍也没找到才放弃的。我看得好笑极了，忍不住问扣子说不就是只青蛙吗，怎么搞得像是丢掉心仪的宝贝一样。

结果扣子说："怎么不是宝贝啊，它就像你一样，那么可爱。"

　　我无语，只好坐在一旁看着扣子失魂落魄的样子。收养了五元后扣子又变得活蹦乱跳起来，时不时将五元抱在怀里。扣子说现在宠物也有了，喜欢的人也有了，人生也没有遗憾了。

　　我又是一阵无语，想着我们才经历了多少岁月，怎能早早就能如此肯定地回答一生的疑问。

　　一想到这些就放下手里的书，好奇地打量着扣子。扣子蹲在地上将五元竖着的耳朵折叠下去，从我处在的位置看去五元就剩下一颗圆圆的头颅，显得特别有趣。我看了好一会才说："扣子，你有什么梦想吗？"然后好像觉得这样说不太好，于是又连忙说道："也不能称之为梦想，反正就是想要完成的，我也不知道这算不算梦想。"

　　我也不敢胡乱使用梦想这个词，因为在以前被我称之为梦想的想法虽不足如牛毛般多，但也能装几大箩筐，在后来明确了梦想这个词后更是觉得自己是个毫无梦想的人。

　　"梦想？"扣子抬起头来看着我，我看不出是忧伤还是快乐抑或者其他。

　　"嗯！"

　　扣子重新低着头顺着五元的毛发抚摸着，一时也不讲话，我好奇起来，难道说不出口吗？

　　"有啊。"然后扣子俏皮的吐了下舌头，脸上笑容一扬，于是接着说："种庄稼！"

　　"什么？"

　　"种庄稼啊。"听到扣子讲时我纳闷起来，随后扣子又哈哈大笑起来，接着说："没想到吧！"

　　何止是没想到啊，简直是匪夷所思，要是扣子说出当歌星当演员当明星什么的我还容易接受点。"是啊，怎么想着要去种庄稼啊，我原本以为你要说当明星什么的呢。"

"切，谁要当明星啊。没事上台唱歌跳舞给他们看？我才不要呢！"

"但是，为什么想要种庄稼啊？我以前可是个庄稼汉，虽然现在不怎么做农活了，但回到家还是帮着做些。你这么瘦小的身子能扛得下来吗？"我好奇地打量着扣子，说实话到现在都不敢相信我面前的扣子居然想着种庄稼。

"切，要不是这里没田，我现在就插秧给你看。"扣子依旧不屑地说着，我无奈。随后扣子又淡淡说道："你也知道，我从小在福利院长大。小时候经常受欺负，偶尔还吃不饱，那个时候我就在想着以后自己一定要养活自己于是就有了种庄稼的念头。我现在这个身板，估计就是那时营养跟不上落下的根吧。"

扣子摇晃着身子淡淡地说着，这是我万万没想到的。

"后来离开福利院后又开始自力更生，打工挣的钱还不够自己吃饭。后来偷更是过着朝不保夕的日子，你说我容易吗，那会想种庄稼的想法就更加强烈了，就是一股劲地想着自己种出来自己吃。"

扣子受够了苦难，终是等待了春暖花开。"除了种庄稼还有其他的梦想没？"

扣子扭过头来一愣，皱着眉头看着我，然后眼睛向上一番一下想到什么，接着说："当演员。"然后好像不好意思的又吐了吐舌头。

"哈哈，我以为你总会有那些奇奇怪怪的想法，原来也有着和正常女生一样的梦想啊。"听到扣子的话后忍不住笑起来，原本以为扣子又会说出让人匪夷所思的梦想来。

"这也难怪，你那么漂亮，不去当演员蛮可惜的。"

"不不不，我感觉你又想错了，只想演个小角色啊，尸体啊，或者些受苦受难的小角色什么的就好了！"随后扣子见我纳闷的样子又歪过头去淡淡说："嗯，怎么说呢，就是那种活不过两集的小角色。"

我开始郁闷起来，我开始在想扣子的脑子里是不是和我们不一样，不然怎么总是那么多奇奇怪怪的想法。突然我又深深地自责起来，即使过了这么久，自己依旧不能了解扣子。

"没想到吧，反正就是演那种悲剧的，受尽苦难，最后守得云开见得日出那种。"扣子抱着五元侧到我身边来，一把抢过我手里的书。其实也没怎么看了，或者现在根本就没心思看了。随后扣子一脸好奇地看着我说："你呢，有什么梦想？"

"以前没有。"

"现在呢？"

"演员我是不想当的，但我也想种庄稼。"

在听到扣子的梦想后自己心里就生出了这样的念头，十分强烈的念头。我开始想着以后的生活和满山坡的牛羊了。扣子倒在身后的沙发上淡淡地说道："以后一定要把庄家种到天上去！"

第二天送完快递时已经是黄昏时分，在准备起身回家时我们又去了桥北有着摩天轮的弘阳广场。在行驶到大桥一半时扣子松开了紧抱的手，一下站了起来用手做成喇叭状对着滚滚而去的江水大叫着。疾风拍打在扣子脸上，吹散了她压在耳后的头发，我从后视镜里看着扣子，心里泛起了一阵甜蜜。

在到达弘阳广场时天色已经暗下来了，跌跌撞撞地跑去游乐园时已经关门停止营业了。扣子一阵懊恼，小小的脚狠狠地踢了下旁边的垃圾桶来表达自己心中的不满。出了游乐场的门后立马又变了个人一样拉着我疯跑起来，明明很郁闷却一脸的高兴，"有个性。"我心里说道。

骑着车准备趁着夜色再继续向着更远的地方去时，江离打来电话说马上到五码度了，说让在五码度集合。江离在电话里神神秘秘地说着"不来就错过了"之类的话，我扭头看了看扣子。

"那就回去呗！"扣子嘿嘿一笑说道。

不得已，只好也将自己心里那份想要继续探索地图的心思收了回来又急急忙忙地赶了回去。在赶到五码度时天已经完全黑了下来，在越靠近燕子矶这边时也越加的热闹，在找到江离他们后才知道原来是准备了烧烤，扣子一喜，瞬间跑得没影了。

"我怎么感觉每次你租房子都是租的好地方，最早在南艺那边，旁边就是古灵公园。后来租的地方旁边又发现了根本就没人会走的小树林，现在搬到这边又是块风水宝地。下次也帮我挑一处，怎么样？"江离一边忙着手里的活一边淡淡说着。

听到江离的话后自己心里淡淡一笑，丝毫不在意，随后说道："风水宝地？这山上都是坟，你来！"

想起之前扣子对我说这些话的时候，看着背后的山，心里不由得一阵发毛。我以为这些话同样能对江离有效，但没想到完全没用，江离先是愣了下，接着就哈哈大笑起来说："葬人的地难道不是风水宝地是什么？"我是彻底无语，江离放下手里的烧烤架转身从一旁的纸箱子里拿出一罐啤酒丢给我接着说："这么好的风水，你可不能独占，看看哪里还有房子没有帮我留意一下。"我原本以为江离说着玩的，没想到江离却认真起来，一脸严肃的接着说："一定要！"

我慌忙再问道："真想搬？"

江离也给自己开了一瓶啤酒，也不管一旁的烧烤架了。我好奇地打量着江离，刚才那么一瞬间里面前站着的江离像是一位看透世事的世外高人一样。下一瞬间我立马将这些乱七八糟的想法抛了出去，世外高人哪如江离模样，至少应该是鹤发童颜，白衣飘飘。

江离呆呆地看着前方的江水，一时的走神让我产生了错觉。顺着江离的目光看去，却是扣子和安安相互打闹着，手里燃烧着不知哪里弄来的烟花。

前面扣子手中的烟花碎落了一地，落在地上弹出更小的火花，紧接着就消失不见了。扣子手里的不一会儿就燃烧完了，接着扣子又点了一根继续和安安奔跑起来。顷刻间又产生了一种错觉，仿佛眼前这一幕似曾相识。

随之一笑后再扭过头去时江离已经起身返回到烧烤架旁边倒腾起来了，看着江离我没好把那句"发生了什么"问出口，因为我也同时猜到了在我问出口后江离的回答也一定是没事。

在我们弄烧烤时扣子和安安终于跑了回来，四人八手开始忙碌起来。

有安安在的时候，总不会冷场。坐在一起喝酒闲聊时安安问着些我和扣子的私事也被扣子害羞着打着哈哈掩盖过去，着更加引起安安的好奇心，一直追问个不停，弄得我头痛不已。

"我觉得其中肯定有着什么不能告人的秘密，奇文兄我觉得你还是招了，不然安安是会打破砂锅问到底的，要不然扣子你招了也行。"江离见对我说好不管用，于是转过去对着坐在他对面的扣子说道。

"啊！"扣子像是被什么吓着一样，慌忙地看着我，然后"噗嗤"的一下又笑了出来。

我无奈，扣子终于招架不住安安和江离的攻击，终于要说了。

随后扣子捡起一根小小的树枝在地上画着些什么，眼睛悄悄地向我们看了下，最后看到安安期待的目光后微微的害羞起来。"咯，我以前是小偷你们知道吧？"

扣子这话险些将我刚喝到嘴里的啤酒呛了出来，我看了下扣子发现扣子紧紧地看着江离后我也扭头过去看着江离。江离埋着的头终于察觉到什么后一下抬起头来纳闷地看了我和扣子一眼，然后"嗯"了一下。

我没记错的话这是扣子第一次在江离和安安面前亲口告诉他们这些，我隐隐约约开始担忧起来，不过随后在看到江离和安安不在意的目光后也渐渐不再担忧。

"哎——你应该说你和文奇兄相亲相爱的，怎么就喜欢上了他的，我关心这个！"安安不耐烦起来，向扣子投去急切的目光。

"啊——"扣子一愣，不知是酒喝多了还是怎么回事，再看到扣子时脸色竟微微的显得红润，将头低了一会儿后再抬起来小声地说："该怎么说呢，第一次在我被抓后，他浑身是伤地冲进来一把将我抱在怀里。当时我就在想这到底是个什么样的人啊，怎么这么傻。但是在他冲进来的那一刻，我就躺在地上看着他冲进来，浑身疼得要死，心里却高兴得要命。"

"在他抱起我的时候我就在想，就这样任他抱着。当时就想着就这样吧，死就死。真的，就是那种感觉，我心里一下就被什么撞到一样。"

"后来在我被抓他又不要命地冲进来时那种感谢就更加强烈了，就想着非他不嫁，死也要死在一起……"

我在一旁听的心里发颤，不知为何也竟感到害羞起来。我一下就急了，手里的啤酒瓶也不经意滑了下去砸在面前的塑料袋上发出一阵窸窣的一声响。立马我感到了三双目光盯着我看，我尴尬地笑着。

"真是浪漫啊，就跟拍电视剧一样，怎么就没人冲进人堆里救我啊！"安安随后在一旁叹息着。

我重新捡起啤酒用力地捏扁放在手里观摩一阵后才又丢回垃圾袋里，抬起头看着扣子时却看到扣子已经含着笑看着我了。我慌忙地将视线移向远方伸着懒腰，脑子里不知道在想些什么。随后又才淡淡地说："要真是你被人包围了，那肯定也是抢着想要娶你的人呢。"

"哼！"安安对我使着小性子。随后又扭过头去一脸羡慕地看着扣子说："是不是特别感动那会？"

"嗯。"扣子微微地点着头，低着头拿着手里的小树枝不断地在地上画着。

"女孩子都这样吧？"我瞥了一眼，好奇地问着安安。

只是没想到是扣子接过我的话，"不知道，反正我是这样。那会被你感动得不行不行的，后来就想着和你在一起。以前还一直担心你不喜欢我，后来想着你都这么拼命救我了，怎么会不喜欢我呢。"

扣子说完后红着脸低着头，随后扣子又"啊"地一声将手里的小木棍一丢，慌乱的扭过身去逃似的跑开了，随后安安也"哼"地冲着还坐在地上的我和江离做了个鬼脸也追着扣子跑了出去，在扣子和安安都跑了出去后，我情不自禁地笑了起来。

江离看着在前面不远处奔跑的安安和扣子感叹着真好啊。是啊，真好啊。一阵沉默后江离说道："看你一段时间里都感觉不一样了啊，像是有什么羁绊一样。"

是啊，现在这一切都来之不易，正是因为那些羁绊才一直驱使着我前进，驱使着我和前面奔跑的扣子一起努力。看着一旁喝着酒的江离，我突然想起自己携带 HIV 的事来，随后我将身子往外挪了挪。我应该告诉江离那些事吗？不，我不能告诉江离，至少目前不能，那样会使江离担心，会让江离更加讨厌扣子。在刚才里，偶尔看到江离会露出思考的神情，江离一定还在担心扣子还会惹出什么事来吧。

我又将身子往外移了移随后躺在地上，毕竟我们现在已经算是两个世界的人了。对于江离和扣子还有安安，我谁也不想看到他们脸上挂上失落的表情，更不想看到他们的担忧。

深深地吸了一口，缓缓说道："感觉到累了而已。"

江离，那些个日日夜夜一起奋斗的夜我始终难以忘记，我们也曾在青春里对天讴歌，也曾为自己喜欢的事万分执着。扣子，那个已经融入到我的心里，我的身体里，我的血液里的人，就像有人用刻刀一笔一画地刻在骨头上一样，再也割舍不下，再也分不开了。

我第一次有了对这命运的捉弄感到无可奈何，我开始憎恨，我突然想到死亡。

扣子累了，倒在远处的草皮上，挣扎了几次也没能再站起来，接着安安也顺势倒下，像是被什么击中一样和扣子并肩地倒在一起。我想起身去救她们，但无论如何也做不到。

恍惚间背后的山体好像倒了下来压得我也不能再站起来，泛着黄的天空挂着几颗散发着淡淡星辉的星星，耳旁是还在大声呼喊想要逃命的人。啊！哪里能逃得了啊，又该往哪里逃啊。

不知过了多久，酥酥地睁开眼睛后看到依旧是一片黑暗时心里泛起了一阵落寞。随后一阵烤肉的香传来，整个天地像是被佛光普照了一样，充满了祥和之力。

江离把剩下的食物全部拿了出来一股脑地丢在烧烤架上烤着，我起身捡起一旁的垃圾，将它们丢到塑料袋中也上前去帮忙。一会在扣子和安安闻到香味后也跑过来，跑过来的安安拿起一支串就往嘴里塞，结果被烫了嘴，江离看到后又赶紧将水递给安安。看着江离着急的样子我和扣子在一旁忍不住笑起来，安安脸色一红，江离也尴尬得摸着头。

渐渐的遛弯的人越来越少，一阵江风后原本是大夏天我也竟然有着丝丝的冷意。我侧过身去看着扣子，扣子的脸蛋隐藏在散乱的头发下面，我伸出手去拨开，使她整张脸都露了出来。我笑着问扣子："怎么了？"

"没事。"

我伸出手去使她的头靠在我肩上，一时都不讲话。也许正是因为近在咫尺，所以才会更难开口。

在收拾垃圾时我好奇地打量着江离，一向侃侃而谈的江离今天显得异常的安静。俗话说事出反常必有妖，我将一旁的烧烤架清理一番后便拿着架子向蹲在一旁的江离靠去，盯着江离说道："感觉你有心事？"

江离一愣，扭过身子来看着我一眼随后又重新扭了回去。接着爬着身子将前面不远处的烟和啤酒抓到手里点上一支烟和打开一瓶啤酒说："你要不要。"

一刹那像是回到和江离大学时候一样，在夏天时候会晚上偷偷跑到宿舍的天台喝酒，冬天偶尔也会裹上厚厚的衣服带着些废纸上去烤火。我淡淡一笑将这些回忆抛之脑后，也顺手将手里的烧烤架放到脚下坐了下来。

"还有吗？"我问道。

随后江离在递给我烟后又转了转身体从另一边找来一瓶啤酒递给我说："那有什么心事，无非是一些杂念罢了。"

"杂念？"

接着我和江离开始了一阵漫长的沉默，江离看着前面凑在一起吃着零食看着视频的扣子和安安不知道在想些什么。我看着在我面前的影子喝上两口酒，突然有一种寂寞感。这种寂寞感并非是那种世人皆醉唯我独醒的孤独感，更像是那种处于人世却困于浮屠一世的寂寞感。

长久后江离才淡淡说道："嗯，杂念。"在抽了一口烟后又紧接着说："之前让你帮我看看这边还有空房子没，这事你可别忘了。"

我一下好奇心起来了，一直以为江离是在开玩笑，也没放在心上。结果现在他又提起这个事来，不由得让人心生奇怪，"怎么突然就想着搬家了？"

"和你一样，一个地方住久了就感到厌倦了。"江离淡淡地说道，面上像身后被黑暗笼罩着的大山一样看不出一点表情。

我不语，于是我们又默契般的不再讲话，只是不停地抽着手里的烟和喝着手里的啤酒。风乍起，吹走了还散落在空中的烟灰，接着一阵寒意涌上来，不由得伸出手来摸了摸裸露在外面的手臂。前面扣子和安安一阵欢笑后又相互追逐起来，身后是被月光照得发白的永济大道，我仍对着那黑幕下的山感到畏惧。江上随意飘着的些船只，偶尔一束灯光过来将前面相互打闹的扣子和安安照亮。我像又是置身于一场舞台剧中，扣子和安安像是从那千年古城堡里跑出来的公主一样。

终于我们两人将面前的最后几瓶啤酒解决了，"回去了吧!"江离无力般缓缓说道。

在叫来扣子和安安后，我骑着车先将扣子和一些烧烤架什么的送了回去，又再将江离和安安送到车站，江离临走时依旧没忘悄悄地提醒着我帮着找房子事，我皱着眉头满口答应下来。在他们上了车后我才重新返回家，在路过小区里那棵槐树时不由得停下看了好一会，不知为何。

微风里颤抖的枝叶如我的灵魂一般，在那次扣子说过院里种槐当心有鬼这事后，便在网上搜了下相关的资料。解释为槐树属阴，易招鬼魂附身，所以被称为木中之鬼，所以民间有着"门前有槐，百鬼夜行"的俗话。当然也有认为槐树乃是树神，在门前种槐树是希望子孙能富贵的说法。

我点上烟，借着路灯看着满地扭动的影子真如鬼魅一般让人感到不安，再者想到扣子所讲后面山上都是些埋葬着些前辈，心里更是泛起一阵惶恐，又慌忙地将烟塞到嘴里打着摩托车离开。

在打开房门后，扣子已经穿着露着肚脐的衣服仰着躺在地上拿着平板看着电视了，见我回来微微的扭过头来看着我。扣子的眼睛很大，房间里明亮的灯光将其照得闪闪发亮。随后扣子又翻过身子眼睛一眨一眨淡淡地笑着说："他们回去了?"

"嗯。"

一瞬间，心里掺杂着莫名的情绪，说不上来是忧伤还是快乐。原本在知道扣子的情况后还有着想要努力，但也在得知自己情况后又变得浑浑噩噩起来。我终于失去了目标或者动力，像是大海上一块浮木一样，终不知道何处是彼岸。

在扣子从卫生间出来后从身后抱着发呆的我，一阵温暖将我从迷失里牵扯回来，"在发什么呆啊？"

我深深地呼吸着扣子身上的香味，我想将这份温暖记在心里，即使我早已知道我早早地都记下了，但我又怎么会嫌多呢。反过身将她从背后的沙发后抱了过来，看着刚出浴的美人一阵说不出的忧伤后随即又变得喜悦起来，"你像那风云，飘摇不定。一阵风后变换着各种形状，这样空白的生活也就变得五颜六色。"是啊，我只是没能讲出，"你像那风云，飘摇不定，看着你的时候我揪心了一把。"

"切，什么乱七八糟的。"扣子说着就从我怀里挣脱下去抱起五元，我心真揪了一把。

我们总是先有所期待，再去努力的。那些看上去不用努力的人，却在那么多的深夜里默默的付出，就像此时的扣子一样。陪伴她的只有那盏小小散着光亮的小台灯以及印在对岸墙上孤独的身影。

在我半夜醒过来时候，想着伸手去抱着扣子。在摸了许久也没能摸到扣子身体后我猛然睁开眼睛，一阵刺眼的光过来，接着进入眼里的是离开被窝坐到了一旁的桌子前的扣子。手里不停晃动的笔头被那发出台灯的光亮拉出长长的影子，像是一条蛇不停地晃动着。

扣子并没有发现我醒来，依旧在认真地写着东西。起身走到扣子背后双手环过扣子的腰轻轻地抱着扣子，扣子一惊，立马合上笔记本用身体盖在上面。

我眯着眼睛靠着扣子头轻声说："夜深了，该休息了。"

"好。"

随后又在准备上床时想到什么，"刚才在写什么啊？"

"嗯……故事！"

翌日在我给小松树和扣子种的一些花草浇好水时，扣子已经给五元留足了一天的食物。出门时也不忘将五元的家拆掉顺手带着下去丢到垃圾桶里，不知为何的五元非常钟情扣子捡的那块石头，导致扣子用纸箱做的小窝毫无用武之地，在扣子一阵大怒后干脆手忙脚乱地拆除。

偶尔我们也会选择走路的，比如在下班后会从她工作的地方一直慢慢地走到福建路菜场，也幸好扣子和我都喜欢走路。看着时间还早也会顺便去一旁的财大溜达上一圈，在还没暑假的时候扣子混在那些学生之中丝毫让人分辨不出来，当然在学校没人时我就更加好认了。

"我原本以为像你这样的'汗人'是不喜欢走路的，没想到我一说你就同意了。"随后扣子看了我一眼后又接着淡淡地说："喜欢走路之前是因为需要偷东西，现在喜欢走路是因为在路上能遇到更多有趣的事。"

"有趣的事？"

扣子突然靠过来挽着我手臂，一阵火热透过手臂传到我整个身体，随后扣子嘿嘿地笑着说："嗯咧，就像一次在路上一个卖早点的小贩和城管打起来了，那小贩被打得鼻青脸肿的，就想舞台上的小丑一样，特别好笑。咯，还有一次在路上遇到一个被抓住的小偷，然后……"扣子突然就顿了顿，我慌忙问怎么了。随后扣子借着微弱的路灯看着我，眼眸一闪笑嘻嘻说："然后大白天那么多人面前被扒光，当时我就在想，当小偷总不能当一辈子吧。后来就慢慢地只偷我看上的东西。嘿嘿，我可给你说，偶尔是什么贵重物品，也偶尔是些什么新奇的玩具。"

"哈哈，也还好你及时悔过了。"我打趣地调戏着扣子，扣子一下就不乐意了，握着拳头就打在我肩上。

扣子冷"哼"一声后放下挽着我的手，狠狠地将脚下的石子踢得老远。在石子被踢进草丛里时候惊吓了校园里的流浪猫，小猫惊魂未定地跑到道路中间然后回过身去对着草丛里发出"呼——呼——"叫声。扣子看到后一边朝着小猫跑去一边和它打着招呼，"喂，小猫咪，怎么了？"但猫咪好像并不领情，在扭头看了扣子后脚下不由得向后移了几步，随后又转身跑向另一边的草丛里。扣子追在后面"喂——喂——"直到小猫彻底消失时才停下脚步。

"我记得你说过想要当'盗圣'吧？"

"嗯，怎么了？"

在从财大出来后天已经完全暗下来了，又才急急忙忙地去菜市场买菜。从菜市场出来时候突然想起以前扣子喜欢吃的炒河粉，于是再将目光投放到马路对面，看到没有后才淡淡收回目光。在搬家后扣子因为吃不到还自己在家看着教程做过，但几次下来依旧没成功也就放弃了，惹得扣子一阵恼火。

"哎——本想看看卖炒河粉的小摊还在没，看来今天别人也休息了。"

在扣子听到我的话后我明显感觉到她目光一亮，也看了看马路对面再回过头来看我。然后冲我一笑说："走！"接着就拉着我朝着对岸跑去。

是啊，我这近视眼怎么能看到那么远，别人小贩只是在靠近西瓜圃桥那边的路口处。在我付好钱走到一旁的小桌子边时扣子已经坐在小桌子边了，桌子上还放着两瓶可乐，一瓶是她自己的并且已经打开，剩下的那一瓶显然是给我买的。

看着扣子麻利地拿起一旁的烟点起夹在手指上，就情不自禁想笑。扣子生疏吸着烟的动作显得略为僵硬，"还真是够奢侈啊！"随后又笑呵呵的从旁边一堆凳子里抽出一个凳子坐下说："难道今天是什么日子不成？又是可乐又是烟的！"

"哇，你这人记性真不好。"扣子缓缓地将口里的烟吐了出来，神情显得极为享受。扣子见我半天没反应过来，白了我一眼淡淡说到："咯，我刚才想了一下。不，是仔细想了一下，好像去年的这个时候第一次认识了你的。嘿嘿，还是被我偷后才认识的。"

我一愣，脑袋里迅速搜集着关于和扣子相识时候的场景以及时间，"是吗？"我也从烟盒里抽出一支来点燃夹在手里，"过的还真是快啊。"我想了一圈竟然也没想到到底是在去年什么日子遇到的扣子。

　　"所以说你这人笨呢，这都记不住。"扣子撅着嘴巴，显得十分不开心。猛然间我将自己厌恶到极点，原本这些该记住的却一点都没记住。随后又听到扣子"哎呀"一声，"嘿嘿，其实我也记不得到底哪天遇到你的，嘿嘿。反正就是这段时间，我敢保证。"扣子说着就拍着胸脯，一脸正经地说着。

　　我看着扣子的样子心里突然轻松起来，不过随后又失落无比。轻松的是扣子也并不记得也不会太过深究我也不记得这事，失落是因为自己连这些都能不记得感到无比的厌恶。

　　"就当去年今天第一次遇到的吧。"狠狠抽两口烟后又将面前的可乐打开，想着也狠狠的吞几口，但可乐刚进到嘴里时舌头上一阵气泡噼里啪啦的破裂让我咽了好久才咽下去。终于吞下去后又接着说："记得那会你还留着长发，系着双马尾显得特别可爱。后来玄武湖再见你时一袭白衣飘飘，纤腰一握舞动秋风呢，真是漂亮极了。"

　　恍惚间像是再回到去年刚认识扣子的那个时候，看着面前的人瘦小的身体在人群里瑟瑟发抖心里顿时生出一阵涟漪，又在玄武湖畔的侃侃而谈里留下深刻印象。在吞咽下几口可乐后，我感觉自己神志开始恍惚起来。

　　"是吧！哈哈——"扣子笑起来特别好看，我不由地又醉上几分。

　　"我想听听你当小偷时候的事，怎么当的小偷的？"

　　扣子一愣，站了起来将衣服整理了下又重新座下，随后掐掉手里的烟看着我，随后摆着手淡淡地说："也容易得很，也不要什么手艺，只要胆子放大自己镇定也就没事。"扣子说着很轻松，恐怕只是不想让我担心罢了。在她拿起可乐喝上几口后又笑嘻嘻地接着说道："我就是小偷，小偷就坐在你旁边，你什么感觉？"

"……"我盯着她，她了盯着我，我们四目相对。"不相信，没感觉。"

"哈，应该就是这样了，大家都看我长得好看，身子也瘦小谁也怀疑不到我身上去。但你也知道嘛，总会有失手的时候，这不失手就遇到你！"扣子很随意地说着，完全不在意曾经自己是小偷。

是啊，要不是通过我被她偷抓个正着，怎么也不会将小偷和她联系起来。扣子狡黠的表情让我不得不相信她曾经是个小偷，我只能相信。

看着这个坏坏又招人喜爱的人，她的笑一下戳到我心里，我开始分不清是蜜糖还是砒霜，抑或者两者都有。扣子低头进食，我明白过来，也不过是吾之蜜糖，吾之砒霜。

身后原本熄灭的灯光忽然闪烁了下，瞬间照亮她的脸庞又转瞬又暗了下去。从我的位置看着正好能看到她的侧脸，只是她此时内心一片阳光，内心的温暖不由自主地已经延伸到脸上了，那份让人沉醉的美，终将把我迷得神魂颠倒。我像是喝过酒一样开始变得恍惚起来，一下我的记忆里只有她，再无街上任何东西。

扣子用手指敲着桌子时，我才回过神来，然后一脸不屑地说道："怎么？怕了，后悔了？"

"怎么可能！"我淡淡一笑也开始专注面前的食物。

还在回去的路上时接到江离打来的电话说着什么一会过来找我，我不以为然地挂了电话。在过了五塘广场后就是一个长长的下坡路，我将摩托车熄火后一路带着刹车缓慢向下滑去，直到滑到最下面的十字路口动力耗尽才又打着火向左拐去。

记起之前在武汉江滩时，扣子光着脚走在柔软的沙滩上，淡蓝色的连衣裙像一旁的江水一样柔软地飘着。江风吹起扣子散落下来的短发，一步一摇晃地向前走着。在我出现在她一侧后，扣子再转过身来冲我一笑，一只手捋起挡着脸颊的头发，用另一只手指着我身后欢快地说道："你看，夕阳呢！"

在我有些呆滞地转过身去看了看又转了回来时，扣子早已经拎着裙摆跑过了我身旁了。我知道，这必定是我们最美好的时光。随后在扣子看夕阳看腻了，又一蹦一蹦地跑到我面前，将双手背在身后身子前倾嘟着嘴眨巴眨眼睛说道："你会一直一直一直喜欢我的对不对，你会的对不对？"我将手里的烟头戳到沙子里后抬起头来，而扣子又迈出轻盈的步子调皮地跑到了另一边。

"你呢？"我笑着问道。

扣子眨了眨眼笑显得的坏坏的，随后又嘟嚷着嘴显得极为可爱地说道："我……才没有喜欢你呢。"

在从院子里的那棵槐树旁经过时不由自主的会多看上几眼，一阵风打在那干枯的树洞了发出"呼呼"声，顿时心里一阵发毛，将脚下的刹车一松快速的驶过。

回到家里后就等着江离过来，扣子坐在沙发上抱着五元，一边拿平板听着歌，奇迹的是扣子放的是一些我喜欢的抒情的轻音乐。在扣子换到下一首节奏显得激烈的歌曲后我先是一愣，随之淡淡一笑，这才是正常时候的扣子啊。

扣子是个爱动的女孩子，抱着五元在房间里跑来跑去我全然不以为然，拿起一旁的书一边看一边和扣子有一句没一句的闲扯着。一会儿后一阵敲门声传来，我知道是江离来了，于是就起身去开门。

打开房门后就瞬间和江离对上眼，一时显得尴尬无比，我皱了皱眉就扭头返回房间去。江离进来后才注意到他手里还拎着几个硕大的塑料袋，走到沙发前的小桌时便放在小桌子上。我目光一闪，赶紧打开看看是些什么宝贝。

　　"这是过什么节？"我纳闷地看着几个袋子里装着些啤酒白酒和花生辣条以及一些其他零食什么的。扣子也放下怀里的五元伸着手不停地捣鼓着，不时发出"哇"的声音。

　　随后扣子小心翼翼地问道："这些可以吃吗？"在得到江离的回答后先将一包小鱼干撕开和五元分了起来。

　　江离见扣子不管不顾的吃了起来，自己也跑去坐在地上打开一罐啤酒喝了起来。我饶有兴趣地打量着江离，也走到小桌子前坐下打开一罐酒。在狠狠喝上一口后我终于问出了口："是不是出了什么事？"

　　"没事，天下太平。"江离照旧板着脸，接着也从桌上拿起一包花生撕开吃了起来，再接着喝了好几口啤酒。

　　我看着扣子，扣子也看着我，都被江离这无比强大的气息压得喘不过气来。江离喝过啤酒后一声颓然长叹，接着看着我想要说什么一样，结果什么也没说，又拿起酒瓶喝上一口。

　　"真没事？"

　　江离放下手里的酒看了我一眼后又将头垂下去说："你说一个道教的地方写着硕大的一个佛字算什么？"

　　我眉头一扬，脑子里迅速地转着思考江离这话的意思，嘴上却说道："还有这事？真是这年头稀奇古怪的什么事都有啊！"接着我点上一支烟后说道："佛本是道。"

　　"佛本是道？"江离听到后眼睛一闪地看着我，像是突然顿悟了什么一样。

　　"你从进门就板着脸，还问些稀奇古怪的事到底发生了什么？"

　　江离将袖子挽起后我才注意到江离穿着长袖衬衫，仔细一想昨晚好像也是穿着长袖衬衫的。在江离挽起袖子后一道道长长的紫红色的疤痕十分惹人注意，有些依旧还是青褐色，明显是最近几天才受的伤。

"……你这怎么回事？"我将眉头皱得很深，说实话，江离手臂上的伤着实吓了我一跳。

"打架。"随后江离再将袖子放下重新将那一道道伤痕遮住，然后喝着啤酒看着我纳闷的脸又淡淡说："和刘虎。"

在听到江离说刘虎后我一愣，这个如梦魇一样的名字曾在多少个夜里让我辗转难眠，一下所有的憎恶感再涌了上来。我僵硬着身子缓缓地将脖子扭过去看着扣子，扣子再听到江离的话后也有些显得呆滞，微微地皱着眉头问道："怎么和他打起来了，难道……"

我猜到扣子后面想说什么，不过在听到江离接下来的话后我就不那想了。江离看着我俩一下笑了，"和你们没关系，是文秀的事。"

听到江离的话后绷紧的心一下松了下来，我居然忘了还有江离和文秀之间的事了，但是一瞬间过后又才重新绷了起来。

"到底怎么回事？"我盯着他好半天，问道。

"前几天去找文秀，结果碰到了刘虎，然后我们就干了一架。"

"这么简单？"

"前几天我去找过文秀了，找到她后我才知道她因为和刘虎吵架离婚了，因为什么文秀也不和我讲。"江离顿了顿，看了我一眼然后又看了扣子和五元，拿起啤酒痛饮几口，接着一边剥着花生一边说："我是在医院找到文秀的，当时是在给她女儿刘樱看病。你还别说，她女儿还真是可爱，追着我叫哥哥。"

江离说着就笑了起来，将花生壳丢到垃圾桶里的动作也显得极为潇洒。我无语："嗯，然后呢？"

"去了才知道刘虎和文秀吵架时候也将刘樱打了，文秀掀起刘樱的衣服给我看，刘樱背上手臂上一道道血痕迹就像那什么一样。你知道吧，就像那什么一样，你说刘虎连孩子都打，这还是人吗？"

"不是!"

"小姑娘头上也缠着纱布睡在床上,那时真想要是刘虎在我面前真想把他按在地上打,这完全不是人嘛!"江离激动的喝着酒,义愤填膺地说道。

"文秀呢?"

"文秀?"江离一愣,将口里的烟吐了出来接着说:"她也被刘虎打了。在我和文秀出了医院后找了个地方坐下来,文秀才将经过告诉我的。"

"那天也不知怎么了,刘虎喝了点酒回到家里后就乱发脾气。先是一把将桌子上的晚饭掀翻到地上,将家里糟蹋一番后先是将阻止刘虎的文秀一把推到地上。在文秀躺在地上刘虎也不知道那里又时一阵怒火,就是对文秀一阵打。"

"呵,好像不过瘾接着又对着刘樱打,还说是什么野种。我真觉得刘虎这样的人真是死了算了,什么玩意嘛!"

"不过后来文秀告诉我说他们已经离婚了。"江离淡淡地笑着,内心十分开心。

"离婚?"

"嗯啊,离婚了,就是因为这事文秀才决定要离的。文秀说以前虽然也想过离婚,但因为刘樱还小,偶尔也需要刘虎帮着照顾她娘俩,通过这次后文秀也终于看明白了,要等刘虎反思成人也不知道等到什么时候,刘樱也大了,和刘虎在一起迟早也要变坏。反正我觉得离得好。"

江离淡了淡,喝着啤酒接着说:"奇文兄你不知道,在听到文秀说离婚时,我心里别提有多高兴了,恨不得一下将她抱起来转上两圈才放她下来。"

江离显得有些激动,在呼吸了几口空气后最后终于平静下来,而手里刚剥好的花生米却不小心掉在了地上,江离愣了一下后将其捡起放到嘴巴里说:"当时我就在想我机会来了,我要和她结婚。就是那么想要和她结婚，你知道的，我一直想和她结婚。"

"嗯！那时就是想要和她结婚，什么都不能阻挡那种感觉。"

"我去的时候天要黑了，我和文秀离开茶吧时天已经黑了。后来文秀一直赶我走，但我死活都不走。我就一路跟在文秀后面走到她家里，任文秀怎么赶我我也不走，我就死皮赖脸的跟在后面。文秀最后无可奈何，当然也不是全走路，也有坐公交车。"

"后来跟着文秀进巷子，刘虎那家伙不知道就从哪里窜到我们面前，我是清楚地记得刘虎那张脸的，所以在认出刘虎后立马跑到文秀面前挡在她身前。那家伙看到我后愣了一下，其实我那会根本就不知道接下来会发生什么，就想着挡在文秀前面。"

江离喝完手里的酒接着再开一瓶狠狠喝起来，像是要将对刘虎的恨全部装进肚子记在心里一样。

"一时我和刘虎就相互瞪着，直到刘虎认出我来。在刘虎认出我后就骂着想要上来打我，文秀见到后拉着我就往回跑。我们就跑出巷子又钻进另一个巷子，最后我也不知道我们在哪里了。但后来还是被刘虎追上了，文秀见状没办法只能返回去抱着刘虎让我跑。"

"你说我这样的情况能跑吗？当然不能！"江离用力地捏着手里的易拉罐啤酒。

"我就想上去打刘虎，但是还没等我跑到刘虎面前刘虎就挣开了文秀，刘虎也大叫着也向我跑来，然后我们就打起来了。"

我突然想起之前和刘虎打架的我，也是一股脑地冲上去和刘虎打起来。扣子停下摸着五元的手看看不出表情的问江离说："然后呢？"

"说实话，和刘虎打架我并不害怕。当时一下想到还在病床上的刘樱也一股子力气，刘虎那家伙估计也刚喝过酒，下手也是重得不行。眼睛啊表情啊都凶得很，像是要杀人一样。"

"后来不知道他从哪里摸出几根电线，一头绑在手上另一半像是扭麻花一样扭在一起。居然还有武器，我也捡起一旁的砖头就又和他干了起来。"

江离不停地喝着酒，偶尔举起来非要和我碰一下。我没办法，也喝了不少。我开始恍惚起来，偶尔看向扣子发现居然有两个扣子，我开心得不行。

"我被踢倒后刘虎就用电线抽我，文秀后来挡在我身上也被抽了几下。那个时候就想杀人，就想杀了刘虎。"

"文秀疼得惨叫，那家伙还是不停地抽，嘴里也骂着难听的话。后来我将文秀推开，一把抓住刚落下的电线，把刘虎也扯倒在地上，我就赶紧爬起来拉着文秀就跑。"

在江离说到这里的时候，还在恍惚着的我突然意识到什么，江离的话里好像缺少点什么，"这不是你今晚过来的目的吧！"

江离听到后一愣，眯着眼睛看着我，眼睛小到我已经分不清已经是不是睡着了。我摇着头重新瞪大眼睛才发现是我眯着眼睛的，而江离瞪大了眼睛看着我。

一旁的扣子好像也突然反应过来了，顺手将放在桌上的啤酒打翻，在重新扶正后小桌上已经是流淌着不少啤酒了。我赶紧跑到厨房拿来抹布将其擦掉，这时江离说："是啊。"

然后抽了口烟后才又缓缓说道："之前听文秀说离婚了，我就表示了想要和她在一起，想要娶她。"

"啊！"

扣子和我同时惊呼出来，完全被江离这话震惊到。在和扣子对视一眼后我问到："然后文秀怎么说？"

江离失落的表情立马微笑起来，喝了口酒笑着说："当然是不同意了，说什么无法回应年龄差什么的，呵呵……"江离的笑是失落的笑，那笑容比之前更失落了。

一瞬间觉得面前的江离一下沧桑了许多起来，我竟然有这样的感觉，看来我真是酒喝多了，不行我得再喝几口醒醒。

在我不停地将口里的酒吞到肚子里时江离微微地摇了摇头继续说道："她说自己等小樱好了就离开这里，还叫我忘了她。"江离也拿起酒来狠狠喝上几口接着说到："原本是要等几天才离开的，结果刘虎那家伙不知从哪里知道了小樱所在的医院，就跑到医院去找小樱。于是文秀就立马抱着小樱跑出医院联系到我让我帮忙在网上买下票想要立马走，在见到文秀和小樱……"

江离开始不由得哽咽起来，显得极为难受，非要再喝上几口酒才能说得出口一样。"后来就请小樱和文秀看了场电影后才返回去收拾东西送到车站去，就在今天。"

江离整理了下情绪，一口气将手里的啤酒喝了精光，又伸手去拿。而看到袋子里啤酒一旁的白酒后就干脆将其拿出打开又狠狠喝上一口，然后叹了一口气。

一时我不知道该说什么，像是有着太多的痛苦一样闷在胸口。"扣子……"看到江离的样子后我突然想将自己也一样携带 HIV 地事告诉扣子，可不知怎么也不能继续说下去。

"嗯？"

"我爱你。"我终于没能说出口，扣子一愣看着我，而五元似乎也察觉到什么吃醋般的"喵——喵——"地叫着。我顿了顿接着说："我们可要一直在一起呀！"我知道此时不管我说什么扣子都做好了全部接受的准备，但我始终没有去表达。

我毫不在意一旁的江离的骂声，扣子含羞般的笑着将头埋下去抓住一旁嗅着零食的五元，然后抓着五元毛茸茸的爪子向我打着招呼。一时间我竟然觉得这一切显得奇妙无比，手情不自禁伸向江离面前的白酒。

江离提议去江边溜达溜达，我知道江离说的江边是什么地方，无非最近的五码度那边。只是没想到扣子也随声附和，我无奈只能跟同一起去。在将桌上的零食以及一些酒装到袋子里后便转身去了卫生间洗了把脸，再出来时扣子和江离也已经收拾好就等着我出门了。

扣子出了门在我准备锁门时又跑回来一把推开房门打开客厅的灯，然后朝着房间里看了看，在找到目标后一笑说着："五元，我们出门了哟，你要好好地在家看家哟——"随后再退出房间冲我嘻地一笑接着说："走吧。"

我看着扣子显得极为可爱地蹦着一步一步地跳着台阶的背影，情不自禁地笑了起来，随后深深呼吸了一口气再平复下来内心的喜悦。扣子像是个山野间的女妖精一样不停吸食着我的阳气，我且任由她吸走，恨不能立马全部都给她，好醉死在她的柔情里。

再锁上房门也学着扣子蹦跶着跳下阶梯，可怎么也学不会她那种俏皮样子只好作罢。然后慌忙地向楼上楼下看了看确定没人后才又淡定的走下楼，我可不想被人看到我疯狂的举动。

江离和文秀之间的感情就此结束了吗？我不知道，只有身在其中的江离才知道，抑或者江离也不知道。昏黄的天空悬着的月亮散发着淡淡的月光，想来月圆的时候已经过了，但洒下的月光却如满月时一样明亮。路过鬼槐时一阵风吹来，我不由得缩了缩脖子。

刚过路口没多远我就拐进一扇铁门内，不平坦的道路一阵颠簸，险些将坐在后面的江离颠了下去。"这是哪里，这不是五码度啊？"

江离纳闷的问道，我没搭理他，依旧专注着车灯照亮的道路，小道崎岖难走，偶尔出现的坑或挡在路上的树枝不由得你分神，"这是哪？路灯都没有一个，前面好像没路了！"

江离紧张无比，不过这短短百米也在一路地颠簸中终要走到尽头，这时坐在我前面的扣子扭过头来说："嘿嘿，好地方哟，马上你就知道了。"

在停稳后江离将信将疑的下了车跑到前面车灯照的地方看了看，然后回过头来看着我说："路都没有你说好地方。"

"扣子都说了好地方，能骗你不成！"我关上车灯后想想又觉得不对，接着又打开车灯说："找些干树枝带上，越多越好。"

一行三人打开手电筒每人拿着些干树枝从一排夹竹桃中穿了过去，夹竹桃对岸就是我们此行地目的地，一条在地图上找不到的沿江公路。这还是那次和扣子漫无目的地骑车发现的，用塑胶铺的路面整洁无比。有着大型栓钉的水泥柱和一些海事设备坐落在不远处的岸边，通过平台可以轻松的过去，白天时候还有不少人在上面垂钓，只是夜里显得静悄悄。

江离放下手里的树枝就趴在路边的栏杆上，时不时左右顾盼，"还真是个好地方啊，真想白天来瞧瞧。"

一阵江风吹来吹散了浑身的酒味和酒气，人一下就变得清醒无比。这里不同渡口那边，此处的风景却觉不比渡口那边差。曾想沿着路一直向前走，却在这前面不远处垒起一堵水泥墙遗憾无比。

生好火后，就围着火堆坐下。跳动的火焰如我心脏一样，那火的颜色就是我血的颜色。最终还是没忍住问江离："文秀走了，接下来你怎么办？"

原本的嬉笑声一下安静下来，仿佛天地间再无任何声音。柴火在火焰里爆炸开来，将一些火星炸到扣子面前。我捡起树枝将其重新刨到火堆里，但他们依旧很快熄灭了，只留下一些灰烬。

"不知道。"

想到江离最初问的，道教场所里有佛字的事，我说佛本是道。我突然明白过来，不管是让人入魔的一见钟情还是涓涓细流的日久生情，都是基于感官上成长起来的感情。在江离一见钟情后原本显得飘逸的感情渐渐实质化也开始变得如细水长流一般，只是江离的小溪没过多久便再难汇入江河，被那干枯的泥土吸收掉了。那些水流经过的地方只会留下浅浅的印迹，如同他的记忆一般。

喝过酒后我们随便倒在地上，逆流的船只随着光影渐离渐远，偶尔一只飞蛾扑进炙热的火堆，接着一声爆炸声传来激荡在我们耳边。

江离一口烟一口酒地说着话，江离觉得全世界都是黑暗的，如同这里的夜一样黑暗，江离感觉好像再也不会爱了。我不知道江离是怎么中的邪，更加不知道那个女人给江离下了什么蛊，但我更愿意相信这是一个成熟女性发出的应有的魅力。

江离躺在地上发出长长的叹息说："要是早些遇到就好了……"江离的声音如吹过的风一样透着一股无力感，转瞬间又变得有些无奈，"也好还没早些遇到。"

是啊，转想自己，要是早些遇到扣子就好了，也幸好没有早些遇到。我想起扣子说过一直想去我老家的事，扭头过去看着扣子时却看到扣子呆滞地盯着跳动的火焰。火焰的阴晴将扣子脸照得时明时暗，我没去打搅独自思考的扣子。独自想着等过些日子就带扣子回家一趟，现在这个季节正好可以在晚上看到许多星星，想着扣子那时欢呼雀跃的样子不由得笑了出来。

"安安怎么样？"

江离一愣，说："安安！"然后淡淡笑着："安安就像个小妹妹一样。"

我不语，我开始不明白起来，江离难道丝毫没有察觉到安安对自己的喜爱吗？我想不会，毕竟安安已经表现得那么明显了，我想只是江离不愿意承认罢了。

一阵风吹来，火舌被卷得很高，也顺带着带起很多火星。高高升起的火星如云层后的星辰一样美丽，一刹那、一恍惚、一失神他们就都消失了，结束了它们短暂的生命，像萤火虫一样。

对，萤火虫！

我突然想到萤火虫，我突然记起扣子很早之前说过想去灵谷寺看萤火虫。一想到这里我慌忙问扣子，"扣子你说这个季节还有萤火虫吗？"我着急地跑到扣子面前蹲下，扣子听到后萤火虫后一愣"啊"的一声然后看着我。

"这都八月末了，我也不知道。"扣子尴尬地笑着说。

我又将头扭向倒在地上的江离问道，而江离坐起来看了看我后也表示不知道。我一下就急了，失措般跺着脚。扣子见了问我怎么了，我才坐下来说到："还记得你之前说想去灵谷寺看萤火虫吧？"

这时扣子一下明白过来"啊"的一声不知道是在应答还是怎么，愣了好一会儿后才又说道："你不说我还真忘了，也不知道现在还有没有。"

"是啊，一直耽搁，最后居然忘了。"

"咯，今年没得看明年再看啊，反正以后有的是时候，你还愁没得看啊？"扣子转过来安慰起我来。

明明已经早在之前就商量好了的在某天晚上去看的，却遗忘了，这更让自己感到无地自容。一旁的江离也起了好奇心了，饶有兴趣地看着我和扣子，似笑非笑。

此时也全无欣赏这江岸风景的心思，恨不能立马跑到灵谷寺看个究竟。我淡淡失落地坐到火堆旁边，神魂早已游荡在灵谷寺的树林里，只是看着那黑漆漆的树林后一阵失落神魂又回到身体望着火堆。

在送走江离后我一直没忘灵谷寺的事，又和扣子商量着去灵谷寺看看。扣子是不愿意去的，因为我喝过酒，但也经不住我的招架和再三保证。重新返回五码度那边的加油站加满油后才赶往灵谷寺，因为我喝过酒，扣子一再让我骑慢点，在我怎么解释表示自己根本就没事也无用后只能降低油门缓慢地前进着。

过了明故宫后路上的车就开始少了很多，气温也一下降了很多。扣子在后面将我抱紧，立马又变得温暖起来。过了钟鼎山庄后便沿着灵谷寺路一路前进，这是第一次夜里过来，虽然有着路灯但仍感到丝丝不安。不时地看着两边的树林，生害怕猛然间从里面跳出什么来。

进了灵响亭处的门后只有开灯前行了，前面一片黑暗。我将车停在红门处，透过门向里看去却什么也看不到。扣子从车上跳下来后我也紧跟着下来，息了车灯后我和扣子就完全陷入黑暗中了，只有借着远处微弱的灯光前进着。"别开灯，不然看到萤火虫。"原本我掏出手机准备打开手电筒，但被扣子立马阻止了。

穿过红山门后远处微弱的灯光也没有了，整个天地都是一片黑暗，唯有脚下的石板反着很淡的光，一时气氛显得紧张无比。

我伸出手将扣子搂在怀里，脚下一小步一小步地走着，生害怕惊动什么。我内心显得慌张无比，从小至今都没走过这么黑的路，好在黑暗完全隐藏着我的慌张使身边的扣子难以发现。

在缓慢的走到一个十字路口时扣子突然叹息一身说道："好像没有了啊。"

我那有什么心思关心萤火虫啊，眼睛只是紧紧盯着那些树林的黑暗处，像是在寻找什么，但我知道肯定不是萤火虫。

"是啊，好像没有了啊，还是来晚了……"回过神来慌忙地回答着扣子，但语气里那种不自然的感觉还是被细心的扣子察觉到了。

"怎么，害怕了？"只见扣子饶有兴趣地问道。

黑暗里我模模糊糊的能看到扣子的脸，我想过不承认，但还是趁着黑暗说了出来，"长这么大从来没到过这么黑暗的地方，两边还这么多树。"

"哈，原来你也有害怕的啊，还真是第一次知道。嘿嘿，还真以为你什么牛鬼蛇神都不怕呢。"黑暗里扣子嬉笑着，要是能清楚地看到，我一定会高兴坏的。扣子顿了顿接着说到:"我可告诉你哟,这里也埋葬着很多人呢,你怕不怕?"

我一愣,瞬间感觉到在那些黑暗里有着无数双眼睛盯着我,背上不由得开始冒冷汗。"真的?"

"真的!"

扣子的回答像是压上来的最后一根稻草,我一下将心绷得很紧,不由得用力地将扣子搂在怀里,嘴上便开快速地始念叨着"逝者安息,生者前行,无意打扰,就此离开"。而扣子见到我这样后忍不住哈哈大笑起来。

听到扣子哈哈的笑声后先是一愣,也快速地冷静过来。心里一笑想到只要扣子一声令,连阎罗王我都敢斗上一斗,何况一些鬼怪。扣子重新挽起我的手臂后我又鼓起勇气接着往里走,我试着再向扣子问道:"真埋得有人?"

扣子淡淡地说道:"是啊,埋葬了许多北伐与抗日阵亡将士,无梁殿后面就有纪念碑,那边还有公墓。"

一下气氛显得微妙无比,我一直是遇到坟头都会绕路走的人,实在避不过也会对其念一句"太乙度厄天尊"的,没想到这次还闷头闯入了。扣子的这话对我无疑是火上浇油,心里更是惶恐几分。

到达无梁殿后,我端详着黑暗里的大殿,其实根本就看不清,只是模模糊糊看着些轮廓。这时扣子又说话了:"真是没有萤火虫了啊。"

我想着既然埋着是一些铁骨铮铮的军人,应该不会难为我和扣子这样的小辈,心也一下放宽了。这才注意到着一路走来好像真没看到有萤火虫的身影,"是啊,还是来来晚了,只能等明年了。"我遗憾地说道。

接着我们又沿着来时的路带着遗憾反了回去,扣子看着我不时地回头笑着说:"嘿嘿,有趣。"

"什么?"

"对了，你们老家有没有萤火虫啊？"

"还不少呢，小时候还经常抓着装在矿泉水瓶子里带回家，然后满心欢喜地放在床头看着瓶子里一闪一闪的萤火虫睡觉。但是总会在我醒来的时候死去，不管是我将瓶盖松开还是怎么。"

"哈，你不知道吧，萤火虫胆子很小的呢。"随后扣子顿了顿又嬉皮笑脸起来接着说道："就像你一样，哈哈……"

我不知道是不是萤火虫胆子小，但在那些夏天每天都会从遗憾开始，接着伴着期待入眠。

从红山门出来后我回头看了一眼那条漆黑无比的道路，清爽的风吹过来，带着扣子身上的味道，一时脑海里变得空荡起来，又一下变得遗憾起来。

我想着那些阵亡的战士，他们无疑是让人敬佩的，啊——要是就此和扣子死在这里也不错，还能听着他们讲述那段马革裹尸的可歌可泣的历史。

在推着车重新回到灵响亭时终于能看到路灯了，扣子蹦蹦跳跳的走到路灯下突然停下身子来。然后将手臂交叉地握前面再微微地向前倾斜着身子冲我傻笑着显得特别可爱，我停下来，借着路灯洒下来的光看着扣子。就这么一下，我突然想去紧紧地抱着扣子，轻轻地亲吻着那可爱的脸蛋，像是错过了扣子就会消失一样。

我叫扣子保持这样，扣子也乖巧地一动不动，我连忙掏出手机来打开了相机功能。在照片里扣子站在微弱的路灯下傻傻地笑着，虽然微弱的灯光不足以照亮扣子的整张脸，但我依旧能从那模糊的模样里分辨得出扣子是在笑，扣子内心是幸福的。

出了灵谷寺的大门我们就在门口的桌子前坐下休息，我将挂在车上的零食取下放在面前。扣子看到后"嘻嘻"一笑就开始从袋子里拿出些打开吃了起来。

一阵无话里，我感慨万千，最多的却是想到身后那阵亡的战士们。随后就突然想到了自己，仔细想来在知道了自己携带了 HIV 后性情改变了许多。平时在扣子和江离们面前也丝毫不敢展露，因为我比以往任何时候想到死亡的次数都多了起来，我想坐在我对面的扣子也是一样的。只是我们都将这些想法好好地隐藏起来，因为我们都不想让对方担心。只是在扣子越是不说时我却更加的担心，我却也不知道到底那里出了问题。

　　扣子从袋子里拿出一根零食放在嘴里咬了一半后将另一只手里的袋子放在桌上，接着又将这只手里的剩下部分塞到嘴里看着我后缓缓地说："弟弟，你说人死后会去哪里？"

　　我和扣子靠在桌子上，摩托车灯光沿着灵谷寺路的方向发照射了很远，就像大海里的灯塔一样为迷失的船只找到可以依靠的港湾一样。

　　"彼岸。"我说。

　　在刚说出口后我又开始后悔起来，我之前下过决心的不会再和扣子讨论任何有关死亡的话题。

　　"那是什么地方？"

　　"天堂啊。"扣子擦掉手指上残留的零食渣屑后伸过手来用力地抓着我。

　　我的手被扣子抓得生疼，我再也没说话了，像是身后被隐藏在黑暗里的建筑一样不发出任何语言。扣子也没再说话，就这样抓着我，我却分明能感受到扣子手里透露出来的那股力量，生的力量。

　　"记得去年大年晚上还在玄武湖遇到你，记得当你问我活着有意思吗，我说什么来着？"一阵沉默后她终于说话了。

　　"活着太有意思了！"

　　啊，果然还是活着有意思啊！

第九章
恋爱的终结者

　　秋风渐起，仿佛一阵风来后将寒冷的空气带了过来，今年的秋好像比去年更冷一些，也更早一些。庭院里的那棵槐树掉下的叶子被住在楼下的人家扫了又复，就像她静不下的心一样，最后干脆任由掉下来的叶子落在院子里，散落一地的树叶又像我杂乱的内心一样。

　　不知为何，在入秋后再和扣子去五码度心总会生出一些悲凉的感情，就像可能再也等不到，再也见不到这样的季节了一样。不过也在某个夜晚老家来的电话带着抵御着这边凉意的力量让我在这边倍感温暖，父母首先是问我今年要不要回家，我说要还要带人回去呢。

　　我能感觉到电话那头的喜悦的心情，不知道从什么时候开始，我带着对象回去已经成了全家人的愿望了。想起前几年还被迫相亲，坐在一旁不知所措的我像个孩子一样。慢慢地各种找借口搪塞逃避，但在每次通话里也总是没能避开这事。

　　我裹着外套坐在小桌上前卖力的敲着笔记本上的那些印有字母的按键，时不时也会长长地按下删除键。扣子坐在一旁抱着五元放着音乐看着小说，显得极为悠闲。在扣子终于发现我看向她时向我瞥了一眼说："怎么了宝贝儿？"

我也是在现在才发现扣子身着轻薄的露肩睡衣躺在地毯上，衣服紧紧贴着她的肌肤一下勾勒出那优美的曲线来。扣子将双脚抬在空中晃悠着，略黑的皮肤一直延伸到大腿，又在靠近大腿根部时出现崭新的白。

我看了好一会才淡淡说："没事，稿子事烦得很。"扣子继续专注着面前的小说，除了小嘴巴外再也没有和刚才有什么不同了。"那就不写呗，反正你写的我也看不懂。"

这时扣子才扭过头来看了看我，显得特别无辜那种看着我。我无奈，只能又重新盯着电脑屏幕。

"昨晚在你洗澡的时候家里打电话来让我回家相亲了。"

"啊！"扣子似乎被吓了一跳，扭过头来看着我。在察觉到扣子一脸诧异的表情后我在一旁强忍着内心的窃喜，但不为所动地依旧看着电脑。随后扣子的声音才又传到我耳朵，"真的？"

"是啊。"我淡了淡后将头扭了过去看着皱着眉头的扣子，随后继续说道："当然是骗你的啊，他们早就知道你了。只是说让我过年带着你回去，想要见见你。"

"切，才不去呢。"扣子听到我说的话后立马摆着手重新将头扭了回去看着小说，细细长长的脖子上的脑袋也随着扣子手里的平板电脑放出来的音乐节奏轻轻地晃着。扣子说着言不由衷的话，却不知脸上微笑的表情早已出卖了她的内心。

"那我找别人和我一起回去了！"看了看扣子俏皮的模样后情不自禁地笑了起来。

"你敢！"

我嘿嘿地笑着重新将头扭过来，再看到电脑桌面上空白的文档时突然想要迫切地将电脑摔得稀巴烂。不得已只好重新整理呼吸调整了内心后手指又开始忙碌起来，真是煎熬一样终于敲出几行文字后扣子又像蛇一样弯弯曲曲地扭着身子爬了过来。

最后终于爬到我面前后抓着我衣服抬着头看着我，我看着扣子样子一愣，随后扣子眨巴眨眼睛说："咯，我想好了，过年就跟你回去。"随后那只抓着我衣服的手松开再放到我肩上，借着力量将身子支了起来坐在地上后一下又撇了撇嘴巴瞪着眼睛接着说："我可不是因为从小没父母，没感受过家庭的温暖才跟你回去的。我可是因为你说那天晚上能看到星星，还有能躺在床上看日出才去的。"

"嗯，我知道。到时候一定让你陷在那能躺着看日出的地方，再也逃不出来。"我嘿嘿的傻笑着，在得到扣子明确的表态后我开心得不行，恨不能立马将其带回家。

很早的时候看过《走出非洲》这本书，里面很多内容都已经忘记，但里面一个故事却在隔了这么多年一直记得很清楚。一位养着一大群牛的印度站长从没见过月食后便在得知不久后会发生一次月食时便写信给凯伦，印度站长怀着忐忑又激动的心写道：尊贵的夫人，在接连七天的暗无天光里，请你告诉我在那几天里我是应该让牛继续在附近吃草还是应该将他们关到牛栏里？

在看了几遍后任觉得这个印度站长的可爱，在即将到来的月食前却只关心牛吃草的问题。

在深夜醒来时，我借着从窗外透射进来的微光便在一睁眼时就能看到那无比熟悉的脸，但其实我眼睛什么也看不到，因为那微弱的光线不足以照亮她。

我想转身过去，而翻身的动作不小心吵醒了扣子，扣子伸过手来抓着我迷迷糊糊地说着："弟弟要去哪？"我慌忙止住动作，使整个身体僵硬下来，"我哪里也不去。"片刻后才稍稍扭头过去看着扣子，随后在扣子的呼吸声又开始平稳了后我才重新睡好。

窗户对面那栋楼的路灯灭了，整个屋子显得更加暗了，像是眼前就发生着月食一样，可是扣子，你能不能告诉我在这月食时我又该将牛群赶向那里啊？

第二天还当我依旧为这份文案感到毫无头绪时，江离打来电话说晚上约饭，当然对于这样的事我是不管在忙些什么都会毫不犹豫地答应下来的，但还是很小心地问为什么又要约饭。

在文秀离开南京后江离整个人像是丢了魂一样，开始还会经常带着酒半夜跑到我这边。偶尔在家喝，也偶尔去渡口那边，但一次都没叫安安。我问过江离说怎么不叫上安安，而江离的回答则就很简单了，只简单的说了两个字"不叫"。我无奈，只好一边喝酒一边听着江离吐出来的苦水。

江离说："你那么会安慰别人，自己一定度过了很多难以安慰的日子吧！"

我说："那可不，我也是从罗刹鬼殿里爬出来的人。"

自林可以离开后我就变得无比颓废，那几年里支撑我活下来的都是以往和林可以的回忆。后来江离在成都见到我蓬头盖面的样子时什么话也没讲就是一拳打在我脸上，头在地上撞破打着绷带从医院回来后我像是终于找回了失去已久的魂魄一样，伤口的疼痛不断地刺激着我大脑使我终于明白了过来，那些我念念不忘的岁月都在我念念不忘里慢慢遗忘掉。

在见到江离后我和扣子都露出诧异的表情，以往一直不带上安安这次居然也叫上了。安安站在江离身边，中间隔着差不多有三四米的样子，不知道江离又怎么惹到安安了，安安气鼓鼓的显得极为不高兴。我纳闷地看着江离，同时也好奇的打量起安安，"大小姐，谁又惹到你了？"

在扣子的安慰下我终于知道了安安生气的原因，原来江离之前一个人跑到我那边去安安并不知道。而安安听到要一起约饭，安安的七巧玲珑心一下就开始质疑江离。老实巴交的江离拿安安一点办法都没有，只好将什么都招了，毕竟想在安安面前撒谎简直天方夜谭。

我和扣子也只能一边打着圆场一边骂着江离，而在我们骂着江离时安安又护着江离指着我鼻子将我说上一通。我乐呵起来，还真是一对冤家。安安生气来得快去得也快，几口菜吃下也不再提这事，而只要有安安在的场所，气氛就会显得十分活跃。

"接下来，我要宣布一件事。"我见菜也吃得差不多了，也干脆将这事告诉他们。随后我顿了顿放下手里的筷子喝了一口清茶看着安安期待的表情说："过年我要带着扣子回去见父母了！"我显得极为自豪一样，挺直了身板像位凯旋的将军。

安安"啊"的一声随后一直露出诧异的表情，好一会儿才反应过来说着恭喜的话，只是在我说后坐在一旁的江离显得略有所思。我用胳膊戳了下江离江离才扭过重新将头扭回去看着扣子说："恭喜啊，终于修得圆满了。"

我不明白起来，难道过了这么久江离还用另类的眼光看着扣子？是的，我确定，江离的目光里依旧还带着一丝冷漠，江离以为隐藏得很好，但还是没能逃过我的眼睛，我更加纳闷了。

饭后我把扣子拉到身边让她和安安去逛街，扣子不明所以地看着我后也高高兴兴地拉着安安离开了。看到他们上车后我走到江离身边说："好久没去玄武湖了，正好前面不远去逛逛吧！"

我没有征求江离的同意，就开始独自往前走。在走到前面最后一个苏果超市时我进去买了一打易拉罐啤酒出来，江离看到后皱着眉头问我："干吗还买酒啊？"

"反正扣子和安安不在，你怕什么，难道文秀走了你这么快就活过来了？"

薄如蝉翼的黄昏傍晚，对岸车站里人声鼎沸，一瞬间的孤独感将我包围住，我再也忍不住了，我问道："江离，你是不是依旧还对扣子抱着些异样的看法？"

江离听到后先是一愣，随后眼睛一闪哈哈一笑说："怎么会！"

江离的回答那么肯定，我则更加不能相信。"我故意支开扣子和安安，你又何必再说着客套话。"江离又是一愣。我无奈地看着江离接着说："以前吧，你对扣子有什么意见我也没关系。只是过了这么久了，你也和扣子接触了不少难道还不了解？"

"是啊，我还是不了解。"江离也坐了下来看着前面的一湖秋水。起风后，吹落不少树叶落到我们身边，江离淡淡的接着说："以前是认为扣子是什么来路不正的人，你也知道我这个人，以往呢总是自以为是，后来又变得谁也不相信，至少要知根知底才能让人相信。"

我无语，一时竟不知道说些什么好。"知根知底，扣子从小孤儿，离开福利院后任人欺凌，又没有地方敢收留扣子，你说要是你，你会不会和扣子一样去偷。你不知道吧，扣子还有着自己的原则，是个'三不偷'的义贼呢。"

"三不偷，义贼？"江离显然是第一次听到这些，不由得露出诧异的表情来。

"老人不偷、小孩不偷、学生不偷，而所偷的也并非是一些太值钱的东西，时常还会带着礼物回到以前待的福利院看望那些小孩和老人呢，你说这样一个人能是坏人吗？"点上烟来狠狠吸上一口接着说："不然那次和刘虎他们打架福利院那边怎么还会送钱过来。"

我开始和江离唠叨起来，不停地解答着江离心里的疑惑。我一直知道江离也由于是我的事，平时也只是在我面前唠叨几句也就不再说什么了。而对于扣子的事只字不提，因为江离一直不待见扣子的缘故。相反扣子却觉得这是情理之中的，在扣子倒腾了江离家后虽然正式向江离表示过歉意，

第九章 恋爱的终结者

但扣子关于自己以前的事并没告诉江离，所以对于江离带着异样看扣了完全不怪江离。

"我给你说件事，你听了可能会觉得很诧异。"最后江离笑着对我说，显得特别诡异。随后又指了指我面前的烟，我扔给他后江离接着说道："我进过传销。"

"什么？"我不知道是听错了还是没听清，而在江离重复后我愣愣地看着江离，"什么时候的事，怎么从来没听你说过？"

"还是上大学那会儿吧，也不是什么光鲜事也就懒得提了。"江离随后也开始点起了烟抽起来，我一时不知道说什么好。一下脑海里关于传销的知识全部涌现出来，无一不是惨烈和暴力的，加之从小听长辈们谈论，也就更在脑子里埋下传销等同于犯法，干传销的人等同于十恶不赦的人。

"也是从那里面回来后就一下子长了好多个心眼，也就变得谨慎细微起来。那会儿还和你不熟，也是被学校里同年级同社团里玩得非常好的骗去的，我在里面只能用惨烈这样的词来形容，真是一群废物。"江离愤愤地说道，接着看了我一眼淡淡接着说："你说玩得那么好的人都能骗你何况是小偷啊。"

我只是没想到江离还经历过这些，江离被信任背叛过，栽过跟头后的江离不会再栽跟头。随着和江离的谈话天色也越来越晚了，这秋高的气爽让人心里一寒，玄武湖的湖面上开始凝聚着一层薄薄的轻雾，一阵风将那轻薄的雾吹来将我包裹其中。

我开始理解起江离来，在经历过地狱后身处天堂依旧会在心里隐隐作祟。最后我踏云而行，穿梭在云雾飘逸的仙境里，我没在去管走在身后的江离，我们都是在经历过后才明白某种道理，江离在身处险境时看到了人的贪婪与欲望从而变得谨慎细微，我在认识扣子后也才明白任何人心里都有着那么一份善良与柔情。

是啊，扣子是个小偷，早早地就偷走了我的心。那个能盗取别人爱情的不是盗圣是什么！你知道的，这一切终将会变得暖心；你知道的，这一切终将会好起来的；你也知道的，那些不好的终将会成为过往。

　　回到家里后看到扣子抱着五元独自喝着白酒，在看到我踏进门后抓着五元的爪子向我打着招呼。

　　"怎么把白酒拿出来了，你喝了？"我看着桌上的白酒问道。

　　"给五元喝的。"

　　"什么？给五元喝！"这时我才注意到扣子怀里的五元嘴边毛发都湿的，不停地伸着小舌头舔着。扣子哈哈大笑着，显得极为开心，我接着说："你这是虐待动物啊！"

　　扣子冷哼着看着我，将五元丢到一旁狠狠地看着我说："谁叫你一直不理我，还故意把我们支走。那你喝！"

　　我一阵头疼，慌乱地解释着，但扣子使着小脾气丝毫不能让我将一句话说完，只好无奈地拿起桌子上白酒喝上一小口。扣子见我喝后就乐了，一把将白酒抢过去也喝上一口然后又递给我说："喝！"

　　"我们这是在干吗啊？"

　　"不管，你喝！"

　　于是我又无奈地和扣子一人口的一会儿将 200ml 的白酒干到一大半，其中大部分被我喝了。扣子似乎还是没有停止的样子，我赶紧阻止，结果扣子开始骂骂咧咧起来。

　　我接着又被扣子逼着灌下几口，脑袋已经无力地垂到一边了，扣子依旧骂骂咧咧的也不知道在骂些什么。不知过了多久，我迷迷糊糊地睁着眼看着扣子，扣子像是趴在小桌子上在本子记着什么一样。我想过去看看扣子到底在记什么，最后动了动身子也动不起来只能放弃。

　　"你在干吗？"我用力地说着。

扣子看到我后将手里的本子用力地砸向我，说着些气话。瞬间也不知道那里来的力气，一下将我身子支撑了起来。扣子砸来的本子我全然不顾，拿起一旁的白酒狠狠灌上几口，一瞬间整个口腔以及食道都被灼烧着，我也全然不顾。我奋起身一把将扣子按倒在地上疯狂地亲起来。对于扣子毫无章法的攻击，我依旧是全然不顾，只想着如何用舌头撬开扣子紧闭的嘴巴。

一时间像发了疯的野兽，又像入了魔失去理智的魔鬼一样。只是随后力气用完了、累了，像是走到生命尽头的人一样又无力地倒在一旁，手脚渐渐冰冷起来。

也不知在地上躺了多久，一阵电话声音让我重新睁开眼睛，在挂了电话后我就抱着五元坐在地上发呆，一会儿后像是掏空了身子一样变得虚弱不堪，最后又无力地任身子倒在地上。在倒地后五元从我身上踏过跑到猫盆那里对着另一个碗舔了几口水，最后用后脚挠了挠脖子才又跑向别处。

这一切都是在我倒地后侧着头看到的，最后直到五元跑到我视线看不到的地方才将头扭过去。刚才江离说什么时候趁着秋天去紫金山看看风景，还顺道约了几天后下班后一起吃饭。

随后我继续躺在地上发呆，将头又扭过去看着我卧室的门。接着又是一阵无力感从身体里涌了上来使我缓缓闭上了眼睛，在闭上眼睛后一下像坠入另一个空间一样，四周寂静得可怕，像是灵谷寺的夜一样。偶尔从窗外传来微弱的喇叭声也在想要在抓住瞬间又变得无影无踪，我收回心神，冥冥之中像是看到在风卷起窗帘后有一席月光倾泻进来，接着便开始起风，那种大风，窗户被吹得咣咣当当地响。

在重新睁开眼睛后才又将那些幻觉抛之一边，接着从地上坐了起来。想了一番后也估计是因为连日耗费心神写稿子和刚才被扣子猛灌的酒产生了疲倦和恍惚感吧，一想到这里就干脆从地上坐起来去找扣子，也不知道在我迷糊时跑到哪里去了。一想到要去找扣子，自己就情不自禁地笑了，身体里也莫名的涌出无限力量一般。

又过了几天，在家忙了一上午后便什么都不干了，胡乱地吃了两个包子就去找扣子，因为江离和安安最后就将聚会地点选在离扣子上班不远的地方。在安安知道江离经常悄悄去我那边后叫嚷着让江离请客，我和扣子见这种好事也根本不会阻止。在安安工作不顺心或者遇到什么其他的烦心事就叫江离请客，也有时安安在家无聊时也会叫江离请客，反正最后安安总能找到理由向江离解释让他请吃饭的原因，更多的都是牵强地往江离身上扯。

要说江离对安安没感情我和扣子是打死都不相信的，每次和江离提到这些后江离都会和我插科打诨，后来我也不说不去想了。

在遇到扣子后我终于没在感觉到孤独过，时常看着身边的三人自己都会产生一种错觉感，像是在做梦一样显得不那么真实。不过这种错觉感很快地就被我赶出脑袋里，扣子是真实存在的，江离也是真实存在的，安安也是真实存在的，他们发出的笑声并不是我幻听，他们的笑脸也真真切切地出现在我面前，近到只要我愿意伸手就能触碰到。

在吃饭时间里，我从整个欢声笑语中察觉到了那么一丝微妙，至于到底如何我却又说不上来。中途江离说出去抽支烟接个电话后安安就抓着只剩下我和扣子两个人说个不停。

"你们什么时候办婚礼啊，可一定要让我当伴娘，一定是在你们四川办吧，可到时候别偷偷摸摸地就举办了，像江离一样偷偷摸摸的。"安安不停地向我抛来问题，我也笑着乐此不疲地回答着安安。

我将头扭向扣子时，看着扣子害羞般的含笑一阵幸福感涌了上来。最后扣子终于发觉了我在看她慌忙地抬起头来问我怎么了，我哈哈一笑说着没事，最后看着我的笑用力地在我腰上掐上一把后又慌忙地离开了位置跑了出去。

　　在扣子跑出去后桌上只剩下我和安安后气氛一下显得尴尬起来，一阵沉默后安安终于先打破这份沉默了，"有没有想好什么时候结婚，最近吗？"

　　我看着安安美丽的脸庞，安安依旧和刚认识她那会一样，脸蛋上依旧透露着一丝稚嫩，要不是在打扮上显得成熟真不敢让人相信是个和我年纪差不多的姑娘。安安的美和扣子不同，安安是性感中带着丝稚嫩，像早晨沾上露水的玫瑰花一样，扣子则是正在成熟中地果实，让人垂涎欲滴同时又让人万分期待。

　　我拿起筷子将面前的青菜夹上一片放在嘴里吃着，等吃咽下后又才放下筷子淡淡道："具体什么时候还没想好，但我感觉很快了。"

　　"你不会向扣子求婚了吧！"安安听到我这话后睁大了眼睛看着我，像是见了鬼一样。

　　"还没呢。"

　　随后安安才捂着胸口嘴里嘀咕着"吓死了吓死了"，我一下好奇起来，"怎么感觉我说还没求婚你很高兴啊，难道不想哥们早点结婚完成人生大事啊。"

　　"嘿嘿，当然不会啦，我是那样的人吗？"安安瞪了我一眼后拍了下桌子，然后又摆摆手接着说道："只是在听到你说很快了感到很诧异啦，我可给你先说了，嘿嘿，到时候我可是空着手来吃，可别想让我出份子钱。"

　　安安说完后又开始小声地嘀咕了几句，小到我根本就听不清。看到安安的样子我赶紧说："行行行，别嘀咕了，不要你地份子钱就好了。"

　　我一阵无奈，我都还没想到份子钱那些上面安安居然先说到份子钱的事。安安似乎是见我不乐意，又赶紧说道："我可没嘀咕你，双十一我那些同学啊朋友啊都结婚，都叫着让我去。你说怎么都选在双十一扎堆地结婚，都是以前玩得好的不去也不好意思。"最后安安无奈地看着我叹了一口气后有气无力地说道："我这钱包又要缩水了啊，一想到这里就像在我心头剜走一块肉一样疼。"

看着安安痛心疾首的样子我一下就乐了，忍不住笑了起来说："那你也赶紧找人结婚啊，翻倍收回来。"

"和谁啊？"安安翻着白眼说着，显得十分无奈。

"江离啊。"

在我说出后一下我就后悔了，我拿着筷子的手一下变得缓慢无比。安安和江离好像并没有谈恋爱，就我知道的还没谈，一想到安安和江离我也是一头雾水。我抬着眼皮悄悄地看着安安，看到安安略微一愣。

随后安安撅着嘴巴极为不屑地说："他？切！"

一时间气氛又变得尴尬无比，我在心里将自己骂了无数遍后也再不敢和安安对视，偶尔对视上了也尴尬地笑着。随后又和安安有一句没一句地闲聊着，就在我快要招架不住安安向我扔来的连天的炮火时扣子和江离终于回来了。

看到他们后我终于如释重负般长长出了一口气，江离看到我的样子好奇地问起来，"你这是怎么？"

"你们要是再不回来，我估计连我家祖坟在那里都要被安安知道了。"

一阵哄堂大笑后我将头扭过去看着扣子，看到扣子的眼睛时明显感到她目光中的柔情比刚才出去时更多了，就在我要陷在其中时意外地看到扣子的睫毛不再是一根一根的，是黏在一起像是刚哭过的样子。

我赶紧问扣子怎么了，扣子看了我一眼后又迅速将视线移到其他地方笑着说没事。我望向将江离，江离只顾着和安安讲话丝毫没察觉到我看着他，我又将头扭向扣子，而扣子直接夹起一片菜塞到我嘴里让我吃。

不知道扣子和江离在外面说了些什么，但总是有不好的感觉，这种感觉一直持续到后面几天。

果然在聚会后某天发生了，因为扣子突然不见了。原本我以为只是扣子去送快递或者其他什么耽搁了，一直等到很晚。后来给打电话给扣子，扣子接到后淡淡地说着一会就回来，可是我左等右等也不能等到扣子，再给扣子打电话时就一直没接了。期间扣子还给我发过短信说晚点回来，还说着让我别担心的话，我这才又稍稍放下心来。

只不过我被扣子骗了，夜里很晚扣子都没回来，再打过去一直提示通话中，发短信也不回。我开始焦急起来，我想去找扣子但突然发现不知道去哪里找。于是我只好在家等，一直等到第二天我迷迷糊糊地从地毯上醒来依旧不见扣子回来。

我揉着眼睛看了下时间已经是早上 8 点过了，脑袋里像是被炸弹炸了一样一下从地上爬起来打开通话记录打给扣子，但结果依旧像昨晚一样提示正在通话中。我开始有不好的感觉，接着又给安安拨去。但安安表示不知道，我又给江离打去，江离"啊"了一声后也说着和安安一样的话表示不知道扣子去那里了。

我也懒得洗脸，拿着钥匙就跑下楼骑车去扣子工作的地方，到快递网点时一个男的看到我后露出诧异的表情，我纳闷感觉走上前去问："扣子今天来上班了吗？"

而对方皱着眉头看着我说："她前天下午就辞职了啊，不是说昨天和你一起回去吗，给我说票都买好了。"

"你说什么？"

"前天就辞职了，你们不是这个时候应该在回家的路上吗？"对方以为我没听清，特意又重复了一遍。

我一愣，一下脑子变得空白起来，"你说真的？"

这时对方挠着头看着我，认真地回答道："真的！"

骑着车离开黑龙江路我又跑到广州路那个会所去了，对于刚才那人的话我依旧不相信。说扣子突然辞职和回家，这些我一点都不知道，扣子像是早已有预谋的消失一样。

在到了会所后却发现早已关门，房门上还贴着封条。门前推着车的小贩说在一个多月前就被查封了，具体原因不知道。我没再搭理小贩，又骑着车开始像无头苍蝇一样在路上找着，不停地给扣子发短信一些和扣子常去的地方甚至某些地方去过好几次但依旧见不到扣子，扣子像是凭空消失了一样。

最后离开"幽灵小道"时已经是晚上了，在路过院子里那棵槐树时我看着它觉得可爱起来，即使是风在那干枯的树洞里发出"呼呼"的响声也没让我感到害怕，我甚至会想到那"呼呼"声是否在告诉我扣子地下落，但我也惊讶地发现我根本就听不懂。

站在门前迟迟不敢打开房门，却期待着快点打开。终究还是打开了，屋内一片漆黑，只有五元发现我回来后发出"喵——喵——"的叫声。

我躺在沙发上，看着依旧没有任何短信和来电的手机又失落的放下手臂，最后任由手里的手机从手里滑落。我一阵痛心疾首，心脏像是要裂开一样疼痛着，最后呼吸也变得困难起来。我捡起手机不死心地又给扣子打去，但依旧提示正在通话中，一下心脏就开始剧烈地跳动起来。终于在几个用力地呼吸下平复了剧烈跳动的心脏，看着手机里扣子的照片，心里止不住地难受，眼泪也不争气地往下掉。

一天里地胡思乱想终于耗费了我精神，我终于睡着了。再次醒来时候已经不知道是什么时候了，我一直闭着眼，也不愿意起来。

我像失了魂一样在家里毫无目的的晃着，明明昨天时候扣子都还在这个屋子里，明明就还在。我晃悠着却发现了另一件事，那就是扣子的东西好像变少了很多，再察觉到异样后就开始有目的了，越是在房间里翻找越是让我感到心惊，突然察觉到在好几天前扣子的东西就开始减少，之前也

第九章　恋爱的终结者

是认为扣子只是将不用的东西丢掉，但我现在错了，扣子是早有预谋的离开。

一想到这里我竟感到扣子的可怕，扣子居然能隐藏得那么好，难怪最近总感觉怪怪的，越来越开心的样子，原来是为离开早就做好了准备。

几天里我都躺在床上或者沙发上不愿意起来，我开始明白扣子不会再出现在我眼前后也就更是不愿意起来。饿了就吃点面条困了就睡，别提工作了。除了五元饿得叫的时候我会从床上或者沙发上爬起来往它碗里放上猫粮和换好水外，我甚至不愿意多花一点力气做别的事，当然除了看着扣子的照片和依旧不停地打电话和发短信外。

在倒下前我特意将厨房和卫生间的水打开，屋内全部灯也打开，不管是白天还是晚上，这样才会让我觉得扣子依旧在这个家里。家吗？可能已经不再是家了，现在对于我来说只是房子而已。

我在饿得快死时却依旧担心着扣子有没有吃饭，在我要睡着时想着扣子一定睡在温暖的地方，毕竟天气越来越寒冷了。当然我也想过扣子现在正在某处悄悄地盯着我呢，在看到我此时的样子时一定会跺着脚骂道："真是废人！"

偶尔我也会如我想的那般从窗户上悄悄的打探着四周，但这让我更加失望。

我想起看过的《一树梨花压海棠 洛丽塔》来，一直清楚地记得开头那句：洛丽塔，我生命之光，我欲望之火，我的罪恶，我的灵魂。

凡是罪恶，皆由心生，扣子像是洛丽塔一样不停地消耗着我，我却也在我的罪恶和欲望里死去。

想到那次和江离他们吃饭时扣子似乎哭过时，我突然好像想到什么，我慌忙地拿起电话问江离在那里。

在见到江离后江离将我想知道地都告诉了我，江离说那天吃饭时扣子出去特意找到他，支支吾吾地告诉了他自己携带着 HIV，后来让他帮着出主意。江离听到后先是很震惊，平复下来后便和扣子讨论分析什么的。

"你还是真会办事啊！"

我坐在凳子上无力地说着，我知道这种事江离不会帮着扣子做决定的，扣子离开是早就想好了的，只是一直舍不得我，只是这次终于下定决心了。

江离一阵叹息道："我问过她是不是想要走，她半天后才回答我说要走。她还说其实在那天你接到家里电话说要带她回去见父母时才下定决心的，之前扣子一直想离开，可是一直舍不得你。"

"扣子说你还要过正常人的生活，结婚，生孩子，还有好多好多的事要等着你来做，和她在一起终不会有任何结果的。"

此时我才明白过来扣子心里从未忘记过自己携带 HIV 的事，我开始自责开始无比的后悔，为什么没能告诉扣子自己也携带着 HIV。都是我太过担心在扣子知道我也携带 HIV 后做出什么冲动的举动，以至于这个念头最终害了我。

江离半天不讲话，也完全记不得江离后来还说了些什么。回到家里我终于明白了我已经是彻底失去了扣子时，我就显得更加失落。

如果可以，我要你站在我看得见的地方，那样我的幸福就可以触手可及。

之后我都会一个人在晚上再去渡口那边，在待到很晚抽很多烟才起身回家，永济大道上的路灯照亮我长长的孤独，月光洒下来连身旁的影子也显得那么寂寞。

孤独的人很晚才回家，但是，扣子啊，你又在哪里啊？

小院里种的桂花树早已开满黄灿灿的小桂花，每次路过树下时总忍不住多看上几眼。矮矮的树下被孩子们踏出的小路一直延伸到另一栋楼房，最后也不知是谁特意做了简易栅栏将几棵桂花树和那块草坪圈在其中。还有每天在傍晚时总能在屋内听到来到小区收捡杂物的小贩声，在深夜里也还从隔壁厨房传来的饭菜香气。这些在你走后都记在我的脑海里，在我总不能平复自己复杂的心情时总会想起这个世界的美好。

我打算乘着天气凉爽去渡口那边看看，毕竟好久都没出门了，在你离开后。我在晴朗得让人悲伤的一天独自骑车出门，出门时也无人送别。

上次因为需要帮着楼下老奶奶搬弄一些杂物，我特意去买了两只塑料手套，结果在回来需要用到时发现两只都是右手的。还有一次一大早突然下雨，原本准备骑车的我只好选择坐公交，好不容易挤上了车，刚出发不久时又想起来昨天因为天气好洗的鞋子还被我晾晒在阳台，又慌慌张张地在下一站下车跑了回去。看吧看吧，没你在的时候我总是魂不守舍粗心大意。

最后我开始想，究竟是怎么一回事让我在这么久的时间里再也没遇到处在同一个城市的你，后来我总算是想到了，对于熟悉金陵城的你来说，要想躲着我简直太容易了。

我特意将车子放慢了速度，一路沿着永济大道骑到燕子矶码头。在钻进临江街时看到两旁的街道自己心突然就松动了，窄窄的老式街道被两旁长着茂密枝叶的梧桐树笼罩着，一些残破不堪的房子是用红色砖切的，当然那些还完好有着人气的房子也是。但眼睛能看到的地方都显得十分寂寞，像是那种烟花绽放后涌上来的寂寞感。

在返回准备离开时突然想到你以前说过以前独自一人打算去山上看看这事，一下也就来了兴趣，最后在石窟附近找了条上山的路，可小路两边茂盛的树林里像是有着什么一样不断地向我扑来，在坐下抽了一支烟后头也没回地下了山。

从渡口回来后又躺在床上动也不想的，一直睡到下午好几点才在五元饥饿的叫声中醒了过来。

在给五元喂食后我将那棵小松树搬到阳台放在铁护栏上，松树已经开始掉松针了，在浇水前重新将那些掉下来细细长长的松针捡起来用剪刀剪碎再放到盆里，也顺便将你养的多肉和仙人掌也搬出来浇上水晒晒太阳，想着它们也为这房子提供了不少生气想着也要好好对待它们啊。

几天后的早晨，在我还睡得正香时安安就打来电话说到玄武湖聚聚，我在电话里没好气地指责安安打扰我美梦时安安又在电话里嬉皮笑脸地将一切掀了回来。觉是没法再睡了，只好简单地洗漱后便出门去。

早晨玄武湖的天那么蓝，在巨大的蓝上飘着几朵白云，而高高的白云后面似乎透露着某种悲伤，有似乎一种苍老的气息流露出来。来的途中江离也给我打了电话，我也顺道带着江离一起到了玄武湖，在玄武湖门前见到不停搓着手的安安原本想要责备几句再也说不出口。

"你们怎么才来啊，我都冷死了，这个给你们。不会叫你们白白大早上爬起来的，给你们买了早饭。"安安穿着单薄的衣服站在那里，在见到我们后小跑着过来，跑到我们面前就一拳打在江离胸前递出个袋子来。

"啊，你早说你买了啊，我刚才就不吃了。"江离接过塑料袋一脸郁闷地说着，安安一下就不乐意了，使劲在江离胳膊上拧着。

我接过安安递来的袋子可不会像江离那样自讨没趣，打开塑料袋看了下就拿出来吃。看着一旁打闹的江离和安安一边享受着美味，生活仿佛一下变得有味道起来。在你离开后我们为数不多的也聚过几次，简单的寒暄一番后便又散了，也只有每次在见到江离和安安时好像才能什么都不用去想。

"怎么样，新工作还能适应吧。都叫你不去非要去，熬个通宵现在像动物园的熊猫一样，现在居然还精力十足，真像个充满元气的女魔头。"江离咬着包子很随意地看着一旁的安安说着，引来了安安冷哼的一声。

"新工作，安安你辞职了，什么时候的事？"我这才反应过来看了看江离再看着安安。

"切，等你知道了还不得等到什么时候了。"安安摇着手瞥了我一眼后接着说道："都是一周前的事了，你消息还真是不灵通啊。"

我尴尬地笑着，半天才说了一句，"我们也有半个多月没见了。"想了想随后又补上一句："时间过得真快啊。"

"谁说不是啊，想想认识身边这位美人都一年多的时间了，我可还记得当时去网吧找安安时你还为是要带刀还是带什么纠结了一番呢。"

"得，我算是知道了，原来你们两个一直都心怀不轨，以后得离你们远一点。"安安听了江离的话后骤然紧张起来，立马将双手环抱在胸前向外走了几步，水灵灵的眼睛看着我们显得十分害怕。

听到江离说我赶紧阻止江离继续说下去，心里想着这小子怎么好的坏的全往外丢，也不看看能不能说。"哈哈，是啊，那会实在找不到什么礼物又不好空着手去，只好买上宵夜去了。"

这时安安才稍微松了一口气放下环抱的双手，但依旧离我们远远的，时不时也扭头过来看着我们，看到安安的模样，我和江离一阵笑后安安冷哼一声才迈开步子摇着手臂大摇大摆大步大步地走。

早晨的风从我们三人之间吹过，带着丝丝的寒意，江离看着一旁的安安露出开心的笑容。在坐在石条上吃过早饭后一行三人便向着湖心岛前进，沿着环湖路早起晨练的老人看着我们三个年轻人早早起床遛弯也是一阵摸不着头脑，随着时间推移，越来越多晨练的人从我们身边跑过，带着希望。

随着江离和安安的打闹我陷入了长久的沉默，幽长的叹息声不知觉地从心底的某个角落抵到喉咙。真是个阳光明媚的好天气啊，只是遗憾的是在这样好的天气里却看不到你的笑脸。此处风高寒冷，不知你处在的地方是否温暖。

不知不觉已经走到梁洲了，越是佩服起安安来，熬上一宿依然是活蹦乱跳的，而我跟着他们一路也显不出什么精神来。在踏上翠桥准备登陆最后一个岛翠洲时，刚行走到桥上还在桥下的我就听到安安"啊"的一声叫了起来，我连忙看过去安安已经和江离趴在护栏上看着桥下了。接着我连忙跑过去问安安怎么了，没想到江离却先回答道："玉佩掉水里了。"

"玉佩，什么玉佩？"

江离不好意思地看着一旁的安安，然后转过头来才对我说："就是安安送我那个玉佩。"

我一愣，一下想起之前在江离家见过的那块玉佩，江离还想着拿去卖了。我也跟着趴在护栏上看，可什么也没找到，这时安安回过头来皱着眉头一脸不爽地看着江离说："你下去捡起来啊！"

"……我不会游泳啊。"

江离半天也不说话，最后生硬地从嘴里挤出六个字来，然后求助般地看着我。正在我无奈时就听到安安骂着江离说："这么简单的事都不会还能干吗？"

我知道安安生气了，正准备安慰安安时安安扶着护栏边一把抓着护栏将身体翻了过去，接着纵身一跃"噗通"一声跳入水里，这一切都发生在转瞬间，快到我和江离都来不及阻止，我们谁也没想到安安会跳到水里。

我站在护栏旁呆住了，安安跳进水里，像游鱼一样消失不见，天空美得那么蓝，水里的波纹随安安落水处向外散开，一圈又一圈，天空还是那么蓝。在安安跳进水里时，我心里莫名地开始颤抖起来。是的，莫名其妙的颤抖。一下扣子离开时的样子浮现再脑海里，那时扣子一定也依依不舍吧，如我一样。突然才明白过来曾经有人对我说：如果我因为疼痛而放弃思念，那么是否我将会陷入永无截止的痛苦中？

刹那间我也紧跟着跳了下去，我不能确定安安是否会游泳，但我不想再失去身边任何一位小伙伴了。安安看到我跳下水后也是一愣，接着冲着

第九章 恋爱的终结者

我一笑说："到时候请你吃饭。"

我当然不会在意这顿饭了，傻笑着说道："赶紧找把，冷死了。这里这么多水草，应该不会沉下去。"

于是我和安安两人两头分开找，桥上江离指的地方重点找了几遍后依旧是没能找到那块玉佩。安安狠狠地看着桥上的江离，江离一度尴尬恨不能也跳到水里来，不过还好没跳下来，不然我和安安就要救江离了。

脚下踩了很久也踩不到底，我漂浮着小心翼翼地翻动着面前的水草，只希望那块玉佩真没沉入水底。大腿渐渐被湖水冻的显得有些行动不便了，在安安准备放弃时我让安安先上去我再找一下，安安听到后也不上去了。果不其然最后在紧贴着石壁处的一团水草上看到那块玉佩，"哈，原来你藏在这里。"

我大喜，内心说不出来的高兴。安安听到后也踩着水向我靠来，"哪里哪里？"

"呐——"我将玉佩抓着手里向安安挥舞着，安安看到到赶紧说："抓紧，别又掉了！"

吓得我赶紧收回举着的手，将玉佩一头的绳子在手指上绕上两圈再将玉佩握在手里仔细看着，玉佩上依旧布满了细小的红血丝，在侵过水后那细小的红血丝更容易看到，玉佩在阳光下也显得晶莹剔透。安安过来后我递给她，安安接过后显得特别高兴，都忍不住在上面狠狠地亲上一口。

"嘿嘿，还好没丢，还好还好。"安安眼睛紧紧的盯着手里的玉佩，生害怕再失去一样，最后依旧不忘狠狠地看着趴在桥上护栏的江离。

在上岸后我和安安两人混上湿透，一阵风吹来不由得抱着瑟瑟发抖的自己。最后在梁洲的卫生间里安安换上了江离脱下来的干衣服，想起安安刚才连外套都没脱就跳到水里，不由得好笑，回想自己也就突然笑不起来了，要是安安在水里真发生什么意外，那些吸满水的衣服也足够让我头疼。

在送安安回家时我好奇地问安安玉佩的事，为何会如此紧张。安安先是一愣，然后看了江离一眼淡淡说道："也不知道哪位祖上在哪个道士那里求来，然后就当作传家宝一样一代代传下来了。小时候偷偷拿出去玩还被我妈毒打一顿说要是丢了就没我这个女儿了，具体其他什么缘由我就不知道了。"

"不过记得在我妈给我的时候……"

安安郑重地介绍着玉佩，我若无其事地陪着安安闲聊着。我当然不会相信安安这些鬼扯，安安越往后说越说得玄乎，要不是及时阻止，安安都能将这块玉佩和三清道尊扯上关系。

在送回安安后我直接去江离家洗了个澡，期间安安打来电话说等她睡醒了一起吃饭，我赶紧说好。江离坐在沙发上看着我一度尴尬，也不知道在想什么。一阵沉默后江离终于说话了，"我以为只是块普通的玉佩，谁知道还真是安安的传家宝啊，要是早些知道打死也不能要。"

安安睡觉时我和江离在家待得无聊，又跑到网吧去了。安安打来电话时我和江离依旧全心地投入游戏里，听到安安说已经选好了餐厅后我赶紧打字告诉队友抓紧时间。在从网吧出来后也才发现天空已不再是一片蔚蓝，已经被换成一块巨大的黑幕了。

连忙载着江离跑到中山北路的一处餐馆里，在我们到时安安已经对着满桌子大餐吃了起来了。安安见到我们后很乖巧地放下筷子嘻嘻地冲着我们笑，然后缓缓说道："反正每次你们也不知道吃什么我就先点了，都是我喜欢吃的，你们随意，哈哈——"

安安的调皮总能在无形中化解心中所有的不开心，在安安骂着江离时我早已拿起筷子在一旁偷偷吃了几口，江离也只好尴尬地顺着安安，将安安所有的话听着装到肚子里，我在一旁忍不住想笑。最后安安脸色一变，一下回到昔日里嘻嘻哈哈的样子说："好了，就不说了，你除了惹我不高兴还能干吗。还是文奇兄好，来来来，干了这杯酒，咱们来世再做好兄弟。"

安安拿着面前的茶杯举在空中，我见状笑着也将面前的茶杯举着和安安碰了一下说："搞得想生离死别一样，壮士送行还需要酒呢，你着以茶代酒像什么话。"

"嘿嘿，我可不是要是赴死的壮士，小女子只是回家赴别人的婚宴，不过仔细想来也和壮士差不多。"安安淡淡的说着就将茶杯里的茶水一饮而尽，然后将杯子倒着悬在空中，真有喝酒时一饮而尽时痛快的样子。

"婚宴，双十一那个？"我一下想起了之前安安说过的要去参加别人婚礼这事。

"是呗，本来想着再过几天回去，但是看在当伴娘有红包的份上想想还是早点回去。嘿嘿，这样份子钱不就省下来了啊，我真是会赚钱。"安安嬉皮笑脸地说着，我也无可奈何。一直安安都在我们面前提到自己没钱花这事，记得安安家境很好怎么会少了她的钱花，我一下就好奇起来向安安问道。安安说了一大堆必需品，再将自己工资算下来还真不能剩下什么，加上安安是个独立自主的性子，出来后也没再向家里拿过一分钱，之前唯一的存款也被我用了现在也还没还完，搞得我一度尴尬无比。

在安安说到这里时我又开始无比的想念扣子，回想起在扣子走后自己独自浑浑噩噩过着日子时却丝毫想不起内容来。江离最先察觉到我的异样，连忙示意安安不要再讲。安安也是知道那笔钱的用处的，还表示不用还，但我依旧坚持着留足生活费后全部转给江离，通过江离再给她，在转给安安几次被退回来后心里感到一阵暖。

安安赶紧收回话转聊着其他轻松的话题让我不再感到不适，但他们哪里知道我无时无刻不想着扣子，那种想念已经找不到该用什么句子或者词语来描述了。

第二天在送安安进入到车站后我和江离买了不少啤酒跑到那条在地图

上找不到也不知道名字的路。我们翻过护栏跳到下面的平台上，在平台尽头坐下抽着烟喝着酒，慢慢地自己的思绪也被这滚滚而去的江水带到了远方。大概在两个小时后，安安打来电话说自己平安到达了，安安到后来的电话让我和江离独自在这片寂寞的天空下找到一丝安慰。安安在电话那头说着俏皮的话，江离让安安在电话里头唱歌给我们听，安安还真就唱了，但我哭了，在这湛蓝的天空下。我突然心灰意冷起来，就像《洛丽塔》结尾里写到的一样：让我心灰意冷的，并不是洛丽塔不在我身边，而是这里的欢笑声中没有她。

想起安安在离开之前给我发来的短信，安安在短信里说回去调整一下，等回来的时候就向江离告白。我说好啊，都在一起经历了这么多，这段长跑也该有个终点了。

我们再也不说话，慢慢地都在向着心里的那个人奔跑，想着要和心里那个人的想要的幸福奔跑着。

窗外阳光明媚，原本窗户护栏上做的用来遮挡雨水的棚子却遮挡了斜射下来的阳光，五元也只能离开了凳子趴在阳台上晒着太阳。我在阳台为五元做了简易的小窝，让五元能更舒服地晒着太阳。最后开了半边窗户，暖暖的秋风跑到屋内，像个顽皮的小孩子一样胡乱地翻动着我放在小桌子上的书本然后又匆匆离去。

一旁电脑里传来的歌声我其实并不能明白唱的是什么，要看着歌词才能明白其中的含义，最近有些疯狂地迷上了听日语歌曲，没办法，那种温暖总是能牵动着我内心那些影藏的情感。五元在进过食后缓慢地走到我身边，最后蜷曲在地上，我看了一阵子后决定抱起五元来。最后我就是抱着五元躺在沙发上，听着音乐，想象着如果此时你在身边一定会从地毯上爬起来指着我骂真懒，或者跑到阳台处捡起掉落的松针再跑过来偷偷地扎着我。听着想着，就不知不觉地慵懒地睡过去，再醒来已是下午好几点了。

几天后安安终于回来约饭时，我在一旁小心翼翼地看着安安与江离，猜想安安是否如她走之前和我说的一样对江离表白过了，一想到自己身边的小伙伴终于找到那个人了自己也忍不住开心起来。我看着安安和江离看了好一会儿，但依旧没能从他们之间发现点什么不同，最后安安悄悄地给我发来短信说还没呢我先是一愣，随后淡淡一笑。

后来几天后的夜里，江离突然跑到我家开口第一句话就问我有没有酒，我说只有白酒没有啤酒，江离也不管了，催促着我拿出来。

"怎么了？"

"你知道对不对，你一定早就知道了，对，你肯定早就知道了。"江离略显得紧张，说起话来开始语无伦次了。

"我知道什么？"

"安安突然向我表白了。"江离一下想泄了气的皮球一样靠在背后的沙发上，接着看着头顶的天花板长长地出来一口气。

"嗯，你怎么回答的？"

"我……"江离又将身子坐好，拿过我放在桌上的酒狠狠喝上一口，最后又慌忙地张着嘴哈着酒气。半天后才又说道："就没有啤酒吗，这白酒这么难喝，你在家放着白酒干吗？"

一番笑过后我没好气地指责江离，"夏天都过了我还在家放啤酒干吗，再说我又不是酒徒，有你喝就不错了。"江离一阵无语，跑到厨房冰箱里翻找一番后拿着两个杯子一个盘子和两双筷子以及我用来混着稀饭吃的泡菜榨菜之类的放在桌上，一边嘴里骂着："真穷，老鼠来了都要哭着回去。"一边撕开几包榨菜倒在盘子里。

"你到底怎么回答的？"看着江离撕开我的榨菜我一阵心痛，想着明早起来只能跑去老远买早饭了。不过心痛归心痛，我更在意江离在安安表白后是怎样回答的。

江离先是一愣，不停地夹着榨菜送到嘴里，过了好一会儿才说："我不知道该怎么回答。"

江离的回答我早就在意料之中了，但听到江离亲口说出来后还是会有着丝丝遗憾。江离不断地将装满白酒的杯子送到嘴边，给自己灌上一口后再吃上好几口榨菜，一直重复着好久才停下来接着说："其实我是能感觉得到安安喜欢我的，在遇到文秀之前我就察觉到了。"

我一愣，江离这话我是怎么也没想到，心里略微感到惊讶。

"你知道安安喜欢你那你还对这文秀那么着迷，安安这边还没搞清又去招惹别的女人？"我开始纳闷起来，不明白地看着一旁的江离。

江离赶紧向我解释道："你也知道安安的家境，我哪里配得上她啊，她应该嫁给配得上她的人……你要问我对安安的感情，其实自己也说不清。"

一口烟一口酒地聊着，我微微感到了醉意，江离无法回应陆安安只是没自信。江离告诉我他其实在文秀后就明显的感受到自己的心意，江离那时也才恍然大悟，像是悟透了一样。后来在确定了自己心中其实一直有着安安时，说如果用喜欢这个词的话不足以表达心中那份感情，在翻遍几本书后，江离终于在书中找到他想要的答案，是爱！那种不同于喜欢的付出。

如果说之前江离和安安的感觉像是等待绽放的花蕾，那么那次在安安不顾自身的安危跳进水里就是那阵带着醉人的春风。

江离重新审视了自己和安安的感情，越想江离就越不敢想，在江离认真想了一番和之前安安对江离的付出才幡然醒悟。正如那句：世界上哪来的那么多一见如故和无话不谈，不过是因为我喜欢你。

江离也知道安安早在很久就那么不明显地慢慢的进入了他心里，但江离不敢承认，因为江离害怕，害怕如果是真的，那么将会失去一个可爱的朋友。直到等江离回过神来却发现安安早已经在他心里扎了很深很深的根，再也不能拔出，江离再也不能失去安安。江离误把爱情当成了友情，致使安安一路走得太过艰辛，江离开始自责起来。

在抽了几口烟后又淡淡地说："还真是啊，要是在几年后看到安安和别人结婚我绝对说不出祝她幸福的话来。"

"人们都说爱情使人变得盲目，我只知道爱情使自己变得畏畏缩缩。其实对于安安和文秀，都是我欠她们的，文秀因为我和丈夫离婚最后远走，安安……"

江离顿了顿，一下沉默起来，看了我一眼后往嘴巴里灌了一口酒又接着说："其实当时在察觉到安安对我的感情后我也是吓了一跳，不知道该如何回应安安，不是安安给的筹码不够，也不是因为文秀。你一定不知道在来南京时我刚和从初中谈的对象分手吧，是真分那种，因为对上一段感情的惴惴不安，所以一直无法开始一下段感情。在南京这两年多的时间里，她就想梦魇一样，一起走过那么多岁月，你说怎么可能说忘就忘啊。就像你和林可以一样，你说是吧？"

"是啊！"

"文秀只是一时冲动，自己也知道自己其实并不可能会和她发生点什么，那阵子疯狂地迷恋现在想起来都觉得好笑。就像这喝酒一样，等酒醒了都会为醉酒时的失态感到一阵笑。"

在安安向江离告白后很久一段时间里，江离一直赖在我家，很害怕见到安安，用江离的话说是自己其实对这些事早就想过了，但真到这么一天还是让人心惊胆战的。

我无暇顾忌江离的心情，也不会过多地参与到江离和安安的感情里，江离是个成年人，我相信他会处理得很好，当然他也一直在生活的方方面面都远胜我。

幕府山脚下有好几条看似通往山上的路，我随便选了一条煽动着江离准备再上去看看，但最后没走多远就到了路的尽头，其余几条也是在丛林里绕了一圈后重新回到永济大道。最后实在觉得无趣也只是一头扎进达摩古洞沿着上山的小路上去，结果也并没有看到之前扣子所说的山野精怪亦或者魑魅魍魉。

站在高处人的视野就变得开阔起来了，心胸也好似能容纳下整个天地一般。我模模糊糊的能看到从江上飘着的船只以及听到下面道路上奔跑汽车的喇叭声，我突然不想再去关心这个世界是好还是坏了，突然就想要你出现在身边，站在身边嬉笑着指着我看不清的远方。

前一阵子在渡口那边的道路两旁开满了彼岸花，传说这种开在幽冥入口的花引起了我一度好奇，在那么多关于此花的故事里最喜欢的这个：某位仙子因私恋凡人被上天知道后以违反天条为由将这段感情无情的扼杀掉，并将其化为此岸树，在此岸树结束了自己生命后彼岸花才又重新盛开。此岸彼岸本是一体，但奈何最后落下花开不见叶，散叶不见花的结局，最后彼岸只好将花蕊内叩向天祈求，祈求能和心爱的人相见。

在安安向江离告白后江离在我这里的这段时间一直都在和我讨论着安安，可能江离自己也没发觉到自己主动提到安安的次数是比以往任何时候都要多上很多，我也每次都显得若无其事得和他闲聊着，时常在看到江离独自傻笑时总是感觉怪怪的，却又在江离感到头痛胸闷时莫名想笑。生活离不开烟和酒，而江离离不开的是那份曾经的牵挂。

直到最后我也不知道江离是怎么回答安安的，随着天气越发的寒冷，只要天气稍好安安都会将我们约出来溜达。而今天正好周末也轮到安安休息，安安打来电话时我和江离还在网吧里甘畅淋漓的奋斗，在到达樱洲时安安早已在一块不错的草皮上坐着等着我们了，身边还堆着许多零食。

"难得安安一狠心买这么多零食，我可要多吃点，来弥补大早上就被叫过来错过准备回去睡觉地遗憾啊。"我也大大方方地坐下，二话不说地拿起一包瓜子就撕开。

"你们才从网吧出来吧？哎，都懒得讲你们了，这么好的天气不出来晒太阳非要做什么网瘾少年。"

"你还说，昨晚睡到半夜不知道江离发什么疯大晚上叫起来跑去打游戏，要说你也好好管管江离，赶紧叫回去，我现在每天都是一脸仙气，再这样非羽化升仙不可。"我没好气地向安安抱怨着，狠狠地再撕开一包零食。

江离和安安都尴尬地笑了笑安安才淡淡说："靠你们两个大男人是不会想到什么好去处的，而正好我也不想出去，但待在家又觉得索然无味，就买了点东西来这里晒太阳，还好你们没事不然我就白准备了。"

"嘿，白准备到不会，奇文兄那边可有着天然的场所，反正现在他一个人，地方还宽敞，出门就是风景区，到时候你带上零食直接来就好了。"江离淡淡地回应着安安的话。

"鬼才想你过来！"

年末的阳光从那些已经掉光了叶子的树枝间射下来，在地上影出斑驳的影子。冬季的风吹过安安的发梢将头发吹得略显的散乱，安安轻捋着头发将其压在耳后，而一旁的江离看着安安有些出神。

突然想起之前江离说的那句真是要在几年后看到安安嫁作他人妇还真说不出恭喜的话来时，自己看着眼前的安安好像也有着同江离一样的情绪。冬天随着冬风荡落下的树叶总是显得特别伤感，即使是看到身边两人说着情话也带着些寂凉。

几天后江离终于从我这里离开了，房间里一下又变得冷清无比，更多时候我都会抱着五元蜷曲在沙发上发呆，我终是不能想起在你到来之前我独自生活的样子。五元站在窗台看着傍晚最后一缕斜阳，最后随着光影在门缝里变得暗淡，刹那间，我终于决定放弃了，也一同放弃了对生的希望。

在圣诞节前几天从珠江路回来时候碰到以前公司同事，然后就邀约一起过平安夜，想着自己也没安排就应承下来。

几天后平安夜时见到了以往许多同事一番寒暄后便开着没边的玩笑，聊着江湖琐事。后来喝着些酒显得微醉时突然觉得这一切无趣起来，我开始插不上话，他们都清晰的表露着自己的欲望，放下酒杯后也不忘互相吹捧着。我开始感到无比的厌恶，厌恶此处的自己。

汉中路旁的罗廊巷的两旁的树上挂满了五彩的霓虹灯，灯光将整条街道照的通亮，马路对面的酒店里不时从门内钻出一个人跑到一旁的树下呕吐，最后又由几个人扶着回到酒店内。我坐在酒店对面的石台上抽着烟，看着身前来来往往的行人，似乎是想要在他们之间找到什么，可最终什么也没找到。

一阵冷风过来，我踱着脚又点上一支烟再将身上的衣服收紧。烟雾和嘴里吐出来的热气混为一团，在后来我也渐渐不觉寒冷。在和他们打了招呼后自己徒步沿着汉中路向新街口走去，想着在这样的日子里肯定有什么奇遇或者发现什么有趣的事。

最后在慈悲社路出来金轮大厦下面我果然遇到了事了，我看到刘虎，当然是刘虎最先发现我的。刘虎衣衫残破，也蓬头盖面的，我是费了好大力气才认出来。

"小子，终于让我抓到你了，看你这次还往哪跑！"

在刘虎从慈悲社路方向跑过来后一把抓着我领子，然后用力推搡着我。还在我想要从对方手里挣脱开时，刘虎已经不知道从哪里抽出一根手臂粗的木棍就朝着我脑袋打下。

还好刘虎是一只手拿着棍子打下的，所以手上也并没有多少力量。"你疯了啊！"我一脚踹在刘虎腿上就跟跄着向慈悲社路跑去。

在发现是自己老熟人后自己胆子一下就大了起来，停下身子和刘虎叫骂起来，可是刘虎才不管从我嘴里出来的粗俗的语言，抄起棍子就向我打来。我见骂丝毫不起用赶紧看看四周有什么能拿在手里的武器，但除了一旁塑料垃圾桶外再没有其他能拿在手里的。

"就是因为你我才变成现在这样，今天非要了你命不可！"刘虎将我丢过去的垃圾桶一脚踢到一边，凶神恶煞地向我走来。

"来吧，我们就看看谁更浑！"我一下内心充满了怒气，捏紧拳打狠狠捶打了下自己胸口也从电线杆后站了出来狠狠地直视着不远处的刘虎。

刘虎见我终于不再逃跑忍不住咧着嘴赞扬我来，"你有种，要是换个场合还真能和你做兄弟，但是……"

我当然不会将刘虎的话放在心上，刘虎不断地说着，我一下想到扣子，一想到扣子心里就更加怒了，死死盯着刘虎。刘虎双手拿着木棍从半空中挥下打在我左手臂上，顿时就感到左臂提不上力气。当然刘虎也没能好过，在他挥下木棍后我紧接着右手将其拽倒在地骑上去对着脸胡乱的揍。

在一边跑一边和刘虎纠缠时，回头发现刘虎身边不知怎么突然聚了好几个人，最后刘虎指着前面跑的我说："就是他！"后几个大汉也慌忙地追上来围着我。最后几个人压在我身上我终于不能再动弹了，只得任由刘虎和其他几人不停地踢打着我，身体的疼痛渐渐让我失去了意识，但刘虎他们依旧没有停下拳脚，直到我不省人事。

也不知道过了多久，再醒过来时已经是在废旧堆满杂物的破旧房子里了，从一旁的门看去另一个房间也堆着不少杂物，一些箱子用杂草或者树枝遮挡着，也不知道里面装的是什么。

我这时才注意起自己的状况来，双手也被绑在柱子上使我完全用不上力，身上不再显得那么疼痛，不知道是已经疼得麻木还是在这四面吹进来的冷风减少了我身体的疼痛。

不远处昏暗的灯光下刘虎围着火堆不知道在谈论什么，我将身体从地上支起来想要解开绑着我的绳子，可弄了半天也解不开。

"大哥，那小子醒了。"

刘虎一群人立马围在我身边，死死盯着我看，最后看了一阵子刘虎终于有动作了，一巴掌打在我脸上后抓着我领子冲着我叫道："刚才不是很能吗，你跳，你再跳一个我看看！"然后再用力地将我头撞到一旁的柱子上，一下我感到整个脸颊变得温暖起来，一股血液的腥味充斥到鼻腔里。然后刘虎接着一把将我推倒在地上说："扣子那女人藏在那，给我叫过来，不然今天就是你死！"

在刘虎提到扣子时原本昏胀的脑袋一下变得清醒过来，重新爬起来抱着柱子死死盯着刘虎说："你们找扣子干吗？"

"干吗？"刘虎白了我一眼接着冷呵道："当然是弄死，要不是她我会像现在这样活得像狗一样，要不是她我老婆会和我离婚，还那个叫江离的小子是吧。总有一天会找到，一定要阉了那小子！"

"不怕告诉你，兄弟们现在这样都是扣子造成的，让我抓到非要弄死她！"然后刘虎又蹲了下来拍着我脸缓缓说道："你要是好好配合告诉我们扣子下落，说不定还能落个好下场，要是不配合可别怪兄弟我下手狠。"

"扣子到底做了什么？"

"做了什么？"刘虎顿了顿缓了口气才纳闷地问着我，"你不知道？"

"不知道？"

这一下刘虎像是炸毛了一样却又显得十分愉悦脸上发出诡异的笑容一巴掌甩在我脸上，顿时耳朵嗡嗡作响，随后刘虎就抓着我瞪大眼睛看着我说："举报我们会所，害得我们被抄家，现在我们只能流落街头，你说这一切是不是她害的，赶紧把扣子交出来！"

刘虎这话我一时还没反应过来，知道之前去他们会所发现被查封后也只是以为被某人举报查封的，没想到居然是扣子。"你怎么知道是扣子，你凭什么怀疑她！"我大骂着刘虎，随着刘虎一口咬定是扣子时，我更加纳闷了。

"老子当然知道，老子从派出所打听来的消息有假？"刘虎一下怒了，站起来丢掉手里的烟就是对着我身体一阵猛踹。

在刘虎终于感觉到累了后才停下动作，我也终于得到了丝毫的喘息。我无力地靠在柱子上看着喘着气的刘虎，冷冷一笑骂着"傻逼"，但换来的是刘虎手下几个小弟一阵打。

最后我身体再躺在地上时刘虎不知道什么时候拿走了我手机，只见刘虎将我手机丢到我面前，让我给扣子打电话，我心里一阵好笑，要是扣子接我的电话就好了。

手机的界面是翻在通讯录的，在之前刘虎拿着扣子电话给我打来时我就多了一个心眼。在那次后我将通讯录里的汉字全部换成字母，只有我能辨认得出谁是谁，还是担心在刘虎找到我拿着手机找到扣子或者江离他们，只是没想到事情还是发生了。

我看了看手机才懒得去管，任由手机砸在我身上最后滑到一旁。刘虎在一旁一直让我打，我死也不打，刘虎无奈最后也只能自己捡过去按着通讯记录开着扩音挨个挨个打。

我一愣，像是佛像失去光辉一样一下黯然无光，我开始瘫痪在地上，身体最后一丝想要反抗的力量也提不上来。在刘虎接连打了两个都是快递小哥的电话后我忍不住笑了起来，看什么一样看着刘虎他们。

刘虎见到我笑顿时显得十分生气，依旧不饶地接着打，这时旁边一人说："打有字母的。"然后刘虎冲我媚惑一笑，脸上发出奇怪的表情，接着就显得无比得意。

在刘虎用手指接着在手机上点着时我心一下紧张起来，在听到江离声音后，我刚要叫出来就被一人捂着嘴巴使我发不出一丝声音来，接着几个人也跑过来将我按在地上一阵打。

透过人山我能看到刘虎脸上显得异常激动，不知道刘虎在和江离说些什么，然后满意地挂了电话后才示意几个小弟放开我。

"你说了什么，你想干吗，这和他们无关！"我在松开后也顾不上身体的疼痛，向着刘虎靠去，但手被绑在柱子上的我又能移多远啊。

"无关？"刘虎看着我冷冷地笑着，缓缓地点上一支烟深深吸上一口后喉咙里冷呵着接着说："不是这个叫江离的勾引我老婆我老婆会和我离婚，你敢说没他的事？"

"你不看看自己是个什么样子，文秀白瞎了眼当初和你结婚！"

"我什么样子？我这样还不帅吗，就是你们这群人将我变成这样还来怪我，你们害我流浪街头，老婆女儿都跑了，你们还是不是人？"刘虎鼓着眼睛瞪着我，我第一次产生了无力感，总有些人会让你抓破脑袋也想不透。

我无奈地笑着，为刘虎感到悲哀，眼前这人到底是个怎样的人才会这样想啊？

房间里摇晃着的灯泡被巴掌大的罩子罩着，从罩子上反射下来的灯光在不远处的地上照亮，不知是电压不稳还是怎么，在闪烁几下后又变得昏暗起来。一旁火堆的火苗迎着从破损窗户吹进的风欢笑着，笑的已经不能直起身子。

刘虎似乎也骂累了，几个小弟也似乎打累了，都站在一边抱着手喘着气。顷刻间，无数的寒气向我涌了过来，接着开始不断地侵噬着我的身体，我迷糊地睁开眼睛死死看着前面那攒跳动的火苗，他们像是我最后的力量一样在我眼里逐渐变得模糊，我想要靠过去，可怎么也不能指挥着身子前进，我突然想了起来，我还被绑在柱子上啊。这时突然想到那个放牛的火车站站长，要是发生的不是月食而是天火流星，那他又会在信中写到我是任由牛群继续吃草还是将他们赶到安全的地方，可是这满天星陨又能将牛群赶到哪里啊？

10来分钟后房子外面传来一阵警车警报声音，渐渐的越来越近，我像是回光返照一样身体充满了无限能量。刘虎他们在警报声停在不远处后一下就慌了，"江离那小子报的警？"刘虎走过来看着靠在柱子上的我说着。

我生硬的挤出笑容来，我知道头上的血在我脸上流出一道道痕迹，我现在却十分想要看到自己布满鲜血狰狞的表情。我死死盯着怒视着我的刘虎说："我怎么知道？"

刘虎冷哼一声后就跑到破损的窗户旁去了，最后警铃声在不远处停了下来，不一会儿我就听到门外细小的一阵急促声，接着就听到门外有人说："里面的人请保持冷静……"

在门外警察的声音中刘虎重新跑到我面前，一把将我从地上提起来怒视着我说："今天我们谁也别想活了！"

"啊——随你吧，反正我早两个月前就死了。"是的，我的确死过一次了。在扣子走后我就死了，尚存这残废的躯体不外乎是带着心底最后的倔强延喘至今。

刘虎将我从柱子上解开拖到门口和外面的警察对峙着，我任由他们争吵，好像当下发生的事与我全无关系一样。刘虎最后疯起来，一边握紧拳头打在我腰上，一边骂着那些警察。从门缝里我看到那些警察就站在门不远处，一直和刘虎交谈的那个警察也是被刘虎气得不行，一会儿将双手插在腰上，一会儿狠狠踢向一旁的杂草，然后在发泄完后再语气柔和的和刘虎谈着。

看啊，扣子，这一切是多么有趣，哪怕是我即将死在刘虎的手里这件事也突然觉得有趣起来。

刘虎手下的几个小弟早就吓坏了，但也能迅速的镇定下来听着刘虎指挥将一些箱子桌子之类的拖过来抵另一道门后，人人手里都拿着些棍子之类的武器显得草木皆兵。

"小子，反正我是不想活了，你也跟着我一起去吧，黄泉路上还有个伴，怎样？"刘虎将我头扭过来似笑非笑地和我说着，面色无比阴暗。

我心一沉，微微眉头一皱说道："你是要下地狱的人，我不是。"

"嘿，地狱？阎罗王见了都得跪下！"

门外的警察依旧不见有什么动作，不知道是早就有所安排还是怎样，那个警察依旧和刘虎沟通着，我开始心疼那个警察起来，最后连刘虎也懒得搭理那个警察。

我瘫痪着身子靠在门上也不知道多久，神志渐渐地开始迷糊起来。刘虎一直骂着几个小弟让屋内强行镇定下来，但依旧能察觉到他们脸上的不安。不知过了多久只听到"嘭"的一声将我和刘虎都吓了一跳。我和刘虎对视一眼后慌忙地透过门缝看去，而门外那些警察也是一愣呆着看着爆炸声传来的方向。

刘虎跑向那残破的窗户小心翼翼伸着头看着，但并没有发现什么，其余几人早就慌了神。接着刘虎跑到门口对着门大骂道："你们有种，还用炸弹，信不信我现在就把人杀了？"

在刘虎刚说完又是"嘭"的一声响起，这次声音离得更近了仿佛就在墙角下爆炸一样。"你们警察玩阴的！"

当然门缝外也早就显得一团乱了，指着几个警察去查看，但接着又是几声爆炸声在房子周围响起，屋内和屋外都乱成一团，屋内的人想冲出去，屋外的人想冲进来。

伴随着不断的爆炸声时我从左边那破损的窗户中见到了一个巨大的火焰，一些火苗已经从窗外窜到屋内，一会儿房子另一边窗户也突然被敲碎接着不知道扔了什么进来，在然后几秒钟后"嘭"的一声在耳边响起。刘虎嘴里不断地大骂着，也丝毫再顾不上我了，我依旧瘫痪地靠在门上看着眼前这一切，说实话，我也是被吓得不轻。

在大火蔓延到仓库内时，整个屋内充满了刺鼻的烟味，我不断地干咳着，翻身回去透过门缝看着外面，此时门外也只有着一两个警察依旧对着屋子叫着，其他的也不知道跑到哪里去了。

一阵慌乱中几个闪烁着的灯泡终于停止了继续发光的任务，整个屋内唯一就剩下火光和几个更加慌乱的人了。一会儿后也不知谁吼了一句"这里没警察，快！"后刘虎几人慌忙地逃了出去只留下我一人在屋内。

我试着站起来打开面前的门，可怎么也打不开，再想从刘虎他们逃跑的地方离开时身体一下软倒在地上。站起来已经是用完了全部的力气了，那里还能走那么长的路啊。我躺在地上捂着嘴鼻，可火焰燃烧的烟雾不断地从我手指缝隙间钻进我的鼻腔，即使我用衣服捂在脸上也不能阻挡它们。

"就要死了吗？"随着呼吸变得急促，意识也逐渐薄弱，死亡的恐惧一下缠绕上来。大火不断地吞噬者周围的一切，我用力地睁大眼睛并用双手扼制喉咙，看着前面不断翻滚的火浪我终于放弃了。

突然想起以前和江离讨论过关于死亡的事，可也万万没想到自己会葬身于这翻滚的火海之中。火舌袭来将我整个脸烤得发烫发疼，不知道是汗水还是血液更或者两者混在一起从我头发间不断流下来，我重新支起身体靠在门上用力地敲打着门，但门外依旧毫无反应，我开始真的绝望了，摇晃着晕着脑袋恍惚着神志捶打着。

最后实在用不上力气才又倒在地上，恍惚间我看到和扣子一起生活的日子，扣子手中的平板电脑放着日本歌星玉置浩二的歌曲，她的手指也不断的在屏幕上滑动着，最后"哈"的一声从地上爬起来跟跄着跑到我面前指着屏幕上一脸兴奋说着"快看快看……"，扣子见我面无表情又会嘟着嘴鼓着腮帮子做出生气的样子，我无奈笑着摸着扣子头轻轻柔着。

啊——真是舍不得啊！

恍惚间，扣子从记忆里走出站在那火焰里，可爱的脸蛋也被火光照得红彤彤的，显得可爱极了。刹那，立马瞪大眼睛看着火焰前的身影，接着再揉了柔眼睛喊道："扣子？"

那个身影一下停了下来，然后快速的晃动着出现在我面前，"真的是你，你来做什么，危险！"

"你没乱跑真是太好了。"

"什么？"

我被突然出现的扣子先是吓了一跳，接着任我说什么扣子也不再搭理我，把我手臂搭在她肩上死死抓着，另一只手搂着我腰就将我从地上提起来往她过来的方向走。

我一下身体里涌出莫名异常强大的力量再借着扣子的瘦小的身体一路走得异常轻松，也顾不上身体上的疼痛就靠着扣子走。而扣子最后也放开搭在她肩上的手伸过来捂着我嘴鼻，一瞬间我好像又找到生的希望了。

在出了仓库扣子才将捂着我嘴上的手拿开，接着又小步跑了一段后扣子终于累趴下了，我和扣子倒在一丛叫不出名字的植物里。远远回头看着那逐渐被火焰吞没的房子心有余悸地看了一眼喘着粗气的扣子忍不住骂道："那么危险你还往里跑！"转瞬间又觉得不对，于是又接着说："怎么能这么傻，你要是出了事怎么办，就让我死在里面好了。"

"哈哈……"扣子躺在地上哈哈大笑着，微弱的路灯灯光照射下来照在扣子脸上，照得扣子脸色苍白。"太好笑了，以前都是你救我，这次终于英雄被美女救了你有啥感想没？"

"感……哎哟……疼！"扣子拍着我胸口刚才忘了的疼痛一下被触发了一样再次感觉到了，我一下疼的龇牙咧嘴。

"哎呀，忘了忘了，对不起对不起。"扣子皱着眉头紧张地轻轻地抚着我胸口，她的手像是带着魔力一般，每一次拂过我胸口，我的疼痛都会减少几分。

远处房子那边开始有人试着从我们离开的地方钻进去，然后不一会儿又跑了出来拍打着身上的火焰，看到他们一阵手忙脚乱后我又将视线放在扣子身上，"你没事吧？"

"我？好着呢！"然后拍了拍被灯光照得发白的脸颊接着说："我们也走吧！"

我咧着嘴被扣子缓慢地扶起慢慢地向前走，我并不能分辨这里是哪里，只好任由扣子撑着我身体，原本我是不要扣子支撑的，但犟不过她只好靠在她肩上。我和扣子挑着小路专走一些黑暗的地方，但这也使我们并没有向前移动多少。

"对了，你是怎么知道我被刘虎他们绑了的？"我一直很好奇这事，从看到扣子冲进火堆时我就在想这个问题，我可不相信什么在我最想某人时就正好出现在我面前之类的鬼话。

"江离给我打电话说的。"

"什么，江离？"

"对啊，那些警察也应该是江离叫来的。"我神情突然有些呆滞，脚下一下放慢了速度，警察谁叫来的我不关心，但江离能联系到扣子这事我一直不知道，我纳闷地看着扣子，结果扣子"哎呀"地叫了起来，看着我有些尴尬地说："是我让江离不告诉你的，其实我一直有和江离联系。"

"你……"原本想要骂着扣子几句但怎么也说不出口，只能转身过去一把将她抱在怀里。一瞬间那种差点被我遗忘的温暖一下回来了，突然也觉得扣子被烤焦的头发也那么好闻起来。"你可别再抛下我了。"

"好啦好啦，别生气了，你看这路边的花多美。"

和扣子钻到那些很高的杂草或者树林里后，她不得不用手机打开手电筒来探路，也不知道我的那部手机是被刘虎他们带走了还是遗留在那火海里。扣子一路照着手机缓慢走在前面，不时也会回过头来看着我，在确认我没事还跟在后面后又扭过身子用手里的棍子打着杂草继续往前走。

刚才一阵警报声后身后的火光渐渐弱了下来，四周也出奇的安静，心里仿佛生出一种难得有这样的夜晚的情感来。一会儿几束灯光胡乱地照着，我和扣子躲在一丛小树后，我向扣子问道："刚才的爆炸是不是你弄出来的，还有放火？"

扣子小心翼翼地从树后探出头去四下瞅了瞅，关上了手机上的灯光才说："救你还真不好救呢，本来想用炸弹威胁刘虎他们的，结果到了看到有警察，只好放火咯。"

"还真是你，你不要命了还弄炸弹来？"我没好气地责怪着扣子，这简直超出了想象。

"嘿嘿，炸不死人的，我用烟花做的。"黑暗里扣子的声音显得有些调皮，软软地跑到我耳朵里敲打着我耳膜。"最后也只好到处扔想把那些警察引开，但放了几个后那些警察只走了几个，就只好放火了。然后看他一下就手忙脚乱地跑去扑火，我就干脆四周都点燃，也还好这里干草多，最后守着门的那些警察都跑了我就干脆把你们屋里的电线也剪了……"

"什么，剪电线？"我又是被扣子的话吓了一跳，从没想过扣子会如此疯狂。

"哎，也谈不上剪，我又没带剪刀，其实也没你想的那么难，也只是把露出来的电线缠在棍子上用力一拔，就像拔萝卜一样将另一头或者中间扯断就好了。"

"还真像个亡命徒啊！"我无奈地看了看扣子，心里早就翻江倒海了。

我也顾不上身上的疼痛就催着扣子赶紧走，扣子做的这些事太过骇人听闻，要是被身后不远处胡乱照着灯光的警察找到非关上好几年不可。在走了不知道多久，在踢到几次铁轨后我终于确定我们身处的地方，在下关铁路轮渡栈桥旧址这里。在知道了位置后我便叫扣子沿着江边走，走过扣子捡石头的地方，走过中山码头，最后跑到绣球公园里面才停下来休息。

我们坐在公园的亭子里，刚才江离打来电话问我们在那里，我让扣子没告诉江离我们的位置，毕竟刚才一路逃窜，那里还顾得上那么多啊，就算是现在想起仍然是心有余悸。

微弱的光线从一旁树枝中穿过照在扣子的脸上形成一个个圆圆的亮斑，沉默了许久后我终于向扣子问道："为什么突然离开？"

我不能从扣子阴晴的脸上看到任何表情，一时无话。我点着烟来抽，扣子也要了一根点上，借着光线看到她狠狠抽了几口后才脸色一转嬉笑着说道："咯，我就想看看你在我走后会不会再去找其他女人。"

我无奈，只得跟着扣子一起嬉笑，最后还是在我逼问下扣子终于说了出来，扣子的话像这吹来的冷风一样让人心生寒意。扣子说的和江离说的差不多，但听到扣子亲口说后心里仍然感到万分悔意。

"你能有江离这样的朋友真是值了啊！"扣子接着又从烟盒里抽出一支来点上，一口一口的烟从她樱桃般地小嘴巴里吐出来。

"扣子……"

"怎么了，那里疼来姐姐给你揉揉。"

"我也携带 HIV，就是怕你担心所以一直没告诉你，但我现在后悔了，我应该早些告诉你。"差不多吧，差不多就是这个时候吧，我心里一阵绞痛难忍，那种不明分说的痛苦像是险些要将我带入地狱般，在想到之前不告诉扣子的无稽想法时，心里更是疼痛起来。

"啊！"扣子张大了嘴巴瞪着我，在看我点着头后又一脸难以置信地说："怎么可能，不可能！"

"原本以为暂且不告诉你会让你在正常的生活里还有羁绊，但这样的念头最终害了我。你知道吧，你是逃不出我手心的。"

"不是，我是说你什么时候有的？不是，你是怎么得的？"扣子依旧不相信我所说的话，激动得连说话都不能好好说了。

"刘虎他们真是坏透了！"最后终于让扣子相信了我的话后，扣子声音开始哽咽起来，嘤嘤地小声地哭着，我伸过手臂去将扣子搂在怀里。一瞬间又十分厌恶自己，旋即是更大的喜悦。

"是吧，在你喜欢上我时我早就偷偷地喜欢上你了，只是羞于说出口。第一次见你时，在人堆里显得弱小的身子的你有些发抖，而又在派出所里面时表现得那么大胆，那时我就在想这到底是个什么样的人啊，后来越想就越不敢想。在第二次玄武湖时，你系着双马尾的样子可爱极了，那会儿我清楚地感觉到自己正在走向那万劫不复。"

"我脾气那么古怪你也喜欢啊？"

"我巴不得你脾气古怪只能和我相处，所以，别再离开我了啊。"

扣子坐在石台上看向远方的黑暗想不出答案，你用浑浊的双眼看世界，你说世界是昏暗的。我用柔情的目光看你，你就深深地印在了我心底。

一阵沉默后扣子"噗嗤"一下笑了起来，然后哈哈地说着："想起刚才你就要死了，现在刚活过来就撩妹，啧啧——"

我一愣，随即也跟着扣子笑了起来。

"对了，刘虎他们会所是不是你举报的啊？之前刘虎抓着我逼着我找你，也不知道他们从哪里打听到是你举报的。"

"那你怎么不告诉刘虎他们我在哪里呢？"

"我要是知道就好了，你都跑哪里去了，怎么都找不到你。"

"嘿，也没跑那里去啊，就在上元门。"

"什么？"扣子的话如同一个晴天霹雳一样在我脑海里响起，扣子一直在我身边？"真的？那你怎么不回来？"

"切，你天天都不出来，找得到我才怪。你可不知道，刘虎也不知道是知道我在那边还是怎么回事，经常在那边晃悠，也还好你不喜欢出门。还有啊，好几次刘虎都蹲在那个路口，我又怕你出来碰到他，只好把他引走，还差点打起来。要不是路人看到帮我，说不定你现在就见不到我呢！"

扣子淡淡说着，显得十分随意，可在一旁的我却是听的心惊胆战，从没想到过扣子居然一直徘徊在附近在暗中保护着我。

"不过呢，我也没闲着，反正就是和刘虎斗智斗勇，也找到了几个刘虎的藏身地，之前那里只是一处。"

"太危险了，太危险了，你一个人怎么做到的？"

我忍不住将扣子重新搂在怀里，死死抱着扣子。绣球公园的夜晚静悄悄，四下里除了我和扣子彼此的呼吸声外再也听不到任何声音，哪怕丁点声音也没有。

离开绣球公园后，我们便沿着建宁路走着，扣子一蹦一蹦地走在前面显得十分开心，像个顽皮的小孩子一样，偶尔回过头来发现我跛着脚时又跑回来扶着我。算算此时应该是圣诞节了吧，街道上却难以见到人影。走到金桥商场前，一阵风吹来天空不知是飘着雪花还是装饰城里的粉尘，我恍惚着看着前面摇晃着手臂的扣子只觉一切如梦一般。

天气终归是如此的寒冷，可处在寒冷中的我们又能怎么办啊？

"雪，下雪了！"正在我走神时扣子突然跑到我面前抬着手臂指给我看着，小小的白色颗粒落在扣子的袖子上，一小段时间后再化成水融到衣服里。

我那里顾得上去看扣子衣服上的雪花啊，眼前的扣子喜悦的表情更胜于那雪花。扣子见我良久都没反应，于是看着我眼睛向我问到："你……没事吧？"

"雪花哪有你好看。"

"切！"扣子摆着手白了我一眼就转身继续哼着歌跑去，显得调皮极了。

"就当是下雪吧。"随着扣子转身，一下有种说不上来的开心笼罩在心头。于茫茫星海下，我终附身在这寂凉荒野里；又于万千轮回中，我终是花费了所有运气才得以与你相见；只觉今时节正好，风情正好，你我正好。

最后扣子终于拦下一辆出租车，坐在车里时扣子也依旧显得极为高兴，脸上不时地洋溢着淡淡笑容，即使我们没说任何话。出租车过了小市后街道上也变得冷清多了，除了两旁的路灯外只有少许窗户灯还亮着，在过了五塘广场后更是显得十分寂寞。

"欢迎回家！"我打开房门手伸进去打开客厅灯后重新侧回身子作出迎宾状，而扣子也调皮地趾高气扬地拍了拍我肩膀大步大步地走向屋里。

"五元，哈哈，想我了没？"在我进了房门后就看到扣子从地上将五元抱在怀里反复地看着，"来来来，看看我走了有没有虐待你！"

"是啦是啦，你走了它也茶饭不思一度绝食，非得我去买些小鱼干来哄哄。"

熟悉又让人感到温馨的一幕重新出现在我面前，虽然曾经反复想过在扣子再踏进房间里时的样子，也曾想过在扣子进门后我是否应该献上我温暖的怀抱，笑的时候是露六颗牙齿好还是八颗牙齿好。曾经这些想法让我一度紧张无比，可在此时真实发生在眼前后却也觉得即使如此平淡的欢迎，在我心里仍然是泛起一阵浪花来，扣子终于回来了啊！

我和扣子坐在小桌子前聊了好一阵子才起身去洗澡，在我关上卫生间门后客厅里传来日本歌星德永英明的歌声，随后就听到扣子大声说着："怎么全都是日语歌啊！"浑身一下变得暖暖的，像是充满了无限能量。我像是个孩子一样在失去了心爱的玩具时显得无比懊恼，又在失而复得时显得无比开心。心里突然生出不能再失去扣子了，再也不能了的想法。不能像博尔赫斯在《等待》中那样写道：使他觉得遥远的不是时间长，而是两三件不可挽回的事。

一会儿后，在我满头泡沫时我隐隐约约听到门外一阵嘈杂，刚想关掉花洒听时门"咔"一声就打开了。我也来不及关掉花洒，慌忙地用手擦掉眼睛附近的水就看去，再次睁眼时却被眼前的景象吓了一大跳。

"你……你进来做什么？"

我慌忙转过身去，不敢看，不敢想，可是越是不敢看刚才那一幕就越清晰，扣子赤裸着身体出现在我面前。

"冷……"

背后扣子淡淡说着，一时间我不知道该怎么办，也不知道该说些什么，我绷劲了身体伸过手去将花洒向后扭了扭，但随后我心里就不知道是后悔还是兴奋起来。

"你可以转过身来。"

"……"

"还疼吗？"

"……"

她的手指带着灼热的温度轻轻点在我背后的伤痕上，一瞬间自己浑身一个激灵，绷劲了的身体一下颤抖起来。正在我举手无措时扣子又说话了："哎呀，帮我把花洒弄一下啊，我够不到。"

在经过刚才事后脑子里一片空白，我也没多想就本能地转了过去，等转过去后却发现花洒已经是对着扣子的，接着还没等我反应过来扣子一下踮起脚来用手捧着我头说："我不好看？"

一下自己像是在荒野里度完了一生一样，最后我生硬又羞涩地想要将头扭过去口齿不清地说着没有，但扣子依旧不依不饶地纠缠着我。随即扣子放开我头自己先转过身去背对着我，我心里像是突然生出两个小人一般，一个说快看快看，而另一个小人说着要做一个绅士，在两个小人相互大骂时我更犹豫起来。一会儿后扣子扭过头来，摸了摸脸上的水后看着我，扣子脸颊上一片片潮红，却也不知是少女的羞涩还是因为热气导致。

最后扣子看着我"哎"地无奈长长地叹了一口气后就伸过手去拿过一旁的洗发水，一时间自己大脑一片空白，视线也不知道看向那里，可又觉得不管看向那里都不对。

　　在扣子头上被揉出丰富的泡沫，在她踮着脚将花洒位置放低后便坐在一旁的小凳子上，小凳子是我平常用来放烟或者手机的，但此时扣子坐在上面了。

　　在扣子坐下清理掉头上的泡沫后指着一旁的沐浴露说："帮我擦背。"

　　我咂着舌头说着些毫无边际的谎话，但仍旧拿起一旁的沐浴露挤在手里向扣子的背靠去。我明显感觉到心脏开始剧烈跳动，不知道是慌张还是紧张，手里的动作不由得变得缓慢起来。在手掌贴到扣子后背时扣子喉咙"嗯"的一声吓得我灵魂出窍愣在原地，最后我悄悄打望扣子别没有其他反应后我才又开始手里的动作。

　　她的肌肤在抹上沐浴露后显得更加滑润了，慢慢地发现她的后背也变得红润起来，在我手移到那芊细的腰肢上时弄得她一阵笑，顿时整个尴尬的气氛一下放松了下来。

　　最后她像是已经不再满足我只洗她后背了，开始指挥着我洗脖子、手臂、腹部等其他地方，最后随着手停在肚子地方时她一把抓住我手放在她那雪白的山峰上。

　　我一愣，想要立马抽回手来，可扣子抓得死死的我怎么也不能将我手拿回来，"又何苦啊！"

　　"你不喜欢我？"

　　一瞬间脑海里仿佛熬成了一锅粥，心里乱成了一团麻，可又觉得自己脑海里一片空白，什么也没想，心里也仿佛静若死水。"还有我再说一遍，尽管我之前已经说了很多遍了但我还是要说，扣子，我喜欢你，喜欢的不得了，我……"

还没等我说完她就松开紧抓着我的手转过身来扑进我怀里，我被突如其来的冲击力撞得向后栽倒，等我向后伸过手去将身体支持稳后她立马把头凑过来，用双手捧着我头，用她嘴巴对着我嘴巴。

一切都发生在转瞬之间，快到我根本就来不及反应，我瞪大了眼睛看着扣子却看到紧闭着眼睛，随后她开始用舌头探进我嘴巴，我竟也不自觉地开始闭上眼睛用舌头去和她舌头绞缠起来。

随后在我反应过来后慌忙将扣子推开，扣子被我推开后微张着小嘴皱着眉头看着我，一时间气氛又显得无比微妙了。我突然确信我经历过死亡，更加确切一点是我已经死亡过了，我死在扣子温柔的手掌里。那一刻我竟然多么希望被她无限的温柔包裹着，陷入那幽暗之地再也不活过来。

扣子像是一位高昂的战士一样紧紧握着手里的巨剑，一刹那刺进我的胸口，还没等我感到疼痛，又在身上笼上一层神秘的气息，让人甘死在她的剑下。

扣子拍了下我胸口，带着不小的声音，脸上早已红成一片片显得娇羞无比，一声"讨厌"后松开利剑红着脸来掐我脖子，随后又摇着我头大骂"变态变态变态变态……"

我也分不清现在，此刻的我还是不是我。在扣子打开我无穷的欲望后我变得更加疯狂，我干脆不说话，一边喘着粗气一边将舌头伸进她嘴巴里搅动着、寻找着，最后我们就像两条蛇一样，在翻过几座山后终于交织在一起，大抵不过如此。

关上灯后我却怎么也睡不着，借着微弱的光线看着一旁的扣子，心里泛起一阵幸福感。终是在千百年的轮回转世里遇到了你，便再也不想和你分开了。

醒来时已经不知道是什么时候了，想要伸手触摸一旁的扣子，可怎么也不能摸到。接着脑海里一下炸醒睁开眼睛去看果然床上早已没有扣子的踪影，一下我心如同扣子所睡的地方一样冰凉无比。我慌忙从床上翻滚下去也来不及穿衣服就向客厅跑去，"扣子？"恍惚间，随着脚下的步子不停走动心越加寒冷，直到最后坐在床边依旧不敢相信昨晚发生的一切只是一个梦。

　　我更愿意相信扣子只是短暂的出门了过会就会回来，可我等到中午也不曾见到扣子。就在我开始想着扣子是否又从我生活里消失时江离火急火燎地敲开了我的门，江离在看到我后先是一愣然后说道："扣子好像出事了。"

　　"什么？"

　　"之前扣子电话打来一个男人说扣子出了点事，问我是不是她家人让去一趟，对方含糊其含的也没讲清，好像说了什么派出所。"

　　江离掏出手机后被我率先一把夺了过来慌忙地打开通话记录，果然大概在半小时前扣子号码打到过江离的手机，我慌忙地拨回去。几声"嘟嘟"响后电话那边传来一个男人声音，我急切地问到扣子情况，但对方不管我怎么问都回答得很模糊，只叫我去一趟，我无奈只好骑着车跑到龙江一处派出所。

　　在见到电话里那个人后他先是问了很多关于扣子的问题以及我们的关系，我说未婚妻。在我捕捉到警察微微一叹时我心一下激烈跳动起来，此时我明显能感觉到我心脏从未有过的剧烈跳动，它就像要随时从口中喷射而出一样。

　　我忐忑地跟着他上了车，在车里一直追问着扣子的情况，可对方死活也不再开口，最后车子在鼓楼医院楼下停下。我浑然不知的是前面等着我的即将是什么，但此时心里突然生出一股莫大悲伤的气息来缠绕在我周身，随着我不断迈出的脚步，它们似乎变得更加沉重了，也越往里走我步伐越显得紊乱。

在拐上几个弯后四周越加的阴冷，我心早已崩溃了。最终那个警察和另一个突然出现的人沟通了几句后便一同接着向里走，最后在写着"停尸间"字样的门前停了下来。

"是不是走错了？"

但他们没有任何人回答我，一下四周变得静悄悄，我一下慌了，身体也好像突然被抽干力气一样，险些栽倒下去。

"送来的时候都已经没有心跳和脉搏了，我们……"那个穿着白马挂的医生淡淡说着，指着指房间靠后的位置。

"都？"我一愣，皱着眉头看这医生，此时突然觉得眼前的医生像是阴司里索命的白无常一样。没等他接着说下去我就朝后面跑去了，但最后几步却怎么也迈不出去。

扣子就躺在那里，被弄得花猫一样的脸蛋像刚捡到五元时那样。突然一股巨大的悲伤涌了上来，它们终于冲破了眼眶，鼻子紧跟着一酸，眼泪就想豆子一样砸在地上了，身体一软也跟着倒了下去。

几秒钟后那个警察和医生跑过来扶起我嘴巴一张一合地说着些什么，但我完全听不到。在被扶起再看到扣子时我一下陷入了黑暗，四周寂静可怕。

我失魂落魄地独自回到家，在打开门那一瞬间心里却是无比期待，可我又在期待什么啊？打开门我矗立在门口好一会儿，也不见从微小的门缝里传来你的声音，又一股悲伤涌了上来。

几天后我带着扣子骨灰从大周路的殡仪馆回来，将扣子葬在院里那棵老槐树下，如果这棵树真如传闻一样，只愿你能安于此。

第十章
此岸，彼岸

从派出所回来后我一直恍惚着，在我明白你再也不会出现在我眼前后我更加伤心难过了，我好像在很长的一段时间里都不再出门了，在给了房租后，我用了剩余的所有的钱买了高度数的白酒。我开始饮酒，因为酒精能使我快速入睡，但你不知道每当我酒醒后我又变得无比痛苦，于是我又开始饮酒。

每日更多的时候都是醉倒在地上的，清醒的时候会胡乱地做点饭吃，偶尔五元也饿得不行了我也会从地上爬起来往它碗里放满食物，但你知道的五元总是会很快吃完。江离来找过我很多次，但他连门都没能进来，我大吼着让他滚！

我在黑暗里独自期待着，虽然并没有刻意去期待什么，但我其实比想象中更期待啊。

偶尔会在酒醒恍惚时站在阳台吹风，这里在你离开后是我最喜欢的地方，因为能站在阳台就能看到那棵槐树，每次都能看的满眼泪水。而现在我又站在这里看着那棵槐树，不知是因为喝过酒的原因还是什么，穿着单薄衣服的我竟然也感觉不到冷。乘着天际最后一丝阳光洒下恍惚间好像看到了你，你就站在那棵槐树旁边看着我，在发现我看见你时你立马双手叉着腰鼓着脸瞪着我，但随后又将手背到身后身子微微前倾嘟起小嘴来像是说着什么，最后又调皮地做了个鬼脸才大摇着手臂跑到树后消失不见。

我哭了，大声喊着扣子，但我仍然听不到回答，就像听不见你刚才站在树下对我说什么一样，一下身体软下来栽了下去。我用力地哭着，用力地喘着气，可我像是被什么摁住了喉咙一样怎样也不能将呼吸的空气送到肺腑里。

我多么希望现在就跟着你去了，我知道你一定还在黑暗里打着手电等我，因为我模模糊糊地看到一团光，那一定是你手里的手电发出来的，是的，我确信，无比的坚信！

等我再次醒来时已经是在床上了，江离正拿着手机打开手电筒掰开我眼睛照着，我没好气地用手打开江离的手。

"太好了，终于醒了，要是再不醒就准备送你去医院了。"江离将手机丢到一边显得十分激动，我扭头过去而看着一旁的安安，"进来看到你穿着单薄的衣服躺在阳台，吓死我了。"

"还管我做什么，让我死了算了。"

是的，在你离开后的几天里，我就开始策划自杀了，你离开后我也失去了生活下去的希望。曾一度将自己关在房间里，封闭好门窗后打开煤气，最后看到五元奄奄一息地喘着气跟跄着走到我面前时一下我心里一下泛起一阵涟漪，我想到要是你在知道五元被我杀死后会怎样，但我也管不了那么多了。直到最后五元一动也不动隔上好久腹部才起伏一次时我心生悔意，我慌忙爬起来将五元抱在阳台吹风，终归是不忍心再看到五元死在我面前。可是在救回五元后没过几天我又开始想要自杀，但这次唯一不同的是我要先杀一只猫。

直到现在也没想好怎么最高效地杀死一只猫，才能让它感觉不到痛苦。

村上春树说：你要做一个不动声色的大人了。不准情绪化，不准偷偷想念，不准回头看，去过自己另外的生活。

我问过江离和安安圣诞节那天有没下过雪，但他们说没有，我站在阳台抽着烟望着那棵槐树想不出答案，就像我始终不知道五元在那晚到底说了什么一样，分明内心悲伤到能开出朵花儿来啊，却做着无比开心的梦。

"死？你以为死就结束了吗？"

江离一把掀开被子大声冲我吼着，我一下被江离这一吼顿时气不打一处来，爬起来就向江离扑去。还好家里被我弄得足够乱，到处都是酒瓶和烟头，桌上也剩着昨天的菜梗。我抄起一旁的空酒瓶就朝着江离脑袋上砸去，大骂江离说着些伤人的话，让江离滚蛋。江离完全不管这些，下手也不含糊，拎着拳头就往我脸上打。

但我那里是江离的对手啊，几个回合下来就被江离撂倒在地上，安安早在一旁哭了起来。

最后我和江离都无力地倒在地上喘着气，我长长叹出一口气问着倒在身边的江离："还管我做什么啊？"

"要是我你这样，你不也同样吗？"

几天后江离也不经过我同意搬到扣子之前的那个小房间住了，江离说免得我做出什么疯狂的事来要看着我。在江离收拾房间时从床垫下面发现了一个小本本，在打开看后才明白原来扣子在那么多个深夜里醒来独自坐在小桌子前在干吗，笔记从是扣子确诊了 HIV 那天记起的。

"怎么办怎么办，我该怎么办？怎么会染上艾滋病啊，谁来告诉我怎么办？"

"啊，好想和他结婚生孩子啊，他那么可爱，以后我们的孩子也一定很可爱吧，嘿嘿，老天爷——"

"原来他一直没嫌弃我是小偷，也没嫌弃现在的我，我！！！！！"

"……"

扣子的字迹弯弯扭扭不是太好认，时常在边缘地方插上几个字来，句子里也会出现各种符号，这让我读起来更加费劲。本子中间部分被撕掉很多，留下有着扣子字迹的只有几页，唯一有的页面也用几幅画占满了。而其中一个头发长长的小人拿着一幅画指指给另一个小人看，那个头发长长的小人头上写到："看，这是你！"而另一个小人头上写到："我这么丑？"接着那个长头发的小人下面还有一行字，"咯！是你睡觉的样子啦。"

我看到这里鼻子一酸，眼泪一下从眼眶里跑了出来，接着看到："还是走吧，尽管舍不得，弟弟你自己要好好生活哟，姐姐不能照顾你了，你还要结婚生孩子，还有好多好多事等着你去做，再见了弟弟……"眼泪就更加止不住了，像是决堤了的大坝一样。

傍晚江离和安安拉着我非要去渡口散散心，我只觉这人来人往的街道也变得清净无比。我清楚地知道以后的许多年里我都无法忘记你的笑容，即使我再恋爱，再分开，再恋爱。我终于知道了，你是我一生的原罪，如梦魇一般终归缠我绕至老至死。

"吾生于此，死于彼。对汝而言仅片刻之间，然汝未察觉。那些新的墓碑，等待着被刻上新的名字。那些新的泥土，等待着埋葬新的回忆……"

对岸高耸楼房间那些穿过薄雾到达到我眼前的灯光，他们像老家深夜放晴时星空的星星一样闪烁着。我终归没能照顾好你，没能实现你的愿望。前面平坦的地方一些小孩子手里拿着烟花相互奔跑着，而那欢声笑语里恍惚有你的身影。

"弟弟——"